imaginist

想象另一种可能

理
想
国
imaginist

九路口

伊险峰 杨樱 ———— 著

云南人民出版社

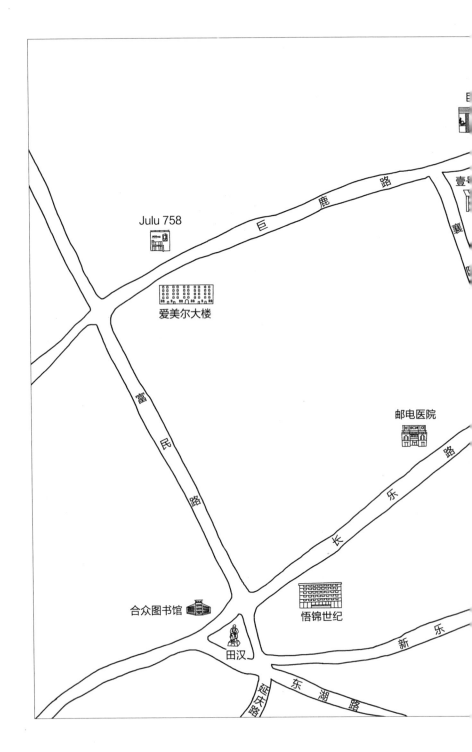

Julu 758

爱美尔大楼

巨鹿路

富民路

邮电医院

长乐路

合众图书馆

悟锦世纪

田汉

延庆路

东湖路

新乐

目 录

"自己人"

长乐路 682 弄堂内

从富民路 255 弄堂口走进去，保安可能会拦下你，这几年会更严格，因为保安除了负责盯人，某种意义上也有了盯着病毒的能力和职能，多数时候他们并不管。你往里走，会困惑于门牌号的复杂，这里既有 255 弄之下的小门牌号，也有富民路 251 号、259 号这样的大号码，走到底看似没有路了，左手边，两个楼之间有一个细细的过道，过道中间有一个门，门上挂着锁，但很少关门，更不会锁。你穿过来，更加复杂，有 255 弄，也有富民路 197 弄——你不用太在意它——再往前，北侧显示还是富民路 255 弄，南侧变成长乐路 682 弄，再往前走，富民路门牌号消失，显示这里是长乐路 672 弄。

这一带有很多隐秘的通道。比如巨鹿路的大兴里暗中通着延安路的模范邨，这样从巨鹿路到延安路就不止四明邨一条直通通的大路。巨鹿路 399 弄进去，七拐八拐，经过几个有想法的院子和匪夷所思的房子，出来是进贤路的 174 弄，再过马路从 191 弄进去，可以从长乐路 434 弄在明坊的大门出来。如果愿意再往前，进长乐邨，到不了淮海路，但会到陕西南路。不是每条路都走得通，走几次就知道了。

穿过小铁门，到 672 弄 22 号七月合作社[1]门口，看到辉哥在送件。

"吃了吗辉哥？"

"你们怎么在这里？从富民路过来的？"

"对啊。"

"你们很厉害的。一般人不会从 22 号这里走，他们一般都到 33 号那里去找路，那边不通的！"

"对啊，对啊，那边是不通的！"672 弄很宽敞，33 号接近弄堂底，现在是一个叫"趣办"的共享办公空间，与上海人民美术出版社在一起。那里是丁字路口，但既不通巨鹿路，也不通富民路另一端的古柏小区。

这些隐秘通道都掌握在辉哥这样的人手里。从此辉哥视我们为自己人。

隔天在楼下看到他，他跟太平说："他们都会走富民路那个弄堂！一般人不认识的！"

我们经常会在街上遇到他，但大多数时候跟他打招呼，换着花样叫他，"辉哥"，"辉辉"，"辉子"，"王辉"，他都不理。他骑在黑色加重助动车上，眼神坚定，目视前方。

辉哥家在我们办公室楼下。他是中通的快递，确切地说他是中通的一个承包商。中通上面有总公司，下面一级一级承包，这一块区域给你做，你就是这一块的老板，你要是做不过来，就分出去一块给别人，只要你可以找到下一家，永远可以一级一级地承包下去。辉哥原来管整条

1　据"七月合作社"官网，已于 2022 年 10 月搬迁至新址。

长乐路,一直到乌鲁木齐路华山医院上海宾馆那里,后来件多了,他把乌鲁木齐路西边的划出去。

所以,辉哥认识长乐路周边所有的门牌号,大体上知道门牌号后大约是怎样的人家和商家,知道所有隐密的通路。

他的家,也是办公室,17.9个平方。住着太平、辉哥、小七,衣柜、床、做统计的电脑、打印机、冰箱、小七的玩具,洗手间、厨房都挤在这里。东西挤不下,小七的鱼、辉哥的车、电瓶、洗衣机、所有跟快递有关的纸箱胶带泡沫等都在门口的雨棚下面。

太平是辉哥的太太,小七是他的小儿子,两周岁,出生在新冠疫情时。大儿子跟着爷爷奶奶,现在在湖北老家。这房子是十年前从赶集网上找的,2200块,房东是南通人,一点点涨到现在的4000块。辉哥一眼看中,独门独户,弄堂宽,优秀历史建筑,保护得好,别墅模样的老房子,住户少,干净,小孩可以很安全地在院子里玩。他说淮海路上的淮海坊也不错,但淮海路不让骑电瓶车,对于快递生意来说,这是一个硬伤。

辉哥一般早上6点多起来,7点半到公司,公司在曹家渡,从长乐路到富民路、到常德路,或者从新闸路拐或者从康定路拐,到延平路,再向上到曹家渡,要派送的件拿回来,发出的件拿到公司。早上一趟,中午一趟,晚上一趟,晚上最主要,是要往外走的。一天来来回回要跑六次。"今天晚上还要跑一趟,对。晚上这些车是最主要的,要往外走的。晚上就是往外发出去的。太平要做饭,要带小七,还要管账,很全能。以前太平还要送快递。"辉哥说。他们每天都到夜里12点休息。

小顾是"週休七日"的店长兼咖啡师,生于1998年,安徽宿州人,在杨浦长大。圆脸,说话的时候眼睛微微眯起来。

週休七日卖小点心和咖啡，通常都是年轻的女性顾客光顾。曾经有一个很喜欢吃甜、但只喜欢巧克力口味的老奶奶经常来买布朗尼。有的时候也给女儿带。后来身体不好了，打过电话让小顾的同事把布朗尼送到家里。再后来，差不多有一年老太太都没有再出现。小顾不愿意打那个电话，因为觉得没有消息好过知道坏消息。

还有一个遛狗的大爷在每周一早上来买一杯美式，因为周一美式买一送一。大爷住在后面的里弄，夏天打赤膊，流连在街面各种店门口，捡纸箱，看热闹。其实他喝不了这种什么都不加的咖啡，小顾就多倒一点牛奶做成拿铁。作为回报，大爷会扫掉店门口的狗屎，不是他的狗的。

他们店橱窗左上角新装了一个不小的霓虹灯。四方圆角，写着"中场休息"。这块牌子原本的任务是宣告这家店有了夜场，老板看到长乐路夜场越来越热闹，想着也研发些精酿来卖，取名"中场休息"，是觉得在隔壁公路商店这些喝过一轮的人，可以在他这里休息一下，很谦逊。但结果不好，每个人进来都问这里准备停业一段时间吗？老板因为设计没有被领会感到恼火，店员因为频频被询问也很恼火，索性夜里也改回店名"週休七日"。

长乐路上家家都在卖酒。现在说起这里的酒吧有多火热，大家不会说公路商店有多火，而是说茶叶店都卖起了精酿。

这说的是莫先生。

1980 年代莫先生在安徽六安茶叶厂当推销员，跑上海，苏州河边上的那些印染厂、纺织厂、毛纺厂都是他的客户。后来茶叶厂改制，莫先生来上海开店，七转八转，把店选在长乐路上，取名"一品香"，专卖茶叶。那边是淮海路，不愁客流，两头有东湖宾馆和锦江饭店，这生意应该好做。

那是1998年，边上的襄阳路还是马路菜市场，开了二十几年茶叶店，莫先生总结：小财靠努力，中财靠运气，大财靠命。他的茶叶店一品香没有发财的命，老客户们现在八项规定，出手不如从前，这是一方面，更让他有感而发的是英姐和老黄——茶叶店隔壁卖水果的夫妻俩如今大有不同了。

莫先生心有敬仰地说，现在他们是"公路文化"。他还认为英姐之所以遇到贵人，是因为长乐路附近多酒店，来来往往，贵人多。"那个北京人就去到他店里。你看就没找我，这是命。"

2021年春天的时候，他在临街的玻璃橱窗里摆上一架子精酿啤酒和电子烟。茶叶柜台后另设两个冷柜，放更多的酒。他说，他可以靠努力再搏一搏。

老黄和英姐的"624Changle & 公路商店"中午开始营业，但是客人一般在下午6点以后陆续出现。店门一般不开，门和临街玻璃橱窗被各种各样的贴纸——"We are the Champions 我们是昌平人""冇得意思"——还有好几年来在店里买酒的男男女女留下的宝丽来大头照贴满，从门框一路贴到里面天花板和空调出风口。站在门口，即便不喝酒，看宝丽来和贴纸也能看上一会儿。

贴纸是客人贴的，来喝酒贴一张，"大半夜经过也贴一张"。宝丽来是老黄贴的。夫妻俩是衢州同乡。老黄瘦脸，话少。英姐眼神率直，笑起来嘎嘎的，喝酒的人三两口之后就会把心里话掏给她。店铺大小不过十多平米。没有桌椅，买了酒就得转身去人行道上喝。英姐一晚上都得看着门外是不是有人又喝到车道上去了，店里贴的"到马路牙子上喝"和"请勿喧哗"显然用处都不大。

他们1995年开始在长乐路做水果和鲜花生意，2014年转卖酒，从未想到自己有一天会和这群跟自己儿子一样大的人混得这么熟，宝丽来和一些潮流黑话都是一点点学来的。英姐管客人叫"小伙伴"，更年轻的客人会觉得这个叫法有点土。她喜欢漂亮的客人，不介意客人来蹭饭，有啥吃啥，她腰不好需要去医院，常有人过来搬个箱子看个店。

下午2点半，英姐坐在啤酒箱上吃一碗麻油清汤面作早饭。他们晚上3点多休息，一般中午起。厨房在铺子后身，家在阁楼，每逢下雨就漏水。

王老师看着夫妻俩做到今天，觉得自己也算见证了潮流历史。"他们赚了多少钱哦？"

"麻辣烫那家去过伐？我老公家的房子。"王老师说。

"吃过一次，冒菜。是馒头店边上那一家吧？"

"我儿子就在那儿出生的。"

长乐路上，川蜀冒菜从上午10点来钟就散出诱人的花椒香气。进门四张桌子，对着门有两个立式冷藏柜，各种食材盛在塑料筐里，客人自己挑好，交到右手边的柜台上，分荤素称重结账。柜台和冷藏柜中间有一门通向后厨。冷藏柜边上对着街还有一个小门，通向后面一个小包房。

"我结婚就在那间房里呀。"

王老师是我们办公室的邻居，我们在蒲园4号楼，王老师住在6号楼。我们刚搬进来不久，有一天保安跟我们说，你们房东是要卖房子吗？我说不可能啊，房东刚租给我们，他们也不大像急着用钱的样子，保安说是6号楼王老师说的。正说着，王老师从马路对面人行道横穿过来，天并不热，她却还是捏着小毛巾随时揩汗。她掏出手机眯着眼睛找到那条信息，说你看。我们看了，说这应该是个乌龙，没有这事。她赞美了房东的装修和品位，我们邀请她去办公室坐坐，我们就认识了。

冒菜隔壁楼上的房子现在是王老师的儿子住。儿子开始做健身教练，后来去地铁公司，他喜欢大班倒班，早8点到晚8点，另一个班是晚8点到早8点，可以有很多充足的时间，打游戏。

现在他的重要事情是找房子。这样才能谈朋友。王老师计划里，将来洋房——就是蒲园这个房子——给他，再给他一百万，蛮好的，王老师也不是很吃力。但儿子不这么想，他要现在买，"先上车才行"。

喜欢老房子，周边不好想，往远一点，徐汇也不行，再往远，看到真如，看到曹杨二村，大场都看了。总有意外打乱部署。

"麻辣烫那里不是要拆迁吗？"

"拆不掉的，95% 同意，要98% 才行。"她说的是居民公投的百分比。"夜里不是酒吧一条街嘛，我们那边房租28 元，这边蒲园房租70多元[1]，人家把那边房子借出去一个月就一万两万，28 元换一万两万我为什么要同意拆迁啊？"

"说是张园那里给了三十几万一个平方呢。"

"对对，老早就动掉了。我们这里也是这个价格你说可能伐。那边2 号线还是12 号线，茂名路那只角，我一直朝那边走，那边还是外面弄一弄，里面又没有弄啰。现在我们这里就是没有真的要拆，先发动你们群众斗群众呀，你说他们梁家三兄弟怎么分？"

梁先生是她老公，排老三。三兄弟现在还是和和气气的。大概离拆迁真的还早。

拆迁的消息是小胡说给我们的。小胡齁胖[2]，守着三家小酒吧，天下

---

1 上海很多老房子属于国家，但可以交易使用权。房子的使用人每月要交房租给房管部门，价格不等。王老师说的价格是使用房大约二十几平方米的月租金。

2 上海话，发音近似。相当于爱吹牛，打肿脸充胖子的意思。

事尽知，从襄阳路北头的李诞脱口秀场子门口谁偷卖外烟到南边新乐路上潮店里的天价耐克限量款，尽在掌握，爷叔家里拆迁这些事自然在他的掌握之中。

他在襄阳北路上有两家店，在富民路上跟诞哥合开另一家店。"蛋哥？""李诞，说脱口秀的诞哥！"嗯，这是小胡的风格。他的"御田酒场"卖关东煮和清酒。最大特点是小，面积绝对不超过10个平方。L型柜台占了一半，柜台里面有一个人忙活，负责做关东煮和一些比关东煮还要小的小食，酒堆在柜台上面下面后面；柜台对着两张桌子，桌子坐一个人比较好，坐两个人比较挤，坐四个人另一张桌子就不能用了，桌子外面朝着街的是个吧台，也是门框和窗台；柜台的另一面是个走道，工作人员从那儿能钻进柜台，客人从那里可以走进一个洗手间，非常小，但你知道这已经是相当体贴了。那些夜里站在路边灌着啤酒的家伙恐怕都要赶到斜对面的移动公共厕所里去才行。总之这个店看着寒酸了一点，扔在上海以外任何一个城市里，都像是一个笑话。

有一次来吃关东煮，四个人，喝了几杯梅子酒，还有每人一杯白葡萄酒，分享了一盘从隔壁端过来的油泼辣子面，一个各种有壳类海鲜的拼盘……这个"笑话"搞了我们一千多块钱。小胡是个狠角色。

在大众点评上，小胡的店都被归到"清吧"这一类，看起来他很不满意。

"我很多客户朋友在外地，来的时候也一样，去外面喝两杯，然后就说KTV，要么就是夜店，要么就是清吧。他们脑子里就是这三个概念，要么就是唱歌的，要么就是很吵闹的，要么就是安静的，"他指着自己的店，"这种，在他们概念里就是安静的，统称为清吧，你跟他说Bistro，他说啥？听不懂。外地有，但作为一种文化还没有被接受。"

2021年9月的时候，御田酒场突然拆光了重新装修。问小胡最近搞了什么新战略。他说这条路终究还是属于年轻人，清酒客单价太贵生意不好做，他要改成他看不上的啤酒了。

襄阳北路长乐路口有过一个卖手冲咖啡的，一头自来卷，我们叫卷哥。自从因为黄梅和西晒被迫迁徙，他那一杯40元起价的手冲咖啡生意不知道在哪儿落脚。翻出微信，让预约长乐邨的工作室，时间是午饭后。我们从陕西南路的小区大门进去，七拐八拐到他的店。靠窗是一个长长的讲台，讲台上疏朗地摆着几件设备——咖啡壶，秤，杯子（不再是一次性纸杯子），磨豆机。正对着下面是几排长凳，像教堂一样，有两个姑娘在跟他学习或者切磋技艺，神情比卷哥还要肃穆。

做咖啡的间歇，我们看卷哥把一粒豆子扔进咖啡机，转几下，我们实在忍不住，问这是做什么。

"洗一洗。"

"一粒豆就可以？"

卷哥说他正在南昌路看一个门面，打算在那里开一家咖啡店。

"还是只卖手冲？"

他不屑回答这样的问题。当然是这样。

正说着话，有人打着招呼进来，一个瘦溜的长发人儿，西服白衬衫细领带，西裤皮鞋，乍一看以为是中介，坐下来看到胸口学校的 logo，是学生。他叫杨枝瑆。刚上高三，在一个国际学校，一会儿新学期开学典礼，明年就要出国读书，现在迷上了喝手冲。他住在巨鹿路的四方新城，在他的记忆里，人生不变的东西是家里小区大门口的好德和牛肉面。

02

长乐路就是这个城市的亚马逊

蒲园，长乐路

长乐路就这样在我们面前一点点打开了。

任何一个地方，只要你愿意记录，就一定会有价值。

关于我们所熟知的城市，我们以为我们了解很多，但实际上记录下来的并没有多少。往往过了很久，记忆里某一处开关打开，想起曾经发生过某事，想起某人，想起曾经看到过某个场景，但记忆中已经缺东少西——所谓时移事易、事过境迁、物是人非，等等，总有对不上的地方。我们就想挑一个地方，给它做一个档案。

选择了从长乐路开始。很简单："小鸟文学"办公室在蒲园，就在长乐路上。离得近，方便观察变化。办公室租约有三年，足够做很多事。相比于过去我们做媒体，我们做"小鸟文学"节奏要慢，那时又看了一些人类学家的书，觉得可以借鉴更田野一点的观察，相比媒体传播的时间属性，人类学既在时间之内，又在时间之外——"内"就是此时此刻的人与其他时刻自然有所不同，我们因此会标记出此时此刻的不同意义，

"外"是说此地一年或三年看似风云变幻或波澜不兴，但于人类大宿命可能有普遍意义。

而且长乐路有特殊之处，如果只用一个词来总结，那就是多样性。

博物和生物演化学家爱德华·威尔逊说，热带雨林以 6% 的面积聚集了地球上一多半的物种，"在雨林中工作的博物学家都知道和经常谈论的一条规则就是，刹那之间展现在你眼前的动植物物种可能在那一天、那一周甚至那一年都不会再次看到"[1]。长乐路给我们的感觉就是这样。

蒲园在长乐路和襄阳北路交叉口，我们就把这个交叉口作为中心。四个方向各走一个街区，就形成一个田字格。南到新乐路，东到陕西南路，北到巨鹿路，西到富民路。从东到西大约 600 米，南北大约 400 米，整体应该在 0.25 平方公里左右。其实附近也很有趣，所以我们偶尔会溢出到进贤路、东湖路、延庆路或者巨鹿路和延安高架之间的四明邨之类的地方。虽然有一个田字格宇宙，但我们也不希望它孤立存在。

据说热带雨林中每平方米都会有上千种物种。所以，辉哥，小顾，莫先生，英姐，小胡，卷哥……后面还有更多的人陆续而来。

这是我们的一平方米雨林，先选定地方。

我们办公室在 2021 年 5 月下旬搬到长乐路。第一次田野——姑且这么叫吧，是 6 月 15 日，我们从长乐路和襄阳北路这个路口开始——之后，我们就意识到威尔逊所说的"那一天，那一周甚至那一年都不会再次看到"同样适用于我们所看到的。最初那一段不到 300 米的长乐路，有几家正在装修，有几家已经停业，正在招租。再过几天，它们又是另外一副样子了。在一个时间段内，这个街区里最重要的社会形态——商铺会发生什么样的变化？它们之间会有什么样的相互影响？辉哥说长乐

---

1 《造物：拯救地球生灵的呼吁》，爱德华·威尔逊，上海世纪出版集团，2009 年 1 月。

路生意好，小商铺多，服装店都是淘宝店，发货多，送件是一件一块五，收一件可以拿10%，收件更赚钱。长乐路越来越热闹了，但越来越多的是咖啡馆奶茶店酒吧，更热闹，对于辉哥的事业来说，不见得是好事。小胡旗帜鲜明地表达看不上二十块钱一瓶啤酒就把自己喝高的年轻亚文化消费者，但说到未来，谁又敢轻易为未来下结论？毕竟莫先生做了三十年的茶叶档口都热情地上了冰柜。

这里还有很多流动的生意，习惯性占据一个路口或者拐角，或者甚至连这个也没有。比如卖活鸡和鸽子的小贩，自行车后座两边各挂着鸡笼和烫毛杀鸡的家什，就这样骑在路上，拐进弄堂，老主顾来，黑色大塑料布铺开，最后走的时候连下水道口的鸡毛都冲得干干净净。

我们想，应该标记下一个观察的时间，没有什么科学性，想就强行规定一年后的时间吧。

一年以后，它会是什么样？这个田字格宇宙会发生怎样的变化。

这是我们最初所设想的。

后来发生了很多很大的事。它变得无比庞杂。

这是后话。

辉哥，一个片段

蒲园，长乐路

辉哥每天穿着蓝袍子，做社区志愿者。他家门口原本就是社区中心，儿子小七是社区吉祥物，太平做了四十几户人家的"团长"。这个角色一开始有点尴尬，因为蒲园太小，九座老房子，一座空置，群里人最多时也不到七十人。2022年春天，等到大家意识到应该想办法维持生活的时候，才发觉麻烦大了。团购在蒲园就是一个完不成的任务：动辄五十份一百份起售，一家买两份鸡蛋，也凑不上起送数。

大变化来临的时候，一个值得玩味的事情是，社会种种阶层中，有钱有势有资源或背景深厚的人，经历过短暂的错愕和慌乱，很快就能稳住阵脚。他们往往各自占有一些渠道，生存不会成为问题——势利的我们习惯于把他们称为高净值人士，不是没有道理，你也可以依照巴菲特的说法，他们的人生大概有"很宽的护城河"。

与此同时，另一端的社会底层人士，本来人生困苦，要靠寻找各种微小机会来赢得一点财富，警惕性和敏锐度都高，当大变化出现时，他们受冲击小，训练的捕捉机会能力又强，因此也有可能率先自救成功。如果还有号召力，加上本来就有的江湖气，也许在自救之外还能做成更多的事。

麻烦一来，他们率先出场，赚一点钱，代价是辛苦和巨大风险。而且所谓"窗口期"极短，因为大变化来临之际，社会资源重组，大机会也随之来临。很快就会有更擅长跟官方打交道的人士循味儿而来，这市场就不再是底层江湖人士所有了。

蒲园居民以市民阶层为主，勉强算作中产，而且年龄偏大，在有组织的社会里过着听话的生活，护城河不够宽，更没有江湖人士。一筹莫展之际，"爱谁谁"出现了。

"爱谁谁"是辉哥的小弟，说可以搞到蔬菜和水果，不设起送量，质量能保证，但也不敢说有多好。很快，他宣布了一个价值 100 块钱的蔬菜包：有青菜、芹菜、洋葱、黄瓜、青椒、蒜薹、包菜，10 斤左右。还有水果：苹果 15，沃柑 15，香蕉 10。"爱谁谁"解释说，水果后面的数字是价格。

全球化程度最高、热量效率最高的香蕉，反倒是最便宜的。你看这世界的供应链多有趣。为什么偏偏有人要与这样的世界过不去呢？

蔬菜水果这一单做成了。辉哥认识的江湖人士，帮蒲园度过了最初的窘迫时光。

开始我不知道"爱谁谁"是辉哥的小弟，只道是辉哥请来的朋友，很替辉哥担忧，这位神气的救星真的能给大家带来希望吗？辉哥可是要负连带责任的啊！

辉哥很早就有通行证，但小七太小没打过疫苗，所以辉哥牺牲收入，可以多赚一点钱的、甚至据说可以发财的 4 月他就甘心做志愿者。

辉哥更多是害怕感染上病毒。在他家门口的社区中心里，他不时会宣布他对周边的新发现，他有三四个软件或者小程序，随时关注周边阳性感染者数量，他会说襄阳北路全是，后来又说长乐路上只剩下我们这里才安全。他也会说快递和外卖不安全，都是"中队长"。"都是拼了命的"，他批评他的同行们。

到5月初，我在楼上会听到太平和辉哥有时会生气。辉哥大声说，明明已经做好的事，为什么还要再做一遍，你就是看我不顺眼！太平说，对，我看你不顺眼不是一天两天了！晚上，有人看到辉哥在弄堂里跟人聊天，聊到不能再晚了，回家，门锁着，辉哥并不喊太平开门，辉哥喊"小七开门！"有人看辉哥讪讪坐在门边玩手机。隔一会儿，又听辉哥喊"小七开门"。门有响动，辉哥回家了。

辉哥后来下定决心还是要出去工作。在院子里说，每天要做核酸，每天要做抗原。跟社区也商量过了，闭环，出了门，就不回来了。晚上，有人看到一个骑助动车的白色防护服装束的人站在门口，问谁家这么晚还有快递，大白说"我是辉子，叫太平"。太平拿一方便袋交给辉哥，说这是牛奶、橘子，又说洗发水和沐浴液都放在前面的包里了。有人问辉哥，公司有宿舍吗？没有。辉哥带去一个行军床。辉哥说："挺好，有热水。"

出去工作的辉哥，有时在群里发照片，"南京东路现在是这样的"；"延安路下面每个路口都有路障"；"到处都是关卡"；"我可以给你们带昌平路肯德基，我请客"；"公司有一批玉米要不要"；"公司有西瓜，7块钱一斤有人要吗"；"公司有鸡蛋，35块钱一板30个你们统计一下"。

很快，他就会带着玉米，带着西瓜，带着鸡蛋之类回来，停在门口，里面的人有志愿者沈老师，有保安老罗，有太平，拿着酒精喷包装。辉哥照例说，现在哪条路哪条路不能走了，你们要什么，你们有什么要送出去的东西，给我。很快就走了。

很高兴看到在很小很小的一个局部，辉哥，还有他们家很小部分很小部分地恢复了正常。虽然小七夜里 11 点多会大呼着"爸爸爸爸"往外面跑。太平大喊着："小七你回来，爸爸臭臭！"

带儿童座椅的自行车

圆明园，北京

北京圆明园边上的花家怡园饭店。王教授作为研究共和国史的历史学家，跟我们说他的治学难处：我们的各级档案馆忽略个人史的部分，个人的历史档案、个人文物很少有人收集整理；各个时期的媒体倒是相对比较完整，但我们媒体又总是关注大事，行使宣传功能，真实世界到底是怎样的，实际上很多时候是空白。

他说他曾经布置作业给学生去地方档案馆看当地 1970 年代的社会关系。学生拿回来的信息与历史学家认知的当时情况大不相同，档案里现在留下的东西都是媒体上的宣传，很难再现当年的实际情况。过了五十年，现在学生看到的当年报纸就是历史，他们对史料没有判断力。

那天我们本来是跟王教授谈个人口述史的一个项目合作，但我们最大的收获是确认了我们正在做的事的价值：记录一个街区。未来，有人说起上海的 2020 年代时，它到底是什么样子的？卢汉超有一本书叫《霓虹灯外》[1]，他剥离了大马路、外滩、跑马场、法租界的上海，记录 20 世纪初上海市民日常生活，在诸多研究上海历史的作品中独树一帜，这就是我们的榜样了。

吃完饭出来，我们还在想着坐地铁还是叫滴滴的时候，王教授已经推起最靠近门口的自行车，它就停在入口处，自行车后架上还绑着一个儿童座椅，身后是各种黑色闪亮的汽车。虽然隐喻总是做作，但我们还是觉得充满隐喻：历史总是最先留下那些看起来闪亮的东西，但我们现在还是从这辆女式斜梁带儿童座椅的自行车开始吧。

---

1 《霓虹灯外：20 世纪初日常生活中的上海》，卢汉超，山西人民出版社，2018 年 9 月。

衢州人吴六英的潮流生意

624Changle & 公路商店，长乐路

　　四个女生，从巨鹿路拐到襄阳北路，其中一个拉着拉杆箱。她们前前后后错着身，走在最前面的女生穿着白色泡泡袖宽身连衣裙，果绿色的蕾丝袜包住膝盖，脚底一双松糕底黑白球鞋。她认得这里，回头给其他人做解说。

　　好像也没有那么认得，也得时不时看一眼手机。拉杆箱磕磕绊绊在后面跟着。人行道不算宽，还零零散散嵌着停车咪表、通往公共厕所的台阶、停车管理员歇脚的折叠凳和水杯，各种共享单车，还有树。黄昏将尽，暖橘色路灯马上就要亮了。

　　我绕过她们，又在路口停下来，像等红绿灯一样站在斑马线头上。小队伍已经斜穿到了马路对面。果然，她们绕过了路口的襄乐包子店，往长乐路的西边去了。

　　她们会扑个空。公路商店这一天没有开。商店几天前就贴出告示：6 月 29 日—7 月 5 日暂停营业，7 月 6 日起正常营业。

连着几天，和泡泡袖女生一样，兴冲冲赶来的人前赴后继，惆怅无措地站在门口。将近两个小时后我离开办公室回家，经过公路商店门口（也是为了看一下惆怅青年们怎么样了），这支小队伍还在那里。她们在人行道中央围成一个圈，每个人手里都拿着手机，屏幕光照亮了她们寻找下一个目的地的脸。行人从她们身边绕过，就像水流绕过小石头。

公路商店门口站着几个穿花衬衫或者大T恤的男生，每个人手里都拿着一瓶精酿啤酒，举起手机在那扇花花绿绿的门前合影。店只有一个，酒倒不难买。这条街上最容易买到的就是精酿啤酒。

一马路的人。每天黄昏，眼看着三三两两的人往那里走，更晚，天黑透下来，对面马路都堆起了人，坐着站着蹲着，街沿树下电线杆旁，马路中央来回走。汽车开到这里都要缓一缓，觉得发生了什么事。男男女女都年轻，头发五颜六色，穿着你总能一眼留意到的衣服，举着手机拍自己拍四周，镜头从左到右拉一圈，小视频和直播，人人是气氛小组。

夜晚的长乐路大市集，公路商店的酒客占三成，各种嗅着气味闻风而至的博主 up 主 vlog 主占七成。"博主"通货膨胀，小红书博主，点评博主，抖音博主。在马路上架起手机开个直播据说会有两万人在线观看。看什么？看人在人行道上喝酒。有不服气的人一定会在评论区里说："都是来打卡网红店的外地人呀。酒又不便宜的啰。十三[1]。"

如果日常在这里出没，大抵知道最火热不过周末两三个晚上。但是互联网会加速整个刺激—反馈的流程，不断聚集——打卡的人成为下一波打卡的人看到的风景。

英姐和老黄为此在贴纸与贴纸间见缝插针，贴出告示诸如"请保管好您的随身物品""请勿放烟头！"之类的纸条，彼此边缘互相倾轧，

1　上海骂人话，缺心眼。

要集中注意力仔细看才能找到。"请保持安静"这一张斗争失败，已经被盖得只剩下字的边缘。

贴纸密集如礁石上的藤壶，玻璃橱窗里摆满酒，宝丽来照片上面是形形色色的顾客和大同小异的背景，十个里面有三个在比 V。

每每中午经过公路商店，都想知道这里明明写着 12 点开始营业，为何总不开门。2021 年 6 月的时候有○○后朋友来上海。鉴于她有在杭州西湖边做过把啤酒倒在荷叶上喝这样放浪形骸的事，她被推选先去一探公路商店的奥秘。她老早就知道这个地方，皱皱眉，"那个'亚逼陈列'是吗？"

后来我问英姐怎么看"亚逼"，英姐只是连连强调来店里的都是很有素质的小朋友，我要过一会儿才反应到，无论是哪种含义，公路商店的老板娘根本没办法把这个词说出口。

让我们这位朋友大大意外的是，老板竟然是一个中年妇女，看着又酷又非主流的公路商店，竟然是几个大叔阿姨在开。她说，他们还在用"小伙伴"这样的词把马路上的男男女女喊回人行道。

"我感觉大部分都是去拍照的。少数几个站在那里聊天超过 20 分钟的岁数都在 35 岁以上。手上戴着金表，谈论自己的销售工作和曾经的垮掉派波希米亚对象。"

"还有一个 40 岁左右的女的，长篇大论：'所以你和你老婆回家也说不出话，微信上也说不明白话，那你什么时候和她说明白，你凭什么给她交话费啊？'"

最后她下了结论："不愉快。这地方卖酒也太贵了。"

英姐根本不觉得自己和这个店给人的印象有什么违和之处。她也完全不理解这店为啥就会被人看成"亚文化"。一些人畏惧亚文化，一些人不屑，而一些人趋之若鹜，英姐统一重归为两种：来自己店里买酒喝的人，不来买酒喝的人。

听说大门紧闭让人拿不准到底是不是在营业，英姐似乎第一次遇到这个问题，大叫："为啥不敢进来？是不是我门口那个牌子没做好！"她的下一秒反应，是去淘宝搜索更醒目更标准化的"正在营业"告示牌。

英姐第一次和我聊天，就是这样坐在靠门角落里的纸板箱上，一边说话，一边在淘宝比价。她的老公老黄一言不发。屋里还坐着另一个年纪相仿的男人。下午4点多，屋子亮着灯，但看着昏黄。灯上倒挂着福字。铺天盖地的宝丽来照片遮蔽了从外面照进来的光线，连空调和插座上都贴满。除此之外只有酒。店里没什么声音。

"来这边坐。"英姐按了按身边另外两个啤酒纸箱。一个有点塌，一个看着硬实，"坐这边这个。那边那个是空的。"我坐下来，感觉到纸箱只装了一半啤酒瓶，有点硌，但比另一半软塌塌的让人放心。我的膝盖几乎抵到了英姐的膝盖。她叉着腿，说几句话，就让我挑一挑淘宝的款式。短短几句话结束以后，她已经下单买好，老黄埋怨她瞎花钱。我们约好第二天这个时间再见。

出门的时候我看了看现在用着的"正在营业"，是四个圆珠笔字写在一张广告硬纸板上，连蓝色挂绳都是广告板自带的。

第二天台风"烟花"登陆上海。风雨把悬铃木的叶子打下来，一片片粘在路面上。一地都是散碎的枝叶，路面被雨冲得发亮。马路上行人和车都少。风呼呼地刮着雨猛下一阵，歇几秒之后又重来。这天没客人，公路商店歇业，我和英姐就着风雨声聊天，店门大敞，偶尔还有汽车经过时的哗哗水声。英姐的丈夫老黄，还有老黄的姐夫，就是前一天店里坐着的那个汉子，每到急雨起来时就凑到门口起哄："来了喏来了喏，喔唷来了喏！"

其实台风已经来半天了，只是他们刚起床不久，英姐端出几碗清汤面，喊大家来吃早饭。麻油香飘散开来，姐夫在身边对货理货，把酒柜拿空的酒填满，打开地上的纸箱，把搬空的纸箱拆开叠起来——店里只要有两个人走动就很挤。

选酒时我才发现，原来这里不光有精酿啤酒。收银台货架上有各种清酒和威士忌，还有烟。而有些看起来像皇家礼炮或者大香槟一样的酒倒是真的啤酒，标价动辄七八百元。至于长相标准的精酿啤酒——贴着花花绿绿的酒标，大约350ML一瓶——足以让人犯选择恐惧症。

以这种摆法，莫非来的人都知道自己要喝什么？否则这个地方是如此之小，如果人多一点，你基本上只能在触手可及的地方抓个瓶子易拉罐，绝无可能像我这样蹲着从酒架的最底层挖来挖去，看看产地成分标和酒精度——说起来，来喝酒的人看成分标吗？

我买了四瓶精酿，修道院IPA、打嗝海狸Stout，一瓶柠檬海盐什么的，最后一瓶忘了。170块。我扫码付钱，从兜里翻出一个塑料袋把它们装到一起。顺手扫了旁边的公众号，上面标着"老黄和英姐的小酒馆"，翻到最底，是一条2017年的文章。那个时候店里还摆着一套高脚桌椅。

一张圆凳递过来，还有一杯白茶。今天不用坐啤酒箱。我环顾四周，这家店让我想起各种各样的东西。比如说二手书店，或者某种小众博物馆。总之不像酒吧，是有很多酒。但是爬满整个天花板和门面的宝丽来，还有贴纸（我眼睛一抬，看到空调旁边一张"你扫我还是我扫您"），那种密集、极大信息量扑面向来的感觉，让时间在这个狭小的空间变得肉眼可见。我凑近了去看每张相片。落款时间2019、2021、2019、2020……大多是时髦的年轻人，也有时髦的中老年人，极少。

"昨天晚上有个人问我，英姐，这算什么？我就瞎讲，我说这是西部牛仔吧。那个人穿了红色大花牛仔裤，男的，戴一条镶花皮带，一个牛仔帽，上面好像穿了一件白色的衣服。一看就非常地养眼。然后旁边那个男生就说：'英姐，我问你一个问题，这个算什么？'"

英姐说普通话的时候一板一眼，吐出的字像是蹦出来的。她短发，圆脸，穿"624Changle & 公路商店"的员工 T 恤，喝热茶。虽然敞着门，但是空调吹了一会儿，她还是去加了一件运动夹克。

"我这店 18 年了，18 年前我有这个智商啊？"姐夫过来摆酒。"一家店开成今天这样不容易来！"英姐把身子偏过去让了让，"到今天这个，已经算是我的巅峰了。"

"（桌椅拿走了）卖得只剩酒了。人太多了。桌子放这里不合时宜。我儿子 5 岁的时候来这里的，今年已经 22 岁了，虚岁。我们来这里都算虚岁。开这个店我们当时就这一小块。看到吗，这里有一条黑线，别的都没有。（问：都是墙？）对。都是窗户，包括这个门也是窗户。"

10 平方米，不能再多。英姐在我身边挥舞着虚拟的界限。

"后面么再谈呀，觉得地方太小了，就把这间谈下来（指左边），再把这间谈下来（指右边），再把后面谈下来（指厨房），再把楼上谈下来，就好了呀。我住阁楼呀。楼上还有一户两户三户，上海房子都很小的。原来（左边）这个地方卖水果的，（右边）这个地方卖烟的。那边什么也没卖，就关着，后面就是厨房。不容易是我的事呀，我现在觉得很幸福，我是一步一步拾着台阶往上走的，我起步的时候 200 块钱，200 元。因为我所有的营业资金都是我哥给我的。我自己没有钱，就 200 元。"

1995 年底开的店。水果，鲜花。然后是水果和酒。然后只卖酒。老年顾客越来越少，年轻人越来越多。

"我以前身边全是老年人。90 岁、80 岁、70 岁，因为我卖水果。卖酒变年轻了。（法华镇路）啤酒阿姨，比我长。我开的时候她已经上电视了。我见过。我开了，看电视，她在介绍什么十三枪啦，罗斯福啦。但是我没有去过她那里。我做这个店纯粹是自己一板一眼做起来的，我没有去参观任何一家卖酒的店。"

英姐和来喝酒的人不是一类人。我坐在这里，直觉如此。但她有一种百无禁忌的气质。对年轻人，或者她说的"小朋友"有一种不以资历论英雄的宽容。卖酒的人似乎总有这种机会，成为一个倾听者，一个树洞。对着一个陌生人倾诉可以解压。更何况这个人往往一拍胸脯：大胆去干，没饭吃找我。

我问昨天进屋拿泡饭的男生是不是就是这样一个"朋友"。英姐想了想，"是呀。有一些朋友，'英姐，能不能蹭饭……'，可以，来呀。我吃啥你吃啥，你别要求高，要求高你上外面去。"

英姐脊椎受伤，无法负重。店里散活不断，这些饭友就用搬货、临时看店、各种各样的小工服务作为饭钱。

她的生活越过越开放，她也不拒绝自己不熟悉的东西。

"（宝丽来）不是我刻意去学的。我刚做酒的时候我朋友说，'你应该去买个宝丽来'，宝丽来是什么啊？不知道。我朋友说'你应该去买一个照相机'，我买照相机干吗？'你应该去拍照片贴在墙上'，照片不要钱啊？哪有这么多钱贴啊，那就放弃了。再过了几年……其实我宝丽来买得很早很早。我已经买第二个了。本来我的理念是，怎么能够用这个东西呢？这个败家子玩意儿啊！赚了钱怎么能玩这个东西。"

第一张宝丽来可能是 2017 年。来一个客人就拍一个，签名，挂在墙上。墙上贴不下了老黄爬在凳子上贴天花板、空调、插座、灯架、酒架。如今客人太多，只能限制时间，晚 9 点之后没有宝丽来服务。

贴纸也是那会出现的。贴纸还没有那么多的时候，英姐不喜欢这扇乱七八糟的门。丈夫老黄劝英姐不要管，确实也很难管。"大半夜经过就贴一张。"

门越来越满的时候，法则就变成"不要把别人盖住"。只有一气贴很多的同款贴纸才会被撕掉。恶意圈地。有一些她能认出来是服装品牌或者某个 app，一些一看年代久远，整体褪色，或者干脆被覆盖，则是来自最早的酒客，大多是滑板圈和设计圈。卧虎藏龙。

绝对不是"亚逼"。她避免说出这个词："我到现在还没理解，把什么样的一群人归类为……听说的时间早来，2018 年，2017 年。有一群滑手，玩滑板的人聊天时候说的……反正我现在不认为。我现在身边的朋友，我认识的，我眼睛看到的，都是文化素质比较好的。"

聊到一半她忽然拿起手机，说想起来一件事。翻微信对话框。语音电话拨过去，说上海话："哎，今朝落大雨伐要出门噢，老实点噢，吾各哒伐要紧呃，哎。再会。拜拜。"

对面是一个男生的声音，很乖觉地说："好呃。"

英姐全名吴六英，浙江衢州人。她出生的地方靠近江西，祖上也是江西过来的。2500 人的村子，吴是村里的大姓。

英姐父亲职业做馒头，咸甜两种，没有馅，用酒糟发酵。她团起手指又放开，像释出一把烟雾，"很蓬的，不是北方那种实心馒头"。这种酒酿馒头如今已经很少有小店做，因为面揉好不能刀切，只能用手一个一个揉成团。英姐家里五男一女，外加父母，这活计费人。后来儿女一辈都去外地打工，馒头就做不成了。隔壁村的人上门学艺，手艺就到了邻村。

"我们挑馒头出去卖，有时候也换。"英姐说，"80 斤馒头挑出去，挑回来 120 斤的碗。我妈妈累得都要哭了。"

1995 年，她跟着哥哥来上海，哥哥卖水果（"那时候生意很好做很好做"），她也跟着另开一个铺子卖水果。先开始在路口菜摊边上，再挪到现在的长乐路 624 号。

"前面是襄阳路服装市场嘛，这一带住的全是老板。我有体会的呀，我每天晚上 10 点钟有一波生意。我们卖水果和鲜花，很辛苦的，早上5 点半 6 点开门，要做到晚上 3 点或者 2 点。水果店，就是时间守出来的。"

她学着上海人的劲儿做生意。

"襄阳路那个生意是真好做，真好做，那些老板真的是生意做得非常好。我就佩服，怎么每个人的英语都那么好？原来不是！他只会说，hello！哎对吧，对吧，you come！再见！拜拜！Money！多少钱！One Hundred！因为我英语不怎么好，我就佩服，这些人都这么好吗，原来不是，但人家会说呀！牛逼呀！就这样做成功了！后来我就跟他们学呀！不是学英语，他们这种精神我可以学的嘛。我英语也不行，后来我也找了一个人学，简单的，就跟外国人交流。哎，你就把意思说明白就可以了，一个字，no！哎对吧！yes！对吧，说明白就好了呀，哈哈哈哈哈哈哈。"

她把一些具体的事情发生的时间记得很牢。比如来上海是 1996 年年初的农历十二月二十。第一次在上海过年，对着电话哭，哭到父亲也跟着哭。又比如现在店门上贴的营业时间（12：00—23：00）是 2021年 5 月 24 日贴出来的。那时候人流鼎盛，扰民投诉猛增，她不得不提早结束营业时间。

又说了一年的 4 月 7 日，本想回去照顾生病的父亲，自己如何因为进货和等朋友拖了 4 月 9 日，错过了见父亲最后一面。

剩下的大事要靠朋友圈记录提醒。英姐的朋友圈 2014 年开始用。时间线里保留着她同时卖水果和酒的店铺陈列。她扎的鲜花。她爱紫色。

一大束苍兰。

还有乡下的路。带侄女去钓鱼。住在长乐路店铺楼上的奶奶。半夜从虹桥火车站开到市区的320路公交车，要开两个多小时。

有一张照片写着"老家年味一份"。八宝菜。有马蹄、胡萝卜、芹菜、青辣椒、红辣椒、豆腐干，还有咸白菜，主料是咸白菜。

"我小时候过年，用脸盆装的，堆尖，放在香案上，要吃未来的七天八天十天。里面还有一个原料叫萝卜丝干，上海没有，我还是会凑满八样。八宝菜，我们乡下的一种习惯。现在做得少，因为我们的习惯是今天做的菜明天就不吃了。就炒一小份，但是一小份就没感觉。"

她几乎不发儿子的照片，因为别人告诉她公开发小孩子照片不好。等到儿子长大了，已经不愿意主动跟她合影了。

于是就在微信签名留一句话："思念是一个飞着的风筝，远和近都牵着心。"儿子初中一年级以后就被送回老家读书，因为没有上海户口，无法本地高考。从此她手机都不关机，只为儿子万一会打电话来。她不知道儿子有没有留意她的微信签名。

不关机的习惯保持到现在，坏处也很明显，总有电话在上午或者中午打来。夜里起码3点才睡下，电话一响就心慌。尤其是她最近更年期，开始莫名失眠。

06

市井

路口一：长乐路—襄阳北路

梁先生躺在朝北的小房间里，刚入夜就听襄阳北路上大车卸菜的声音，这声音没有规律，时有时无，赶上有点心事辗转的晚上，会一直持续到天明。天明时人声响起，是逛襄阳路菜场买小菜的人。菜场分作两段，南一段北一段，没太多差别。梁先生白天在气象局做工，要打起精神，休息不好，这一天就不会爽快。

那时已经到 80 年代，梁先生二十几岁。1961 年他就出生在这房间里，出生时隔壁自家的泡水店[1]还在。那是爷爷用了几根金条买下来的产业。"泡水店开在路口的，那在当地是要有点势力的。"梁先生强调爷爷不一般。王老师在旁笑："泡水店还有势力。""这里是法租界的呀，开在路口。"梁先生不喜欢话头被太太打断，再次强调路口的不凡，他有自豪感，襄阳北路上一连三个路口，南边是杜月笙的办公室，北边是潘

---

[1] 供应热水的店铺，也称"老虎灶"。

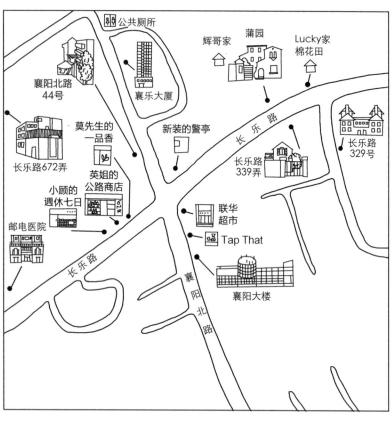

公共厕所

襄阳北路
44号

襄乐大厦

辉哥家

蒲园

Lucky家
棉花田

长乐路

莫先生的
一品香

长乐路672弄

新装的警亭

长乐路
329号

英姐的
公路商店

长乐路
339弄

小顾的
週休七日

联华
超市

Tap That

邮电医院

长乐路

襄阳北路

襄阳大楼

公展家，中间这一个是爷爷的泡水店，当然了得。阿爷早先做什么的不知道，地下党也做，黑道白道都做，陈毅还给发过奖章，后来弄丢了。梁先生表示遗憾。梁先生对老虎灶没有太多印象，四五岁的时候就交给国家去经营了。他记得多的是路口东南角的羊毛衫厂，一妇婴对面的八一电镀厂，羊毛衫厂后面有修脚踏车的。还有上学的路，后门出来钻进弄堂深处，过吴家花园，大宅子，过去之后就是672弄，那里有富民路小学，出版社门口。过几年上中学也近的，过了巨鹿路，有培英中学。梁先生十几岁二十来岁，生活的圈子就这么大。

培英中学现在叫华东模范中学，富民路两边各有一个校区。富民路小学变身为静安区南阳学校，是一所为智力缺陷儿童提供特殊教育的学校。吴家花园的院子有点荒芜，但院子格局建筑都在，挂着"退耕小筑"的牌子，吴家的吴是指吴镜渊，中华书局的创始人。梁先生说的出版社没有变，上海人民美术出版社，一样很有历史感，他们的连环画影响了好几代人。

羊毛衫厂、电镀厂这些里弄小工厂早就不见了。与梁先生家早年泡水店对角相望的是平民化的联华超市，它是襄阳大楼的底商。联华后身贴着长乐路的另一家底商是杰拉网咖。它门口的台阶下面，悬铃木边上有打气筒和一盆水，这是几十年来自行车修车铺的经典配置。不知道是不是传承于八一电镀厂门口的脚踏车修理店。网咖台阶上有把别人家淘汰的椅子，偶尔有人坐在上面。那是修车人。现在谁会把自行车推到这里来给他修呢？

泡水店现在是卖冒菜的，把着长乐路和襄阳北路交叉口的西北角。梁先生出生的那个朝北的小房间，现在是川蜀冒菜的里间，挤着三张台子，那是梁先生住了大半生的地方，他和王老师结婚也在那里。

"这点地方，你们结婚的时候这房间里怎么摆家具啊？"

"该有的都有的啰，沙发大床五斗橱，哈哈哈哈……"王老师笑，后来她还跟别人去讲，"伊问我结婚家具有撒，撒都有的，么可以结婚伐啦！哈哈哈哈。"

后来冒菜店生意好，想原地扩张，用隔壁幢二楼的员工宿舍和梁先生的里间做了置换。现在躺在二楼床上看手机的是小梁先生。

小梁先生以前做健身教练，后来进了地铁公司。地铁正常运转的时候，要倒班，小梁先生对这工作谈不上喜欢。2021年底开始，地铁公司辞职成风，他还没有来得及思考这重大人生问题，就被隔离在公司里，连家都回不去。排队做核酸的时候，王老师说在公司隔离好，他要自己在家，可不知道怎么过。小梁先生以前每餐吃外卖，省事。王老师有时觉得这些外卖又盐又油，就自己做一点，也用便当盒装着送去。

小梁先生有自己更重要的人生问题要思考。那就是什么时候搬离这里。拆迁虽然风声总是很大，但总是差那么一点。要达到98%的住户同意太难。不拆迁，他就只能窝在这里，听每天楼下的喧哗，现在没有卡车夜里来卸菜，襄阳路马路菜场已经搬到巨鹿路上进了室内，但是夜里依旧难得消停。小梁先生楼下是嘲鸫咖啡，624号公路商店生意起来了，他这半条街都听得到响动。

换作别人跟人说起住在公路商店楼上，会感觉这事挺酷。小梁先生不喜欢。不光是因为他宅，而是这东西不是他的生活。他只想买房"上车"，快点离开这里。

两排。从襄阳北路路口到邮电医院，要拆两排。

2021年5月底，御田酒场的小胡老板跟我们说起这个事，细节凿凿，不容置疑。拆了改商场啊？好像容积小了点儿。我们议论。说是要建个公园。我们这里缺公园？公园有啥好处？公园可以纳税啊？隔一个路口就是襄阳公园，这儿再加一个绿化带有啥意思？

不久之后就看到报道，说"上海计划在未来五年内新增 600 个公园"，这是 3 月份公布的新五年规划的一部分。

在新一轮城市改造蓝图中，整齐划一的街区，没有架空线，道路规整，人们穿得光鲜，行人（某种意义上是游人）随时掏出手机，对准任何一个地方都可以成为取景框中的照片。而且，据说公园在国家宏大的城市规划里不论是面积还是数量都是有标准的，静安区还没有达标。长乐路虽然名声响亮，但这个老旧街区，看起来不会为了达标而有任何贡献，它太市井了，似乎值得为此牺牲。

它是一个长方形的地块，长的一翼是长乐路，短的一条边在襄阳北路上。

这块新规划中可能会变成公园的街角，最醒目的是襄乐包子店。把着路口，一整屉鸡蛋一整屉包子气势磅礴。2021 年 5 月的时候，还是竹笼屉，几个白衣老妇，站在那里包包子——虽然取明厨之意，但可不像是大商场里高大上的小笼生意那么有非遗气，给你感觉就是后厨站不开，把操作台赶到了前面。不时有服务员端着大盆出来，将脏水倒在路边的窨井里。生意是真的好，早上六七点，就七七八八站满了本地阿姨爷叔，衣衫不整，哈欠连天，"两菜两肉"，像黑话一样，感觉你笨拙犹豫举棋不定耽误了供求流水线上的和谐，而爷叔们即使用现金，也比你要麻利很多，准备好的零钱放在边上；再过一阵是上班的白领们，掐着一只菜或者肉馒头和一袋豆奶，扫码离开；再往后松快一点，不时有骑着助动车的蓝色黄色骑手把车停在窨井盖上，拿着三两只包子吃上几口然后扔在脚踏板上面的保温箱上，盯着手机，你是哪哪哪，我马上到马上到……就这样，来来去去一天时间过去。

从包子店向北，沿着襄阳北路，是一串款式接近风格接近的小吃店，每个都热气腾腾——美味香饮食店、美新正宗山东水饺、贵骊饮食店、和乐点心店、福建千里香馄饨王、黄焖鸡米饭、黑金蛋炒饭。然后，到了襄阳北路44弄的弄堂口，有人在那里择小龙虾。好大一盆。这些招牌不代表每个都是一家店，贵骊饮食店是和乐点心店的堂食档口，美味香属于襄乐包子店。

小龙虾属于"黑金蛋炒饭"，感觉它是黑暗料理的鼻祖以及集大成者。招牌色大胆，用黑金白三色，黑金蛋炒饭边上写两句话，"加什么听你的""怎么炒听我的"；各种时下流行的食材不想放过，一律大字招牌很甲方很椰树椰汁地写在店面显眼处，现在主打的是"段氏盱眙龙虾"。它们还卖葛老幺木子鸡，"记忆中的味道""始于95年老南市体育馆"。这个外卖窗口分割了店面的整体布局，不过没有关系，满满的最好了。

到了2022年夏天，尽管有诸多口号和理想加持，黑金蛋炒饭也还是惨淡收场。在年底它就已经换了名字，新的简洁，就叫红烧牛肉面。

过弄堂口，往北是一个叫荡铺的古着店，荡字在上海含义多，有动词有形容词，又搞谐音梗，所以可能会有一些人特别喜欢吧。但是，它的门上贴着至少三张纸，反复强调：荡铺不是古着店哦。好吧。

包子铺沿长乐路往西边走，隔壁是梁先生长大的川蜀冒菜，它还有一个牌子是"特色纸包鱼"。再隔壁是一品香茶庄，这是莫先生的店，因为六安瓜片与精酿啤酒齐飞而成为谈资。

再向西，嘲鸫咖啡店，很正的邮差绿门头，店招加了拼音（cháo dōng），应该是料到很多人会念成"嘲鸦"，就跟看到黑鸟就会认为是乌鸦一样，乌鸦八哥也经常会被看成是乌鸦。上海乌鸫多，黄嘴，眼圈也黄色，个子比乌鸦小，叫声好听，还会学其他鸟叫；八哥，凤冠，发型别具一格。

隔壁614弄堂的铁门长年半开。但门边摆了几个共享充电宝设备，没看出来是谁家的生意。外人乍来此处，会认为本街区最广泛生意是卖啤酒，实际不然，真正不放过任何一个空间的是充电宝生意。啤酒顶多是不放过任何一家店，而充电宝大佬则是不放过任何一个空间，所有的店，所有的可以甩根电线的空间——弄堂口修车配钥匙的、保安的小亭子、垃圾箱的隔壁，哪怕这个铺面此时闲置，抠出一个窗口也要摆上几组机器。

弄堂口掩住的半扇铁门前还摆着一个招牌，上面写着：

加工服装　成批加工　定做样衣
修改服装　干洗服装　织补毛衣

裁缝叫小孔，留着电话。下面的箭头指向弄堂里，裁缝总是被叫成小什么，几十年前刚改革开放的时候就是这样，活不下去的温州人开始全国各地跑，就叫小张小陈小李之类，或者干脆就叫小温州。长乐路以往卖潮牌，卖旗袍，再早还守着襄阳路市场更早的华亭路市场，边边角角的裁缝生意不可或缺。

裁缝也是社区里了不起的人物。别看他们总是外地人，但是真正的信息交换中心，一是因为客户大多是女人，家长里短事情本来就多；二是外来人利益牵扯少，所以容易扮演树洞或者神父的角色；三是要找话说，不能太闷，练就一个好听众的同时，也练就好口才。

霍布斯鲍姆说欧洲乡村鞋匠往往成为革命者或者异端，经常扮演知识分子的角色，最核心原因是一样的，消息灵通，能说善道。

铁门后面有个配钥匙摊，多少也是这样的角色。王老师在蒲园买房，配钥匙的把功劳挂在自己身上，王老师有点不服气，她正经找的地产中介时间也就那几天，但人家自诩百事通，抬头不见低头见，也只好笑笑。

弄堂口西边是刺青店，取名天道。字体毛毛躁躁的，追求的可能就是这个风格，招牌里画上了骷髅和骨头，有龙傲天、叶良辰之风。但有这些超级英雄加持，也难掩颓势，未到年底，已经关门大吉了。

隔壁620号是一芳茶饮，台湾人的水果茶，几年前在上海生意做得到处都是。但水果茶甜度不够，落败于奶茶，所以一芳在流行饮品界渐落下风。好在他们并不像他们所声张的那样对水果茶有多深的钻研和爱，他们还是对市场营销更在行一些，很快就换了招牌和身份——襄阳南路上的和这一家都变身为王柠，号称正宗广东柠茶王，翠绿翠绿的，生意突然火爆起来，直到全域静止。市场营销或者口味，通通败下阵来。

再过去是 Double Win Coffee，连锁店，出现在上海各个身份与定位不同的商圈里，有一网打尽天下的魄力，显然是拿了投资。

长乐路624号，英姐的公路商店。2022年名字从"624Changle & 公路商店"变为"624Changle 长乐"。橱窗上的贴纸，铺天盖地的拍立得照片，门口常年拴在树上的一把铝梯子都还在，但与公路商店的合作结束了。公路商店的官方文章里说尊重英姐的职业选择，诸界都无师自通，哪怕亚文化也不例外。

626号是 Manner Coffee，上海最早的"两平米咖啡馆"品牌，最初开在恒隆下面的南阳路上，小门面，橱窗兼做柜台，摆着咖啡机或者手冲，招牌和水单，里面有一两个人忙活，占地面积两平方米上下，如今开店无数——长乐路和常熟路路口那里，百米之内排着三家Manner，而且它们现在也不再坚持两平方米策略，投资加持之下已经扩展到了烘焙业。

628号是居酒屋鸟啸。以前是著名的"赵小姐不等位"。长乐路初代网红店。它们倒是少见的稳定。

隔壁终于出现一家中介，亚勋置业。长乐路上中介密度比起新房、次新房街区的中介要少，说明这一带的房屋周转率不高，也说明可销售的房子不多。这个"亚勋置业"的经营范围写在门上，每个字有 A4 纸那么大：使用权（房），产权房，学区房，老洋房，动迁房。

中介西边是良友便利店。它也是上海比较早的便利连锁店之一，与好德、可的齐名，但后来都式微，不敌日系的全家和罗森。据说良友是"粮油"的谐音，早年可能是遍布上海各处的粮油店，在有粮本粮票的时代，它们是社区生活和服务中心。这个巨大的服务体系在 1990 年代到 2000 年代逐渐消失，遗产之一是便利店。良友不如好德、可的、联华这些业态，可能一是粮食系统统购统销崩溃得更彻底，话语权弱，还有一个更重要的选址原因，粮站一是尽可能贴近社区，买几十斤米面，还是不要走太远，所以都在社区中心步行范围之内；二是垄断经营，非我莫属，所以无所谓选址，经常放在社区深处。这些地方，经过几轮城市重建，大多拆迁，拆了就没了。

再过去是 638 弄堂口。有一垃圾站，看着有点脏。过弄堂口，连着几家时装店：玉之坊，乐盖鞋业，佳妮服饰，Y+T。毕竟长乐路早年以时装业起家，还留下一些外贸时代的老底子，玉之坊门上贴着年关海报："年底清仓，50 元起，不计成本，一件不留"。

它们过去之后是个叫"健康糖"的饮品店，英文招牌叫"Kinkon Sugar"，念起来像去了后鼻音的金刚。这个时候主打品是"超好喝的酸奶"。它的隔壁 648 号 Bloom A.M. 花室，白色系，没有过度装修，也没看出来太有不凡之处。

花店旁边是週休七日，准确定位是个点心店。从小红书来的客人也是冲着点心，老板人到中年，品味古早，喜欢《低俗小说》，喜欢约翰·屈伏塔和乌玛·瑟曼，喜欢他们的摇摆舞。电影中，屈伏塔上得舞台，脱鞋，放在一边，开始扭动，蓝领风度，解构主义大师，无产阶级文艺精华所在。所以週休七日的 logo 是两位主角扭动身姿。小红书导来的小姐姐，管它叫老年 disco 贴纸。没错儿。

杨浦来的小顾在这里上班。

它的隔壁是卖古着饰品的"又喜"，"Yoxipunk"。门口总是摆两个像柯基一样很短腿的 PU 靠背转椅，有侏儒感。门口地垫有两层，上面一层是"艺术家入口"，下面那一层是"来都来了"。创意市集里的刻奇货。

珍品轩，它饱和度很高的红色与旁边又喜的牛油果绿色很搭。这个店收或者卖旧家具，高深莫测，不苟言笑，像个这条街上的长辈。后来它也卖起了酒。656 号是来伊份。上海街头随处可见的干果零食店，它还坚持着没有卖酒，有操守。接着是一个卖葡萄酒的店。代理海外葡萄酒的专门店经过了几代进化，这一家偏早期，跟红木家具店和老派女装是一个时代的产物。它叫"齐饮"，从招牌到名字到装修风格看着确实也像是二十年前的遗留。

齐饮西侧是 660 弄堂。弄堂口又是一个上门开锁配钥匙的。这位师傅的手艺可能更高，强调自己在遥控钥匙和车钥匙领域里的能力。

然后就是邮电医院。传说中的拆迁范围到此为止。33 家各式雷同或者剑走偏锋的小生意，占三个门面的良友或者不占门面的配钥匙爷叔或无处不在的充电宝，共同占据这 100 米。

这条街上最常出现的是坐在週休七日门口的遛狗爷叔，他遛两只狗，一只狗是他的，另一只是他哥哥的。

他们真的要建公园？我们问王老师。

"建不起来的。里委开多少次会了，票数不够。票数是要全数居民的 98%，现在还不到 95%。"

里委。王老师坚持不叫居委会，也不管他们叫社区，坚持称为里委，透着一种本地人的踏实。居家隔离的时候，她会在群里比较不远处卢湾的里委做得很好，理论上那是黄浦区，但王老师习惯还叫卢湾。她出生在淮海坊，虽然只隔了陕西路，但那里属于卢湾区——刚建出来的时候，住的可都是医生、大班、有钱的职员。王老师说做得好的，还有徐汇，离这里更近，虽然他们有一度甚至要把每家每户的门都贴上封条，但物资发得好啊，发了 19 次！肉蛋鱼奶！而静安居然就发发咸肉！洗洁精！84 消毒水！

四五月份，拆迁这些让王老师操心的事跟所有的事一样静默了。那时，大家只能看小视频，公园里砍掉了树，运进了集装箱一样的棚子。公园的好处是"公共"，只要进入公共空间，公共管理部门就可以随时拿来用。所以尽可能搞更多的"公共"空间，也就容易理解了。

* * *

那是两只自由的黄狗。

冬天，它们贪恋阳光，中午之前一定守在大大旺门口，阳光会从东边和南边照过来。再晚一些，太阳转西，两只狗会在路口穿来穿去，有几次看到它们直接在襄阳北路的斑马线上就地卧倒休息，让人为它们的安全担忧。更晚一点，西晒最猛的时候，它们就在 Tap That 的门口跟卷哥的手冲咖啡 Drippers 在一起。

卷哥无法忍受西晒，搬走了。两只黄狗依旧。下午四点来钟开始，几家精酿啤酒馆相连的台阶上坐满了人，它们俩梭巡成背景。

它们跟这个城市的共生关系就是大大旺的店主会有一搭没一搭地给它们提供一些食物。它们大概会以为这是它们的家。

大概在 2022 年 3 月底之前几天，先是不准堂食，街面上人渐少，大大旺也关了，大家发觉两只黄狗已经有几天没有见到了。四五月的时候，它们就完全不见了。

　　大大旺守在这个路口的西南角，一副胸无大志的样子。街对面的襄乐包子店至少在 2022 年的新年头上更新了笼屉——全不锈钢——虽然看起来更像芭比馒头店[1]了，但金属亮闪闪显露出锐意进取的劲头。大大旺不然，感觉它忘了初心——它的全名叫"大大旺特色馄饨"，但好像也无意于此吆喝。现在它的主打产品写在了张潦草的纸上：肉饼。只有凌晨宿醉的迷失少年才会口口相传，说它是夜半醉酒迷失回到人间的绝佳碳水。它运气一直还好，无论主打什么，门面终究是守下来了。漫长春天之后，它挂上了"邢家缘麻辣烫"的牌子，"大大旺特色馄饨"被挪到了店内。

　　顺着襄阳北路向南的一个外卖窗口卖土家酱香饼，这种饼感觉是二十年前的流行物，如今还能支撑着这店，比起一年换几次店头节奏超快的当下本地风格，简直称得上传奇。它的隔壁是襄阳北路 66 弄大门，门长年关着。外面沿街，有两个朝外的窗子，窗子加了百叶木窗，刷成粉色，现在是咖啡馆——英文名叫"Love Concept Cafe"，中文名叫"小日子咖啡馆"。有点自问自答的感觉。窗子上还有它用 Julius Meini[2] 的豆子的招牌，往往超过了店招的影响力。它的入口藏在 68 弄小区的大门里，因为管控，那门也常年关着，不知道客人如何进去。再往南是 70 号的湘菜人家。饭店招牌下面还有一行小字：木月饭店。可能是很久以前的名字，字小，冷不丁看上去就像是"本月饭店"，有一种 KPI 夺魁

1　上海一家连锁馒头店。

2　小红帽，奥地利知名咖啡品牌。

感，莫名戴着荣誉光环。

长乐路南侧已经是徐汇区，所以它还有一个小功能是"徐汇区户外职工爱心加油站"。

它隔壁有一个档口是"移动通信 福利彩票"，其实就是烟纸店，守着94路车站，烟和水似乎都走得还可以。

大大旺沿着长乐路向西那一侧街面上还要更本地化一些。第一家是"蓉城一品鹅"，这一年一直声称在搞"20年感恩回馈"，全场七折，它也卖川味儿酱菜。过一个楼上的居民楼道门的隔壁是一家小手机维修店，卖手机壳充电宝一类。隔着一个中国体育彩票的档口，有一家叫伊洛的美甲店。美甲店边上是个美发沙龙。

再向西，是一家已经关门很久的茶庄，叫"尝能"，自称"Since1998"，不比一品鹅的生意短，这些喜欢数着自己经营年头的店，大都存着百年老店的心。可惜这茶叶店离了集团消费，生意大不如从前。

再过来是聚凤腌腊店。招牌和风鹅咸肉皆一片红彤彤，一条条咸肉真空包装，很干净的样子。人从店门口走过，气味还追着你。老板常年围着白布围裙，总是在干活，从不见玩手机。有一次在乌鲁木齐中路的红怡食品店买酸奶，出来突然闻到一股熟悉的广东味道，回过头来看，欸，这里也有一家聚凤腌腊店。原来他们都暗自间搞了连锁。在这些老街区里待久了，会发现连锁有明有暗。就在聚凤腌腊乌鲁木齐中路店不远，有一次买瓜子，扫码，显示收款方叫"冬天红薯夏天西瓜"。

"欸，这店不是在新闸路上吗？"

"那是我舅，我们是一家。"年龄不大的女店员说。

想起瑞金二路上靠近淮海中路那一段，有很多卖古着的店，有一家叫"宇宙无限"，巨鹿路四明邨里唯一一家卖水果的摊位边上总是有一个简陋的路牌指向里面，也是宇宙无限，也是古着。

华山路上原来有一个云和面馆，现在在长乐路上也发现了。

有一天，看长乐路上新开的买手店 Labelhood 门口站了很多人，转一圈，看有人在巨鹿路背着 Labelhood 从一个店里走出来。

"你看，她买完 Labelhood，跟我们一样又转到这边来了。"

"没有啊，这家也是 Labelhood。"

一看，果然如此。Labelhood 在富民路上就有一家，这会儿又是长乐路又是巨鹿路的，不管是不是时髦的快闪店铺，没准老板都是隐形"巨富长"首富。

接下来的门面被威皇广东小馆盘下来摆了四张桌子和一个立式冰柜。主店在隔壁的隔壁。威皇是很典型的苍蝇馆子，起家时规模很小，逐渐扩大。作家金宇澄说改革之初，开始有人经商，自家店挖下几级台阶，沉下去，然后再生造出一个小二楼来，这样可以多摆上几张桌子，威皇小馆就是这样。现在这种事都会被管起来，动辄就违建，原来当然也是违建，原来应该也会有人管，但谦抑，不会太过分。这里当然有管理粗犷的原因，但政府当时四○五○[1] 安置不过来，巴不得你自寻出路，别上下都堵死。这是当时的优势。《全球城市 地方商街》里说杨浦的案例，有总结："在上海，城市再开发很大程度上体现了市级和区级政府强大而直接的力量。但出人意料的是，有些地方商业街是被政府选择性的忽视所塑造的。许多商业街底层公寓的所有者将沿街房间改为零售用途，或者占街开店。尽管这种做法严格意义上讲是不合法的，地方政府却选择因为社会性原因忽略它们。这些本地商店让许多人，尤其是下岗

---

1 泛指于 1950 到 1960 年代出生，在 2000 年代时年龄介乎 40 岁到 60 岁之间（严格认定为：女性 40 岁以上、男性 50 岁以上），尚未达到退休年龄或条件，难以在劳动力市场竞争就业的一群社会人士，他们主要是因为国企改革而成为失业下岗人员主体。当时上海为此制定一些再就业政策，以纾缓生活困境。

工人、退休员工和流动人口找到了工作。店主们付的租金为工人阶级的房东提供了多余的收入，补充了他们的退休金和失业保险。"[1] 现在就没有人太在意这些事了。

生意再做大，面积还不够，就觊觎隔壁：威皇的隔壁不愿意借给它，它只好拿再隔壁的一间。这也是老街区里常见的布局，前面说的襄乐包子店、利乐点心店都是这样。登峰造极的是永康路上的熠盛粤味，一条街上四五个档口，服务生举着餐食托盘满街走，有一种整条街都是我家餐厅的感觉。

威皇起家之处不在长乐路，而在襄阳南路。每个店都火爆，在苍蝇馆子界很有名望。卖醉鸡煲＋火锅，打边炉的一种。四个人要一只鸡，瓦斯炉架起，汩汩滚开，鸡白汤美，再下海鲜和芥菜，凉菜要个糟毛豆，配白米饭就很好。要是换成另一主打午餐煲仔饭就过于奢华近似叠床架屋了。

不过，整个 2022 年，虽然威皇的吃客不减，但隔壁的那个档口却始终没有对食客开放，那里沦为堆放杂物的地方，起初以为是疫情，后来到了夏天秋天，还是闲置，问他们，说是那个档口没有大餐饮牌照。这里的临街铺面资质各有不同，有些严格禁止一切餐饮，有些有轻食牌照，可以做些加热食品或者饮料，下手比较早的有正经的餐饮手续，是可以架起大炉灶做真正餐饮的。威皇的这个额外的档口，虽然完全可以做到"君子远庖厨"，但举报者或者管理者认为这犯了不能做餐馆的忌，就不能有侥幸心理了，否则真罚起款来，可是没有什么情面的。

---

1 《全球城市　地方商街：从纽约到上海的日常多样性》，莎伦·佐金，菲利普·卡辛尼兹，陈向明，同济大学出版社，2016 年 9 月。

威皇两个店面之间夹着的是東京名品，估计是欺负眼神不好的人当成东京名品吧。有一种80年代的狡黠劲儿，店的功能是"奢侈品寄卖护理 置换 回收"。一只只套着塑料壳的包稳坐店里，倒不在意门前走来走去的威皇服务生，端个火锅，托盘海鲜。

再往西是银羚餐厅，特色是红烧牛肉面。这餐厅无论名字还是墙壁上的油烟看起来都很有历史。它的隔壁是一个卖电子烟的门店，也是关了很久的样子。

它的另一边是让人难忘的月子服务机构。店里绝大部分地方都插着假水稻，墙隐约做出了傍晚的天空效果，一位专业人士坐在这一片橙黄的田里，当然是位女士，有的时候她的对面可能出现一位客户。这家店叫做"小石头 Simple Heaven"。它的 slogan 也简洁，就叫"Simple/ 月子里的减法"。有点做作得过了头啊。那位橙黄色稻田里的女士可能并没有把握好一个孕妇的人生态度。在蒲园门口我每天都会看到无数个孕妇走来走去，我从她们的表情上大约可以归纳出一点：她们最重要的事不是找个人生导师告诉你如何断舍离，而是如何面对人生剧变。

总之，这店开门的时间越来越少，落寞的稻田更加寂寞。过了春节，再没见它开过。

过一个私宅楼道口，是长乐路427号的 Here Cafe，门窗是蓝色的，很纯朴的感觉，门窗布局也有北方乡下民居的感觉。咖啡味道不知，在本地存在感并不强。隔壁429号是个卖电子雾化器的店，招牌很大。电子雾化器就是电子烟，但是国家好像致力于要把这个生意纳入它们的专卖体系中去，所以这生意处于地下状态——前面黄掉了一家，这家还在惨淡经营，所以它现在是一个叫"电子雾化器"的超市，以卖酒为主。

再过来，435号是逸乐轩，有一个仿欧式的大门，新小区。上海居民小区，小的就很小，一两幢楼就算一个。政府给小区取名制定了规则，因为过于复杂，我看跟没有也差不多。据说，在新的上海居民楼命名规则里，楼、厦、园、苑、城、都、村、寓、墅、庭、舍、庐、居、邸、轩、筑、庄、阁、里、坊……这些都是可选之字。旧上海，字不多，有高下之分：弄，里，坊，邨，公寓，花园，别墅，一级比一级高。

紧贴着这个小区的是个红彤彤的学校，与整个街区也不是很搭。校门很敞亮：上海市位育实验学校。徐汇区有好几个位育，其中在复兴中路上那一家正宗且来历不凡。这个禁不起势利眼打量——放学时间接孩子的父母祖辈都比较朴实。只是不管哪一家正宗，他们的校训都一样，"团结，严谨，求实，进取"。这学校的名字来自《中庸》，"致中和，天地位焉，万物育焉"——放着这样有品位的话不用，真是暴殄天物。

小区和学校之间有一窄道，可以通向新乐路。

学校的对面就是邮电医院。

* * *

前面那位阿姨买了 12.3 元的东西，从小皮夹子里抽出一张 20 元，再抠出三个 1 毛钱的硬币，收银员"啪"地摁开机器，找回一张 5 块钱和三张 1 块钱。联华超市有很多坚持现金支付的顾客。如果说定位的话，这就是定位。

它乏善可陈。超市毫无布局和动线可言。进门处就挤作一团，入口和出口混在一起，收银台一个立在门口，另一个与香烟柜台在一起。每个地方都摆满了东西，每个人都要紧贴着另一个人的后背才能进或者出。联华有两层，一层摆满了调料干货日用品，本来可以更诱惑人的生鲜大部分排在了地下一层，当然，这诱惑也是相对而言，至少这家超市没打算把它变成一个有诱惑力的所在，在走过看起来很黏很滑、实际上也确实很黏很滑的楼梯之后，是乱糟糟的鲜肉、冻鱼、水果、蔬菜欢聚一堂的场面。每次我都很替那些拉着自用购物小车的老年人担忧。

你说它没有想法也不尽然，比如出口处摆满了大桶装水，省得你在店里拖来拖去；建了若干个顾客群，随时通告重要信息——小面包到了，五常大米来了，上青团了，鸡蛋今天降价了……这家超市有三个大群，总应该有千把人，或者说覆盖千把个家庭。这也足够在社区中举足轻重了。人们也许会原谅它的毫无章法。

那几个顾客群在 4 月显示出威力。这个时候你才知道，蒲园的爷叔阿姨们原来都在联华的几个顾客群中：联华要开业了，接受小区集体购买。这是那段时间里不多的好消息。在那四天之后，居民意识到可能会出现的情况。联华在四五月间开业的几天，算是解决了蒲园的生计问题。

先是 4 月 14 日放出的猪肉套餐：

梅山土猪肉 A 套餐：五花肉 2 斤，夹心腿肉 2 斤，碎小排 2 斤，肉糜 1 斤，总计 218 元。

梅山土猪肉 B 套餐：肋排 2 斤，夹心腿肉 2 斤，蹄髈 1 个（3 到 3.5 斤），肉糜 1.5 斤（左右）总计 258 元。

紧接着一天后，开放小区团购。蒲园兴奋一晚，20 几家参与购买清单如下：

米（20 斤装），面粉（袋），面条（卷），油（桶），蛋（板），菜套餐；
牛奶（箱），光明奶粉，桂格麦片；

白砂糖，白绵糖，盐，生抽，醋，康乐醋，酵母，料酒，麻油，黄油，蚝油；

　　卷纸，抽纸，吉列刀片，香皂，牙膏。

　　在生存测试当中，第一次大规模购物的最基本物资，大体上就是这样。

　　这个平民化超市，在长乐路—襄阳北路路口的东南角，维护平民化街区的定位。在最困难的时候，它也为街区提供了最平民化的支持。

　　从街角沿长乐路向东，是那个已经成为遗迹的杰拉网咖。嵌在墙里的宣传海报还在，和网咖这名字一样，感觉过气了很久：

　　"这速度！卧槽要我翻滚吗"

　　"专业硬件大师测试搭建游戏硬件环境，确保游戏快速稳定"

　　"这防护！还要我举盾吗"

　　"专业网维团队长期优化系统、网络策略，保障安全稳定"

　　"送！送！送！告诉我这不是真的"

　　"享受主流游戏特权，激活码、经验、金币、英雄免费领"

　　"18 号会员日，充 100 送 60，充 200 送 160，充 500 送 500，充 1000 送 1000"

　　"一起欢呼 一起热血 有一种青春 叫并肩作战"

　　"让热爱一起热爱"

　　"绝地求生 大吉大利 晚上吃鸡"

吃鸡才多久之前的事啊。

襄阳大楼和老街区之间隔出一个弄堂，弄堂分两部分，铁门里的那部分门牌号是长乐路 401 弄。外面临长乐路这一部分二十米不到，是一直延伸过来的 339 弄的一部分。（339 弄和 401 弄之间并没有其他门牌号）。这里从早到晚一直热闹。原本属于网咖的台阶下，现在是顺丰的快递点，快递小哥在这里拿件，分件，研究路线，吃饭。靠里有面包店 28 Aout，以前办公室没搬过来的时候倒是特意跑到这里来尝新鲜，搬过来之后又努力了一次，还是觉得差点意思。夜里有一个兄弟烧烤，这名字听起来应该很古老了，白天从来没有声息，只有常年腻在地上的油污表示前一天晚上正常营业，有段时间它想找一个做早点的，美味香这种快餐店都会在早上找一个卖羌饼、卖豆腐脑的与它分担房租，兄弟烧烤有这心思不奇怪。不过，这一年里，所有生意都充满随机性，最终也还是没有人与它合作。兄弟烧烤的楼上，据说还是一处红色遗存，《永不消逝的电波》主人公原型李白以前住在这里。

　　339 弄是蒲石村的门牌。蒲石村这名字自然来自蒲石路，长乐路在 1943 年以前叫蒲石路，蒲石是个法国人。蒲石村是一个大弄堂，这半边街都是蒲石村范围。沿着路边，自西往东，一连串的时尚小店，它实际上是蒲石村这排房子的侧边门（你可以想象，几排连栋大宅，侧着身子站在路边）。因此每个店都是一样的格局：自西往东依次是橱窗、店门、朱红的侧边木门，如此重复。过了这几家店，橱窗消失，只剩门与小窗，外面罩着向上斜开口邮政绿木板——主要是防止路边人偷窥到家中去，但这设计有点缺陷，就是总有人顺手扔垃圾到人家窗子里。如果在路边住着，肯定算不得舒适。

　　D·J·F 珠宝设计——招牌不是很大，"珠宝设计与搭配"。店里摆着紫水晶原石和水晶树之类的，老派，又像某种玄学审美。旁边侧门上字条一张，写着"禁止小便"。可能主要是针对兄弟烧烤夜里的各种偷袭。

隔壁是空置的店铺。再隔壁半掩着门，露出一段暗黑走廊。

再向东是一家叫"兰婷 Je T'aime Boutique"的女装。卖的衣服让人想起白领女性这样的词，高跟鞋子都尖尖的。橱窗里的灯光打在闪闪的衣服上，亮。

Ailla，另一家女装店，也很亮。

一个叫"樂媞依"的女装店，休闲和白领女装混着卖，英文名取了一个不明所以的名字叫 The Offer。

它的隔壁也一样有想象力，时代服饰，英文名真的叫 Time。它的橱窗之光也不示弱，但多了一些干花绿植之类。

Cat@log，世物所。一开始猜想老板莫不是知道那个 *The Whole Earth Catalog*[1]？卖户外感觉的休闲装。不过还挂着活佛像和藏传佛教的幡，再加上木门板、中式窗棂格之类，也不是太拿得准。有几个字在入门处：福田齐耕。

过了这几家店，门面房少下来。住的是普通住户。其中一家大约不堪忍受临街朝上的窗罩，装了一层纱窗给窗板，不会再有人投垃圾在里面了。另一临街住户有其他困扰，用宽透明胶带封住了信箱口，贴了字条："此处不是甲弄 4 号，请勿打扰"，画了一只大睁的眼睛。339 弄这一排就要到弄堂口了，路边楼上，有一家挂了好多个吊兰在空中，有一点诡异。这一带街边的楼灰黄相间，三层，一层米黄色拉毛墙面，二层灰色，三层再黄色。看着高级。

然后就到了弄堂口。墙上挂四块牌子，第一个是"上海唐君远教育基金会"，第二个是"长乐路 339 弄甲支弄 1–15 号"，第三个是"长乐路 339 弄 1–44 号"，第四块是"徐汇区文物保护点，蒲石村，2017 年 4 月立"。

---

1 《全球概览》，美国反主流文化杂志和产品目录。

蒲石村这个弄堂走进去，过一个门，左拐，可以进到陕西南路186弄的新式里弄小区。

* * *

这个街角的人气在襄阳北路的那一侧，全倚赖襄阳大楼。这楼不起眼，像是随便从哪里拿来了1990年代什么机关大楼的图纸，依样造了一个。有长长的走廊，两边是一间一间的办公室，每一间可能都是单独的公司，看着乱糟糟的。

但底商不一样，感觉是此街区唯一完成了士绅化改造的地方。靠近南面大门第一家，是Smokehouse，足球体育、抽烟喝酒、Meat & Drink、西餐BBQ各种定位熔于一炉……据说是沪上最知名运动酒吧，占了小半个楼面。门口台阶上有一块户外就餐区，刚到三月，天还有点凉，就有一个裹锡克教头巾的印度人成天坐在那里，像个招牌。他用苹果电脑，或许是店老板。

接下来是Butchery，餐馆和酒吧。感觉生意还不错。隔壁是Yasmine's茉莉，它是一个和牛火锅店。混在这一堆里，看着像个bar。

北面隔壁是柯达新世纪摄影图片。这一定有些年头了，下面照相彩扩的橱窗招牌还在，打印复印的牌子特别醒目，罗列着一些细分市场功能：

易吧营销 线上推广 导客引流 锦旗横幅 信纸信封
标书装订 传单名片 现场胶装 海报制作 公众号开发
线上优惠券 展架易拉宝 传单裂变 扫码体验

有些东西不是那么容易看懂，感觉横亘多个年代，堪称一部市场营销史。现在这里的主营业务是祺家房产。

过了一个大门，就到了 Plan B，Brewery & Coffee。本社区现在主打业态：卖咖啡，也卖精酿啤酒。没有几个座位，橱窗的宽大窗台，既可以当台子，也可以坐在上面。窗台连着下面三四级台阶，也坐人，舒适。如果在窗台上脸朝里面吧台方向，这就是室内，不可以抽烟；如果脸朝向外面，就着台阶，那就相当于户外，可以抽烟。上午人少，长相清秀的店员不看手机，而是看书。忍不住去问，是《朝霞》，尼采那本，"关于道德偏见的思考"。有品位。它白天咖啡卖得多一些，但是卖啤酒的时间越来越早，一般到了下午四点，阳光还很烈，大大旺的黄狗已经转到这边享受的时候，啤酒爱好者们也已经开始高声谈笑了。

它隔壁铺面是粉颜色的螺蛳粉，名字叫 Rose，中文名叫萝撕，反正就是粉和 rose 这两个元素来回用。它有一点人来疯的劲儿，但螺蛳粉这种东西本身就是这气质，跟二人转一样。它写了很多中二的话作为自己企业文化的一部分，比如"好色之心不死，少女情怀万岁"之类的，也说"我们的灵魂并无性别"。也是一个话多的店。

有一天，看到它的店关着门，写着"出兑"一类的字。看着很红火的店，原来也活得这么艰难。不过细想了一下，几个台子，中午坐满了人，即使翻台率很高，但螺蛳粉卖不出来价钱，也不会有太多的流水。它太臭了，所以特别放大了它的存在感，放大了粉色，放大了 Rose 的店名，可能也放大了它的红火。它存在的时间大概也不超过一年吧？

很多店背后藏着营销者话多的性格，在各种面目、各种面向的商家里都有。黑金蛋炒饭，喜欢说些纵横四海的大话；川蜀冒菜家，中老年油腻男特色，比如它不想让人跟他讲价钱，就写"如果看上老板娘，整个店都可以送给你"……话多对于他们的经营来说，看起来也没有什么帮助。到年底，只有冒菜坚挺依旧。

8月初卷哥卷铺盖走人，开始打磨他在南昌路的新咖啡馆。

＊　＊　＊

路口的东北角看似风平浪静。一段围墙把外面的市井分隔开，围墙里是艾维庭，一个老牌的美容院。美容院靠销售做生意，人拉人人传人，所以形象要好，要满足客户虚荣心，院子里要经常停着豪华车，要在好的地段有自己好看的洋房，艾维庭就是这样。当然，早期的美容机构多是港资台资，二十几年前他们财力超出我们一大截，而且，他们显然要早几年比我们意识到地段和稀缺性对于一个房子的价值——所以有个好房子可能也正常。

好在艾维庭是个安静的公司，没有把房子搞得张牙舞爪。

2022年6月底，艾维庭外面突然多了一个蓝色旅行车一样的装置，就霸道地插在路口，有点像大众经典T1的造型，但我们都知道它可不是60年代嬉皮士风边缘年轻人的反潮流武器，熟悉的蓝色说明它是警方的一个派出机构，就算加了粉红色的门也不能改变这一本质——为什么要加入粉红元素也让人不解。它开始时只是个蓝壳子，后来加了空调，后来车顶上增加了警灯，再后来又增加了滚动字幕显示屏，现在就差里面装上警察了。

艾维庭的隔壁是襄乐大楼。上海的一些楼命名方式简单，两条路取首字，就好了。巨鹿路富民路路口叫巨富大厦，感觉就又霸气又好口彩，很合适。这个楼按命名规则应该叫襄长大厦，就有点可笑，所以叫了襄乐。但它有一个搞笑的英文名字"Assists the Happy Building"，不知道公寓里住户是如何忍下来的。襄乐大楼上面是公寓，下面是全季酒店和各式酒吧，跟马路那边的襄阳大楼接近，底商正襟危坐，为士绅化加分。只是它不但中产阶级，而且中年化，直观上说，就是那边的人喝啤酒，波希米亚，这边的人喝洋酒，给人感觉是永远在谈地缘政治。中年人也可以搞潮流把戏，看起来这里聚集了全上海最多的板着脸的酒吧：Wonna、Chill 放松、Project.W、Taste Buds 俱乐部、夜店 All Club……他们要到晚上和夜里才会有一些人气，

白天这里属于快乐的收废品小集团。他们中午在襄乐大厦的台阶上就餐，或者转移到艾维庭的门口。他们自己有板车，既可以坐在上面，也可以把板车作为桌子，更何况还有襄乐大厦宽阔的石头围栏，通常他们自己带饭，也会在对面的利乐点心店买些小吃，关键是他们会有自己的小酒瓶，他们走本街区精酿啤酒、洋酒之外第三条道路，他们喝白酒。

很多时候不到 11 点他们就已经准备起来了。五六个男人，偶尔会有女人，聚在一起。这个市井路口唯一的一点中产气氛，被欢乐的他们瞬间给打压下去了。一物降一物，现在这些老一代波希米亚与年轻一代波希米亚一样，都被路口那个蓝色大警车的威风压制下去了。

他们的气质与长乐路这一边更接近。艾维庭拐向东，一排小店。说起来它们也都是时装、外贸一类的生意，但跟小吃店、五金店这些掺和在一起，你要说潮流，有点远。你总会看到一位大叔把特别亮的节能灯泡拧上去或者拧下来——既普罗米修斯，又西西弗斯，他的店叫"奢广汇名品"，主打"保养、寄售、鉴定、回收"，至少有二十双鞋摆在不宽的橱窗里面的地板上，看起来是为了晾晒防潮。另一家乐燕服饰，经营得也不是太认真，有一搭没一搭的，中午已经过了，还挂着厚厚的白窗帘，与世无争，唯一露在外面的宣传语也透着一种萧条的不真诚，"全场 3 折，大特价"。它们总是这样。

在这一排密密的店铺中，最靠近路口的是"e 酒果园"，卖水果也卖酒，酒是指红酒，e 是什么不太好说，也许是二十年前第一代互联网

热的时候留下来的店，总之它是一个老店。还有一个五金店，门面特别小，只有一个走廊那么宽，胖一点的人要侧着身子往里走，摆在门口的是下水软管、拖布、大大小小摞在一起的盆，还有特别亮的节能灯——这可能是居家生活最常见的需求？它的招牌上写着"灯具、电料、水泥、黄沙、油漆、木材"，感觉从这个小门进去，就能鼓捣出一座房子出来。可能也确实如此吧。

它边上是"南耕小筑"，面馆。主打的是手擀面、米线、粥、小食——能把这些大众款同时做好挺不容易的，取了这种网红兮兮的名字，可能也是有自己想法吧。不太好吃。总有做过了孕检的孕妇来到这里，一个人吃碗面。扫码点餐，看手机，吃面，看手机，默默离开。然而没过多久，停业了，又过几天，招牌全换，成了"乔治很牛"，一个留小胡子踌躇满志的小伙子在门口成天梭巡，他一定就是很牛的乔治本人了。现在卖牛腩面或者牛腩饭，偶尔也卖螃蟹，过了一阵子，自己又贴上了"闽南非遗"。

这一排小店边上有一个很小的憋憋屈屈的弄堂，进个助动车都费力，有一个横的警示牌长年竖在门口，红底黄字，"禁止小便"。每次当你歪着脖子看清这四个字的时候，一股臊气已经快把你击倒了。弄堂虽小，但社区的存在感很强，比如家庭医生的广告，禁止电动车入楼的通知，推荐一个给老房子装修的装潢公司……

他们这一排和弄堂里有限的几户人家在那段时间里过得很苦。社区或者居委会做的有价值的事就是，把他们合并到蒲园的居民团购群里。否则，他们眼看着对面的、过个马路就到的、只有十几米距离的联华超市，依旧束手无策。因为即使开业那几天，联华也只接受团购，一定金额以上的团购，而且还要居委会认可。

他们出现在蒲园群里的时候带着急迫的需求：

"我是588号的芳芳，家里油和生抽没有了，可以想法买到吗？谢谢！"

"沈团长，我是 588 号二楼的芳芳，家里二老望你帮忙买桶油和一瓶生抽，不然无法烧菜了。随便什么油都行。谢谢。"

看芳芳头像和满屏的二简字[1]，估计芳芳自己年龄已经六十朝上了，家中二老不知多大。成团之后，她还担心因为不在蒲园内而被嫌弃：

"奢侈品就是 588 号呀！我们来做核酸的呀！没有阳性的！你们搞错了！我们从 586 号到 592 号全是阴性！"

五一到了，芳芳女士还有一次深情告白：

"今天我要在此再次感谢蒲园的团队们，尤其是小谭，婷婷和沈亮对我们老人需要的东西还千嘱万托地办到，在此深表感谢！"

过了这个苦命的弄堂，就到了蒲园。蒲园原本有 12 幢楼，现在 570 弄大门里面的 1–9 号，再加上路边的三个楼。这三个楼从西向东分别是 580 号一妇婴的小办公楼、564 号的买手店，也就是 Lucky 家和 560 号道里官邸。

580 号与蒲园最里面的 9 号楼是一个建筑风格，并且都有独立的更大的院子，门厅有弯道看起来更显赫更有气势。不知道一妇婴现在拿它做什么，门口经常停着一个安徽牌照的大摩托车，感觉主人正在度过中年危机。这楼的汽车间位置，原来有一扇破旧的塑钢门，推门进去，这里可以给一妇婴的入院患者做核酸检测，后来升级了，直接在窗户上开个口，感觉很智能的一个机器对着街，孕妇和孕妇家属一路趔趄摸到这里，彼此脸上都是戾气。

然后就是蒲园大门。蒲园 1 号楼也在路边，一楼是个法国餐馆，Le Saleya Bar。它们的大厨就在蒲园的院子里抽烟。在法餐里，它们比较朴实，朴实到有时候我会觉得它是西班牙菜。

---

1 《第二次汉字简化方案【草案】》中的简化字，于 1977 年发布，1986 年停用。

关于蒲园，我们有无数说它的机会。辉哥住在这里，王老师和梁先生住在这里，未来还会有人继续出现。我们办公室也在这里。我们与法餐馆的后厨之间隔着一个分成两半的院子，一半是个一周只开一次的书法培训机构，另一半已经荒芜，被一棵梓树、三四棵芭蕉、一棵桂花、若干竹子和无数草所占据，还有猫和十几种鸟。

蒲园向东，过了法餐馆，是 Lucky 家。Lucky 是个鹦鹉，白色的，像只鸡那么大，成天站在院子里的铁棍上，大喊大叫，叫些什么听不大懂，除了它大喊自己的名字。Lucky 有几个小朋友，是麻雀，成天在 Lucky 的碗里找食，与 Lucky 和平相处。Lucky 家是个买手店，叫棉花田。

蒲园最东的一个楼，改造了，翻修过了，连墙都换了，有点太新了，看着就像开发区里的那种变电所，取了个恶俗的名字，叫道里官邸。这个名字好像还有几处，记得在安福路也有，有可能是收了老房子之后重新整修之后上市的地产商作品。我总觉得取个官邸这样的名字很多此一举，一是这样的房子，打二十年前就说不超过几百套，客户和房源如果都不多的话，不用取名字更好；二是取了官邸这样的名字，对卖房子有帮助吗？以前办公室的房东是香港地产商，恨不得把太庙都收了，为了打点这些房子，在华亭路还单独搞了两幢老洋房专门用来做物业办公。但他们似乎也没到处给房子命名为官邸。

当然，有钱人总是有很多算盘是你想不到的。

2021 年年底的时候，突然到处流传着一个上海房价 Top100，排在第一位的就是这个道里官邸，单价是 594526 元，有零有整。解读这个排名的大概是一个外地房地产公众号，看错了小数点，言语中好像是说上海的房子也并没有想得这么贵，不到 6 万一个平方嘛。

它让我们这个平民化路口变得且富且贵。

保罗·索鲁

蒲园，长乐路

波士顿市民保罗·索鲁在一个冬天的早上登上一班通勤地铁，"对某些人来说，这班列车是通往苏利文广场，或是米尔克街，抑或终点站东方高地，但对我而言，它将带领我前往巴塔哥尼亚"[1]。然后就有了一本五百页的厚厚的书，带着读者纵贯整个美洲大陆。他说他对巴塔哥尼亚这个目的地也没有什么想法和诉求，他就是喜欢坐火车去的那个过程，所以尽管这本《老巴塔哥尼亚快车》多达二十二章，但在我看来，它就是一篇文章，你就跟着作者走下去就好了。如果你对作者写的过程兴趣寥寥，只想着看最后的那个结果，那可能旅行文学这种东西真的不适合你。

我们有时有孟浪的想法，关于这个街区，关于我们要写的九个路口，我们扮演保罗·索鲁这样的角色，边走边讲我们看到的东西，还有我们对一些相关东西的思考。我们将一个路口一个路口地写下去。上面刚刚

---

1 《老巴塔哥尼亚快车》，保罗·索鲁，人民文学出版社，2019 年 8 月。

看到的是位于这个田字格宇宙中间的"长乐路—襄阳北路"路口。接下来向西，再向北，顺时针方向，最后我们会走过这样一条路：

长乐路—襄阳北路；

长乐路—富民路；

富民路—巨鹿路；

巨鹿路—襄阳北路；

巨鹿路—陕西南路；

陕西南路—长乐路；

陕西南路—新乐路；

新乐路—襄阳北路；

新乐路—富民路。

当然，孟浪归孟浪，现实总是会有各种担忧：你所津津乐道的东西，在没有背景了解的情况下，读者如何与你产生共情？你拼了命地说这东西是个好东西啊，然后读者疑惑地看着你，你在说什么？

我看过一本叫《流动的丰盈》的书，不是作者写得多引人入胜，而是那位叫徐前进的大学历史老师事无巨细、按部就班地写了一个东北小区里上上下下所有的事——物理业态上的，从小区布局到小区里种种设施声音标语再到小区周边市场、商店、交通等等。他说："未来的人一定希望了解这个时代的人的生活状态，就像我们希望了解以前的人的生活状态一样，尤其是了解那些尚未被社会意识形态控制的孩子的生活与心理。"他还说："我是为后代人而写，他们会了解这个时代城市小区的生活是什么样的，关于这个时代的抽象理论和宏观叙事也就有了一种补偿性的事实基础。"[1] 这本书是在 2021 年的秋天出版的，那时我们已经开始了对我们这个街区的田野调查，看到它就想：啊，多好，我们有这么多同道。然后替他担忧，他写的这个小区，谁会有兴趣看下去呢？这一个小区里的事有这么重要吗？"巨富长"倒是更丰富一点……然后又担忧，即使巨富长又能怎么样……再然后，又产生新的担忧：藏在东北某个城市里的大学宿舍小区，即使同城也未必解其中趣味，不为人知反倒是它的优势，但巨富长，大家可都能说上两句，不论如何看上海，喜欢或厌恶，来过一天或住过一生，都有自己的解释。你的任何看法，都会为他所嗤之以鼻，每个人都是以偏概全，以点带面，只见树木不见森林，所以或者是你瞎写，或者是你盲人摸象，总之你蒙昧了眼睛或心灵……人就是这样，患得患失。

我们决定继续向保罗·索鲁学习。他没有这些想法，别人问他在做什么，他说什么也不干，他的座右铭就是："像狗一样咧嘴傻笑，然后漫无目地四处游荡。"[2] 他才不会跟你讲他最拿手的那些技能，你以为他上了一个波士顿的早班通勤地铁，然后就能把你一直带到南美洲最南边的巴塔哥尼亚，这事做起来可不容易。

不是谁都能驾驭好自己的文字，把读者指挥得服服帖帖，安心被你牵着鼻子走。所以，多担忧总比瞎乐观要好。

---

1 《流动的丰盈：一个小区的日常景观》，徐前进，上海书店出版社，2021 年 9 月。

2 这是他回答中国作家桑晔的一个问题。保罗·索鲁在 1980 年代坐火车穿行中国，著有《在中国大地上》，九州出版社，2020 年 12 月。

莫先生眼里的大趋势

一品香茶叶店，长乐路

如果有人能帮助你驾驭旅程，莫先生可能算是合适的一个。

高松在提到莫先生的时候，充满爱意地——以大哥的那种方式——看着身边的搭档 Bingo，说他不喜欢莫先生。"茶叶加啤酒，茶叶要卖酒也要卖，而且店铺的所有权也属于他，话语权也属于他。这样不好，我说你还是卖茶叶，茶叶有你自己的客户，有你懂的东西。""他想跟我合作，但我觉得他不够纯粹，你不能什么都要。"后来他又重复了一次还是两次，感觉既是对自己专注的肯定，可能也包含了对 Bingo 的寄托，当然还有对莫先生的失望。

莫先生的一品香茶庄从 1998 年开业至今，要不是他的老邻居英姐突然从水果店老板升级为潮流夜店翘楚，本来可以荣膺长乐路上最笃定的生意之一。现在他和他的生意都不如从前那么淡定了。

跟莫先生聊天的时候，我还不认识高松。他用装着精酿啤酒的新冰柜来证明他对长乐路的理解。他说："这里环境没有什么变化，思想一直在变，人也在变。合在一起，挺有意思。"

安徽人莫先生在1998年以前是六安一家茶叶公司的推销员，80年代上海还是国企单位的天下，国企有福利，夏天防暑降温，单位要发茶叶，他沿着苏州河边跑若干印染厂、纺织厂、漂染厂，卖了12年，茶叶公司转型了，承包了，转给私人了，莫先生下岗了，自谋出路，觉得在上海多少有客户底子，上海生意总比六安好做，就开店卖茶叶。

开店，选市口，找对了就成功了一半。那时不如现在，一般街道没有流动人口，靠周围几个本地人买二两茶叶意义不大，养活不了自己，莫先生可选目标就几个，四川北路、淮海中路、南京东路，有商业基础、流动人口、繁华的地方。这些地方贵，就选在它们边上的，偏僻一点的地方，目光就到了长乐路。长乐路靠近淮海路，靠近锦江，靠近东湖宾馆，人流相对大，酒店住的人多半还会选礼物，还有外国人，外国人还会辐射更多人——不要辐射周围的居民。

就定在了长乐路。租金贵，别人一个门市一千多块钱，这里要贵一倍。1998年8月就开业了。

莫先生很善于从自己的故事里总结出大趋势来。他还说到了华亭路和襄阳路的市场，这当然也是他未来茶叶生意人气的一部分，每天早上三点半四点钟以后，络绎不绝，外地来的金龙客车、亚星客车这种，开到附近，一车一车的人，来市场就当是个景点，现在叫打卡，看、买衣服，把他的茶叶生意也带起来了。"襄阳路假冒，仿国外名牌，但不伪劣。"看得出来，他更喜欢襄阳路市场，"一般不在华亭路买，门也就一米宽，一铺难求，一米宽一家，摆几个样品，这个样品出来之后，你要多少件，他批发，面向全国。我们乡下人，只是来看看。"

他还顺道点评了多年以来上海街头的流行——总的来说就是没有什么变化，而且一直以来都很开放——那时候短裤比现在的短。我想起电影《顽主》里张国立的牛仔短裤，真是触目惊心。蝙蝠衫，牛仔裤，耐克鞋，莫先生一件一件数着，把目光投向门外，看走来走去的人，嗯，他说得也不是没有道理。

"那时候服装标准化，什么东西流行，大家统一穿，成规模，裁缝机器裁，几千套，颜色款式，跟着华亭路的风向标。"他提起《街上流行红裙子》，号称中国第一部时尚主题电影。"一个款式的红裙子，效益（高），满大街要多少有多少。"他把这个也算成长乐路风格之一种，"这条街为什么一直人气不断，商业特色，就是盯着周围的店，今天这家不火那家火，明天那家火了，一直有好的。当然失败也挺多。"

他说这话时，我把目光投向了他的新冰柜，点了点头。

"以前这里日用百货，理发店之类的多，做咖啡卖酒的还没有，"他总结这条街的商业形态，用以说明变化虽然是永恒的主题，但万变不离其宗的道理始终还在，"隔壁上海点心店，国营的，一直是小食店，服务本地居民的：打水，老虎灶，四大金刚 ¹，面条，这些……一直是商家必争之地，繁华地段。"

然后就说到了房子。我说王老师当年花六万块买了蒲园房子的使用权，莫先生就不如面对生意时底盘那么稳健。"那时候（付）房租，都是使用权的房子。没有产权房，私人的房子很少，房主当成自己的房子。本来只是使用权的房子。九五年、九六年，生意都是摆在门口，私人住的，房子借出去，生活改善了以后在外面买了房子，这里腾出来。刚开放的时候，八几年还可以改，老房子天井封起来，就那时候都封起来了。""2003年以前，六万块还可以，上海房地产那时候起步。蒲园是资本家的房子，我们来的时候十来万块钱，现在几个亿了。"莫先生说他

---

1 饼、油条、粢饭、豆浆。

在上海有房，不肯透露在哪里，感觉其中藏着一点遗憾，"以前是讲挣钱在上海，然后回家。后来是越来越觉得应该留在上海。"

莫先生将目光再次投向门外。"大大旺也是安徽人，现在安徽人太多了。威皇是福建人，卖面的（银羚餐厅）是河南人。包子店都是我们前后脚来的。菜场取消掉，改门店了。"我说，大大旺也庆祝二十年了。他顺着时间这话题："咖啡，没有超过五年的，冒菜以前是面包房，福建人的，我们茶叶店、点心店，这些都是老店。威皇也有六七年了，河南拉面的时间长。威皇以前也是小吃店。以前卖百货卖服装的，改咖啡店，卖水果，卖户外用品。"

他说，做生意的人更注重空间。"大家都认识，但没有沟通交流。楼上楼下不打交道，只是认识，居民、客人才打交道。我们做生意，有秘密，有潜在的东西，不好讲，商业上的事。"

莫先生实际上是一个对生意充满敬意的人。

Labelhood

保罗酒楼

裕华新村

合众图书馆

富民路

南角亭
面馆

Fly Streetwear

长乐路

长乐路

顺丰
理货处

悟锦世纪大楼

田汉

东湖路

富民路

金林商务楼

延庆
便利店

延庆路

东湖路

新乐路

位育实验学校

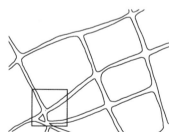

09

"田汉"

路口二：长乐路—富民路

那家翠华餐厅曾经是个地标级的存在，它离哪里都不远，到静安寺地铁站、常熟路地铁站和陕西南路地铁站的距离都一样，不远不近，600 米，在上海是两个街区的距离。这三个地铁站周边有无数商厦写字楼，又涉及六条地铁线，伸展到上海各处，影响所及远不止周边。这家香港口味餐厅有珍珠奶盖多士，有鱼蛋面，有冰火菠萝油，有海南鸡饭，有明档后厨，有随处可见的圆环镂空屏风，有岁数不小的周到的阿姨服务员，有铜锣湾街头随随便便的味道……即便中午把它当个食堂，也完全够资格。港式茶餐厅，经营时间久，夜里与白天不一样，醉酒的人，K 歌 K 到疲惫要补充能量的人，刚刚下班的人……在十几年时间里，八〇后，周杰伦的粉丝，还会被称为"白骨精"的那一代人，是翠华餐厅消费的主力。他们目光炯炯充满斗志，那时候他们还没有山一样的压力，前途大好，步步高升，以为岁月会一直这么流淌下去，他们还没玩够。

翠华餐厅就一直是这样不远不近地招待夜半而来兴奋不知疲倦的诸多有志之士。

但是，熟悉它的人都知道，那个路口的真正迷人之处在傍晚。夏天当然会更好一些，但也没有那么严格。你从东湖路，从长乐路，从新乐路，从富民路，从延庆路过来，可能是开车，可能骑车，可能走路，大多数时候你只是下班路过这里，不过是五六点钟，冬天可能还要更早一点，总之落日余晖尚在，你会看到，已经有很多人坐在小广场的排档里笑语喧哗了。

"他们不上班吗？"

很自然你会想到这个问题，但也没到愤世嫉俗的地步，他们让人羡慕，还没到嫉妒和恨的地步。不论你是坐在高脚凳上拿着一扎啤酒的人，还是匆匆路过的人，都会喜欢这里。享受生活的人，和懂得欣赏享受生活的人，都挺不错的，不是吗？

Google 地图上，这里有一个简洁的名字，叫"田汉"。田汉端坐在这个由富民路、东湖路、延庆路、新乐路和长乐路五条路交叉围合而成的小广场里。田汉朝着东湖路的方向，一身洋服，态度轩昂，一如当年刚刚从车上跳下时鲁迅感受到"四条汉子"[1]的样子。

所有享受生活的人坐在他的左手边的小广场上，只要不是下雨或很大的风，从中午到晚上。2021 年 5 月，这个广场上有五家店，Jax Jamon, Funkadeli, Cantina Agave, Chicken & Egg, 四家西餐馆，中间夹着一个发达盛——发达盛这个时候已经取代了翠华——它很容易让人想到纽约的法拉盛，想到中国杂碎和左宗棠鸡。西餐分别是法国、意大利、墨西哥和美国风味。那个 Jax 也可能是西班牙菜。这几家西餐馆，

1　语出自鲁迅《答徐懋庸并关于抗日统一战线问题》中提及田汉。

如果看大众点评，也差不多有十来年的历史了。

以前我们会说，"在翠华那里"，指的就是这一大片。十几年的时间里，它比田汉有名气。

这里不管是哪一家，外国人多，喝起啤酒来，从早到晚，很吵的。最吵的这一天已经没有发达盛了。它试图复制一个翠华，但终究还是没有成功。2022年年初，它就已经关掉了。

这个路口，一直都是潮流中心。官方宣示的上海精神有十六个字，"海纳百川、追求卓越、开明睿智、大气谦和"，此地就很有海纳百川的气魄。东湖路、富民路、新乐路和延庆路汇集在此处终止，长乐路在田汉身后穿过。五条路，六个方向，从田汉对着的东湖路方向，顺时针依次是东湖路、延庆路、长乐路（向西）、富民路、长乐路（向东）、新乐路。

就像小广场上坐着的人总是外国人居多，你称它为最国际化的路口也不唐突。这几家人声鼎沸的饭店皆属于悟锦世纪大楼的底商，本地人对前后鼻音差异不甚讲究，又喜欢谐音梗，"悟锦"两个字来自"武警"，以前这里是武警会堂，再之前，这里是俄侨沙龙阿凯第大饭店，后来拆了建楼，它与沿着新乐路的金林商务楼共同组成一个梯形，楔入这个广场。

悟锦世纪的大门开在长乐路上，就是白领进出取快递外卖的气氛，远不如富民路一翼。同一个物业，同一片街区，同样的户外空间，但少了富民路上的阳光，就寂寞许多。一楼底商有主打火锅的熬八年，宁波菜明州府，HHB Music House，八心咖啡馆——它的招牌处画了八颗心，很不和谐，相比于这条街上遍地都是的那些十几二十来个平方米小咖啡馆来说，它有点妖里妖气。

更夸张的是写字楼入口东边的E2W，东西空间，既卖咖啡又卖酒，门口招牌很大，而且梦幻，从哆啦A梦到奈良美智的梦游娃娃到Kaws

公仔到积木熊，一应俱全，集体做飞天状。新乐路上对潮牌销售颇有研究的阿力说，这家店在潮流界有一些独到的手法，生意做得不错。或许如此，但春节刚过，2022年的春天刚开始，未到四月，这些飞天小人就悉数从墙上下来，这家店重装上阵，新上位的是一只螃蟹。到7月的时候，它已经焕然一新成为主打吃蟹的酒吧。

它东边是"Flaming"，黑色牌匾，金色字，如果下面没有"Restaurant & Lounge"，没有人会相信这是个餐馆，我觉得老板可能是被设计师骗了，如果你要非说它跟餐饮业有关，这些字摆在一起顶多让人感受到这八成是个橱柜。

悟锦世纪大楼最东端是它们的机动车出入口，另一侧就是位育学校的教学楼。围墙和教学楼之间形成一个背风的小角落，顺丰的小哥也在这里分拣快件。顺丰的区总部在长寿路，很多快递公司在那一片，那里有旧仓库旧厂区，房租便宜，长乐路一带成本过高，它们办公就在街上——联华超市后面那个与它性质一样。总是到我们办公室里拿件送件的吴彪期就在这里。有一天中午，他在这里数很厚的一摞钱，风很大，我们问他，怎么搞出这么多钱，不要被风刮跑了。他抬起头，说货到付款，要把钱付给人家。一走神，忘了数到多少，只好恨恨地重新来过。吴彪期还有一个小弟，在他放假的时候，取件送件都是小弟来完成。如果我是地图众包爱好者，我就把这个小角落命名为"吴彪期"，未来它就会像田汉一样存在。

* * *

位育学校的对面是邮电医院。2022年春天，邻居老吴连着去了两趟邮电医院，回来之后在群里发牢骚：

"你想一级医院都不干实事了！"

"最近是邮电医院！居然西医内科没有血压计？什么道理至今想不通。上星期去说量血压到急诊科。这没有！这星期去仍没有！去急诊科说是停科了！"

"我不是发怒而是没想明白！工作40年从卫生站到医疗室，随你什么医院都可以看到西医内科台上有血压计！台上说，下面却血压计都没有，想得通吗？小事一桩看到了如此工作作风令人寒心！"

邮电医院里面有个口腔门诊，牙科和美容院一样，喜欢独占一个气势很足的小楼。

邮电医院往富民路方向，也就是向西走，长乐路672弄是一个大弄堂，里面四通八达，很早以来就藏着不少机构，梁先生就读的那所富民路小学，现在叫"上海市静安区南阳学校"。弄堂口的拉毛黄墙上，有这学校的铭牌，它与集了鲁迅的字拼成的"上海人民美术出版社"的招牌并排一起，还有一个叫"趣办"的共享办公空间，与美术出版社在一起，算是它们与时俱进的一个表现。

弄堂里的机构比这几个要多得多，有各种工作室和各种卖鞋的小店。"退耕小筑"是挂了牌的保护建筑，其实靠着襄阳北路22弄那边，有很别致的骑楼和青砖大楼，而靠富民路255弄那一边，更接近古柏小区那一带，会有一些很有特色的窗子、阳台和联排建筑，它们不像长乐邨那样洋溢着很浓的前朝中产阶级味儿，反倒更像是高级一点的宿舍。672弄走进去会有一个十字路口，那个十字路口向东穿过不到两米宽的小巷子可以到襄阳北路，向西拐两个弯可以到富民路，向北的路最宽，但却是死弄堂，不通巨鹿路——我们就是在这里赢得了辉哥的尊重。

672弄很有可能是一个被低估了的园区，那么多小工作室和小店铺证明了这一点。它自己慢慢发育，没有什么人来规划它，自然也没有人来宣传它。合理的园区就应该是这样发育起来的吧？当然，这种自发型缓慢成长，也会有像田子坊或者永康路当年的困境，餐饮生意一点点多起来，先是咖啡，接着是酒，再是简餐，就会引发居民和商家矛盾，继而引来政府部门管理的欲望，整个社区变成塑料古董，再招商也只能是格式化过的那些品牌。南京西路的静安别墅，就是这样。

过 672 弄，沿着长乐路向西，风格变化不大。路口卖彩票的店，"双头条"，福利彩票和体育彩票都有，它也做充电宝的生意，永远不变的大招牌上写"今晚双色球"。隔壁是 TuTu Coffee，极小，吧台对面只有一块上墙的木板作为桌子。站两个人就会觉得局促。店里大多数时候只有店员小孙，没有客人的时候她总是冲着手机笑。再隔壁 678 号是一个叫 Drinkuaidi 的红酒店，中文名"鲜酒极速"。给人感觉是 B to B 业务，但它的营业时间是从中午 11 点到夜里 2 点，看起来更适合现场喝上一杯的顾客。隔着泰昌西饼，是另一家酒吧，Mr.Z，又名"上海有点意思微醺研究所"。小黑板上写了它们的主营项目：威士忌、葡萄酒、清酒、精酿啤酒、气泡 / 香槟。

泰昌是老品牌。上海北京一些地方本地的国营老店改制之后，会统一个品牌，泰昌似乎就成为静安区的区属老字号，传统点心店。在这里买过蝴蝶酥和白脱杏仁饼干，前者不如国际饭店和哈尔滨食品厂，后者风格浓郁，算是代表作。泰昌西饼不太景气，原来陕西南路的店黄掉了，这一家只有一位老阿姨坐镇，也不是太热心。2022 年年初，过年，又总是有疫情，看它已经不再坚持每天营业了。接着两个多月之后，再出来时，已经变成咖啡店。"COTD Lab Cafe"，开始以为是换了东家，细看还不是，"泰昌西饼"四个字换成小字，藏在角落。西饼卖得不好，但生意还要做下去——他们可能学了同样是老字号的乔家栅，它推出了有模有样的"乔咖啡"，西饼店就此推出 COTD——coffee of the day，也是很猛的一记潮流。

守着长乐路，你都能想象出来，商业局或者什么局的领导字句铿锵地批评手下的企业，"端着金饭碗要饭吃"，这归根结底是一种没有什么具体指向的官话。不知道大胆转型的泰昌西饼在竞争如云的长乐路上，会有一个什么样的未来。

682弄的铁门经常半掩，门口总是坐着一位冷眼爷叔，警惕性很高的样子，给人感觉是你多看两眼他都会盘问一下你的来历。这个弄堂骑楼上面吊满诡异的红灯笼，多一点阴森之气，不讨观光者的喜欢。不过，在弄堂深处，它们与672弄、698弄还有富民路的几条弄堂都交织在一起，这也不是必经之路。

弄堂口西边是罗门皮具，现在主要是卖鞋，200元的男鞋女鞋，散乱堆放在那里。

再往西，是斗记养生饮料。它的产品风格是这样的：莓酪酪粉娇娇，荟荔酪魅娇娇，斑斓叶绿娇娇，香芋薯紫娇娇，南瓜栗黄娇娇，蝶豆花蓝娇娇，火龙果红娇娇……另一个系列下面，就是爽和冻：马蹄爽爽，海底椰冻冻，银耳爽爽，雪梨爽爽……它让人觉得每个人都需要败火。

它的隔壁是南角亭，有来历。按莫先生、梁先生这些老一辈说法，这个店铺其来有自，以前属于静安饮食公司，辗转至今，还是面馆。只是中午卖面，晚上卖热气羊肉。按本帮城市生活方式博主费里尼讲，如此安排的原因是店主与老婆做事情做不到一起，所以讲好中午归店主，晚上归老婆主理。在费里尼描述中，面馆老板出身不凡，父亲圣约翰大学毕业，与同时代教会学校毕业生命运大同小异，一生没过几天好日子。儿子赶上"文革"，忙于艰难摸索，没读上几天书。几个哥哥姐姐都考试考到国外，全家视他为不成器的小弟。他拿自家房子开面馆谋生，一开几十年，一碗面闻名于沪，父亲临去世后悔了，觉得对他不够好。面馆老板很气愤，有什么用，人都快死了。

费里尼办公室就在巨鹿路的光华里，南角亭是满足他现炒浇头本帮面的一个最优选择。很早以前，我们也去吃，但总感觉过于浓油赤酱了。

旁边的"玩具城市"，橱窗里密密麻麻地站满了手办，偏凌厉型，偏军旅风，与霓虹招牌里大大的 Zippo 相得益彰。Zippo 是玩具吗？不过，它们这个店最喜欢做充电宝生意了，摆得像手办一样整齐，迫切。怪兽，美团，无一不在。

再向西是 DWK 幼儿园，看着像一个拉链的品牌。英文名叫"International Division Of Weihai Kindergarten（威海路幼儿园国际部）。"院子里很认真地摆着"临时发热隔离点"，卡通颜色卡通系的小棚子，我不知道他们是拿这个玩狼人杀一类的游戏还是真有卫生要求，不寒而栗，用新成语说叫细思恐极。细思恐极的事其实不止于此，比如小朋友见到棉签就张嘴；比如初中生高中生在自己三年的学习时间里，和同学们基本上互不相识；大学里混了四年不但彼此互不相识，而且马上就要直面惨烈的就业竞争；出差和旅游随时做好至少增加七天的准备……

越接近富民路，就越国际化或者更洋气一些，这也有可能是一种心理作用。比如潮牌店、滑板鞋店通常占有一个小楼，或者占两个铺面的宽度，与东面以"外贸"为主打的前潮流服装店相比就霸气很多，有一种我正在风口潮流之上的气魄。

702 和 704 号连在一起，"Fly Streetwear"。在这条街上卖鞋，能卖到这么大店面，想必对潮流有自己的掌控办法。后来问业内人士，果然在滑板界是神一级的存在。某种意义上它们就是制造潮流者本身。它的门口随便摆着四连排的座椅，被贴满各种风格的贴纸，就已经营造出非主流舞舞扎扎躁动的气氛。这店在 4 月之后，一直没开，过几天感觉里面东西渐少，有中介贴上各种"房东直租""整租"之类的纸，留下不同的电话。求证于阿力，阿力说只是装修，"它不做那倒是一件大事"，又说有时中介无良，看人家空置，就贴上自家电话。不明所以的人打过去，就算接到了一个生意。

716号原来是另一家鼎鼎有名的潮流店，Ssur。现在这个三层小楼是Innersect，不是太让人看透，据说与陈冠希有关，在很长一段时间里，在上海做潮牌，难免都要拿这个名字来说事。

在这两个潮流店中间，有三家卖鞋卖包卖衣服的店，Vans，Ahaaa，Modern Ogo，它们都很有野生时代长乐路的样子，算是服装市场和第一轮精品店的余韵。其中Modern Ogo有很花哨的类似于店徽一样的标志，显示它诞生于1998年，可不短了。

还有一家老底子粢饭，Sticky Rice，糯米。这家店从装修到英文招牌都说明它准备好了一个向新市场卖老上海风情的商业模式。从"老上海葱油饼"开始，这条路走的人不少。不过，这个店失败了，从我们见到它的那时候起，就一直处于歇业状态。我怀疑是另外一个招牌"Food & Drink"决定了它的命运。四大金刚就酒？2021年的6月，咖啡馆卖煎饼的噱头还没有被制造出来，看天下所有四大金刚早点店都很难有多余精力去夜里卖酒——煎饼或者四大金刚这些都是起早贪黑的体力活，不那么容易坚持下来。得承认，在这一点上我的认知水平是有局限的。不过，从另外一个角度来说，过早觉醒于新商业模式或者进入新领域，可能更容易被无情现实淘汰掉。世人都说早起的鸟儿有虫吃，早起的虫子都被吃掉了，也是一个潜在事实。所以，这一家停业也正常。虽然停业，但老板或者房东的存在感始终贴在门上：好几张A4纸刊着严正声明："已租！请勿张贴招租广告 谢谢""店面已租 内有监控 请勿张贴出租信息 不听者后果自负"。

716号向前，有一个很甜腻的Y—3日式美睫美甲。它的隔壁是另一家清吧"无 None"，也是什么酒都准备了起来，不太像搞出了自己风格的样子。大众点评上有一个人评论说"不知道经历了什么"。这种绝望感可能是唯一为它加分的评价了吧。然后是两家买手店，Hoop 和 Leslie，这是长乐路 722 号，往西再走两步十字路口就是富民路了。

过富民路，田汉身后是合众图书馆旧址，它是上海图书馆若干个前身中的一个。合众图书馆融合了 1949 年以前实业家、传统士大夫情怀、理性和科学主义信奉和传播者——这些人对未来共同的期许，他们在这个路口留下了这样一个建筑。现在它是个纪念品，与那些无人问津的老建筑一样有点落寞。

合众图书馆对面，路南有像金刚饮食店和御面馆这样很有资历的老店，也有叫"不右"这样的新晋咖啡馆，在手冲界也有些名气，一直坚持在那里。

它们对面，合众图书馆向西，总体上来说临街的铺面减少，静谧。长乐新村、南华新邨那几个 1949 年前的小区占地很大，里面向西会一直通到善钟里，从常熟路钻出来；北边会通到延安饭店，有一次我们穿过一个门洞，走到了一个看起来像军人营房的去处，夵着胆子继续走，原来是延安饭店，延安饭店属于军方所有。

这一大片住宅区，保持静谧受益于不再开墙打洞的政策，2017 年前后，大城市开始了一轮整治开墙打洞的运动。不但不再允许开墙，而且还把已经形成十几年甚至二三十年开的墙洞又给填回去了。那次上海人很认真地探讨了契约和尊重契约问题。当然不了了之。

不过，看百度地图，会发现暗中涌动的新生意。这一片民宿密布，名字各有千秋。只是有很长一段时间，点开来看，都写着"暂停营业"。

相比于莽撞的长乐路，富民路又沉稳又足够资深，买手店云集，还有各种已经积攒下名气的设计师店，士绅化已经完成大半，二三十年发展的底蕴，让它们更有定力。

Hoop 和 Leslie 的店门开在长乐路上，拐到富民路上，整个把街角围了起来。原来大约有一个门，但显然封了很久。再度开门的地方，已经到小保罗了。

这一片是保罗的天下。保罗虽然比不得对面的合众图书馆旧址和顾廷龙旧居，但在日新月异的"巨富长"，足够有资格自称有历史感了。我们回过头再来说保罗，先跳过这里，过保罗的停车场（多招摇，寸土寸金的地方这停车场独占一块铺面，临街门牌是 259 号）。Banana Moon，老店，从饮料和酒的名字就可以看得出来，比如有一款饮料叫"长岛冰茶"，还有"牛仔很芒"这种类型的谐音梗饮料。边上是 255 弄堂入口，里面别有洞天，一直绵延到长乐路，通到襄阳北路，就是我们说过的那个颇有些乾坤的大院落。

过了一幢楼之后，街边的门面房是 247 号。有民富烟酒店和中国福利彩票。福利彩票招牌架在小区门上，那门成天关着，不知道如何经营。烟酒店很亮，很夺目，它们俩组合在这里已经很多年了。

单号这边不是每个临街的西墙都打开成为铺面。看几年前的街景与现在大同小异——大部分店都换了名字换了装修，但开了墙成为门市的还是那几家。

再向前就是那几家看起来有些时尚资历——时尚界的资历深未必是件好事。241 号是梨花季，225 号是多兰孙。都是服装店。多兰孙前面的小院子，院子里迎着院门的墙上做了一个橱窗，很亮的黄灯打在两套衣服上，看不出什么风格，但看得出店家很用力，夜里看上去可能更有视觉冲击力。富民路的时装店，风格随意，不像长乐路总想拗着潮范儿或者东方风韵——跟那些旗袍一样。因为风格不彰，所以与装修相比，更让人迷惑。比如梨花季的外墙与橱窗，刻意地选了一种纸被撕开的效果。好像模板是一个著名广告——路边大广告牌上一本撕破了的时装杂志，里面露出一张被诱惑了的人脸，强调什么诱惑，有年头了。

在马路另一面，是看起来保存更完好的连续两幢没有开墙做门市的老房子。在路边很完整，外立面红白相间，看着方头方脑，与本街区更接近西班牙风格的建筑略有不同。这是裕华新村，门牌是富民路182号。它的大门口两侧各有店，对着门右手的店卖飞跃鞋，左手是 Labelhood，占一整幢小楼，看着不起眼，在上海也是第一梯队的买手店。它的南边一幢楼底是咖啡店 Slab Town，正是红火的时候，看顾客衣着和停在门口的单车就知道网红不会放过这里。它所在的那个楼，已经在210弄院子里了。这个弄堂当初号称是给银行大班们的住宅，合众图书馆的后院——图书馆的投资人之一是叶景葵，浙江兴业银行的董事长，也是这个小区的开发者。

10

"保罗这个强盗"

保罗酒家，富民路

保罗生意不如从前，所以衍生出小保罗，卖面，也朝年轻化靠一靠。很多饭店都会走这一步，保罗更窘迫一些。在如今的小保罗和保罗之间，是八品脱，喝酒的新去处，还有一家 Bazinga Coffee，你就只能感慨，保罗酒家如今英雄末路，否则卧榻之侧，岂容他人酣睡？

保罗衰败更有象征意义。在这条街面上，它不光是家饭馆，它还在时间维度上拥有时代烙印，像强强哥一间房一间房地收购，看保罗一间房一间房地扩张，连作一片……如今，拿出一上一下的房子来卖面条，与拐角过去南角亭这样的落魄家庭竞争。强强哥在世，怎会有这样局面？

"保罗？强盗呀。他的绰号哈哈哈哈。"梁先生说起保罗，为这些都市传说作证。感慨人生真是蛮多作孽事，钞票赚了那么多，人却死掉了。世人都唤他"强强"，梁先生多一份亲昵，知道正宗小名。

"他比我大，他大概七六届的。不是七七就是七六。他老早是捡垃圾的，后头捉进去过，还判过几年刑。出来以后在转弯角摆了一个修车摊。就富民路长乐路转弯路，武警会堂对面。"确切的位置是在东湖路和延庆路转弯处，现在延庆小菜场那里，正对着田汉。在 2000 年代初，我初到上海，对保罗轮胎还有印象：废轮胎排得像一级方程式赛车场一样张扬，铺满整个拐角。但保罗创业之初，还没有汽车轮胎的事。

"靠我们这里的那个转弯角子，摆一只铁皮箱修脚踏车，因为改革开放大家都开始买自行车，后来才是汽车。老早日本人的夏利车一歇歇就坏掉了，那时候开的都是单位里的车子。刚刚改革开放大家都有点钱的，一张支票丢在他那里修。那时候最容易赚钞票。"这就是保罗的发家史，梁先生后来给大佬做司机，懂得其中如何捣糨糊[1]。

"开饭店么就是手里有钱呀。都是老生意呀。修车子的朋友都发了。十个人有三个人混出来就好了。关系还在。那个时候开饭店多少好。他时间捏得准。这都是人一生走过来的痕迹。正好市口嘛。"梁先生说，保罗饭店起初是自己私房，一上一下，做起来要扩张，买隔壁的房子，再扩张，再买隔壁，一家家买下来。

梁先生有一同学，住街面小房子，保罗把它纳入版图里，宋园路新买一套商品房让他置换出去。最合算的是一位剃头的刘先生，扬州人，三把刀，虽然房子只五个平方，但位置刚好在保罗扩张路线上。保罗直接在长乐路买了一间房子给他。"他爸爸扬州人，他是老大，从乡下带到上海来的。还有两个都在乡下。爸爸一直在上海做理发店。做了两年不做了借别人，现在是小鬼头卖鞋子的地方。就在幼儿园前面。"听起来，这个店大约是 Vans 或者 Fly Streetwear。"门面很宽敞的。一万元一个月。还是前两年的价格，这两年肯定涨上去了。"

保罗酒楼居然还在北墙外的隔壁院子里拆出一个停车场来。富民路

---

1 上海话，指糊弄。

南北走向，街边这一侧西侧墙朝外，每个房子南北侧都有一个小院，通常封起来，这里因为在保罗酒楼的后面，所以成了停车场。

哪个城市都会有这样的都市传说，保罗算是一个典型。使他成为典型的特征包括：改革开放之初的待业青年生计无着——有些地方要刻意夸大为"刑满释放人员生计无着"，我看上海媒体人郑健说最早华亭路服装市场，也会传从业者是"山上下来的"；走投无路去做最简单最初级的劳动，通常是摆摊，保罗是修车摊，从脚踏车到小汽车，新世纪开始时已经在延庆路菜市场那里有了一个很大的轮胎行，就迎着富民路和田汉；有一个神秘的名字，人名或者店名或者公司名，保罗是人名，传说中他以佐罗为偶像，佐罗当年又帅气又义气，神级存在，他换一个字叫了"保罗"；有神秘的扩张，总之越做越大，无非是涉了黑或者官，通常这种饭店生意、修车生意都会有些让人有背景深厚的感觉；还有神秘的落败，自然是一朝天子一朝臣之类的感慨，有些还会与好赌好色之类有关，其实多半是经营太久，从概率上也有了犯经营错误的可能性……保罗这些传说都齐全，还多了一个英年早逝。这一次附会传说的不多，都说这人忙活饭店太投入，生活没有规律，没享什么福分，唉！

保罗围绕着富民路271号进行扩张的同时，也强行推广了它的审美，它对老上海的理解，或者它那个时代对老克勒[1]的理解，或者是招牌上的"1937AD"？很难说这个大招牌有什么特别的含义——可能是这一带的房子是1937年建好的——肯定与保罗酒楼的历史是无关的。

2022年春天那两个月，保罗有时候在街面上搭起小台子，一盒一盒熟菜码在那里，不知道是不是也算保供——以它的资历，混这样的资

1　指上海最先受到西方文化冲击的一群人，他们吸收结合中西文化，形成特定时期的"海派文化"。

格似乎并不难。不过，转眼到了 6 月，别人都开始复工复产了，它不动声色；再过几日，干脆就宣布歇业了，就此成了不景气的象征。拼足了力气和资源做保供，那是要有一点进取心的，没了强强哥的保罗，面对着越发陌生的世界，意兴阑珊才正常。

保罗挤进一片停业倒闭清单里的那一天，众人皆惊，一个硬角色"怎么会"？"不是自己家的房子？"

在各种怀念声中，有人看着"1937"几个数字看图说话，说此店诞生于 1937 年。这就有点不着边际了。怀念得多，大概是坏了复工复产的形象，保罗酒楼不堪其扰，又贴出告示，并非停业，只是"调整"。

诸多写保罗的文章，也有费里尼的一个。他知道克制、茄门[1]，声言第一次写，而且只写一次。

那些年我在保罗喜欢吃的就是固定这几样：辣子鸡、白灼草虾、椒盐排条。对的，保罗不是什么本帮菜餐厅，别听那些营销号瞎起哄。说江湖菜可能更恰当。不必恪守什么标签，顾客爱吃什么就做什么，识时务者为保罗。

在我吃过的所有餐厅里，无论是正餐还是夜宵，上菜速度最快最猛的就是保罗。当时就感佩他的管理效率有一手。服务员也是叫了就立马反应，答应了就立即送到的那种。2000 年左右一个深夜，我和几名朋友吃饭，一名贝斯手喝多了，手撑下巴眼巴巴望着服务员暴风骤雨般的上菜方式，整晚就在念叨一句话：哦册那，上菜速度哪能介快啦……哦册那，上菜速度哪能介快啦……一桌人狂笑不已。

1　上海方言，从德语 German 演绎而来，意指冷淡、保持距离。

......

21 世纪最初 10 年之后，保罗几乎很少去了。感觉保罗的菜式水准下来，就是从那个喜欢眨眼睛的经理消失开始的。或许保罗并没有退步，甚至还进步了一点点，不过是我们的选择更多，味蕾更习了而已。套用一句名言改编一下——作为一个上海人，你年轻时不喜欢保罗，不可思议；作为一个上海人，你中年之后还是喜欢保罗，同样匪夷所思。

人年轻的辰光，还是可以保罗一点的。

前年那次从保罗楼上下来，唯一遗憾的是忘记点椒盐排条了。我知道我再也不会踏进这间餐厅一步了。

已经去世的保罗老板强强无疑算人生赢家，虽然江湖传言伊这个舍不得那个舍不得连出国旅游也没有过。这个不重要。重要的是他在年富力强的时候，赶上了这个城市最好的时光。他在富民路的老房子里像勤奋的鼹鼠一般深耕劳作、储藏，天气好的时候出洞孵太阳，冷眼观望各色食客往来。从 271 号进去，是一座属于强强的宝库。我们有幸也帮他挖过几锹土。这是一个劳动者对另一个劳动者的致意。

11

最好的时候

莫干山，德清

丰玉程是小号手。

我在《东方早报》的时候，他在棉花俱乐部演出，很多女生爱他。

再见到他是在莫干山，2021年初秋，在朋友的一次盛大的聚会中出现。一个看起来不怎么样的书法家拖着大毛笔在地上写字的时候，小号声成为这次以"白鹭"为主题的山间活动的背景音。他是被邀请的客人，也友情赞助了现场小号演奏。大家都叫他小丰，我意识到我知道这个人，我想起了将近二十年前他总是被人提起的日子，虽然我从来没见过他。那天晚上，在喝了不少酒之后，我跟他搭讪。

"〇三、〇四年的时候，'东早'有一些迷妹经常说起你。她们会为你尖叫的。"

"棉花？"

"对对，那时候我也在《东方早报》。"

"那时候多好。那时候最好了。"

"那时候最好了"，我记住了小丰说的话和他说话时文艺分分的样子。所以我看到费里尼写强强保罗——"重要的是在他年富力强的时候，赶上了这个城市最好的时光"，我会想起莫干山的小丰，我们往往容易会被语言所触动，实际上从那里回来之后，我还是狠狠地琢磨了一阵这个"最好的时候"，也会有意识地问起身边的或者偶尔遇到的一些人：你觉得上海最好的时候是哪个时间段。

关于这个问题的答案各有特色，不管是脱口而出还是深思熟虑，人们确认某个时间段的上海最好，差不多共性的东西，只有一个：繁荣。什么时候可以称之为繁荣，繁荣应当如何理解，由什么代表，这些决定了不同人的回忆坐标。繁荣本身也包括了思想、文化、物质、财富、多样性、自由、解放等种种必要的解释。当然，这其中还有一个隐藏着的共性，它与回答者自己最好的年龄有关。这关乎他最佳的创造力——这很有可能是真正的唯一的原因。就像费里尼眼中的强强保罗，最好的时光与此有关："他在富民路的老房子里像勤奋的鼹鼠一般深耕劳作、储藏，天气好的时候出洞孵太阳，冷眼观望各色食客往来。"

长乐路和富民路这个路口毫无疑问是过去几十年间若干"繁荣"的叠加。繁荣里包含了若干人最好的年龄和他们拥有最佳创造力的时机。

莫先生不会否认这种繁荣里也有他的一份贡献。至少，作为一个宏观经济的爱好者和长期观察者，他有权利指点这其中的奥妙。

1986年莫先生中专毕业，进茶叶公司，一开始什么也不懂，去做收购，慢慢熟悉了，开始跑上海。那应该是1990年前后，他说那时候生意好做，"工厂都在，棉纺织厂三十几家，印染厂二十几家，以前延安路、乌鲁木齐路都有工厂。印染厂靠苏州河边。西康路第一印染厂；七印，九印，（在）安远路；海防路十八印；二十三，在小木桥路。现在这些都转到柯桥去了，到浙江去了"。做生意也简单，四五月份新茶上市，3月份要张罗工厂采购的人去安徽旅游，两个月之后送货，做售后服务，关键是认识单位的人，得疏通关系。

"上海人那时候排外，但讲规矩，说要你的货了，不会骗你。"

"那时候上海还没有开放，借房子都借不到，没地方借。住大自鸣钟的招待所，离上海火车站近。"

"自己总结一下，脸皮要厚，腿要勤，服务要像孙子，跑业务要像兔子，穿着打扮得像公子——三子。"

"最起码要穿得整洁，上海人最怕你穿得醒醒醒醒，看着你形象不好不让你进来，门卫很森严的，不像现在是保安，那时候门卫是职工啊，稍微看你不顺眼，不让你进，连说话机会都没有。"

"有时候讨货款，住一个月二十天，货送上来以后，货款不及时，财务有纪律，每天可以花多少钱都有规矩，钱够了才打给你。打给你才能回家，家里安排种庄稼，等米下锅。"

"单位让你自谋出路。我们同行同事都在上海开店，我自己独资开。有货源，新茶上市、中秋节、春节，上三次货，三次货款。改革开放，没有一技之长，到外面必须开店，现在叫中间商。"

"我们做的是信息和地域差异，以前信息地域不通，有地域价差。"

听起来都是让人头疼的艰难往事，三十年间几乎构成了莫先生的全部生活。

"大家都说上海生活很难的。难归难，哪里不难？北京广州我都去过，但想做生意还是要在上海。上海让人感觉安全，公平竞争，相信能力，上海给你机会。闯上海滩不容易，竞争力很大，上海有机会，有竞争，相辅相成，很容易活下来不是。其他地方，干十年二十年，拼命干，未必有机会。上海造就百万富翁，也造就乞丐。"

他还说到了巨鹿路襄阳北路，就是壹号会馆那里，原来开过孔乙己酒家的那个地方，〇六年还是〇八年的时候来过一个香港老板，上下五层盘下来，装修花两千多万，没开三个月，一夜之间销声匿迹。欠了很多钱，人逃掉了。"不经营少亏一点，经营就越亏越多。"他借此说明，大老板有大机会，但不代表着一切都顺风顺水。

"做生意，动车、火车、飞机拉进来的人，带着希望，带着笑容进来，真正留下来的成功人士很少很少，适应不下去回去了。然后还有很多人来。就是上海有机会。"

莫先生在上海不可谓不拼搏：买了房，用两家茶叶店养活三个孩子，还指望着这突然火起来的啤酒生意再帮他一把，三个孩子距离成才还差一把劲。"带着希望，带着笑容进来"的莫先生不管如何看待自己，但他属于"真正留下来"的那个共同体的人。

莫先生喜欢谈大趋势，喜欢说大事。这是他这一代人的特点。他们开始起家去做自己的生意的时候，不管是1986年的茶叶推销员还是1998年的个体茶叶店小老板，对未来所知不多。何止是他们，这个社会也差不多是如此吧，大家都认可了应该让生活富裕一点，但对如何达到这一步，谁也没有准备好。所以，每个人都应该有把握机会的能力。这是一种技能训练。我们必须训练自己对机会的把握能力。

在更年轻一代身上，往往会带着一种疑问去看上一辈对"大事"的执念，仿佛这些东西与他的生活有关系一样。

其实莫先生这样的长辈在面对晚辈嘲笑和不耐烦的时候，或者呵呵或者嘿嘿的自嘲，表达的都是一个意思：确实有关。

强强保罗，或者莫先生，还有我们后面会说到的范阿姨、做塑钢窗的高松的爸爸、小李水果店第一代小李，甚至包括杨枝瑆的大律师爸爸，都借助了某种力量。

这繁荣悄然到来，毫无疑问是这些人的创造力被释放出来的结果。

人们在说起官吏专业性的时候，喜欢拿上海举例子。大意是说，上海人有职员传统，在其位谋其政，官员管理得当。2002 年，上海同事到北京，难掩自豪感，往往在极细微之处指出上海优势。比如说北京的红绿灯间隔时间白天夜里相同，而夜里车辆稀少，一辆车孤独地等在路口很长时间，毫无必要。上海更人性化，到了夜里红绿灯切换时间可能只要三十秒以内，频率加快，不会让车等太久。上海同事的结论就是职员的职业化传统非常重要。这是优势。

现在，我发现上海早晨或者夜里的红绿灯不再人性化了，夜深人静一个路口，四下里一个车无聊地等绿灯亮起，感觉是漫长的几分钟。就想到，上海职员的职业精神哪里去了？

我们经常忽略的时间问题，从民国的职员职业传统到前同事赞美有加的 2002 年，是几十年的时间，从 2002 年到现在，又过了二十年，如果一个传统没有足够的支持，一鼓作气二而衰三而竭。官僚科层制在全世界都有它的惯性，上海的职员传统职业精神被夸赞不意外，但官僚科层制显然也遵守熵值增加定律，难免一路折扣会打下去。经过几十年之后，职员传统与职业精神可能也要打一个大大的问号，是不是有能力在夜里把红绿灯调整妥帖，就是一个问题了。

王元化 [1] 在 90 年代反思政府，研究五四时期东西文化论战中的杜亚泉：

> 他不仅是启蒙者，也是一位自由主义者。1912 年他在《减政

---

1 著名学者、思想家、文艺理论家，曾任国务院学位委员会第一、二届学科评议组成员，亦曾出任中共上海市委宣传部长，也被视为专业性领导的一个典型代表。

主义》一文中说:"今各国政府组织繁复之官僚政治,视社会上一切事务均可包含于政治之内,政府无不可为之,亦无不能为之。政权日重,政费日繁,政治机关之强大,实社会之忧也。"他认为政府对于社会,只能养其活力的源泉,而不要使之涸竭;只能顺其发展的进路,而不要设置障碍。只有这样,社会的活力才得以顺畅发展。所以政府在教育事业和工商事业方面,仅仅是司其财务,而不必自己去做教育家,自己去经营工商事业。要使教育发达,并不是政府多颁学堂章程,多编教科书。他说:"不察此理,贸贸焉扩张政权,增加税费,国民之受干涉也愈多,国民之增担负也愈速。干涉甚则碍社会之发展,担负重则竭社会之活力。"[1]

这篇文章写于1993年9月。上海在此之后逐渐繁荣起来,与这样的见识显然不无关联。

上海一波一波的热闹,是放权的结果。保罗开店,与允许自谋职业,允许房屋交易,允许经营餐饮等政策相关;华亭路开始卖衣服,有流通的放开,有眼界的放开,有经营者薄赋轻徭的政策——否则个个穷得要死,还要交各种税,谁来支撑排面?到90年代,大规模减员增效,一时下岗如潮,上海的窘迫并不比东北好多少。从80年代就拍上海弄堂人家的摄影师胡杨说90年代大家过得苦,与现在的东北有些类似。但如此之苦,上海还是采取了一种相对来说比较包容的态度。"四〇五〇"一代人的智力和创造力,并没有完全被消耗掉,在2000年代,上海的保安都是要留给上海本地爷叔的,无非就是保障就业,大量服务行业给

---

1 《杜亚泉与东西文化问题论战》,1993年9月。引自《九十年代反思录》,王元化,上海书店出版社,2019年7月。

四〇五〇的女性留了机会——"好德的老阿姨"在很长的一段时间里是独特的便利店形象。先是本地人开店,继而本地人把店租给外地人,本地失业下岗人员从经营者变身为房东。

研究城市士绅化的学者陈向明教授在《全球城市 地方商街》中拿了杨浦区民星路和田子坊为研究对象。

> 在上海,城市再开发很大程度上体现了市级和区级政府强大而直接的力量。但出人意料的是,有些地方商业街是被政府选择性的忽视所塑造的。许多商业街底层公寓的所有者将沿街房间改为零售用途,或者占街开店。尽管这种做法严格意义上讲是不合法的,地方政府却选择因为社会性原因忽略它们。这些本地商店让许多人,尤其是下岗工人、退休员工和流动人口找到了工作。店主们付的租金为工人阶级的房东提供了多余的收入,补充了他们的退休金和失业保险。[1]

莫先生这样的外来人员也同样经历了在政策里谋得生存之地,在政府的宽松管理下获得成功的过程。而且,越来越显著的一个特点,随着第一代外地打工者年事渐高,退出就业市场,上海某种意义上现在吃另一个"人口红利":第二代打工者。他们大多在上海长大,相当多数在上海完成小学教育,中学和高中可能在上海也可能回老家——取决于父母对子女升学的态度和未来职业规划。他们比父辈对上海的认同更多,所以,他们最后几乎都会选择在上海就业。

---

1 《全球城市 地方商街:从纽约到上海的日常多样性》,莎伦·佐金,菲利普·卡辛尼兹,陈向明,同济大学出版社,2016 年 9 月。

他们有些人可能成绩不是太好，也可能回到家乡竞争力不如当地应试教育的同学，所以考上的学校谈不上好。最后很有可能完整地在上海接受职业前教育——技校、高职等等就成了最后的选择。

他们的职业也填补了上海的新职业的空缺。比如像咖啡师这种专业性比较强的服务业；比如各种或者继承或者自己经营的小店；比如房屋中介。

回到繁荣这个话题。陆铭在《大国大城》中引用了一个说法：

> 新加坡国立大学李光耀政策学院开展的全球主要城市的宜居指数排名要"人性化"得多。这个排名的出版物在一开始便宣称，"如果要清楚什么因素构成宜居性，那么就要首先了解什么是人性"。换言之，生活方式越是与人性一致，这样的城市才越宜居。[1]

宜居性，一定与广泛的人有关，与繁荣有关。

在某个时候，就像我们前面说到的，在包括政府在内的各种社会力量对未来都茫然无知的时候，我们只知道应该过得更好一点，这是唯一的目标。我们这个时候，成就了一些事。亚里士多德说，城市是由各种不同的人所构成，相似的人无法让城市存在。无意当中，我们成就了这个多样性。

---

1 《大国大城：当代中国的统一、发展与平衡》，陆铭，上海人民出版社，2016 年 7 月。

12

"为什么上海没有大企业"

蒲园，长乐路

另一个宏观形势观察者来到蒲园办公室。

我说："你就这么来了？不担心被人认出来吗？"

"还好，现在有口罩。偶尔会被认出来，"他想了一想，又问，"认出来也没事吧？"

"那可不好说。"

来的人是王兴。我的担心可能并不多余，不到两年时间，他已经从创业天才，沦为"资本家"代表。自从中国网友发现没有合用的芯片和什么光刻机以来，所有创业者一夜之间再也不能拿改变世界的创业故事打动年轻人了；全民声讨"996"，让所有老板背叛了员工；对于王兴来说，还有额外一击，一篇调查记者的文章《外卖骑手，困在系统里》——又让他背叛了平台上的外卖小哥。满大街跑来跑去的小哥觉得赚钱辛苦，疲于奔命，是王兴在拿算法算计他们；满大街不动的餐馆觉得自己生意都被外卖抢走了，离了平台就没有客人，上了平台又要任平台拿走利润，是平台把他们逼上亏损绝路。总之，王兴这个时候不但成了"资本家"的代表，而且每个毛孔都滴着血和肮脏的东西。

2021年夏天，我们遇到很多困惑的人，动辄就要跟我们谈国运，谈趋势，有钱没钱的，一副不务正业的样子。我们想知道各种阶层的人都在想什么，就问王兴有没有时间务虚聊天，他说他正好在上海。

他思考的问题不太一样。

"你说，为什么上海没有大企业？"

"什么叫大企业？"

"华为，平安勉强也算、腾讯、大疆、比亚迪，你看深圳随便一数就能数一堆出来。"他大约说的是民营企业中的大企业，"杭州有阿里、吉利、海康微视，还有很多。上海很有趣，经济最发达，但没有什么有名的企业。"

"上海可能跨国公司太强大了，影响了民营企业。"我好像在哪里见过类似从人力资源分配角度探讨这个问题的说法。

"外企太强为什么会影响民企？"他对这种回答也不是太满意，"八九十年代，也只有一个复星。"

"三四十年代，上海有很多大工厂。纺织企业，在当时应该算的吧。"杨樱说。我觉得这种说法是说得通的。纺织业满足衣食住行的第一条需求，很多城市都经历过由纺织业工业巨头引领的时代，工业革命的一个重要创新源头就是珍妮纺纱机，纽约在相当长一段时间里拿得出手的工业也就是纺织业和印刷工业，所以上海在三四十年代做纺织、做面粉，不能算小了。一时拿不出数据来，想起优衣库和ZARA老板这几年都当过本国首富，也算是一个证据吧。

但他们可能更像淘宝网，是整合渠道的角色，我也觉得这论据不是太硬气。

"大的房地产企业也都在广州，万科、恒大、碧桂园，有些福建的，闽系地产商搬到上海。"王兴也就继续表示疑惑。

"上海厉害的地产商好像也是国企。"这一点我倒是同意。那个人力资源角度的观点更多说的是国企，有点像现在我们说"编制"在中国北方就业市场里无与伦比的优势地位，在相当长的时间里，国有企业在上海也是重要的选择。它会争夺有限的人才供应。等到国有企业行势走低，上海的金融业变得特别有竞争力，又受益于全球总部策略，跨国公司的总部大量进入上海，它们在人才竞争上的优势远超过去的国有企业，也远超当时还弱小的各种民营企业。

"厉害的人去了跨国公司，还是有影响的。"不能说上海人没有创业者，我头脑当中会有外地来上海打拼的创业者形象——你看我在用这些词的时候，就没有北京创业者那种互联网新贵的感觉，也会有那些在跨国公司里占有了一定资源，又上升无望的创业者，他们只要把老东家的客户做些细分可能就会找到自己的利基空间，有一些很赚钱。做得可能也不小——在 2010 年移动互联网真的改造了人类生活之后，他们在产业链里不断巩固自己的话语权，可能真的成就了新型的大公司。

不过，这些好像都不是王兴说的"大企业"。

这也成了后来我们要到处问的一个问题。上海本地人以朴素的直观感受一般来说也就总结两点：一是大家做职员不好吗？二是优秀的人才不都出国了吗？

梁先生说起他小时候的朋友，脑筋灵活的人都早早去了国外，在澳洲做华文报纸，在日本做生意，这都是成功人生。南角亭老板也可以作为一个注脚：哥哥姐姐在国外是展开人生美丽画卷，他在国内开面馆，只合叫作谋生，要被父亲歧视到生命尽头。

被问起的人这么讲起的时候，多是严肃的。他们甚至觉得我的问题多此一举。我问小丰上大学的时候是否会规划未来，他说："我这么国际的一个人，应该大学毕业没多久就出国的吧。留学，东走西走。"

> 我那时候意识到差距，差距很大。基础就不一样，他从小就在生活里听到，父辈喜欢或父辈演奏。就跟我们从小听《二泉映月》一样。从小听到的东西。这是最好。你从小听，培养出热爱，听到七八岁开始认真系统地学习，先去学古典音乐，再去学爵士，也可以一起学，学到差不多，最好是有大师把你招到他的团队里去。几个大师乐团里面，演奏几年、工作几年，然后再有自己的东西，出一些东西，或者组自己的乐队。这可能是爵士乐最正统的路数。完美的路数。但我们把前面的很多东西都错过了，没有从小的完整的听觉习惯，没有系统的学习。这就是我们的差距。差距是他的血液里有，而我的血液里没有。我们辛辛苦苦模仿的东西，对于他来说，他不是模仿，他就是本来的样子。

1990 年代人们开始能够规划自己的人生走向，每个行业的人可能都会总结出本行业的差距来，然后对照着自己的人生蓝图，觉得出国学习工作开阔视野理所当然。

我觉得除了对好东西、好生活、好未来的追求和认可，这其中还有一个很重要的因素是：经过了几十年相对封闭的时期，上海落后于香港台湾，而且落后于珠三角的广州、深圳，它要想找回自己的尊严，只能更多地融入全球。所以，国际化是他们几乎唯一的抓手。看过去，自己成功故事是这样，那么看未来也差不多。找回自信，总要看自己手里有什么。这就是一个找回尊严的故事。

连清川在跟我探讨这个问题的时候，比我要坚决得多。他在上海读大学，在纽约做过好几年访问学者，又在上海生活了十几年，他有资格坚决。

他认为问题没有那么复杂："上海没有什么传统，如果有传统，那就是国际化，你不让他抓住这个抓什么？"

"经过几十年的租界文化以后，上海对西方的这种吸纳，尤其是对西方文化的吸纳，我觉得是比较彻底的。比香港更彻底，香港其实它就是个中转站，它的核心在于，上海是没有传统的，你明白吗？上海是没有传统的，是的，所以西方文化进来，就是它的原生文化，它没有什么改变的过程，就是原生文化，你变成一个香蕉。"

我说，国际化在1949年后相对放慢，当1978年开始改革开放时，他们有特别的反应。上海人可能比其他地方的人更能意识到差距。

连清川还提到一点，国际化是相互的。"你看这些老外到上海来，一个就是生意做得好，一个就是生活舒服，对吧，哪有一个公司跑来说，我要改变上海？没有的。所以我说他们上海人就很精明，你们来奋斗，特别好，你们来，我们来帮你管理管理。他没有特别大特别长久的规则。"

这个角度我没有想过，而且国际化是一个相互的过程。它可以解释一些问题：

这些外来人包括早期的来自香港、台湾的职业经理人，在他们的跨国公司总部里往往也是职员角色，他们对职位和职位带来的福利更在意一些。包括高收入、补贴、假期等等。

我不是来这里创业的，我要在这里享受好时光。

或许也能解释一点王兴的那个问题。

想象一座展开的 Shopping Mall

富民路

2022 年上海的夏天特别热。长达两个月，每天将近 40 度。有一种说法是，即便已经这么热，看未来夏天的气温，这就算好的。每每听到这个说法，就觉得像个隐喻。

对于富民路来说，这不是一个好年头。热的时候很多人钻进商场。冷气换命。

人们把餐馆、电影院、专卖店、美容店、超市等各种消费项目塞在一个或一组大楼里，再修好停车场，造好地铁，无非想让消费者在这里待上大半天时间，然后把钱留在这里。这是一个商场的本分，它跟随便一个老式商业街区其实并没有什么本质的差别，但最后人们往往会误以为自己喜欢的是那些亮闪闪的商场，为此他们可能宁可拆掉一个本来就提供同样服务、有同样功能的一个老式商业街区，并用叫作"Shopping Mall"的大建筑取而代之。原本收纳在街区里的、除了消费之外的所有生态，都一并消失了。

社会学家说"自反性现代化",大概就是这个意思吧?

"如果富民路是平铺在一条街两侧的 Shopping Mall",类似这样的解读,是我一直想做的事。

在一个真正的 Shopping Mall——我们还是叫它商场吧——你到达的方式有两种,地铁或者开车。

假设你是乘地铁而来,你从地下一层或者二层进入商场,一个中等大小的超市是必要的;提供简餐的小吃店和相对平价一点的饭店;理发、美甲、健身房这些会消耗时间的与身体相关的项目,"坪效"[1]未必高,但会让用户养成消费习惯;点心店,你可以在这里消磨时间,也可以包装成小礼物;各种饮品店,咖啡、冰激凌或者奶茶水果茶等。这些店,同超市与商场的档次定位有关,所有种类的小店都要有点竞争力,不能过于草率。

富民路上,这些理论上分布在商场 B1 或者 B2 层的店穿插在各处。191 号是农工商超市,门面跟这条街上普通小店一样大小,不起眼,但拐进去有更大的空间,这是个连锁的小型社区超市,满足基本的生鲜和日用品需求。春天时,它理所当然是"保供单位",是联华之后第二个开放给蒲园和周边社区团购的超市,虽然附加了一些条件,但还是解决了联华再度歇业之后的一些最基本需求。

除了农工商,还有好德便利店,便利店在商场里不是最重要的配置,如果这个商场还肩负交通枢纽功能,便利店一般在地铁站内。这个好德在富民路上 24 小时持续营业了差不多有二十年,春天之后似乎就完成了自己二十年的使命,打烊关门,好德关门潮已经持续一段时间了,与网购当然有关系,与关店潮关系不大。好德在这里经营不景气,几个档

1　每平面积上可以产出的营业额。

口之外的 Alex Shopstore，同样大小的门面，商品种类看起来十倍于好德不止。好德的商品大多为大路货，店里摆的商品也不够多，有些东西还一溜摆了不少，展示功能超过了坪效的要求——现在，连便利店都可以当成媒体使唤了，可见销售额已经完全不重要。当一个店不再追求销售额的时候，等着它的命运或早或晚就是关闭了。

这个 Alex 正对着古柏小区的大门，也是一个小型连锁店，连锁店大都在外国人多的街区，以西式生活需要为主。这类超市执牛耳者是乌鲁木齐中路的红怡食品店，店主大家称作"牛油果阿姨"。3 月 31 日，牛油果阿姨家的店门口与路边菜摊、乌中路菜场一样排着长队。有趣的是，看早年上海开埠资料，上海最早一家外国人开的杂货店，名福利洋行，它的经营范围与今天的红怡、Alex 大同小异："包括腌黄瓜、芥末、白酒醋、奶油、果酱、罐头水果、奶酪、培根、火腿、咖啡、燕麦、豌豆等一般英国家庭餐桌上常见的食物"[1]。一晃一百七十多年过去了，你要感慨生活习惯和文化的顽强。

与连锁便利店不同，在田汉那里，有一家延庆便利店，它实际位置应该是在东湖路上；保罗边上有民富烟酒店，这些都是有了年头的烟纸店遗存，见证多年变化。它们没有统一进货统一结算之类的连锁优势，但它们更自由更灵活，可以煮应季的玉米或者茶叶蛋，也可能会留下一点空间给卖彩票的人，这是在商场里不敢想的事——严格的经营范围和安全消防之类的规定，让它们不能轻举妄动。

商场里的地下布局当中，在通常交通动线之外，还会隐藏一些你平时不太注意的店，它躲在不起眼的地方。当折叠的商场"展开"在富民路上，它的存在感就要大上很多，这也是为什么小店在一个传统街区更

---

1 《打造消费天堂：百货公司与近代上海城市文化》，连玲玲，社会科学文献出版社，2018 年 6 月。

容易存活下来的原因，很多人会解释为租金水平低、传统社区的需求多元化等原因，确实有这样的因素，但更值得说的实际上是：平等。

诸店平等。如果它经营不下去，自然会想办法，或者干脆离开。比如药房，就在富民路、巨鹿路路口不远的地方有一家雷允上；比如一家叫 KS 的发型设计中心；还比如，一家叫桑格的水疗会馆，它甚至有点喧宾夺主，金碧辉煌的，你会发现它强调有如路易·威登的富贵，还要讲点神秘感，搞出特别有仪式感的生生不息的图案；还有银行的柜员机，以前它曾经是生活里总要打交道的地方，现在它不那么重要了……不过，谁知道呢？反正我们生活中很多东西我们都是要重新打量的。

写上面这一段时还是在 2022 年春天之前，接下来我说，它"早晚有一天大概会跟电话亭一样成为街上一种有历史感的摆设"，4 月时《时尚先生》杂志发了一篇生活在电话亭里的女士的特稿，这事有点像隐喻了：如果不是大街上突然之间空无一人，大家甚至不会注意到这位女士已经在电话亭里住了一段时日，街上的人突然都消失了，她被孤零零地晒在大家的目光里。又因为足不出户，大家也没办法近距离地与她接触，更不要说提供帮助……直到她作为一个"被发现的"问题从电话亭中被赶走。

在 2021 年之前的几年里，那些经营多年自带客流的街边小吃店被各种商业体请到楼内，开分店扩大规模，它们大多分布在地下一层或者地下二层，大多给人解决午饭或者下班回家前与朋友同事小聚。这种类型的小餐馆在富民路上就多了。

Bistro11 提供有机又健康的西式色拉碗一类的食品，早上八点就开始营业，它提供洋气的西式早午餐；也有很接地气的小吃店，顾师傅特色炒菜，年头久远，它的招牌树在弄堂口，店在弄堂里，这也是展开的"民主化"的商场所独有的优势，藏在更深处可以省不少房租。

还有小宝·路鼎记，福鼎特色小吃，它的位置不是太好，在富民路靠近延安路的头上，似乎更依赖外卖。一个面相很年轻的几乎可以称得上是少年的男生和他的妈妈主理，两人之间话不多，总是给人心事重重的感觉。2022年春节结束，到正月十五还没有开业，我们猜可能是正在隔离，又过了几天开业了，又过了几天就歇业了。生意最好的是"JOLIE·HOUSE·茉小姐·有一个锅"，它有一个一口气念不下来的全名，它提供部队锅这样的食品，消费者和消费者的气质与藏在地下一层里需要叫号的网红餐馆完美契合。

零食店也适合出现在这里。Dip in Gelato，这是富民路上已经火了一阵的冰激凌店。铜锣烧泽田本家，一个基本款点心常年做各种口味各种联名，有阵子为了照顾健康人士，推出一口一个迷你款，价钱倒不含糊。

某种意义上，翠华餐厅也承担这样的功能，但它规模和名气都大，通常会被商场请到楼上，以表重视，运气好，或者商业体相对弱或新，急着聚人气，它还会被请到一楼，成为招牌。现在翠华在富民路消失已久，它的几家新店都开在商场里，确实如此。

* * *

这些年，大商场时装销售等这些传统百货业不景气，全靠餐饮和电影支撑场面，毕竟人和人还要交流，朋友聚餐还不能靠"云"来解决。所以商场不论大小新旧，餐馆分布均衡。原来的惯例是地下简餐，地上四层以上开始有餐馆，现在不一样，每个楼层都不会放过。

平铺在富民路上的餐馆各异，有趣的是这条街的两头，都以西餐馆为主，并且都是简餐，大家喝啤酒。除了以前说过的"田汉"路口那四家，靠近延安中路这边有板着面孔的德国餐馆，以前分别叫作"Dr.Beer"和"World of Beer"。比酒吧要更隆重一些，前面的"Dr.Beer"现在已经升级成"Bistro Lenbach"。在商场里，这样的餐饮一般会放在四层以上，但最好是有户外露台。如果牌子老资格足，还可以把一楼的户外空间分出一块搞啤酒广场一类的噱头，这就是大场面了。

商场的一楼，特别是临街的一楼，是脸面，决定档次，不管是不是出于虚荣心，它们在整体上还是要高一到两个档次配置一些服装大牌，虽然对于客流和销售来说，用处不大——双方想的都是展示功能更重要。真正带来价值的是那些卖快时尚的服装专营店，比如优衣库；餐饮既要大牌也要洋气，把桌子摆在庭院或街边的时候，有气氛，所以首选星巴克、Wagas一类，无味无油烟，可以聊天。

但论排场，现在中餐更胜一筹。不经意间，上海的顶级餐馆已经不再是法餐日餐独步天下，上海本帮菜、宁波海鲜为基调的所谓融合中餐已经上位。大牌中餐馆难免要做包房生意，包房要私密，总不能敞在马路边做包房供人围观，所以放在视野开阔的楼上。如果商户特别强势特别能带来客流，那就在一楼给留出单独入口，有直达电梯，大家各得方便。

像保罗这种要面子、腔势要足的酒家，如果放在商场里，十有八九得在一楼给修个仿制民国风的牌楼。

档位不上不下但经营有特色的餐馆在富民路上也有自己的空间。翠华酒家如果还在，严格意义上算是这一种。世纪初就在巨鹿大厦占据了一席之地的"古意"，最初叫古意湘味浓，有世纪初流行的台湾味道。它做高端湘菜，但湘菜有天花板，你把桌布浆得再雪白硬实，牛蛙鱼头小炒鸡胗还是卖不出高贵气来，所以虽然世纪初就在久光开分店，但如今在商场里还是一个小角色。相比之下，它隔壁的南麓·浙里，后来居上，不过严格说来，它和西班牙菜 Mastache 并不在富民路上。原来在巨鹿大厦对面，现在被施工围挡拦起来的地方有阿毛饭店，多少年前的事了，很多人至今还会怀念一下。在它边上不远，没有拆掉的地方，有一个带院子的椰香天堂。在 2022 年 3 月底还坚持营业，到 30 日，它们不再堂食了。然后暂停营业了。

"懂经爷叔"用很爷叔的宋体字做餐馆名字，有一种骑着哈雷摩托中年危机味道，生意有一段好到也需要等位叫号。疫情三年，感觉不如从前能打——它火与不火，都很难说出所以然——招牌海报都有些斑驳，老板似乎也不以为意，有点落拓。要知道，中年男人须臾不可落拓，要是不捱牢，瞬间就会暮气弥漫。懂经爷叔在富民路 177 号，隔壁的 175 号现在只剩下招牌的红底，上一家是什么已经看不出来了。很久以前，它叫美味餐厅，平价本帮菜馆的先驱，在这条街上与保罗齐名。

富民路上顶级餐馆是辉哥火锅，同样是世纪初的老店，来自香港，海鲜与肥牛是卖点。看它在北京的扩张，定位还是一线城市一线商场黄金位置的竞争者。

星巴克还是商场最重要的客户，即使 2021 年上海已经官宣为世界上咖啡馆最多的城市，但对于商场来说，星巴克几乎是唯一的。某种意义上，城市、商场、街区是靠星巴克这样的商家来定义的，星巴克已经入驻，这说明它是可信任的，它可以吸引更多的其他商家入驻，而且还可以把整体租金提高一下。所以星巴克也可以谈更好的条件，免租期、租金折扣、排他性条款等等，还有最好的位置。在一个不那么强势有待发育的商场中，星巴克大大咧咧地占据着最好最开阔的位置，与开发商一起展示 Mall 的成功。

富民路不吃这一套。在我们的九个路口、六条街的范围里，星巴克只有一家，在长乐路陕西南路路口。那是黄浦区商业地产开发商淮海集团的办公楼底商，他们好像并不在意整个街区的商业定位。

民主化的街区，不用像商场那样担忧试错成本，众咖啡馆平等。

Fumi Coffee，橱窗内外都有座位的那种咖啡馆；The Oranges，在古柏小区门口，守在小区门口的咖啡馆，总让人有更强烈的"第三空间"之感；XY Coffee，营业时间是 7 点到 19 点，偏粉色系，证明在这一带开咖啡馆，你怎么着都可以——你可以挣早晨 7 点那拨人的钱，他们是遛狗的、晨练的、家里早餐要有咖啡的、辛苦的 7 点钟就要出门上班的……

值得一提的还有 Ollie Nollie Store House，2021 年 6 月我们开始到处看的时候，它还处在 Coming Soon 的状态，从 3 月推到 4 月，把 March 划掉改成 April，此后，就懒得再改了。总之到了 8 月还没有动静。到 2022 年 2 月下旬，它突然准备好了，果然憋了大招，证明它是有理想有创意的咖啡馆，卖咖啡 + 煎饼果子，33 块钱一套，迅速通过营销建立起一个跨界、"咖啡配一切"的形象，每天人挤在一起，打卡纪念。可能是红火招惹了嫉妒，可能被人举报为缺少食品加工的牌照，总之没开几天就歇业了，直到 3 月中旬才再度营业。那时，它还是火。只是时机欠佳。

小酒吧要开得够晚，而商场有时间限制，总希望各种店的开业时间都尽可能集中，否则不够经济，所以酒吧不会成为大型商业中心的重点，除非它有自己独立的出入口，或者商业体有自己的园区，但这就是另外一个性质了。

富民路的酒吧没有什么章法——这通常不是正面评价，但对于自由生长的街区来说，它意味着各种可能性：比如 185 号的 Lucky Mart，中文名唤作大吉便利店，它看起来就像一个好德，卖炸鸡与酒，下午 3 点开始营业到凌晨 4 点，人们喜欢把它的各种小贴纸贴得到处都是。自称

2009 年就已经开业的 Papaya Bar，卖威士忌和鸡尾酒，算起来，2009年离现在已经有 13 年了。有 Q 太郎，日本烧鸟店卖清酒；也有 Tasca，西式小酒馆；卖咖啡的店兼卖酒，May be Whisky。各有各的打法。

　　3 月 31 日，那些希望珍惜最后几个小时放浪形骸时光的人，就躲在大吉便利店旁边的一个宽屋檐下，哆嗦着举起了他们手中的小啤酒瓶。有车灯扫过，他们也有点难为情，可能也觉得自己过于孟浪了。那也是那个晚上（或许不只是那个晚上）最后的倔强了，富民路一头一尾平日里总是坐满了人的酒吧，已经关门几天了。不得堂食。

* * *

　　我们已经说到这些在商场中不大容易出现的商业形态了。我可以明确地说明我的真正目的了：探讨一个"平铺在街上的商场"究竟有什么不一样和或者说不凡的价值，其本质探讨的是平等问题。

　　首先，不是每条街道都有成为商场的潜质，而那些已经可以扮演这类角色的，最高的进入门槛可能只有租金。请注意这个说法。"只有租金"是相对于一个有更多管理者把关的、需要照顾到周边店铺定位的，甚至于自己品牌身价是否与之匹配的准入门槛而言的。在一栋大楼里做生意，你就会面对这些，但街道不会。

　　每个经营者都可能在这条街上赚钱，也有可能赔钱。它提供更多的可能性。它让各种可能性混搭在一起，并且是以一种无法预估的方式。好德黄了，古意黄了，但很快就会有围挡，表明新的生意正在做准备。围挡上写着：

Something exciting is coming.

就拿时装来说。对于商场来说，占大头的还是与时装有关。所以不论多么艰难，线下如何不景气，几层楼里还是要安排时尚潮流产业种种业态。从百货商店诞生那时起，它就与"消费更多商品"这个概念紧紧捆绑在一起——社会学家把它与现代性、与资本主义本质都建立起关联——有什么比衣服更能体现"不论多少都不够"这一消费原则呢。所以，一线商场有大牌时装，二线有快时尚潮流有运动品牌……富民路有买手店和设计师店。那些不愿意与大牌混在一起，又不能忍受和三四线品牌同流合污的设计师和小众买手们，在富民路上有自己的生存技巧。

Labelhood蕾虎，潮流买手店；飞跃，被法国人买去的运动潮牌；Existentialism，一个叫"存在主义"的卖儿童服装的店；Madame Mao's Dowry，毛太设计，很自信的设计师品牌；Visy、Flora，有年头的服装买手店。Chambre Courbet，服装店。Geijoeng几样，服装店。Suren，服装店。Idear，服装店。Shanghai18，服装店。Jasmine Cashmere，服装店。

都是一如既往的老招牌——这些服装店好像都不大在意外面的店招是否过了时落了伍，只要把灯光打得足一点，衣服够靓，可能就足够了。像富民路这样的小尺寸街道，人行道宽度一米左右，游客眼中看到的是橱窗，不仰头后退就不会看到店招，除非你看马路对面，但人很少在马路上穿来穿去，所以把功夫用在橱窗、店里、视野上下不超过两米高的这个空间里经济实用，头顶店招，不那么重要。

这一带的服装店都很自信，店主，特别是那些女性店主都有见过诸多世面的霸气。但凡流露出来一点"你们究竟靠什么活到今天"的疑问，这些姐姐可能都会告诉你"不要低估人世间的荒谬"。这句话来自哲尔吉·康拉德讲的一则盲人寓言故事：

　　我曾经跟哈尔法路上的盲人古籍收藏家店主按重量换书。对他来说，唯一重要的是我带来的书比拿走的书重。

"你怎么没破产呢？"我问他。

"你还嫩着呢，年轻人。"他说，"你缺乏对于人性愚蠢和随机过程深刻的理解。你认为每个人都会带垃圾过来，并拿走好东西，但是相反的事情也以同样的频率发生。此外，什么算垃圾也是一个非常相对的问题。"[1]

你不用担心它们如何赚钱。你都不担心大牌，为什么要担心这些买手店或设计师店呢？它们有更好的位置——比起 Shopping Mall 里留给它们的边边角角的位置来说，它们在富民路上的位置都足够有想象力。看你怎么吸引别人把眼光投向你了，重要的是，它们拥有一个平等的起点，每个店平等面对消费者的能力。

那些喜欢研究消费者动线的人，喜欢讲金角银边之类行内黑话的人，在富民路这种自然形成的、两侧人行道就是所有动线的路上没有什么用武之地。

Never Again 眼镜店；The Herb Store，中文名叫赫宝芳香，卖香薰香氛一类；Awesome Hats & A，卖帽子。

平等的好处就是，如果这些商户面对一个标准的商场，它们未必有勇气申请入驻，因为好的位置是稀缺的。一个眼镜店，它要靠客流支撑，看到它的人是一个基础数量，感兴趣的人是小得多的一个数据，恰好此时感兴趣的人要更小，最终完成了消费——与商场的消费者总量完全不匹配。但如果没有开始的基数，就更不可能有后来完成的消费行为。一个眼镜店或者一个帽子店，它需要的曝光给消费者的机会

---

1 《客居己乡：一段匈牙利生活》，哲尔吉·康拉德，人民日报出版社，2019 年 1 月。

不会小于任何一个高销售额的店，但好位置属于那些利润率高或者销售量高的店，所以它们只能屈居于某个不起眼的角落。最后消磨掉信心和耐心，远离商场。

富民路给的机会几乎是均等的。你觉得自己适合做一个眼镜店，或者你知道卖帽子有不错的前景，富民路上走来走去的那些人也适合你的定位，你估摸着可行，你租得到铺子，就上手吧。

这就是为什么街区的丰富性远远超过一个商场的原因。多年来街铺在商场开分店的趋势愈来愈明显，但经营者都会告诉你两者遵循完全不同的逻辑。而消费者会说，商场里的那家是方便宽敞，但还是在街上的那家"有味道"。

你固然会说出诸如树木房子之类的要素，但商场和如今同样盛行的塑料古董一样，会格式化一个重要的元素：时间。

富民路有自己的特点，它有持续二十年以上站在潮头的历史，各个时代都会给它留下一些东西。比如，211 号是"上海麟怡图文设计有限公司"——这是店的名字，明晃晃地写在牌匾上，突兀，而且用红色底，二十几年前路边店风格，更格格不入。8 月我们看到它的时候，它关着门。在百度地图里看街景"时光机"，几年前它也一样关着门。就是如此淡定。这么久居然也没有房租拖累。

茶叶庄大概率不会出现在如今的商场了。它曾经是很重要的一种商品，"柴米油盐酱醋茶"之一自不用说，它还是一种礼品，还是单位的福利，有一段时间里还被当成金融衍生品。如今没有这样的地位了，招牌老旧，看起来面目模糊。富民路两边各有一家，相距不远，168 号是严叶茗茶，169 号是黄山茶庄，像所有茶店，说不清楚客人都是什么人，既卖普洱也卖新茶。

还有各种房屋租售中介，也不会出现在商场里。相比于附近街区，富民路的中介店要多一点：炎烁地产；都灵房产，它自称廿年老店，可能确实如此，七八年前我还用过它的服务，而且它们的服务半径远超想象，我记得中介一直把我们领到了安西路头上；瑞麦慧捷地产，它的有着".com.cn"的网址还写在店招里，足以证明同样有悠久历史。这一带的房产中介不像那些新盘门口整整齐齐地备上链家之类的连锁中介，这里大多是笃定了吃老房子的生意，客户人群截然两样，用起力来也自然不同。

以前大概率不会在商场里出现的，还有 Hippo Home 这种风格的宠物店，它也做美容，也卖猫狗，也会有周边产品销售——如今商场开窍，也开始引入，因为这种店开始开放一个以前没有的功能：给人撸猫。Hippo Home 有一个专门的"撸猫室"，试营业期间撸猫门票38元一位。而且特别说明"原价58元一位，不限时"。我觉得这对于猫来说不是一个好事。小动物的笼子被镶在墙上，一排有四五个，做了四五排，好看当然是好看，符合出片率高的要求，但空间扁而小，无论如何算不得友好。

2022年春天有限几次出门，都要特意拐到他们家门口去看，小动物们都在，屋中间堆着几袋猫粮狗粮，食盆里不是每次都有食物和水，但看起来它们还都健康，多少让人放心，扭转了我对它的不良印象。6月放开之后没几天，它门口贴出告示：

本店房租到期 活体处理销售

英国短毛猫 1000 元

加菲猫 1600 元

银渐层 2000 元

我不喜欢这个店是有理由的。

* * *

一个美国人对美国的大型 Shopping Mall 表达一种担忧：

> 迪恩·普莱斯开始浏览网络，他发现当一个大型零售商进入你的社区时，花在那里的每一美元中有 86 美分流去了其他地方。很少有钱能留在当地，惠及在那里生活、工作和购物的人——就像当地的卡车休息站每卖出一加仑汽油只能赚到一毛钱一样。甚至在沃尔玛出现之前，麦迪逊和梅奥丹的主街道早已人去楼空，经济生活的中心转移向高速公路，因为劳氏家居连锁店和 CVS 药店已经抵达那里。"如果你思考一下，"迪恩说，"曾经在这里经营五金店、鞋店和小餐馆的人，他们构成了这个社区。他们是领导者。他们是小联盟教练，他们是镇议会成员，他们是每个人都爱戴的人。我们失去了这些人。"这个国家的其他地区理应在蓬勃发展，华尔街和硅谷的钱比以往任何时候都多，但罗金厄姆县和皮埃蒙特正陷入某种类似经济萧条的状态。不管怎样，全国能有多少投资银行家和软件工程师？再想想全国有多少农民吧。[1]

很庆幸富民路还保留了下来，让我们可以去探讨一个"此时"确实存在的商业形态与主流的商业形态之间的差异。如果我们放眼更大范围，依旧在上海传统市区范围之内，就会发现，这种对比的可能性越来越少。

---

1 《下沉年代》，乔治·帕克，文汇出版社，2021 年 1 月。

城市更新，士绅化，似乎是不可阻挡的必然选择。

当然可以有更多选择。阵内秀信的《东京空间人类学》说到东京：

> 现代城市无情地生长着，冷冰冰的旧城改造计划一个接一个地
> 出笼。常常是一个街区只盖一栋巨大的建筑，场地上就不再留有缝
> 隙，也不会有后街了。
>
> "城市"一词原本指的是那些带有前店的町家构成的街道。这
> 种前店后宅的模式创造出来的是一种混杂但却一体化的空间。在城
> 市改造的过程中，取代前店后宅的首先是商业大楼，然后就是典雅
> 的办公楼。这样一来除了地下，也就不再给城市里的亲民要素——
> 诸如商店、饮食店以及其他低端业态——留有空间了。的确，"地
> 下街"作为日本特有的流行现象，所提供的正是城市表面和城市幽
> 深之处清晰的功能划分。[1]

平等是一种公共产品，它的提供者毫无疑问是政府。

---

1 《东京的空间人类学》，阵内秀信，中国建筑工业出版社，2019 年 3 月。

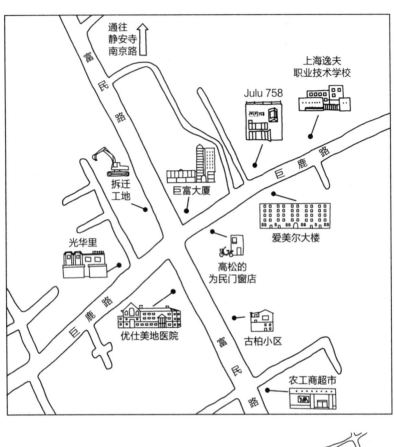

通往
静安寺
南京路

富民路

上海逸夫
职业技术学校

Julu 758

巨鹿路

拆迁
工地

巨富大厦

爱美尔大楼

光华里

高松的
为民门窗店

巨鹿路

优仕美地医院

富民路

古柏小区

农工商超市

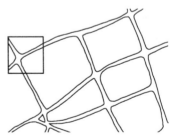

好看的陌生人

路口三：富民路—巨鹿路

这个路口没有什么特别之处。西南角是优仕美地巨富里医院，占了路口的老房子，为此装修好久，一度以为资金链断裂烂尾，实际上可能只是为了精益求精。精的结果就是看起来太新了，以至于像是造了一个假古董。东北角巨富大厦，普通的一个写字楼，看风格，猜测大概建于世纪初，底商已经变得重要，但对户外活动和休闲的小尺度空间考虑得并不是充分，最终看上去只是增加了台阶，既不友好，也无用处。西北角成片的老房子已经拆了，阿毛酒家也在其中。上海老城区现在拆迁，一般都会留下几处老房子——如果不影响规划的话，就留在原处架起钢或混凝土骨架，如果位置影响布局，就拆到一边重建，重建过程当中到底有多少是"修旧如旧"，有多少是用了过去的建材，只有天知道。新开发的商业，视容积率要求，造风格不同的建筑，现在趋势是修成老房子样子的建筑越来越多。上海这一点好，说是老房子，也有三四层，有石库门或者新式里弄，有旧厂房，用来商业开发，正当其时。所以最终结果总是皆大欢喜居多，除了在这里留下几处残破的老房子等待起死回生，远远看过去有点恓惶。路口东南角是辉哥火锅，簇簇新的红砖老风格建筑，世纪初登场亮相的时候也曾领潮流之先，不过二十年没怎么变过，已经有了中年暮气，好在门口有百多平方米的小广场，相比其他三个街角，自有宜人之处。

辉哥火锅门口，从富民路方向走过来一个牵着羊驼的女生。路口等红绿灯的两个骑自行车的人举起手机，羊驼和女生向巨鹿路往东的方向去了，身后留下张望的路人。他们无意当中排成一线，在手机里构成一幅图。

那是下午四五点的样子，那时 Julu758 的临街铺面还能随便走动，学校也还在每天上课，迎着羊驼女生走过来的是逸夫职业学校放学的学生，校服笨重暮气，然而青春难敌，嬉笑旁若无人。巨鹿路路边各种餐饮铺子和门口停下来的是各种看起来很鲜艳的人，有人举着刚买到的奶茶自拍，有人坐在台阶上，与旁边的同伴有一搭没一搭地说话，各自看着手机。坐在十面欢腾的大橱窗里吃面的客人，抬头看到牵羊驼的女生走过，目光追过去，一直追到爱美尔大楼橙色的砖墙，然后跟着笨重的校服回来，再回到手机上。这个窗口巨大，十几米长大玻璃窗朝外，同等长度的大窗台变身当仁不让的大餐台。窗边的人总是会成为外面路过的人注目的焦点，成为这条街背景的一部分。

如果你坐在这个窗口里，你又没有看手机，会看到有匆匆忙忙骑着电瓶车的外卖小哥，潦草地把车停在路边，飞快地闪进窗口左面的大门，跑进大楼，在你身后跑过，跑到某一个档口，拿起外卖袋，再跑过你身后，跑出大楼，出现在街上，骑上车，飞奔而去。

Julu758 临街门面最西面是花马天堂，最初这里以这个店知名，几乎成了地标性的存在，不知为什么停业不做，然后就一直闲置在这里——过了 6 月，还是没有动静，不过有一天重新上了认真的装修围挡，只几天工夫，就开出一个巨大的买手店，叫"小着 Xiao Zhuo"，从外面看，靠墙的衣架上挂着一排衣服，中间是巨大的休息区，有一天，看到三个男人隔得很远坐在三个角上各自看手机……

"为什么店里就这几个男人？"

"可能女人都在更衣室里，男人只是在外面等。"

这店大张旗鼓地浪费空间，有点莫名其妙。但考虑到它的互联网创业背景，也可以理解。以前它在武康路也有一家店，风格近似。

外卖小哥跑进去的那个门，通向一个餐馆集合店。餐饮界似乎是如此称呼，典型而且知名代表性公司是"大食代"，一家新加坡公司。这里的叫"More Than Eat"，你也可以跟着它们一起叫作：美食集市。除了敞在外面的十面欢腾和 La Mesa，美食集市里面还有兄弟烤肉；Leach 栗其滴滤实验室，据说是个奶茶店；食盈碗仔翅；Nicolson's Grill，一家卖汉堡的店；堃泰（泰国菜）；Pichet，疑似色拉供应。La Mesa 的店招朝向外面显眼处，卖墨西哥 Taco 饼的快餐店。另一家也卖 Taco 的店叫 Chopia，它还提供墨西哥米饭。临街门面中还有 Wat 鸡尾酒的酒吧。弄了个"研酒所"的名字，谐音梗，不高级——标语是"Cocktails. Anywhere,anytime."在美食集市入口东侧，有 Atelier Bar，酒吧；The Beach House，海滩屋，是个海鲜餐厅，但招牌是战斧牛排；Lotus，标牌上写着"Small Company Coffee"，不可小看它，有一个周五的下班时间，这里突然聚集了十几位女子，各个惊为天人——集体喝咖啡似乎没有什么道理，这还是个 bar？

隔半年，你还会看到冰雪皇后重出江湖。没错，就是 20 世纪很流行的 DQ，Dairy Queen，它在 2022 年春节前又回到了巨鹿路，他们很快赢得了新一代消费者的爱，跟任何一个 Gelato 店门口的人一样，窗口站满了人，得到无差别的爱，并不会因为过甜的口感而被嫌弃，它的经典招式是做完之后放入纸盒，夸张地在客人面前倒置，不会掉下来——如今倒是很适合拍照留念——以表示其非常扎实。它的各种坚果也很吸引人，带来扎实的热量……〇〇后的潮流主力们大概已经不熟悉它了。在冰激凌界，还没有 Gelato 这个概念的时候，它是一个不错的存在，跟它同时代的应该还是北京建国门外国际饭店边上的"31 种"之类，总之要早过哈根达斯，是八〇后的爱。现在它气宇轩昂地回到了 Down Town，难以置信。而且，显然不是一时心血来潮，过了不久，我在淮海中路百盛斜对面、愚园路靠近中山公园那里，看到开了另一家。

你继续坐在这个窗口里，这时你看向西边，那是园区大门。停车爷叔有品牌意识，每遇好车必指挥若定停在大门口，彰显品位，并随时变脸赶走门口贪图近便的外卖和快递小哥。

如果路口另一边平铺在富民路上的商场让你感觉少了点奢侈品味道，这个 Julu758 可以找补回来一点。这是一个旧厂区改造项目，曾经叫"怡甸创意园"之类的名字——与悟锦世纪的"武警"一样，这个怡甸来自"仪电"，上海仪电厂的旧址。它具备很多时尚元素：区位属于"梧桐区"；旧厂房改造的园区；生活美学定位；院子里各式建筑风格不同；厂房提供大结构的想象空间；有一大排临街的门面房。这样的园区供应量应该不缺，有十多年历史的同乐坊与之相近，苏州河两岸，老仓库面粉厂纺织厂之类开发了不少，但大多位于普陀、老闸北，位置要差一点。与这里相去不远有延安中路陕西南路交叉口东侧的煦园，定位相近，但它在延安高架下面，知道的人似乎都不多，开发了一两年，还在等着爆发机会。

Julu758 园区里有公司办公，看名字是各种创意工作室居多，设计感比较强。也有店，几个好位置被一些新晋的品牌占有，比如废卡车篷布为原料的环保包品牌 Freitag，这名字来自德语的星期五，正对着大门，占了两层楼，生意好坏不知，但你看街上怪怪的这种篷布包大多都是这个品牌。几家美容健身服务为主的公司也把最好看的那一面给大家看——你可以把这些店和店里的人作为背景收入镜头。

临街门面修饰得整齐，一律水泥面对外，工业风。从改造效果和设计上，算得上别具一格。门面房的楼上是二楼的露台。夏日还在，各种颜色遮阳伞，俗气当然很俗气，但俗气不就是喜欢的人太多吗？

路口骑在自行车上等红灯的两个人目送羊驼和女生向东走进巨鹿路，越走越远。那是巨鹿路聚集最多"好看的陌生人"的地方，女生显然已经成为这个黄昏里吸引最多目光的人。每个走在街上的人，坐在台阶上的人，也包括坐在这个窗口向外面张望的你，所有人到了最紧张的时候：一定要好看起来。你不知道自己会不会被人收入镜头。

"好看的陌生人"可以让拍照的背景变得灵活起来。当这个街区吸引越来越多的好看的人进入的时候，好看的人本身也会成为招徕元素。

那些把 Julu758 当作背景正在拍照的人，也会被街对面的人当成背景，他们会认真地调好角度，等待光线，等待好看的陌生人出现，然后与橙红色的爱美尔大楼组合在一起。对着十几米大看台的，是爱美尔大楼，门牌号是巨鹿路 741 号，又叫蓝宝石公寓。建造之初只有四层，后来又加了两层，紧贴着路边，在此处算得上高大，有很强的存在感。

在上海的种种网红建筑中，它是被低估的一个：比如与诺曼底大楼比，它没有被博物馆化——它的底层商业还是真正的商业，不像诺曼底大楼已经收编为外宣窗口，用来表现上海的辉煌成就。爱美尔大楼的结构也更平民化一些，这意味着这里提供的公寓住宅也会更亲民一些。

一楼公寓，大都有开在沿巨鹿路的独立入口，为了避免直冲马路，牺牲一点面积做了拱廊，有了私密感，对于住宅来说，很体贴，现在临街大都是各种门面，客人要费些踌躇才会找到入口，不过因此逼得店家在橱窗上下攻夫，更好看了也说不定。

沿街各种店都有，时装店有 PTP、La Cape、驾仕堂，后面两个在陕西南路和新乐路都有店，还有一家男前研究所，卖男式服装。叫 Do Nail 的美甲店，叫 Acoe 的美发沙龙，还有 Wild Tattoo，是一个用傅满洲形象的人做 logo 的文身店。还有一家气氛很足以婚礼服务为主打的花店，Verona Flora Shop。

从大楼东边可以拐到爱美尔大楼南侧，单元门开在这一边，可以看到住户的大转角阳台，开放式厨房连通餐厅，建于 1930 年代的公寓，快一百年了，气度超前。往里走——中间楼门洞，有一个盘旋而上的黑色铁艺楼梯，藏在这里，让人想起《蒂凡尼的早餐》里霍莉家卧室外面的那一个，直通四楼——再上面的五六层是后加盖的，已经没有人再有心思把它接上去了。

爱美尔大楼和 Julu758 让这个路口有了聚焦点，让巨富大厦这种世纪初风格不再显得那么突兀，也让爱美尔大楼周边的小店开始士绅化。一家叫"为民门窗店"的灰色墙面与灰色招牌就已经完全与那些堆放零乱不时有金属切割声传来的五金门窗店划开了界限。这可能也是全上海最有腔调最洋气的铝合金加工店了，它的工作也无非是断桥铝门窗，不锈钢加工，雨棚定制，纱窗定制，金属道具，百叶窗定制，上门维修，室内装修，联系人高先生的工作时间是 AM 7:30—PM8:30。名片就摆在一个小窗口下面，承继了扁平设计风格，升级了，有了自己的 VI 系统。

这位高先生就是高松，拒绝了莫先生合伙卖酒的高松。他认为卖茶叶的莫先生不宜作非分之想。店边上有一个小门加一个小招牌，门不起眼，这是一家房屋中介，也做房屋托管业务，有 logo，有电话，比它的门面更显眼的是两组摆放整齐的充电宝。不像其他的中介那样过于强调自己服务的热情，略有冷淡风。它的牌子同样亮闪闪，就叫"巨富长"——这也是高松的生意，大概是为了不互相干扰，两爿生意在店面上做了切割。

中介另一侧隔壁是襄阳饭店洗衣房。一个酒店洗衣房独立出来成了门市，显得高级，就跟静安宾馆下属面点房卖静宾包子一样，自赋传奇色彩，以前它叫玉婷干洗店，感觉就没有出奇之处，与满大街洗衣店没什么两样。它的一扇门上写着"干湿洗熨烫织补"与另一扇上的"襄阳饭店洗衣房"，不知道是否受高松士绅化的启发。其实，襄阳饭店规格说不上高，它就在襄阳北路头上，看起来像个提供钟点服务的情趣酒店。

它的边上还有一家连锁的捷强烟酒专卖，在上海有很多店，透着一股"爱我中华"的中老年华子气。但不知是不是一种错觉，此处的招牌比其他地方的要洋气一些。那边是大炎行，卖杂货，卖礼品，当然也卖咖啡也卖酒，好像还卖冰激凌，多元。就像上海开埠就有的那种洋行，那个总是坐在窗口的外国人，也像是开埠一百多年来一直坐在这里，只是手中的账簿变成了Macbook。它的全名叫"大炎行商贸有限公司"，一并醒目认真地放在招牌上。

如果你把你的取景框再拉远一些，爱美尔大楼更远的那一侧，有润发五金和小食堂，小食堂既是产品定位，又是对外名称，跟辉哥聊天时他说他曾经帮朋友在小食堂那边租房子，大家心照不宣地认为这是一个地标所在，其实它就是一个十来个平方的小店，厨房恨不得就在街上，永远有蒜味飘在它的四周——不过，你不要小瞧它，高松评论它时引用了一个数据：它最多一天卖了四百斤米。

再向东就进入了另一个世界。第一家是"南京军区上海实验幼儿园"，在巨鹿路上占了很长一段，窗子上落满了灰，看起来像是好久没有小朋友来过了。但大门边上的"入园五步曲"显示新冠疫情之后还是继续开园的，因为特别要强调量体温。再向前，虽然从外面看与巨鹿路诸多弄堂没有什么差别，但弄堂口有一小牌子，上面写着"军产住宅管理区"。这一带在《老上海百业指南》[1]里是遗留下来待开发的绿地，二战后美军驻上海的俱乐部、服务社之类也在这里，司徒雷登别了之后，这里延续下来，一直为军方拥有。

它们的对面，与Julu758隔一个垃圾站，是巨鹿路700号上海市逸夫职业技术学校。学校位置好，操场临着马路，让人嫉妒。在它门口，还有另一个牌子，"逸想秀"。与藏在军方营房后面上海人民美术出版社的"趣办"一样，这大概也是学校拓展自己经营思路造起来的一个对外招租的创意空间。

你还可以把镜头拉得更远，或者像无人机上的摄像头，从空中向下看：你看到巨鹿路向西往常熟路方向，有一个小弧线，人又相对少，悬铃木抢眼球，太阳好的午后到落山之前，阳光会透过来，光影斑驳，有坐在Host窗口的人向外望，他们看到的可能是与你一样的阳光，可能是远处拿着手机走过来的你，也可能是眼前的电脑或其他的什么东西；富民路向南往田汉那个方向，街上人三三两两闲逛，路窄，车开得不快，人随意地穿过马路，每家店门前一般都会有人停留，不知所以，各有各的事情做，路边两个小区，富民新邨和古柏小区，各有神秘的有趣的建筑，密密麻麻地排在弄堂深处。富民路向北，短，不远处就是延安高架，延安高架后面是静安嘉里中心和香格里拉，其实也就是二三百米一个街

---

1 影印自1940年代出版的《上海市行号路图录》，由林祖潜编辑、组织刊印。影印版由上海社会科学院出版社于2004年7月出版。本书的插图亦受到它的启发。

区尺度的直线距离，那里是静安寺和南京西路风格，与此地完全不同，赶上四点钟往后，人们向嘉里中心方向走，那是地铁站，二号线，七号线，十四号线。再晚，更多的人走向这个路口……

你看到这个路口的友好：人与街，人与生活，人与人之间都是友好的。你会看到一个牵着羊驼的女生；你会看到一群喝酒的人，在一个脚手架下一边躲雨一边等待天气好起来；你会看到冰雪皇后冰激凌店的柜台前围着的人；你每天都会在大炎行的窗口外面看到那个成天对着笔记本的外国人，他的高脚凳就在人行道上，除了卖酒，你也不太在意这个商行有什么更多的想法；你还看到一个遛狗的精壮男子，心无旁骛地赤膊走过，你竟然也原谅了他的直男气……是好看的人，让这里变得好看。继而产生了竞争力。

镜头里少不了的是人。2021年秋天，电影《爱情神话》让上海人好生自豪，逢人解释修锁的爷叔当然会喝咖啡，这只是一种生活方式。Host和巨鹿路都是取景地。那时候全国各地紧张，上海烟火气照旧，以国际风格的精准让人放松。出国出不去，上海成为一个替代品，全国人民到这里各取所需——美式亮闪闪大楼，欧洲旧街市，细雨江南，博物展览，除了自然风光选项不多。还有迪士尼，即使突发了一个疑似阳性，迅速被寂寞焰火刷屏，转眼为国际大都会又添印象分。

对于旅游者来说，出片率永远是一个重要参数。从早年的"全景区＋小人"，到后来的"大头＋虚化背景"，到再后来的"自拍杆／大广角自拍合影"，到九宫格的游玩记录——这个时候照片里大多是"风景＋他人"，或者进化为各种视频——那些成为你照片里的陌生人是值得看的，他们证明你与这些好看的陌生人属于一个共同体。转过年来，春天到了，一切突然紧张起来，但也还有雍容气度，喝着红酒或者妆容精致地等待外省匆匆赶来的检测医生，这都是展现本城拥有更多的"好看的陌生人"的重要组成部分，从这个意义上就很容易理解，为什么出片率是这个街区甚至是这个城市很重要的竞争力。苏珊·桑塔格说摄影就是"占有被拍摄的东西"[1]，是占有好的东西，否则为什么要"占有"？

---

1 《论摄影》，苏珊·桑塔格，上海译文出版社，2010年5月。

蒲园的一只猫

巨鹿路爱美尔大楼后身，藏着这样的消防楼梯

五原路上有人用碎玻
璃做了一个艺术品

乐观的告示

长乐路 614 弄里的裁缝招牌

日常，腊鸡腿

24 路拐过襄阳北路长乐路路口

上海最早的"公路商店"

巨鹿路襄阳北路路口的甜品店，门口长凳是各种人休息的地方

"一品香"收留的黄狗，斑马线是它晒太阳的地方

15

高松的士绅化

为民门窗店，巨鹿路

从为民门窗店那里拿了高先生的名片，加了微信，知道他叫高松，这时我们也知道了隔壁的叫巨富长的房产中介也是他的生意，他说去"串门"吧，串门是他和朋友在威海路上新开的精酿酒吧。他的第三个生意。

威海路在延安高架的另一侧，路的尽头汇入延安中路，正对着模范邨，因为隔着高架桥，它与巨富长风格完全不同，脑子正常的人不大会想到在这里开酒吧，如果他的身份还是一个中介，就更无可理喻。高松的中介同行都在等着看他笑话，在他的生意"火得有点看不懂"之后，他有点得意地跟我说：战胜了地段！对于房地产从业人士来说这成就够得上颠覆性级别，大概他想表达的是这样的成就可谓卓越。

我们见面时，这成就还不明朗。酒吧也乱糟糟的，来来回回的管事儿的人比顾客多。那是 2022 年 6 月 7 日或者 8 日，"不许聚集，不许营业"，朋友可以聊天，但朋友不能在街边摆桌椅聊天。总之，我们手忙脚乱地摆弄那几张折叠露营椅，一会儿屋里一会儿屋外，很破坏气氛。

终于在房间里——不能开灯，开灯意味着就是在营业——安顿下来了。高松正襟危坐，开始打磨他的大哥形象——有点江湖气的那种大哥。上海吃得开的人，不论在朝在野，意外地都会有点江湖气，跟普通上海人给世人留下的印象很不同，大概是青红帮码头文化留下的传统。大哥隆重地介绍他的小弟，Bingo，一个留着一小把马尾的小个子云南仔，酒吧的合伙人，然后又介绍自己，先从宏观讲起，没几句话就说到自己的人生哲学——看起来是有所准备——"忍人所不能忍"。说得急了，"人人人人人人"。见我们困惑，身旁的 Bingo 复述出来。噢。确实是一个大哥喜欢有的人生态度。

对高松产生兴趣是因为他的为民门窗店，看它一眼就会立刻想起那个词：士绅化。通常意义上的门窗店，破破烂烂的，各种建材堆放得也不会太整齐，样品和样品画册零乱地堆在一起，通常一些简单的活还要在这里完成，偶尔在街边就会响起刺耳的电锯或者切割机声，店主生意可大可小，小到可以是纱窗柜台鱼缸，大到暖棚阳光房，但主持这个门窗店的总是一个壮实的话不多的汉子，看起来像刚从工棚里爬出来一身灰尘和金属碎屑，你说什么要求，他木讷不响，等你狐疑地看着他是不是还在听你讲话的时候，他已经把你颠三倒四的想法翻译成专业的语言，并且给了你一个解决方案，有的时候连报价也会给你报出来……大部分店都是这样，巨鹿路菜场对面、小李水果店隔壁也有一家兼着门窗铝合金业务的五金店，大体上也不会有什么分别。

高松不是这样的人。他宽面大耳，有佛相，可能更像房产中介，总之不大像一个干体力活的门窗店老板。

"你的为民门窗店……"我们几次开启这样的话头，都会被岔开，他对这个业务兴趣不是太大。好不容易才拼出一个大概的轮廓。

这家店继承自他的父亲。父母 1999 年在上海开了这家门窗加工店，就在此处，与隔壁的玉婷干洗店共同租下一个单元，做饭、睡觉、加工门窗，都在这十几平方米的半爿门面房中完成。高松和大两岁的姐姐是留守儿童，他 11 岁开始就敢独自在暑假坐火车从南昌来上海，睡在铝合金门窗加工床上，空下来就帮父母干活。

关于来上海的具体时间，高松说他是 19 岁那年，又说是 2010 年或者 2011 年，后来又说 2013 年的时候已经能拿钱给姐姐在重庆开一个门窗加工厂。大约五年之后，高松跟他爸爸说，你可以退休钓鱼享福去了，他爸爸居然也就同意了，他接手了这个店。他说这个时间是 2016 年。在那一年，他把这个门窗店"士绅化"了。

这种效果就是高松追求的。他一心一意要改变父亲那代人做门窗店苦哈哈埋头干活的脏乱差形象。"轻松一点，自在一点"。他不想再留在"底层"。当然，像所有士绅化过程一样，总是会有一些龌龊而且隐秘的事情发生，或者说，高松在讲述自己过往经历的时候，有意包装成那个样子。简单点说，这是一个穷小子失败和他如何翻身的故事。全世界都喜欢这样的故事。

"我们一开始启动，就是四个年轻的 90 后小伙子，一起搞了个投资公司，在法租界这一块好一点的门面就拿下，再装修，再租给比较有潜质的客户，然后再帮他设计装修，一开始是这样一个思路去打开市场——通过法租界所有的中介来推广我的店铺，然后再把房子租出去，我们又是设计公司，就可以继续帮你装修。"

"后来就是失败了，2016 年的时候行情不好。那时候不已经开始整治什么开墙打洞的吗，就卡在这个点上，那么就失败了。"

"我爸做门窗，我肯定要有地方待着，我一般就在店里。我接生意，就和他们认识了。"

"合伙人都是有钱孩子……设计公司是我一个人的想法，是我单独的想法，跟他们没有关系，就是凑了笔钱，单独做点生意。只不过失败了。其实我们几个小伙子把事情想简单了，觉得八千元进来的房子，一万五就可以出去了，他们想得简单我也想得简单，我被他们带动了，其实我是个谨慎的人，对吧？一开始我跟他们讲我是做居民房子，那么2016年开始做市场可以很大，而不是选择去做门面。他们没有听我的，我也拗不动，他们是有钱小伙子。"

"投资比例是一样的，坚持了差不多九个月，（相当于杠杆？）对，手里压了二十套房子吧，都没出手。一套房子都是几十万，如果你不要违约金，什么押金都拿不到，租不掉。"

"我们当时就天天吃，玩，开着一个大 G，380 万的大 G，天天这样，还有一个玛莎拉蒂。都是他们的车。"

"（问：那你开什么？）电瓶车。"

"我觉得他们三个都不做事，就我一个做事。我不委屈，万一这个东西成功呢？但当时就很年轻，我手上一下子多了这么多钱，感觉还蛮潇洒，吃 400 多块钱一碗面，天天这样，就海鲜面，有，上海永远不缺这种。有点膨胀，对。"

"（问：你连生活方式一起杠杆了？）这就是我唯一糊涂的一件事。"

高松每每谈及自己的失败总是带上悲壮的语气。尤其是为了挽救重创后的自己，他不得不给洗衣店邻居做了三个月的送衣小工。与此同时，他把老乡叫到上海来，重新做回他看不上的门窗加工生意。大丈夫能屈能伸，"忍人所不能忍"，此时现身说法。

但悲壮只是铺垫，毕竟是在社会摸爬滚打的大哥人设里，高松开始讲述他如何翻身。

"我在 2016 年之后心态上有个变化你知道吧？就是我觉得知识以内的钱我赚不到，上海不缺文化人，不缺知识，那么我说我底层总可以过吧，我就选择做门窗了。没想到这个东西虽然赚不到钱，但是可以养活自己，如果再拓展一下，让生活可以过得更好。"

* * *

高松接下来的翻身故事，有点像那个笑话：一个人在街上走，目空一切，"谁敢惹我？"另一人过来说，"我敢惹你。"前面那个人再说："谁敢惹我们？"让高松"拓展一下"得以翻身的机会，与之前让他内心膨胀落寞收场的肇因，都来自同一项政策。

"2018 年，我 28 岁，正好遇到违章搭建整治，我就想如何把这些店全部拯救过来，让这些原本房东失去的店可继续把店做下去。那些房主，比如那些店原本有个院子，房子可能就十几个平方，院子有三十平方，他们以前违章搭建就变成了一家店，没有这部分，店面就租几千块，有了这个部分，就租上万块。"

高松说到这里顿一顿，"后来，我想了一个办法，"然后停住不响。我们看着他，Bingo 也看着他。

大约两三秒之后，他自己往下说："就是这样，比如有一个小吃店，在弄堂里，也是带院子的，我就提出我给你做个东西，看看能不能通关。这个人是长乐路小吃店的老板。我蛮感谢他的。在长乐新村，就叫'弄堂小吃'。他是老上海人，关系比较好，我做了这个东西，他帮我去一层层往上申报，没想到领导说这是擦边球，就把我叫过去，他负责拆，我负责装。"

"都是我想出来的。天井带玻璃，而且是全部智能化的。展开还是一个院子，必要的时候可以封起来。而且我比较科学，比如下面饭店可以坐几十个人，也不会漏雨。我就把思路告诉一个厂，在安徽，我拯救了这个厂，给了他们一个机会，打开了市场。这个厂现在业务还在源源不断地做，做得很大。没有专利，有人模仿，中国生意就是这样恶性竞争，对吧？"

他总是一副见惯风雨深谙世事的样子。而且十几平方米的院子坐不了几十个人，高松说话常会夸大，我把它看作中介职业习惯的一部分。

"我当时对接的是甲方，一个圆桌，坐十几个人，房东签字，我安排代加工制作。我能赚多少钱？除掉成本之外我就赚。我不代表政府，都是老百姓跟我打交道。黄先生帮我去问这个东西行不行，一个平方几千块钱吧。"

这个声势浩大的生意，高松做了一个月，效果是"把自己救活了"。我问了好几次他赚了多少钱。他不肯细讲。

"多少家店呢？"

"三五十家吧。"

"几百万有吗？"

不响。

"一百万肯定有吧？"

"不止一百万。"

我听下来，他是搞定了某位有决定谁是违章建筑的专业管理人员——让他那个设计公司、第一次创业失败的政策，现在成了他的保护神。

"活过来"的高松开始做一种杂烩生意，他在五金店的门上安上了

"巨富长"的牌子,把之前一直断断续续捎带脚做的中介生意正式挂牌,设计公司是做不了了,但他开始承接大一点的店铺装修之类的活。我拿的那张名片,正面是"为民铝合金"和铝合金的英文,还有高松的名字和联系方式(他的职位是"总经理Project Manager",用的是Foxmail的邮箱)。

名片的反面用一幅日式家居做底图,上面和店铺一样,竖排着仿宋体业务项目:断桥铝门窗、不锈钢加工、雨棚定制、纱窗定制、金属道具、百叶窗定制、上门维修、室内装修。光看这张名片,除了店面的样子,高松好像没有比他爸爸升级到哪里去。

我问他中介和门窗设计两个业务的收入大致是怎样的比例。他露出天机不可泄露的神色。

"我觉得是看不到的地方挣钱稍微多一点,反而只要是正常做生意,感觉挣不到什么钱。"

凡是涉及钱的地方,他都要沉吟一下。这是商业上的事,你问是不妥当的,是不懂规矩的。你也可以看成是故作高深,我觉得这可能更是要表现给他的搭档看。他们相互信任到底是什么程度,这是个谜。他说他们认识半年,也就是去年底到今年初,这中间还有将近三个月的隔离,可能还真是不太熟。

高松喜欢当大哥的感觉,要护着小弟,要帮小弟实现自己的梦想。Bingo在富民路悟锦世纪的写字楼里上班,在亿滋国际做市场,想开家店把自己从没有灵魂的公司人生里挖出来,半年前Bingo走进高松的中介店。"他(指着Bingo)可能不知道,我很遗憾自己没有读大学,当时他来找店的时候,我想起自己25岁的时候,觉得他在体制内很稳定,上班很稳定,然后选择去做一件事,而我是摸爬滚打很多年,辛辛苦苦挣钱去做一件事还失败了,而他竟然在我那个年纪,在这个城市,做同样的尝试，"其实高松也不过比 Bingo 大六岁，但感觉多沧桑了一个世纪，"我不想看到他失败，就来帮他。"

"我觉得开店之前我跟上海没有建立真正的联系，可有可无，就，我可以待在上海，也可以不待在上海，没有任何归属感。但当你真正开了一家店，它就像磁铁一样，有不断各种各样的东西吸引来跟你谈合作，有各种各样的客人，只要站在这里就会有故事，自然而然在店里发生。然后才真正觉我和这个城市有联系，然后你用你的行为、你的价值观、你的整体和这个城市做一些沟通。对，不然一份工作就只是一份工作而已。"

这是 Bingo 得到的帮助。

Bingo 脑子好用，一旦可以自由活动，就在年轻人扎堆巨富长的那几天，他和高松骑着小电动车穿梭在那几条街，往兴致勃勃又心慌意乱的人手里塞小卡片，上面是威海路酒吧的地址，小卡片就是优惠券。

小卡片是 Bingo 按照行程码 P 出来的"精酿大数据行程卡"，其中一行写道：

抱住绿马，祝你日饮夜饮，前程似锦。

酒吧叫"串门"，但口彩更好的"绿码咖啡"比店名更有人气，Bingo 把照片发上小红书，不断有人来打卡。上门的人不买喝的，端起相机先拍照。

高松对生意好起来表现出很意外的样子，给我发微信，配合店门口排队的小视频，满足得有点不好意思："最近生意有点看不懂，火得不行。"

在此之前不喝酒不抽烟、下班准时回家的大哥的生活也被改变了。

* * *

　　自从这个故事，或者说这个人设在他头脑中成形，他就开始了兄弟同心其利断金的证明过程。只是他们各自目的不同，Bingo 希望在公司人的生活之外寻找新的人生价值，而高松想的是如何证明给中介同行们看，自己贸然在威海路这种地方开酒吧不是头脑发热的玩票笑话。

　　他是不一样的中介，不仅仅是不一样的门窗店老板，他可以做很多……不一样的事，他好像乐于证明这件事。

　　高松说某一年暑假来上海，不喜欢读书，他爸爸要考验一个不肯上学的小孩到底能做什么，让他在"不准上班，不准偷盗，不依靠亲戚朋友的情况下，自己一天赚到 5 块钱"。如果成功，高松就可以得到父亲的认可。

　　他选择去停车场给人擦车。

　　"最关键的是说服停车场的人。人家觉得小屁孩你什么都不懂，你要擦坏了怎么办。第一天什么钱都没赚到，第二天也没有，第五天也没有。那时候有很多畏惧，不敢跟陌生人说话。初中，十三四岁。我听得懂上海话，只会说一点点。就在附近找，常德路，华山路。我选了好多地方。"

　　"我自己带毛巾和洗涤液。洗涤液也是借的。我要说服停车场门卫，买烟给他们。一开始说要让我进去，赚了钱再回馈给他们。我爸天天发烟给别人，我都看在眼里。"

　　"所以，这是你的第一桶金？"我开玩笑。

　　"噢，那不是……"他又开始闪烁其词了，他的故事漏洞百出，比如到上海的年龄，比如如何在很短的时间内开始资助他的姐姐开铝合金加工厂，比如那个神秘的黄先生，让他翻身的与政府的关系，甚至他说他的门窗店生意，究竟靠什么才让那些挑剔的老阿姨满意，绵绵不绝地把生意介绍给他。

最后，他像下定了决心……

"从零到一"的故事，是卖色情碟片。当时他还在给父亲店里干活，晚上就在店门口支起小摊，放几张样品，做老客人生意，见好就收。每晚如是，卖了一年多。

"那时候我们碟片是软壳的，就一张塑料纸……感觉全是利润，没有成本。我自己弄的，我只买了一张光碟，然后刻录机。那时候一张碟成本只要几毛钱，然后我们卖10块，一个盒子里面10张，就是100块。很快你就可以挣1000块，可能就半个小时，一个小时。就放在那里卖。"

"一开始有人问，问了四五次之后，就会打电话给他们……其实旁边也有小摊的，做一些当地邻居的生意，可能六七十岁以上的人，或者就是开豪车的，年轻姑娘也有，要同性恋片。"

"他们不讲价格。一路过全部拿。那时候辉哥火锅也是最鼎盛的时候，最好的时候，老板都到那里去吃，走过小摊就跟司机说，你全部拿了好了，一拿就是三四千这样。"

"后来我卖碟挣到钱，就五万十万给我姐，把厂做起来。如果没有开，她可能就是小店的小老板吧。"

我猜这个故事本来也在他这一天要讲的范围之内，只是他想控制这个节奏，他要营造一种气氛。如何做事，如何起家，如何失败，如何找到成功人士的感觉，与第一次在常熟路的擦车生意相近，他营造的各种气氛中还包括，他跟他爸爸说的那句话：

你该退休了。

父亲的认可到底意味着什么，高松没有说。虽然高松总是说父亲这代人思想传统——不想把生意做大，不敢借贷在上海买房，也从来没考虑过把房地产作为一种投资——但他在提到父亲的时候，总是不自觉地用他能想到的最高级词汇。

比如说把门窗店交给自己，高松说这个叫"传承"；而来上海开铝合金门窗店，这个是"引进"；跟着舅舅研究如何加工铝合金材料——父亲原来是农村的养殖户，据说很成功——用的也是"开辟了做门窗的道路"这样的字眼。高松的郑重其事后面有他对父亲的尊重。

但是说到父亲的退休的时候，他会把这件事变成对自己的肯定。"我让他退休，然后他就退休了"。那是 2016 年，高松即将面临创业滑铁卢。父亲是否批评过他的冒进，他没有说。但父亲在这之后的确又替他解决了另一个重要的人生问题：结婚。

2018 年，高松刚刚从之前创业失败的阴影里走出来，在初中同学微信群里跟现在的太太说上了话，约会吃饭，但从没想过结婚。按照他的说法，当时缺乏自信。

"是我爸点破的，他说你现在这个年纪差不多了，就这么回事，一开始我一点这样的想法都没有。然后过了三个月时间就结婚了。"

"为什么没想法？"

"我想我挣了钱之后，我就有信心找一个稍微好一点的姑娘，就不会很自卑。如果我没钱，在上海这个地方你当然很自卑。我的标准是，律师，医生，文艺一点的，或者还有会计。为什么，这些都是我缺的东西，我摸不着的东西。我感觉随便只要一个就行。"

恰好他的交往对象符合，沈阳音乐学院毕业，弹古筝。就这样，2018 年，有了靠给人做合规顶棚赚回的钱、一个文艺的女朋友和来自父亲的鼓励，高松万事俱备，结婚了。

说各种大话的同时，他谈起那些朴实的人，他们更像他的偶像，跟他爸爸一样的成功者。比如做超市的胖东来。胖东来和他的生意符合高松的自我定位：

　　"你看像马云，我不知道他，我也不了解他，因为我的店叫为民，我尽量心善一点去做事情，你不一定要挣多少钱，只要老百姓能接受，能做完之后还说'死鬼，还干得不错'，就行了。"

　　"死鬼"据说是相熟的老阿姨对高松的昵称，尤其是和他做点小生意，找他帮点忙的时候。这个称呼不太上海市井，倒是有点像香港电影，按照上海话的说法，她们应该叫高松"小鬼头"，"鬼"和"巨"同一个发音。但是高松坚持说，就是"死鬼"。

　　高松熟悉店铺周边的底层故事，也乐于拿出来佐证这一代商业更迭的残忍。得到他肯定的商户，无不是克制自己的贪欲，体恤底层劳动者的那种店铺。比如和他一个街角之隔的顾师傅炒菜，顾师傅本人早已去世，接手的女婿倒是承接了经营理念，还是以平民价格卖盒饭炒菜。

　　我们问起往东一百米的"小食堂"，高松换上讳莫如深的口气，说这位安徽老板是本地隐形富豪，退役军人，小食堂是百年老店，一本万利，在附近环贸和香格里拉施工的时候，一天可以卖掉四百斤大米的盒饭。店铺从来没有扩张升级过，早上租给早餐铺子，其余时间都卖盒饭，看起来不思进取，简陋程度和日益士绅化的整个街区格格不入，反倒经常有电影剧组来取景，要的就是那种市井烟火气。

　　如果没有资本，或者不懂得搞好各种关系，就没有办法在巨富长生存下来。在高松的眼里，这里的烟火气已经被贪欲驱逐殆尽。

　　"要进巨富长，必须带50万，还有转会费150万的。"他挥舞手臂，"你看看我们这家店，60万，单门槛就要六七十万。刨掉装修，转让费，中介费，还有乱七八糟的。我们当时的转让费报价是 22 万。每个地方都有进场费。你不给，我就给愿意花钱的人，除非两三个平方无所谓，如果是正经做生意门面必须大的，就很贵。"

16

巨富长

蒲园，长乐路

高松是社会里对各种商业机会保持敏感的人，所以他在决定自己做中介的时候就给自己起了个干脆的名字，叫"巨富长"，为此他还想到去注册公司，发现巨富长已经被人注册在先，就给自己的公司取了个名字叫"富巨长"，听起来怪怪的，但"巨富长"就不怪吗？

写这本书过程中一直有一个困扰，就是怎么称呼这个地区。我们到最后也没找到一个合适的词。如果从准确性上来说，"巨富长"这简称也没坏到哪里去，它在地图上大体是一个由富民路、巨鹿路、长乐路组成的"匚"形，是我们正在写的"田"字形街区的一部分。

但我们一直很谨慎地使用这个词，不好听是一方面，还因为它有一种房产中介夸大其词的轻浮味道——在我们看到高松之前，就有这种感觉。高松当仁不让地加深了这个印象。

当然不止中介在用"巨富长"这名字，大家都用，基本上是无所谓的态度，阿金也喜欢用，他是公路商店的运营，号称要在巨富长这里建立亚文化商业帝国，有种一切尽在掌控中的野心在里面。但这不也显得挺轻浮的吗？另外，别人无所谓是别人的事，我们还是有所谓的。

帕慕克说起他伊斯坦布尔的家乡，推窗而望："过去十五年来，从我伊斯坦布尔工作室的窗户望出去，看到的就是这幅景致。左边是亚洲，中间是博斯普鲁斯海峡，开口向着马尔马拉海，以及五十八年来我每年夏天都会造访的岛屿。右边通往金角湾和伊斯坦布尔居民口中的旧城，奥斯曼帝国在此定都四百年，城区里有托普卡匹皇宫、圣索菲亚大教堂、苏丹艾哈迈德清真寺。"[1]帕慕克最有资格写它的大地中海地方故事了，但他又说，那些想成为真正地中海作家的人，当他写到地中海时，不会说"地中海"，只说"（我们）那海"就够了。"谈论它的文化和特点时，不要直呼其名，绝对不要使用地中海这个词"。

我觉得这种态度就很庄严。所以，有的时候我们会用"本街区"，不管怎么样你知道我说的是这里。

小红书偶尔会用"梧桐区"，比如梧桐区又有了哪个新店之类，偶尔会指向这里，我们基本上是反对的。一是梧桐区广泛意义上是指法租界，这里属于法租界的边缘地带，而且并不典型，可能小红书用户更愿意指武康路一带。二是梧桐树这种提法也不是太科学，现在大家喜欢叫法国梧桐的，既不法国，也不梧桐。本土的梧桐树是另外一种不相干的树，我们蒲园办公室窗外的院子里就有两棵，法国也不产这种梧桐树，所以我们在提到这种路肩树的时候，尽量叫它为悬铃木，二球悬铃木。

你也可以简化地称为"长乐路这一片"。毕竟长乐路还是名气最大，别人通常也明白你在说什么，对你讲长乐路之外的地方也能理解，但它太啰唆而且也很难听的，是吧？还有说酒吧区的，四方新城新一代住户

---

1 《窗：50位作家，50种视野》，马帝欧·佩里柯利编，中信出版社，2017年6月。

杨枝珵第一个就跳出来反对。这里商业业态多丰富啊。

我们开始介绍我们计划写的这个街区范围的时候，叫"田字格宇宙"。你不用笑，我也知道这听起来有点傻。

所以到现在也没想出来一个简洁的词来指代这里。

巨富长就巨富长吧。

六月初，这一带聚集了太多的年轻人，种种公文里频繁出现一个词，叫"合围区域"——陕西南路、新乐路、富民路和巨鹿路的合围区域。

这是一个我们从来不知道的新称呼。

有个主题公园叫上海

来喝来闹咖啡馆，奉贤路

Julu758 和它的邻居为民门窗店那种清水混凝土外立面，总是被人拿来视作本街区士绅化的标志。事实也的确如此，放在更大范围内，比如看整个街区，或者看的时间更久，比如二十年以上，士绅化更是主流。尼尔·史密斯为士绅化定义："士绅化是一个过程，描述的是在穷人和工人阶级居住的内城街区，以前是资金撤离和中产阶级大批离去，而现在是私人资本不断涌入，中产阶级购房者和租房者大量入住，社区得以翻新改造的过程。最贫穷的工人阶级社区正在得到翻修；资本和上层阶层回归，但是对一些人来说，之后看到的一切并不都是令满意的。"[1] 士绅化与穷人命运有关，所以在全球范围内都是城市更新领域的重要话题。尼尔·史密斯是左派学者，但这个定义大体上还算心平气和。

士绅化反对者一般认为城市更新，都是资本逐利的结果，最终从

---

1 《新城市前沿：士绅化与恢复失地运动者之城》，尼尔·史密斯，译林出版社，2018 年 6 月。

内城赶走穷人，不平等；士绅化的支持者认为相反，穷人在城里生活的真正威胁是经济衰落，是资本撤离，"中产阶级的投资并没有打击贫穷人群。打击贫穷人群的恰恰是撤资"[1]。我们用另外一套语言来说士绅化，"这场为打造全球城市、改善城市形象、复兴内地街区、调整产业空间、发展高端商贸服务业和增加地方财政能力等多重目标推动的、大规模的内城改造和重建"，上海城市更新的研究者说，从1990年代开始，在20年的时间里"拆除了1亿平方米的旧建筑，动迁了300万的居民，做成一个十足绅士化（士绅化）的新中心区"[2]。这惊人的1亿平方米是到2008年底的数据。

　　所有中国城市大体上都处在这个过程中，而且逐步拥有更高效更强硬的力量来推动它的开发模式。而且显然更自信了：不但是规划者，而且通常还要成为运营者，资本和商业很多时候沦为配角，是埋单者的角色。居民此时重要性也让位于一些需要：他们要的毕竟只是一个更宽敞的房子，异地安置就会解决问题。标语和口号也变了，原来还是说拆迁，利国利民之类，现在不叫"拆迁"，叫"征用"，主语都已经变了，你只需配合就好。征用之后？有的地方用来保持静谧，有的地方用来做绿地，有的地方盖写字楼，有的地方盖豪宅——视乎这个城市或者这个地区的发展程度而定。唯一确认的是所谓"市井生活"是最无须多考虑的事。

　　8月头上，在蒲园门口遇到从外面回来的王老师，劈头就说了街区大事：这回快了，梁先生的老泡水间这回要拆了，时间就在2023年到2024年之间。她掏出手机展示一张表格，上面是密密麻麻各区的改造规划。真是那两排。我想起小胡的言之凿凿和王老师之前说一度很难跨越

1 《城市：重新发现市中心》，威廉·H.怀特，上海译文出版社，2020年10月。
2 《上海纪事：社会空间的视角》，于海，同济大学出版社，2019年3月。

的百分比。

虽然这个时间最远看似要到一年半以后，但你要知道，当这个街区宣布死刑的时候，它的破败就已经开始了。未来这里真的做公园？

反正不需要有人生活在这里。

上海从某个时间段，可能是北京奥运会之前那么一点时间，不如从前自信。首当其冲的就是"建好一个国际化大都市"——在各个时间段里，它有不同的修饰和名字，比如还有"世界城市"之类，有这理想胸怀，不足道，关键是建好这大都市是给什么人看？依我看，自信一些，当然首要的是造福于本地人民。但实际情况似乎并非全然如此，至少外观上看，这建得越来越好的城市，更多变成大力发展旅游业了。本地人与此倒是关联度越来越少。一片赞美之声，讨好来贡献 GDP 的游客，这是让人有点困惑的。一位叫约翰·厄里的城市研究者在 1970 年代观察佛罗伦萨，说这是一座被游客"鸠占鹊巢"的城市，40 万本地人，游客每年 700 万，政府还想着把学术、商业、工业区全部迁离中心——以便为游客提供更周到的服务，大概是这些东西创造价值的能力不如旅游业 [1]。如果你看梁先生的祖宅际遇，大体上觉得梁先生全家贡献远不如来拍照的外地小姐姐——她们可是要消费的。

政府默默地修正了城市的功能。它用资本来做急先锋，赶走了穷人，又用发展的魄力忍痛割爱了中产阶级——特朗普那种用有钱人替换掉穷人的士绅化策略已经过时了；不，它不是士绅化，这可不是那些士绅化的推动者所能完成的任务。就这么说吧，它想让自己变成一个迪士尼。

"迪士尼化"是作家汤姆·沃尔夫想到的名字。另外一位作家朱利安·巴恩斯在小说里要把整个一座岛缩微成英格兰主题公园，名字都想

---

1 《游客的凝视》，约翰·厄里，乔纳斯·拉森，格致出版社，2016 年 4 月。

好了，就叫"英格兰乐园"（Englandland）。我猜佛罗伦萨在四五十年前的想法就接近于这种思路。只是时过境迁，我们现在领全球风气之先，什么东西都要执牛耳，迪士尼化的路上我们也不遑多让。

我晚上在苏州河边跑步，过苏州河到北静安、虹口，过外白渡桥折回黄浦再回到老静安。一路感受是：老静安稍好，所谓烟火气，就是市井气还在，本地人的生活基本上还在——这里说的本地人不光是老上海，也包括不会讲上海话的各种本地住客。而一路上的另外几处，北静安、虹口苏州河以北一带，在白天游客散去之后，半夜里更像北京 CBD，新楼大体上盖起来了，大部分是写字楼，也有少量的新住宅，在上海单价二十万以上豪宅名录中都有迹可循；黄浦的苏州河边发展得晚一些，现在旧城区里的老住户大多已经签约迁走，偌大旧城区里黑压压一片，等待鬼城焕发为新天地——美好愿望当然是这样，但也有可能会像虹口和北静安，白天热闹，有游客和公司上班的人，晚上人潮散去，留下一座空城。

佛罗伦萨当年说是要把学术商业和工业迁离，我们更进一步，是把传统生活也迁离，留下一个主题乐园，叫上海。

这与被约翰·厄里称为"游客凝视"的现象，并不完全一样。一种是民俗风，登峰造极的程度就是用长焦镜头对准原住民的脸，平和缓慢的方式就是南锣鼓巷化——我曾经用大半个下午走北京旧城，从鼓楼大街地铁站，沿旧鼓楼大街、铃铛胡同、钟楼湾胡同、鼓楼东大街、交道口南大街、地安门大街到平安里地铁站，中间还拐到前海西街和龙头井街，一路上大约看到了上百家的老北京爆肚、涮肉、炸酱面，这些专为外地游客准备的伪民俗服务，似乎是整个这一大片街区里不多的生存业态了。本地市井生活被剥离之后，通常剩下的就是这样，称之为恶果并不过分。现在上海享受着小红书里的小姐姐带来的红利，看起来时尚新鲜，但长远看，豫园、南锣鼓巷旅游区风格的服务也是从曾经的时尚新鲜而来，游客主导很容易进入景区模式。第二种是提供梦想，让你生活在梦幻里，迪士尼最为典型。第三种是"博物馆化"，它的突出表现形式是你冷不丁会听到一些匪夷所思的问题，比如我们在街上总能看到有人拿着手机或大镜头的相机一边拍照一边自言自语或者问同伴，"这地方是哪个年代？"因为听得太多了，就忽略了它的吊诡甚至哲学韵味。据说，最初觉出这句话异样的是凯文·林奇——所有地方都可以用某个年代或某段历史来描述，这是把一个地区物化的表现，这里隐藏着被物化的原住民和游客之间的矛盾。

眼下的上海把这三种层次的旅游占全了。一个工作的、生活的人类居住的上海，正逐渐化身为一个迪士尼一样的上海，一个博物馆化的上海。

有一张流传很广的照片，苏州河边，甘肃路路口。一座看起来是计划修旧如旧的四层大楼，为了避免看起来过于寒酸，覆上了一块气宇轩昂的1:1比例的大布，大布上画着的是同样比例的效果图，这样隔远一点看，它就跟已经建好了一样。它经常会被拿来用作讽刺素材——我看有很多人管这叫皇帝的新衣，我不这么看，从撒谎的意义上考量它顶多是波将金村。它的荒诞之处并不在那个用来遮挡的大布，而在于它作为框架保留下来的那个围墙外壳，这个外壳并不是你想象的是整个楼的修旧如旧，它甚至都不是外部框架，它真的只是孤零零面向苏州河的一面墙。这堵墙的内侧用巨大的钢铁支架固定住。可以想见未来它成为文物保护建筑时的样子。我每次看到它——它也在我的跑步路线上——我都想同样的问题，它到底是想说啥，它作为纪念物本身的存在，还是作为纪念物的影子的存在，我的跑步节奏每每会因为柏拉图的思考而乱了方寸。

另一个张园，它在我上班的路线上，这也是一个标本性的建筑。张园在南京西路街道的另一头，吴江路、茂名北路、威海路和泰兴路围起来的一块。在上海大世界出来之前，它扮演的是早年迪士尼的角色，据说打清朝那时候，上海就有"激流勇进"这样的水上娱乐项目了，说的就是张园。张园后来落败，转身成为著名的中产阶级社区。2018年左右，这里居民开始异地安置，大概到2020年搬空，围起来，说是要保护。空在那里，为了让公众对保护放心，还搞过类似老上海生活展，很用心地把一些旧物件放在新辟的橱窗里，还可以预约去看展览。上海是首善之区，全中国都说上海的城市管理得好，其实区别就是别的地方要拆之前搞得跟炸过一样，上海会搞个橱窗给你看历史。最后结果当然是一样的，默不作声，等大家都不注意的时候，你从茂名北路经过，闻到陈年土味，回头看，敲墙的设备已经叮叮咣咣地干起来了。再过几天，你透过窗子能看到大型基建设备了。

我想的也是同样的问题，它又是要想表达什么？

张园的对面是丰盛里，再隔一年半载，我相信张园和丰盛里一样会成为打卡逛街的好地方，大家不会在意那砖是不是来自民国，加了钢梁的石库门是否还是原汁原味，就像迪士尼，没有人会认为白雪公主会真的住在那里，只要是梦幻就够了。它提供的就是一个梦，我们的城市，对于原住民来说，生活痕迹是重要的，对于保护者来说，真实的东西是重要的，但对于迪士尼消费者来说，以上皆不重要。据说迪士尼有意做了微缩比例，就是为了让这些梦幻生活的消费者有更好的体验，只是要把生活当中不大存在的美好东西，呈在你面前，拍照。为什么富民路巨鹿路这个路口如此重要，为什么武康路和武康大楼如此重要，我们最终发现，只剩下一堵墙还是楼的完整框架不重要，最终出现在照片里的需求和服务才是根本。这意味着苏珊·桑塔格的占有。这是真正荒诞的那部分。

* * *

迪士尼化的城市策略与这个城市里根深蒂固的"国际化"理想生活方式完美地结合在一起。

连清川说的"国际化是这个城市的传统",或者上海人更喜欢说的宣传词"海派文化",基本上都在认可这种传统,它也是这个城市各种社会力量的最大公约数。虽然政府改造的动机出发点与城市居民的出发点不尽完全相同,虽然在城市改造和更新的过程当中,一定程度上以牺牲本地居民生活舒适性为代价——我们探讨公共服务,有的时候是看GDP,有的时候是国际大都市的形象,有的时候是天际线,有的时候是静谧,有的时候是绿水青山,有的时候是整齐划一……某种意义上我们现在得到的是"迪士尼化"成为政绩的结果。

但它毕竟让这个城市维持甚至加强了国际化的形象。出国游通道在2020年之后受阻,迪士尼化的上海,这个主题公园提供像曼哈顿那样的高楼天际线,提供民国时期老建筑的欧洲传统风貌,提供小尺度街区和几十年保护下来的悬铃木林荫道,提供洋气的生活方式,更不要说还有来自美国、货真价实的迪士尼乐园。如果谁想体验国际化大城市,所有通道都又麻烦又费钱,那么坐个高铁来上海是一个不错的选择。

至少有两年时间,上海扮演的就是这样"平替"的角色。上海提供的服务显然还不止于这些硬件,作为国际一流大都会标签的持有者,上海努力向世人展示了科学、理性的公共卫生理念,对外来者始终保持友善、平和的态度,它们共同构成了上海的竞争力。"此次疫情中,上海所呈现出来的人文关怀、城市管理、社会心理、市民自律、商业文明,已经清晰地展现给我们,这个城市正在向世界超一流的方向迈进。"

上面的这个"世界超一流"来自连清川的一篇文章,那篇文章叫

《我一个外地人，是怎么变成"沪吹"的》。他在文章中剖析自己早年是"公权力敏感型体质"，发出问题，质问当权者，相信第四权力。这篇文章之后，他成了一个世所公认的"沪吹"。我觉得不是太理性，而且肉麻。

那是 2021 年 11 月的文章，转年过来，连清川对世界的看法经历了一些变化，他在那篇沪吹文章里的所有赞美似乎都受到质疑。他再度成为一个质问者。他自己并不承认这一点，他觉得自己是个一以贯之的人。

我们从来没见过面，我知道他有二十几年了，早年他在扮演第一个角色的时候，我是他发表在《南方周末》上文章的读者。这年春天，我还是他的读者，他经常在公众号里表达他的愤怒，公道或者私事。到了 6 月，我们约了两次，第一次约在办公室，因为蒲园二次封闭更改了时间，第二次约在奉贤路一家叫"来喝来闹"的手冲咖啡馆。

"咖啡是一种精致生活的代表，"这地方显然合他的口味，只不过这口味有点表面，至少不如他以为的那么深刻，"上海其实有很多和咖啡类似的意象，比如精酿，还有面包。这些东西才是真正的所谓精致生活。然后还有那种，vintage 店。你看这些东西在其他城市是很难生存下来的。为什么他们在上海活得特别好，就包括安福路，它已经变成一种意象，就是那种生活方式的外在表达。"

"别的地方的人的生活是跟着体制转的，你明白我的意思吗？"我还在斟酌是否明白，他似乎也不太在意答案，"上海人不是，我要保住我原有的生活方式。上海人一个非常典型的特色，就是和其他地方的人都不一样。"

"为什么张爱玲觉察到不能穿旗袍，只能穿列宁装的时候要果断走？"他又抛出一个问题。

"我认识的朋友里面还比较宽，各种各样的人都有，然后哪怕是那些非常普通的不愿意做深入思考的小市民，其实大家想法都是一样的，你在上海待的时间一长，你就会发现一点，你就会变成那样的人——这世界跟我有什么关系？我只想过好自己的日子。但是你不能干扰了我的生活。"

对这些生活方式的认可，对国际化、洋派的生活方式的认可，有时甚至是"许可"或者"默许"，形成了一种"共谋"——与我们前面说到的这个城市的"最大公约数"是一个相近的概念。这个共谋包括了我们前面说的时机，政府在迪士尼化城市战略上的强硬手段，庸俗之美，咖啡，面包，精酿啤酒。

那天连清川还对比了纽约。

"纽约从来不在意美国怎么样，也不想着把你体制搞掉，他们从来都认为你们是什么体制跟我有屁关系"；还说到了知识分子，为什么那些知名公众人物，都选择了"不响"。

过于强调这种生活方式是缺乏安全感的表现吗？与连清川聊完之后，我回头看他说的话。

"我觉得某种程度，你可以用地方主义来理解。就是要我自己这个地方，要我自己的人群决定，它不存在这种认同感，我跟谁都不认同，就是，你们的主义，你们的 ideology 是什么东西跟我没关系。"

"上海的存在本身就是一种罪过吗？没有，对，因为它和整个社会的发展水平不一样。它是一种过于先进的存在。就是我们刚才说的，其他的地方都在主动去和体制做调试，但是上海它是不肯调试的，他不肯做调试，所以这就是他就是过于先进的存在，这是核心问题。"

我还是不明白他为什么会那么热情地赞美，但我理解他作为一个"沪吹"的恐惧：安全感的缺乏。没错，对这种生活方式的强调，拼了命地维护这种生活方式，总的来说，是安全感的问题。不光是个体的安全感，与我们通常所说的市民在一个城市生活的安全感不一样，它更多的是城市安全感。

对生活方式的特别强调，反过来更加促进了"游客凝视"。游客的凝视当中，也包含了旅游者对上海市井生活的认可，换个角度说，上海市民成为这个主题乐园的一部分。市民越是表现得自豪，越是表现出"不同"，他就越会成为游客凝视的一部分。在迪士尼，据说哪怕是打扫卫生的清洁人员，也会被叫作"演员"，某种情况下上海就是这样。

所以，到 2021 年底《爱情神话》上映时，眼花缭乱，我们已经很难分清，究竟哪里是真实，哪里是镜像，哪里是自我期许，或者这其中的区隔根本就不重要。自豪，或者自我感动，本身也成为市民参与表演的一部分。"10 月 31 日迪士尼上空的烟花，感动了许多人，也成了抗疫堡垒上海绚烂的注脚。"连清川表现出热泪盈眶那一面的时候，把自己幻化成迪士尼烟火的一部分，感动于此，就是迪士尼化城市的最高潮。

前一年六一的小胡

御田酒场，襄阳北路

2022 年 4 月上旬，跟小胡在微信上打过一次招呼。他说挺好挺好，吃喝充足。又问店怎么样，答曰"全关"，配以三个捂脸的表情。当时全上海的话题是物资。

一个月以后，又问候他，他说："我还在酒店。我一直在酒店。"确认了我的猜测：他在二十平方米不到的酒店里隔离了两个月。

6 月 1 日，放开之后第二天。站在小胡的店门口，园区里喝酒的人和应季的白蚁一样多，小胡从街对面走过来，不再是白衬衫西装短裤的商务装扮，圆滚滚的脸撑满口罩，肚子把大号的白色 T 恤顶成半球体。好在头发是理过的。他说他胖了十五斤。

"什么都没做，胖了十五斤，花了两万多块钱。"

"已经开始减肥了吗？"

"还在胖。"

"不吃盒饭了，怎么还控制不住？"

"我有厨师了，想吃点啥就吃点啥。"

小胡，我们在这个街区里最早认识的小酒馆老板。卖关东煮和清酒的御田酒场，在襄阳北路上，旁边的意大利小酒馆 Il Vino 也是他的店。穿白衬衫，西装短裤，热情，健谈，这是小胡最初的标签。后来，熟了，身份开始多元，湖北潜江人，进口酒类经销商，遇到老干部风格的客人他是小胡，遇到时髦小青年他是丹尼尔，在搭档 Mia 面前是小身板儿一度迷倒女顾客的合伙人，在员工面前是凌晨四五点往微信里丢想法的老板，永远在别人恐惧的时候保持贪婪的八〇后进取青年，还有，永远在学习。

2021 年的六一。

一个跨着帆布袋的憔悴女人，头发蓬乱，踩着后脚跟的球鞋帮子出现在襄阳北路 Il Vino 门口。"老板。"

小胡看一眼："Mia 在里面。"

女人从帆布袋里拔出一瓶酒："试一下？上次那个氧化了……"她说话的时候眼睛都要睁不开了，还打着哈欠。

小胡一口喝干杯子里的长相思，手伸直："来，就这里。"甚至不想费事换个杯子。

"都一样。没大问题。"小胡喝一口，点点头，"跟上次完全不一样，还可以。上次没有任何香气。"

"还可以"意味着成交。这个过程如此随意，没有任何商务洽谈的氛围。女人依然一脸困倦，抬了抬手里开过的酒："这个你要不要去给吧台做杯卖？"然后转身离开，仿佛只是酒馆里过来搭讪的客人。

再回来的时候她提着一个塑料袋，里面一个扁扁的透明盒子。"你吃过胡老板的小龙虾吗？我累得隐形眼镜都快戴不进去了，但是他这个小龙虾会让你特别开胃。"

小胡来劲了："我这个虾！做好之后直接进液氮，极速冷冻锁鲜！吃的时候微波炉 1700 瓦就可以了。热了就可以吃。什么都不用放。带汤汁，配点主食，下了面晾干之后，或者拌点饭也好吃！"

我就是这样知道了小胡作为支援家乡建设的湖北潜江青年，如何做起了小龙虾生意。

"湖北潜江，小龙虾之乡！你们江苏的现在不行。莫斯科世界杯的小龙虾，'一带一路'火车过去，莫斯科世界杯就是从潜江过去的。宜家全球的小龙虾也是。后面的地址就是潜江。"仿佛整个世界的小龙虾他都了若指掌。

2020 年的小胡和父母一起在上海。"我这里 2020 年 4 月份才开始做，相当于助力湖北，弄点家乡特产，老家的厂贴牌，我自己找了虾养殖场，调味找了四川的工厂，我自己的配方！"

小胡顺势切到自己的隐藏菜单，油泼扯面和小龙虾，意大利葡萄酒的绝配，他炫耀自己不拘一格的灵魂。他不会说的是，大环境下的小龙虾市场极度低迷，2020 年他的家乡潜江因为小龙虾产业占比极高，也受到重创。"我跟路虎搞了一个联名。官微微博全中国 4S 店，试驾送小龙虾。我认识中国捷豹路虎做公关的，一直在我这里喝酒。"

2022 年 5 月，小龙虾滞销消息再度传来，原本供应上海市场的 6000 万斤小龙虾无法进入上海，价格从 50 元跌到 10 元一斤，比 2020 年的状况更为惨烈。这时小胡还在绿码酒店里隔离。

小胡算不上喜欢读书，高中之后在瑞士学酒店管理。回来之后的第一份工作是在上海半岛酒店当门童。这份工作他做得规规矩矩，开着劳斯莱斯去机场接送 VIP 客户，也觉得有面子。直到有一天他在半公里外的华尔道夫看到了一位四十多岁的同行，彬彬有礼地帮人把门和提行李。

这让他幡然醒悟，一个门童的上升通道就是会成长为更好的更优秀的门童，这人生可不行。

小胡找到做光伏生意的表哥。表哥生意不错，从湖北做到意大利，为了打点，还发展了副业做酒类进口，小胡帮表哥打理葡萄酒贸易。在只认法国葡萄酒的中国市场，卖意大利酒不容易，好在他很快找到了第一个扎实的客户，让自己成功站稳脚跟。问他是不是在那位著名老乡当权的时候打开了局面，他马上双眼发亮，用一种自己人的口吻开始讲自己的打拼。

总之，小胡开始做酒那一年，这位著名阁员、有权势的老乡因为严重违纪被免职。"那时候每次去北京就一个背包，左手右手拎两箱茅台然后赶飞机，那时候我在北京没有找到卖酒的地方，然后就自己买了带过去。招待要用，玩啊送啊你要用的嘛。"

和机关国企打交道越多，小胡越了解自己父母的社会角色。小胡的父亲在地方教育局，后来下海经商，再后来又回到体制内。而他妈妈，从饭店开到大酒店，负责招待本地政企各种领导。小胡不缺乏社会厚黑学教育，但是缺乏实践，和表哥一起卖酒之后，他不但学会从着装脸色看人的官阶大小，还学会了如何第一时间把握云山雾罩的连带关系。

如今他像一个饱经风霜的过来人，回忆当年英勇："喔唷那时候是第一桶金，还是要跟国家做生意知道吧哈哈哈哈，后来开始做经销商就扯淡了，那就太扯淡了。完全不一样，前面就是100块钱卖给他800块，闭着眼睛卖，给经销商你知道哦，就是……差距太大。"

小胡的生意就好像一块橡皮泥，每次政策或者市场出现了什么变动，他做的事情就会被削去一块，于是他又会把手边的橡皮泥重新捏一捏，看看是不是可以捡起几块碎屑，捏出一个更得体的形状。现在他的碎屑包括价格无比透明的葡萄酒批发，几乎没有什么利润可言，还有各种小酒馆，计划是 14 个，这碎屑本来也不小，直到 2022 年 3 月底。

他不喜欢"小酒馆"这种叫法，也不喜欢"清吧"，他叫 bistro。

法租界为什么咖啡馆和小酒馆越来越多，一方面因为是老外住这里，第二是确实很像欧洲的，马路小小的，商店也小小的，然后你出了这个区再去别的地方，你也找不到类似的地方了，你看这里开出来的店都不大，都是小小的，开很多家。长乐路一溜，都是这样的，老外也习惯，慢慢进口的东西越来越多，西餐越来越多，酒吧文化也越来越成熟。这一块区域老外也就越来越多。因为这边就是跟欧洲很像。有树，有公交车过去，只有这个地方可以走路去另一个地方，别的地方都不行，因为第一路上没有逛的东西，第二个呢全都是大路，你也不想走。你在别的地方走着走着就遇到铁篱笆，然后就没有东西了，大晚上一个人走。这边哪怕你在弄堂里走，你也会发现有做 Spa 的啊，做指甲的啊，就会更生活化。

我跟他们说，这种小酒吧出了上海就是死，至少在这五年之内。因为不管往南走还是往北走还是往西走，首先第一我们是有葡萄酒消费基础的，其他市场上不是不喝，而是不会主动去找这个东西喝，这是一个习惯问题。第二个，我当时在合肥，包括在平顶山，河南，出煤矿的，平煤集团，跟几个哥们也开过店的，开不下去，就是你在角落里一定要安排一个唱歌的，一定要有现场乐队，要不就是要 high 的，就你安静地讲话的地方是没意义的。只卖葡萄酒也是开不下去的。一定要有啤酒，一定要有果酒，一定要有果盘，花生米，瓜子。就你很难想象这个店，今年开到杭州可能还能开下去，前面两三年都不行，苏州？不行，哪怕开到南京都不行，你知道吗？

2021 年六一那个晚上，小胡招呼最起劲的客人是北京来的金融白领大米小姐。小胡那天搬酒扭伤了手腕，一只手上绑着固定绷带，另一只手抄着一杯酒，人行道上走来走去，照顾两家店。

大米出现的时候，拈着两颗大白兔奶糖："Hello~~Hello~~ 节日快乐丹尼尔！"

丹尼尔小胡以足够的音量回以热情大叫："哎~~ 还有儿童节礼物！这么甜的嘛！"。

"甜度不够，送糖来凑~"大米长发披肩，声线细弱，说话的是舌尖顶住齿缝，发出唱歌一样哆哆的气音。

小胡引大米坐到门口最舒服的位置，就是那张摆在窗台前、面向大马路的高脚凳。随后两个人开启对话，自然得仿佛 5 分钟之前才歇下来一样。

"自行车骑得怎么样？"

"还行吧~~ 就参与参与~你看我像职业车手嘛~"

小胡介绍我们相识，然后起身去拿酒。我们三个人捡起之前的聊天话题，为什么他认为这样的小酒馆没有办法出现在其他城市。

大米在一个国有基金下面做投资管理，中国投资环境收紧之后，她转而看许多新消费项目，比如海伦司小酒馆这样的连锁酒吧。若说小胡是为了招待远道而来的客人，不如说他不愿舍弃这样一个有投资人背景的朋友。

那天大米在静安香格里拉旁边的地中海餐厅吃过晚饭，穿过延安中路就到了 Il Vino。一杯酒之后她张罗着叫车去思南公馆，"北京的几个小姐姐，其中一个说之前住香格里拉那地方特好，就回酒店换衣服收拾什么的，就点了一堆吃的，然后吃到刚刚那会儿过来，然后说晚上去思南公馆那儿，我正在……"

"不行，思南公馆不行，晚上，真不行……"小胡试图拦截大米，去那种假文物堆起来的园区里喝酒绝对是一个错误选择。

这时候很应景地下起了雨。大米不屈不挠："我黑金 plus~ 贼好叫 ~ 我朋友叫到车了，说接上我去看看什么情况。明天一早还要去苏州。我朋友开车去，他给我发一消息，一定要我去吃那个三虾面 ~ 说这两天就结束了。"

小胡也不屈不挠："别去了。我晚上带你吃一个包子吧。夜包子！我跟你说上海超级火。抖音上面都是它。工商市场管理已经开始盯着它了。上海这边开店，走网红不一定要长得帅。越是不像越容易火。"

大米一边笑，一边拍打脚腕小腿。小胡眼明手快拿来六神花露水一阵猛喷。

"Six God！中国驰名商标！味道跟香奈儿五号是一样的！真的！"

"气我买不起香奈儿五号是吗！你看这个大蚊子！"

小胡绑着绷带的手在空中挥舞。

"哎呀，小心我的表 ~ 很贵的！喷坏了你赔啊！"

小胡讪笑，然后扭头对我说："大米呢，是我爱慕的人，但是是我可遇不可求的人。真的，搭不上。她太优秀了。我呢又和街边小混子一样的，这一块基本上老板啊各种关系啊我都熟。跟职业没关系，这么久了，他们有很多店老板也在我这里喝酒。"

你不知道他是在半真半假地表白，还是在全心全意地展示自己的社交网络。

我家是做酒店的。我爸是教育局的。我妈是做生意的。开酒店。但是一四年就不行了。就是宴会厅包房住宿的大酒店。就开一家。
我们家九一年就开始做酒店了。夜总会和饭店。完了合并了。

转换成酒店了。夜总会是当地第一家。那个时候是从广东学过来的。

我是后来看到，摄像机，卡带里看到的。开业的时候请了甜妹女歌星，市委领导都过来剪彩，巨火。后来刻成了光盘。原来有个录像机，机器后来被淘汰了，就刻成光盘，现在还能看。我妈穿着皮衣，那种带大毛领子的，哈哈哈哈哈哈，一个皮衣一个毛领，甜妹女歌星，然后我们那个市的大礼堂包下来，晚上甜妹女歌星唱歌。

小的时候潜江卖什么？我小的时候啊，我们那边生意和工厂都不多，都是行政单位。要么就是政府上班的，要么就是农村的。基本上当地的各个单位的都是在我们家消费。那时候都是签单的。签个字，有专门的财务去每个单位收钱。加上定额发票，那时候没有机打的，都是定额发票，贴好。贴好之后就去找分管的办公室主任签字，副局长签字，谁谁谁签字，签好，完了之后再转到财务部拨款。

小时候条件挺好。初中的时候我还帮我妈去各个单位收账。我妈塞包烟给我，看到叔叔要叫叔叔，看到阿姨要叫阿姨，回来签字收账。我小时候就做这个。成绩不好。哈哈哈哈哈哈。

我零花钱就是收账的提成。废话，嗯哼（清嗓子，摆好姿势），我零花钱就是自己收回来的，我妈给我五个点，做零花钱。那个时候就是这样的，五六百块。请同学打台球，吃饭，唱歌啊。女同学，女同学，哈哈哈哈哈哈。那个时候初中高中就是这样。我妈不主动给我（钱）。上初中就不给我了。没钱了，丢给我两个条子，哪个单位你自己去收。

不总是顺利啊。你经常去领导就不在，你也不知道他什么时候来，完了你打电话他也不在，开会了出差了，去办公室也找不到。初中十几岁，人也没见过。我妈说你要赚钱你自己想办法。看到谁都递根烟，点头哈腰（学），叫叔叔阿姨。反正有的能收回来，有的不能。

当然喜欢收钱！那时候都是现金，没有转账汇款，我妈收回来以后当场点好就给我了，就每次一万多一万多，就这么一点，就斜挎一个腰包嘛。我跟我妈点，点了以后还有几张，哎，那就是我的。

然后我妈又跟我说，收回来的假钱全都算我的。我收回去的钱要先给会计的。所以会计给我的钱，我每一张都看！（对着光）每一张对！真的，后来现在回去，路上碰到的老会计还认识我，哎小家伙以前来收账，看钱真的是，眼睛噢！哈哈哈哈哈哈哈。因为关系到我的利益好伐。一共就给我五百，两张假的就很大损失了。打一场桌球才五毛钱！贵的就是同学吃个火锅，一百多块钱。都是我埋单。

有比我有钱的。跟我们玩的兄弟里面家境都挺好的。都是当官的，国税、地税、公安局、国土的。一直都有联系。国土的兄弟还在国土上班，办公室主任，很多管理局的，公路的，我有个兄弟他们家是路政的，他妈曾是老家路政系统的领导。还有林业局的。现在做什么来着。还有一个公安口的，现在在省厅。都是机关。算上我只有两个在外面做生意。一个是我在上海。一个是在广州。

广州做布料，做得很大，比我大多了，一年做十几个亿的。做布料原料。也是接他老头子的班。他爸很早就去深圳了。

他们啊，不开心，我觉得他们不开心。我跟他们说，你这个体系，28岁上班了，你能看到58岁的样子，无非是级别不一样。我一直这么跟他们说的，每次都是哎行了行了你闭嘴。每次都是，来上海他妈的大城市的人说风凉话。大家选的路不一样嘛！

我们那个小地方。基本上当政的都是七〇后，八〇后现在也上来了，我上学早，我同学都是八五八六年的。现在也可以当一个副处啊什么的……有时候回家一起吃饭，我们十个兄弟有个群，我回来了，啊，一起吃个饭。肯定有个人说，今天不行，省里面领导来了，有事情。

我回家就吃喝玩乐，来上海我就接待他们吃喝玩乐。

"你想过自己会做这个吗？"

"没有。我最恨做餐饮，因为我从小就在这个环境里。我很熟悉，但是我不愿意我做我妈做的事情。"

"我妈妈很厉害，她每次到上海来，看我生意好不好，只要看垃圾箱里丢掉多少物料，就知道这店赚不赚钱。"

后来他不仅专职做起餐饮，还要建立一个小帝国。再后来，就一直停留在"还要"的阶段。

阿金，小胡，"背叛者联盟"

Pinon 公路商店，襄阳北路

每天下班都会路过小胡的两家店，夏天过去不久，就没了生气，再过些天，开始装修，小胡这店不开了？很快这里出现不一样的诡异材质，不锈钢板，荧光色大字，中年危机一样人格陡变。

接着就是那一天，下班，在路边看到抱着胳膊的小胡与一个戴着渔夫帽穿着滑板鞋的男人站在公共厕所这边的人行道上，隔着一条马路的距离打量自己的店。

那家"御田酒场"正式改头换面，变成"Pinon 公路商店"。小胡在语音里讪笑，还是得卖啤酒。

这是一个背叛者联盟。公路商店背叛的是合作多年的伙伴英姐，小胡背叛的是他自己。前者说"背叛"有点过火，毕竟做生意好聚好散，谈不拢就拆伙，也是正常。"公路商店"这几个字从 2018 年开始一直与长乐路 624 号关联在一起。等到小胡接手，这块招牌已经热得烫手，站在悬铃木下人行道边高举酒瓶拍照的年轻人络绎不绝。英姐的小店门开一人大小，一人进另一人就得侧身出，名气火起来了，英姐却不肯扩张，还是靠写在啤酒广告纸的"正在营业"几个字招待顾客。公路商店急着靠商业化进入下一轮融资，等不起英姐，于是下了激进一着，只要看周围的小酒吧合适，就去谈一谈是不是能挂牌合作。这一套事情得有人做，这个人就是戴着渔夫帽和小胡议事的男人，阿金。

阿金说话就像这个以青年亚文化定位自居的媒体写的公众号，自有一套包装术语：

"我们觉得这是一个很 chill（放松）的地方，想把这个地方保护起来，把自己朋友都叫过来 chill 一下，因为上海所有的业态都太精致了，那不是我们想要的。精致总有一个，嗯，反正跟我们是不搭的……Yeah man，就是这样啊，我只是想当你的客厅而已啊。"

结果这家叫 Pinon 的公路商店，装修之后特别精致。不锈钢板招牌闪闪发亮，门上亮粉色的人脸涂鸦新得刻意，并且不光卖酒，还隔三岔五挂上欧莱雅或者斯达舒之类的商业联名，变成一个巨大的户外广告牌。五颜六色的精酿陈列在便利店风格的店里，墙上钉着三张不锈钢座椅，靠角落的那张写着"爷叔专用"。

如果你是第一次来这里，这种看着张牙舞爪的年轻风格的确会激发肾上腺素，和英姐那家比，装修本身就是气氛小组。但你知道这就和看似漫不经心的妆容一样，背后有太多的考量和设计。一种深思熟虑后的玩世不恭。

Pinon 门口有一串六色招牌，最顶上是地图，然后接着五个门牌，不同店家不同颜色，Pinon 是红色，写着"Xiangyang Rd（N）4-2"。不过，除了 Pinon 和早就合作的茂名南路上的"派头"，另外三家公路商店声称合作的"客厅"里，都没挂上公路商店的招牌。

我问小胡，这店还是你的吗？

还是他的。我想起跟大米喝酒那一次，他还完全看不起卖啤酒这个生意："啤酒 30 块一杯，100 块钱把你喝得差不多。小孩喝完之后会玩个滑板，轰轰轰滑过去，轰轰轰滑过来，撞到人了，你瞅啥！对吧，就打起来了。"

2021 年 11 月的时候，我坐在小胡西康路的店里。面前摆着盐煮毛豆和朝日纯生。毛豆有点生，朝日凉得刚刚好。

晚上 8 点，这个颜料厂改的工业园区里黑漆漆的，从人行道边往里望，唯一亮光来自小胡。店里除了他和 Mia，就只有几个正在调试寿喜锅和炸鸡的伙计，唯一的一桌客人，对坐在角落里，背后是每个高约 1.5 米的大字"御田酒侍"。"这是我日本合伙人和他爸爸"。

小胡挥舞着手，跟我介绍新店里交织错落的木架，还有特地布置的点状灯光。"像给爱马仕做的那个设计师做的那种你知道吧？都是我做的，我在每根木头上写上号码和南北向，看着工人搭起来。"

自从和大米一起喝酒之后，我就没再和他坐下来聊过。小胡讲起公路商店的合作，用的是生意人精刮的口吻。

"跟公路商店有利有弊，利呢，就是人山人海，看着营业额高，但实际上也没有太高，因为啤酒嘛，便宜嘛，对吧？说实话，真没消费力。有一说一。一瓶啤酒 30 块钱两三个小时一个晚上还是这瓶啤酒，完了还吵，现在还好一点，我不让坐地上。现在就是让店员说，不好意思别坐地上，这里车比较多，比较危险。我跟你说，让坐就完蛋了。我跟店员说，上班之前，你拿水桶往地上泼点水，绝对没人坐。我就不让坐。很阻碍交通的。长乐路公路商店晚上 11 点就关门了，强制性的。不管周末还是周中，都是 11 点，那不是扯淡吗？还是周末。我说一定要扭过来，我是要做长久生意的。我周末两点工作日一点（关），我地址上了派出所黑名单了，哪怕你公路商店撤了我也开不下去。这就是弊。"

那时候他和 Mia 的精力已经完全投入新店的试运营里，襄阳北路那阵子很少去，以至于素来可以顺滑报出一长串邻居店名的 Mia，也想不起来斜对面新开的日式酒吧叫什么名字。

小胡不在意自己出尔反尔。他觉得这叫与时俱进。

"你不得想吗，不想怎么在市场里存活呢。我既然要做那就每天脑子里都去琢磨这个事情。你说是不是上海没有茶泡饭专门店？我本来就是喜欢想，水瓶座就是，我办公室的人都知道我的习惯，我本来就睡得晚，睡不着就想生意，我有点子就会在大群里发，@ 谁，我就是记录。第二天我会跟那谁说，你看到了吗，你运营看一看可行性。我手底下二十多个人？二百多个人不止，火锅店就有四五十个，愚园路四五十个人。现在已经在持续招聘了。到明年年底会有将近三百个员工。"

这个时候他已经推开朝日啤酒和毛豆，给我看手机里一字排开的 Excel 表格，里面是各家店的进度表和成本核算数字。

他说他要连开 14 家店，选址和装修方案都已经确定。如果现在有人联络他去外地开 bistro，他也觉得完全没问题——就在半年前，他还拍着胸脯说 bistro 出不了上海梧桐区，出就是死，起码五年之内不可能。

"一下子铺这么开，你的成本不会剧增？"

"我觉得这步子还不够大。我只是把 2019 年要做的事情一次性都做了，去年没办法做，疫情。"

接下来说的话，可能他已经和员工、和自己，以及任何和我一样带着犹豫和质疑的胆小鬼说过很多遍：

"我只要把固定成本线卡死，这根线卡死就好了。我说的人工和房租占整个公司支出的比例。现在大家又不能随意出国，不都是来上海吗？我做生意一直有信心的。你有朋友店不开了，我可以去看看店我要不要。对我来说最简单，有人小酒吧开不下去我可以收了，换个牌子我就可以开业了，我本来就有基础客源。这家店我朋友圈一直没有发，我觉得没有调试好，调试好一发马上就有人来。每个店吃喝玩乐都是不一样的，不做一样的，罗秀路是火锅店的，你在我任何一个店里充卡，5万块比如，你去任何一个店都是VIP，喝酒吃火锅high，去哪个店都是VIP，每个时段都在我手上。我开葡萄酒吧，开足十家，客源也是一拨人，十家可能都吃不饱，变成不一样的，就可以有十个不一样的客群。"

"有什么不敢，越是低谷越要拿店，所有成本都低，本来我就有运营团队，免租期都可以谈。我带了Tasca的牌子过去，李诞是我合伙人，可以给你带流量的，完了就OK啦！"

"这是找了什么投资人吗？"

小胡呵呵呵呵笑："嗯，很大的老板。不重要，认识他不重要，认识我就行。认识我有酒喝！"

"你到底发生了什么变化？"

小胡说起萎缩的酒类贸易。他手里的橡皮泥只剩餐饮这一块。他正式走上了他妈妈走的那条他从小痛恨的路。

"上海挺好，上海真的挺好。我不会离开上海的。我要把大本营扎稳。然后我再去别的地方。收一个园区，整体运营。"

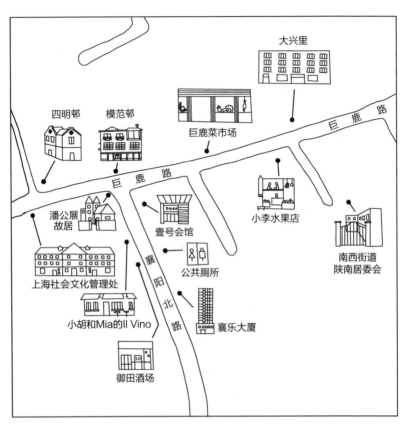

大兴里

四明邨　模范邨

巨鹿菜市场

巨　鹿　路

小李水果店

潘公展
故居

壹号会馆

南西街道
陕南居委会

公共厕所

上海社会文化管理处

襄
阳
北
路

襄乐大厦

小胡和Mia的Il Vino

御田酒场

一代又一代（或大展宏图）

路口四：襄阳北路—巨鹿路

和小胡站在公共厕所门口打量着公路商店的，穿着滑板鞋戴着渔夫帽的男人，果然是阿金。以前曾经与这个人通过一次电话，那次他不断重复着"chill"，说因为人太多无法 chill，他有个计划，要分担英姐那家店"溢出的流量"。

巨鹿路与襄阳北路路口。2022 年 4 月，这个路口此刻看起来跟精致毫无关系，如果你见多识广，说它属于一个资源枯竭型三线落魄城市也并不让人意外。此刻人潮退去，让我们看到剥去了繁华之后的底色——我们平日里视作"精致"的东西，其实跟建筑关联度并不大。

它甚至可以说是破败。这个丁字路口是南北向的襄阳北路的北口。路东是壹号会馆，差不多个把月之前这个楼的业主决定重新装修重新招商，楼下的一罗华餐厅、粉分子新疆米粉、肥妈澳门美食相继停业，会馆大门口摆满了楼上搬下来的旧桌椅旧设备，水果店小李花一百块钱买到了一个旧冰柜。粉分子门口的油渍在歇业一个月之后余威尚在，下雨之后依旧滑腻肮脏。透过窗户看一罗华餐厅里东西零乱堆放。壹号会馆本来只是个 1990 年代风格的已经落伍过时的商务楼，虽然占据街角黄金位置，但整个结构没有什么章法，说它一无是处也不过分。大楼入口甚至没有大堂，进门右手就是举架很低让人压抑的楼梯，左手墙上有灯箱显示上面的舞厅、酒吧和演出场所，自然光照明永远不足，灯又昏暗，通往楼上墙壁有不明所以的涂鸦，涂鸦和灯箱都很久没有更新，互相印证敷衍。

壹号会馆南边是襄阳饭店，它的另一个牌子是上勤精品酒店，红色瓷砖外立面，因为叫了"精品酒店"，就再也脱不了快捷酒店的身份，它的橙红色外墙一定会加深这种印象。

这还是你在蓝色挡板后面看到的，毕竟这是 2022 年的 4 月。蓝色挡板墙由普通蓝色施工挡板和同色水马组成，屹立不倒。如果你站在挡板外的街上，襄阳北路整个路东侧一条街延续到长乐路那里，它是壮观的蓝色围墙，气度不凡。挡板后面，还有一个停用的公共厕所和废弃的咪表，公共厕所的门朝里，对着一个红砖墙变电站一样的建筑，台阶上去，是一个相对私密的空间。一直到 5 月下旬，脚下还都是绝望的人留下的大便。而且，也不止是在此处，对面路边每个以前吸引人驻足的小角落，都是大便。

它的对面，襄阳北路西侧，在 4 月里，几个弄堂口用栅栏围起来，上着锁，门口的棚子里是穿着白色防护服的"特保"人员，在不多的报道中，他们一般是应招而来，每天有四百到五百之间的收入，管两到三顿饭，24 小时监控着里面的人不要越界。几个弄堂口之间有居委会的活动室，穿着防护服的人偶尔进出，一家小牛电动车专卖店，还有一家叫 Egg 的轻食店，如今都很安静。新快客龙也在其间，它曾经是本街区生意最好的的店，现在也看着让人透不过气来，它生意好是因为所有人都要到这个便利店买烟、买水。这一带几乎所有店都卖酒，虽然侧重点有所不同，但精酿、红酒、洋酒、清酒、梅子酒之类都会涉及。便利店、水果店、饭店都有酒卖，而且咖啡店到了夜里都要转身变成酒吧，甚至时装店和围着孕妇转的店也不例外，但卖烟的差不多只有几家，新快客龙规模最大，是为本地翘楚。

再向北，路边是一个看起来是违章建筑的三层小楼，红砖砌成，就是传统工业城市里简易的工人村赫鲁晓夫楼的样子，窗户大都重新换过，从铁窗变成了各种颜色的铝窗，空调室外机随便地挂在墙上。楼下搭出来门面，各种 21 世纪的装饰材料让它看起来有了活气，但此时与对面的蓝色挡板墙一起，让这里有了通常资源枯竭型城市才有的落魄感。二楼窗口上原来一个绘画培训室的招牌透着落寞："In My Dream Art Studio"。

壹号会馆对面是有灰砖墙的深宅大院，墙上漆着有点褪色的白漆，很严实，上面拉着电网，墙里面很密的树，墙上有标语牌，矩形红色，上面有五角星，天安门，还有几只鸽子和一段话："培养有灵魂、有本事、有血性、有品德的新时代革命军人。"在上海老房子爱好者的地图中，它是潘公展的私宅，1949 年他从此处去了香港。大院从来不苟言笑，也从来不以全部面目示人，只是街区背景。

＊　＊　＊

回到将近一年前，除了潘先生的前私宅，这个路口完全是另一副样子。

入夜，人气最旺的时候。赫鲁晓夫红砖楼下面是一家叫"聚香苑"的饭店。看菜单和招式应该是广东菜，但风格和服务都更接近于上海菜，似乎应该叫作"融合菜"，里面有一半还变成了酒吧，反正就是不想抛下任何人又想讨好全世界有钱人，融合得彻底而且多元。它有一个橱窗位置做外卖生意，"香港烧腊"，贴着价目表，挂着鹅，但不知道为什么还有两张纸，分别写着"粗茶""淡饭"，完全没有道理，可能真是想一个都不放过。它的隔壁是小胡的 Il Vino，看起来本分，号称卖意大利菜，但午夜将至，它会把厨师最拿手的油泼辣子面卖给相熟的顾客，再隔壁是"御田酒场"。这两家门面之间错落开，留下一个 90 度的小角落，那里顺势横了一个柜台高的搁板，上面搭起雨篷，夜里会有嘈杂聚会当中跑出来的两个人端着酒杯在这里倚着搁板低声交谈，而最诱人还是那抄起一盘油泼辣子面的客人会躲在这里偷吃，像是占了人生的便宜。

角落这东西有奥妙。如果这里没有搁板，它就是一个死角，很容易成为随地小便处，但因为有了搁板，这就成了"非常美的城市空间"。《财富》杂志编辑威廉·H.怀特博学多才，还是个城市规划的行家，他说纽约："一些最宜人的空间可能是剩余的空间，凹进去的空间，零星的空间和空间的尽头，它们的存在纯属偶然。57 街和麦迪逊大道交叉口，有一家银行，这个建筑有两个窗台。这两个窗台都很低，人们可以坐在上面，因为是凹进去的，所以，可以避风。那里整天阳光明媚，人们从那里匆匆走过，建筑的拐角处，有一个出售新鲜果汁的小摊。这是一个非常美的城市场所。还有其他一些此类场所，大部分是一不留神而形成的。如果有人刻意去规划这类空间，可以想象后果会是什么样的。"[1]
老板小胡无意当中把这角落经营成为它的独家秘笈。小胡不知道的是白天，王先生会把他的保温杯放在搁板上，在这里坐上大半天，警惕地看街上每个犹犹豫豫的车和每个东张西望走在车边上的人——王先生管理

---

1 《小城市空间的社会生活》，威廉·H.怀特，上海译文出版社，2016 年 3 月。

停车业务；小胡也不知道，每天傍晚，天还亮着的时候，还会有一位阿姨，大概是哪个夜场的保洁员，把手机横在搁板上，她对着手机里的视频自己跳健身操。

一年前，2021 年 5 月的壹号会馆还在源源不断地为小胡创造着客流。一年前，楼里最著名的生意是山羊脱口秀酒吧，笑果文化把这里当作推新人的舞台，那些后来在各种吐槽大会脱口秀表演中博出位的人都要从这里开始他们的职业旅程，有媒体还专门报道《襄阳北路 1 号，诞生多少脱口秀明星》。生手出场，脱口秀不一定会多精彩，但这东西被几个脱口秀明星搞得还算热闹，壹号会馆门口甚至开始有了黄牛，破天荒的事情。观众多，有票的在里面嘻嘻哈哈一晚上出来可能会喝一杯，没有搞到票也不至于荒废掉这个晚上，周边晃悠一阵，可能还是会喝上一杯。时间久了，山羊上上下下的演员职员老板明星们都来过，认识了对面开酒吧的小胡，小胡偶尔端着酒杯跟客人介绍山羊——世人都知道诞哥不知道山羊，这时诞哥在小胡口中是他这小酒吧的合伙人，倒也不是吹牛。

壹号会馆那破旧的楼梯通向不止一家，二楼 Ninja 是一个让人窒息的俱乐部，据说比它的邻居 All Club 要更年轻化，这里气氛过于浓烈，每个在里面的人据说会亢奋到缺氧，缺氧的时候会出来透口气——据说这也成就了小胡，只是这群以消耗过剩精力为目标的用户对他提供的红酒和日式清酒梅子酒之类提不起兴趣，这也直接导致后来他的公路商店转型。壹号会馆还有一个顶楼酒吧，Kartel，就在楼顶，可以远眺很远的地方，向东可以看到璀璨的外滩，"适合拍照""环境好"，这是最主要的评价，有了位置做竞争力，其他东西就马马虎虎，菜不好吃，酒也不太好，所以生意也谈不上火爆。

壹号会馆一楼一圈直接对外的门面，丁字路口拐角处的好位置，生意却是最衰败的，2021年5月，处在这个黄金位置的 Mix Lab 已经歇业了，它定位于"Bistro & Bar"，本来是这一带的平常定位，坚持不下来；此前有 Emperor Jin Bar 也活不下去；此地还曾经开过一个叫老鸿盛的汤包馆——与这个名字类似的店在上海到处都有，个个都做出一副百年老店的样子，不至于活不下去，但在这里，依旧难以生存。莫先生说的香港人折腾了大半年装修开业三个月越赔越多欠一屁股债关门走人，说的也是这里。襄阳北路上看车的王先生在这里看得久了，直接得出结论，风水不行。

一年后被壹号会馆扫地出门的另外几家一楼门面在2021年5月生意还不错。靠近巨鹿路那边的粉分子一直莫名其妙地爆满，午市和晚市都等满了期待被辣椒痛打味蕾的人，他们把很油的湿垃圾堆在门口脏兮兮的桶里也并不妨碍这些人的热情。襄阳北路这一边袖珍的肥妈澳门美食总有不顾一切地要给你温暖的热情，不超过五米的门面，比橱窗宽不了多少的纵深，我觉得他们搞了不下一百种来自港澳的视觉元素。鬼佬啊，三文治啊，菜单啊，字体啊，小装饰，桌椅，灯光，能用的都得用上，用心。临街雨棚下面还有两个迪斯科灯球，很尽职地转。它边上的一罗华面目模糊多元，"炭火烤肉·料理"——它这么给自己定位，看起来是个韩国风格的店，还有自助餐，188元一位，不以自助为目的的饭店走到自助餐那一步，总让人产生走投无路之感，这是我由来已久的偏见。每次从窗外路过觉得生意尚可，只是大宋体字的招牌，黑红配色，夜宵、自助、刺身、日式灯笼、韩国风味，种种风格混搭，不是熟客，总是觉得哪里不大让人放心。

让你产生精致印象的永远是各种各样花枝招展的人，在这些人身后是商业推动着消费趋势、热点、潮流，它可以裹胁着更多的人参与其中，并让几乎所有人都享受到这一过程中带来的炫目的感觉。这个时候，那个赫鲁晓夫楼不再破旧，而是流光溢彩；壹号会馆也不再呆板、姿色平平，进进出出的兴奋的脸给它带来充分的想象空间。

对着襄阳北路，巨鹿路是丁字路口那一横。路北主体是四明邨，在它西侧与逸夫职业技术学校为邻的是巨鹿路628号，挂两个牌子，一个是德国学术交流中心，DAAD，另一个是锦创歌德德语培训机构。独立的院，独立的小楼，看起来是民间文化交流的高级地方，又兼了培训机构，所以面目就模糊起来。这楼本来属于四明邨一部分，本来是开发商四明银行董事周仰山的私宅——这房子规模宏大，与四明邨主体的联排别墅有不同。

四明邨有名气，南门开在巨鹿路上，门牌号是626号，更多人印象里它的门在延安高架下面，对外也更多是以延安中路913弄知名。它因众多名人旧居著称，但最有名的徐志摩、陆小曼的旧宅已经在修延安高架的时候拆掉了。四明邨当初是银行业人士住宅，被人说起时，说门岗都是印度人，弄堂里可以走车——当年衡量上海弄堂是否高级摩登，最重要的一个标准是能不能走汽车，能走汽车的小区大都是1930年代后所建，现代设施齐全，家里往往有汽车间，这就是现代生活了。如果你从"丁"字一笔的另一端，走进"大兴里"弄堂，拐两个弯，有一道铁门，长年半开，主要是防电瓶车穿行，过这个门，是模范邨，模范邨是1930年代另一家银行所开发，客户同样以银行业为主，它与四明邨只有一墙之隔，这两个小区在当时首屈一指。有一点可以充分证明，四明邨和模范邨隔着福煦路，对面是上海首富哈同的私宅。福煦路是现在的延安中路，哈同花园早已经拆掉建起中苏友好大厦，现在是上海展览中心。

从巨鹿路大兴里走进模范邨，向北走，如果是黄昏时分，路灯刚亮的时候，特别是天有一点阴或者下小雨，你抬头，看路的尽头，一颗巨大的红色五角星闪耀在你眼前——黄昏的大气对红色的光的散射达到峰值。那是当年上海最高点、前中苏友好大厦主楼顶端的五角星，一个时代的标志。米沃什在《西方之旅》里也写过同样的经验，他说他从布拉格坐火车去华沙，"黄昏里无颜色的街道。在一座俯视城市的高层建筑上闪烁着一颗巨大的红星"，而"行人悄悄走走着，目光低垂"。[1]我很理解米沃什一定要强调此刻的安静，与我走过此处时的震撼有相似之处：它本来暴躁如震天口号，但在黄昏之中，不发一言，不怒自威，似乎有一种无形中的力量，给你巨大的压迫感。

当然，这是一种有政治波普色彩的符号化的解读方式。曾经上海首富的私家大宅，替换成了中苏友好大厦；它创造了曾经的上海建筑最高点，传说中建筑高度不宜超过它的高度；但这个高度早在浦东陆家嘴那些摩天大楼出现之前就已经被打破，打破它高度的建筑就在这红色五角星之后，你在模范邨里一样会看到它，那是上海中心，波特曼酒店，一家美资机构，事实上它现在就是黄昏里这个巨大红色五角星的背景。

我们在说这些旧事的时候，只是想说作为高尚住宅区的重要代表，它们在启动之初是奔着静谧而且安宁的中产阶级社区设计的。银行大班高管们大约不会窘迫到扒掉某个院落围墙开个点心店卖些南北货之类，就像难以想象首富哈同家突然做起小买卖。

现在四明邨临街一面生意兴隆。南门东侧622号是两家店，一家是卖茶叶的茶之雪峰，另一家是叫Heng的服装店。再向东620、618、616、614都是四明邨临巨鹿路的门面房，有叫御花园的花店，有叫Altas Corner的酒吧，有"四明堂好茶具"，有卖旗袍的Qiongzi He，有Brocad Country，一个卖箱包服饰的小店，有嘉怡进口食品折扣店——

---

1 《站在人这边》，切斯瓦夫·米沃什，广西师范大学出版社，2019年3月。

在物资紧缺的 4 月，它从开始清库存，到后来组织各种货源，慰藉所有渴望甜品和零食的心，有地产中介，而且是两家，其中家强地产门上写着"房产咨询，装修设计，托管服务，租售代理"。即使没有停业两个月，中介们的托管和咨询业务，也完全是靠天吃饭，前景迷茫，难以揣测下一步会怎么样。

正对着襄阳北路路口，Dosage，卖小点心，也卖酒，店里长年挤满了人。它的窗子开得低，外沿做宽，变成一条长椅。这里总是坐着各种人，店里买了小点心的顾客、放学的中学生，夜里的酒吧青年，上午和接近中午的时候坐着的是邻里阿姨爷叔——襄阳北路大敞大开，阳光毫无保留洒向这里，适意不我待。时髦的小姑娘走过去，有时候老阿姨会适时点评：妹妹，绒线衫蛮好看的呀。

我们前面说的城市里最宜人角落，暗含大主题是众生平等。在商业和社会学里叫民主化——没有什么比阳光更民主化的了，一个宽不过四十厘米、长不过一米出头坐三四个人的长椅证明了这一点。

四明邨对面潘公展的深宅大院的隔壁巨鹿路 709 号是同样建于 1930 年代的天主教圣言会善道堂。

某种意义上潘宅、教堂及附属建筑收归国有后，曾作为不少单位的办公楼，但这些单位，早就不在此办公了，临街门市房有气势不凡的牌子，感觉占了一个街区："上海市文化和旅游局，上海市广播电视局，上海市文物局政务服务中心"。大玻璃门，玻璃门上写着工作时间，周一到周五上午 9:00-11:30，下午 2:00-4:30，法定节假日除外，还有"一网通办"几个字，不知道有哪些业务是需要在这里办的，里面也有柜台，也有一些像柜员一样的服务人员，从这门口经过无数次，但很少看到真的有人进去办理业务。

709 号当然也会配一个院子，真正的公务人员并不是前台亮相的柜员，所以这个院子有正经的地道的机关气。709号的另一个大门前挂了四个牌子：上海艺术研究中心，上海市社会文化管理处，上海市影视摄制服务机构，上海市影视版权服务中心，除了文化管理处像个机关的名字，其他三个正确的说法或许应该叫文化系统下属事业单位。教堂在诸多建筑中还是最为出挑，外墙青灰色有卵石墙饰面，窗套、线脚为灰白色水泥链状隅石装饰，现在是上海市文化艺术档案馆。

收归国有的这些旧时建筑，如果幸运而没被整体拆除，总体的保护质量要好于普通的住宅。像四明邨这样的私宅，就命运多舛。1949年之后，它本来属于陈毅市长所说秋毫不犯那一部分，在档案中显示：

陈毅命令第三野战军遵守3项纪律：（1）遵守人民政府和军管委员会发布的所有规定和法律；（2）尊重城市的政策并保护城市的财产；（3）继续保持艰苦工作、勤俭生活的革命传统。

陈将军还命令他的部队（其中许多人不到20岁）特别要注意十点：

——没有命令不许开枪。

——不许住进市民拥有的商店或住家，不许到娱乐性场所的剧院去。

——没有命令不许进城。

——不许在马路上吃东西或勾肩搭背，或在人群中推推搡搡。

——公平交易。

——保持军营清洁，只能在公共厕所大小便。

——不许找算命先生算命，赌博或逛妓院。

——不许参与封建迷信活动。

——不许在墙上涂写。[1]

但时易事殊，虽然没有直接收归国有，后来各种探索与运动，把四明邨的"四旧"人物冲击得七零八落，大宅不再独享或干脆扫地出门，家里很快住进各种先进阶级代表，从结构到功能都发生天翻地覆变化。四明邨最终还是运气好，虽然为高架让路拆了靠近延安中路的两排，但主体还是留了下来。那些喜欢不受干扰的中产阶级别墅生活自然不在，居住其间的人评价已经沦为大杂院。命运变化并没止步于此，其后各路先进阶级代表又经历下岗再就业，市场放开，商业兴，四明邨的临街铺面成为手中重要资源，辗转至今，成就了"巨富长"。

商业力量，时有时无，貌似只有在大势大背景下，才终可以发挥一点作用，有限。

现在喜欢说城市改造的人，会把改造的主语默默设置为政府，政府希望城市有所变化，升级，腾笼换鸟，士绅化，或者其他。实际情况并非如此，表现最执着最强大的力量，是城市的"市"，人们在市场中交换有无——最终起决定作用的，是人们聚在一起所产生的需求，所谓商业本身的力量。它改变的东西远远不止某个落伍的赫鲁晓夫红砖楼。

谁来主导始终是个问题。商业社会，本来是从群众中来到群众中去，自我生长，政府用一些调节手段，平衡或者引导——顶多到"因势利导"，这"势"由市场和消费趋势所左右，形成新潮流，总有一些聪明人想着可以成为新的造"势"者。当阿金对精致上海表达怀疑的时候，就是想扮演这样一个角色。他希望有所不同，找到一种不那么拘束的力

---

1 《魏斐德上海三部曲 1942—1952：红星照耀上海城》，魏斐德，岳麓书社，2021 年 10 月。

量。商业打不死，它的力量不像革命那么强大，但它无休无止。从进步和发展眼光看，现代性本身就是经济主导的结果，就是战争宗教意识形态之类退后，经济生活占据要津。

阿金是公路商店在上海的一个小头目，工作职责大体上是负责公路商店的市场拓展。长乐路 624 号——英姐的"624Changle & 公路商店"出自他的手笔。各种清吧威士忌、各种 bistro 在这里本不稀奇，但一群穿着好看打扮青春坐在马路牙子上喝着精酿啤酒的小青年更招摇，更有号召力，更让人蠢蠢欲动跃跃欲试，更像那么一回事。在一定意义上，这一轮巨富长顶上酒吧街的名头，公路商店起了很大作用，阿金功不可没。

"上海所有的业态都太精致了，那不是我们想要的。精致总有一个，嗯，反正跟我们是不搭的。我们说的精致不是针对所有人，反正只是对我们自己而言。而且其实，讲实话，上海，十年前的东京，发展轨迹都是那个方向，所有业态越来越细分，越来越垂直，你是属于什么样的人群你就会在哪里，哪怕东京的夜店都细分到不行。本来日本年轻人就孤独，现在更孤独，家里二十平，找不到客厅在哪里，我们想给你构建一个城市的客厅，在这里你没有压力，你身上只揣 10 块钱，OK，20 块钱，我可以请你喝一个 Asaki。不是这儿灯红酒绿我都请不起你喝一个卡座，这是不对的，你去到商圈，带一个女生，泡妞，卧槽，这都不是我们想要的。"

想这些事的时候，他的势力范围还局限在长乐路 624 号，与英姐还没有分手。入夜时分，阿金想英姐和老黄并不懂得去他们那里的年轻人，他们买一瓶精酿啤酒究竟是在买什么。阿金知道，年轻穷人的 chill 和那些人不一样；阿金还知道不远处派头 Barbershop 每天深夜到凌晨聚集一群人的秘密，那是阿金暗中为公路商店合伙的第二家店，在进贤路和巨鹿路之间的茂名南路上。一家男士理发店的前厅摆了冰柜和啤酒，与624号一样，早来的甚至可以坐在门口的那个小沙发上，但大多数人都是站在茂名南路的马路边，已经到了扰民的地步。

长乐路一波一波的流行，都是这么开始看着暗流涌动，敏锐人先博一轮眼球，引出一批跟风者，陈冠希啊，滑板鞋啊，积木熊啊，这些年都是这么过来的。潮流文化大概就是这样。

长乐路624已经有这功能了，为什么跟风者不是我自己呢。阿金大概会为此拍一拍自己肩膀以赞美自己的创意。

但商业很难说谁是主流，一个商业发育得良好的地区呈现的更是多元化那一面。如果你去问在这里居住生活的人，比如梁先生，他会津津乐道于早先襄阳北路的马路菜市场，钱家塘的汰浴，连襄阳南路鼎盛一时的服装批发市场都不在眼中……钱家塘是哪里？就是现在的环贸Iapm、过去的襄阳路服装市场，就跟老人们会提太平桥而无视新天地一样。对于在巨鹿路—襄阳北路生活的人来说，商业的主流是巨鹿菜市场。

它就是一副普通模样，走进去地上总是洇着水，与水产区的味道合在一起。有股生活气，喜欢的人闻到心安，不喜欢的人觉得这其中夹杂着臭气。菜场格局与大多数菜市场相近，也并没有感觉出因为身处高级社区而士绅化，也没有乌鲁木齐中路菜市场改造的迹象，没有网红化，没有游客凝视，这对于本街区来说当然是件好事。而且，它与正派而且正经的菜市场一样，早晨才是它最热闹最风光的时候。2022年3月之前的大多数时候，你这个时候去市场，查体温的爷叔都很难见到，他也要买菜的。

这个菜市场二层楼上写的名字是巨鹿生鲜市场。它的logo很不寻常，椭圆形带经纬线的地球，中间四个字母，"ASIA"。所以，这个菜市场或者应该叫作"亚洲巨鹿菜市场"或者"亚细亚巨鹿菜市场"。交关霸气。

巨鹿菜场是最早被封掉的。大约在三月二十几号就已经被封上了。在市民对病毒的恐惧描述中，那些卖菜的，从郊区的大菜场染上，流通的过程就是传播的过程，他们舍不得生意。

菜场一般来说气场强大，会形成一个自己的商圈。菜市场大门两侧跟所有菜市场一样，租了几个窗口给卖熟食的店，西侧是芭比馒头，东边是山林红肠，烤鸭熟食，几乎是菜市场标配。再向东一点是个彩票站，楼上是达裕棋牌。在街道通常很有话语权的这类地方，他们招起商来总是难逃这几样，好像只有做这些生意的人能跟街道搞好关系，拿到好市口，而有这个拿到好市口能力的人真正经营起来，好像也都差点意思。人各有志，一代人只能做一代人的事。

再向东一点，与菜市场的二层几乎连在一起的楼相当破旧，楼下的门面房与菜市场相邻，生意看起来都很热闹。两个"和桃香"并列在这里占了好大一块地方。一个标牌字体类似于综艺体，接着的字是"日用百货办公用品商店"，中规中矩，从商店的名字到业务的范围都很老派；另一个是便利店，"和桃香"几个字就美术字起来，有点放飞自己感觉。老板对自己形象与经营范围的不同定位的理解，相当到位。猜这名字由来是与核桃有关系，因为至今充作海报一样的小招牌上还写着"芝麻核桃粉现磨现卖"。仔细看，和桃香的西侧其实不在楼里，而是接了个小门面房与菜市场连起来；而东侧一楼门面还留着一个住户，窗子被油灰覆盖，看着很窘迫。和桃香有一白猫，年龄大概不小了，因为看着很懒，不爱动弹，偶尔睡在一堆纸箱间，姿势标致标准，像个瓷器，盯着它看，它完全处乱不惊不为所动，你甚至会怀疑它的真假。大约因为太老怕冷，它长年穿着喜庆的小缎子红棉袄，看着就完全是招财猫的样子。4月间有一次经过它门前，特地看一眼，屋里有人，猫也在，看起来生活还好。

菜场的对面是西西发屋，洗好的毛巾像本地阿姨一样用晾衣竿挑到很高的树上，很本地化，看店内各种装潢，自然也是菜场商圈的一部分无疑了。

和桃香边上另一个二层红楼看起来年头更早。红砖红瓦，临街二楼阳台还是木制，刷了红漆，像是老城厢的风格，一楼底商，是朋友餐厅，这生意也相当久了，橱窗上的 slogan 一句用来强调它的资历，"老店35年"，差不多是改革开放见证者了；另一句是经营定位，"特色盖浇饭"。如果有坚持35年的特色，那也着实很了不起。东侧的底商已经围起来，正在装修。后来它变成了一个甜品店，偌大的柜台，里面是几片空荡荡的小蛋糕。

再边上是大兴里的入口。这里还继续藏着一些热气腾腾的私家菜包间，也有古着店，我们前面说过它还通向模范邨。大兴里门口两家店，一家是酸菜牛肉面，另一家是好德便利店——四方新城的18岁少年杨枝珵在回答"哪些是你出生就一直存在的东西"的时候，他说的就是这两家店。

一代又一代，这就是新一代梁先生的钱家塘了。

21

"茄门"

来喝来闹咖啡馆，奉贤路

对强强保罗掌故颇有一些研究的费里尼，大名王海，是一个挺有影响力的作家，前记者，现在有公众号，好像也有视频号，对世界和上海发表一些意见。我最初注意到他是 2022 年 3 月底，他有一篇文章写一个浦西女生如何机智勇敢地突破黄浦江天堑去看望生病父亲的故事。那几天黄浦江上的所有桥、隧道和轮渡都停掉了，没有通行证没办法去浦东——小胡就是被这个政策生生隔在浦东由此展开了两个月的酒店之旅。那时流行的段子说，浦西去浦东最方便的办法是买一张虹桥到广州白云机场的机票，到广州，再买一张广州白云到上海浦东的机票。那时候大家还开得起玩笑。

转眼到 5 月底，大家开始谋划下一步种种打算。他在公众号里又开始推广"茄门"：

> 从这六十天里火热的邻里关系里退一步，回到各自的边界。

上海之所以曾经宜居，"边界感"首当其冲。高龄未婚的、自绝于家谱的、穿连衣裙悠然过市的胖爷叔……在此间均可安然无扰。不知你的邻居姓甚名谁前妻什么模样，是社会的进步。明天起，茄门一下，各生欢喜。不要让开埠百多年的文明成果被孱弱的病菌一举击溃。

从别人希望你沉浸的情绪中抽离出来，除了必要的礼貌道谢之外，不做任何外溢的感激与歌颂。

从你已经安之若素的宅家语境中抽离出来，元宇宙还不是这辈子的KPI。

从明天起，做一个茄门的人。

他解释说："'茄门'是上海话，意思为'不起劲，没兴趣'——被我引申为某种初始的冷静。没错，你的冷静与矜持事关个人与城邦的福祉，不是中华田园犬，没道理给点阳光就灿烂亢奋。"

我想，我应该认识一下他。他在各种新旧媒体做过，找到他不难。我们还是约在上次见连清川的那家咖啡馆。他骑小牛电动车，头确实大，难怪叫大头费里尼。这个时候我们才知道，他算得上半个邻居，工作室就在光华里，我们第三个路口——巨鹿路富民路路口的西北角，在餐馆Host后面。我们各自讲了一些对本街区的观察和了解，暗中别了别在地性的苗头。他讲了保罗不好吃，这个后来他在公众号里写过了。南角亭的面要好过金刚饮食店。第一代网红店"赵小姐不等位"就在现在的网红"624Changle & 公路商店"的边上，很有意思。嘲笑了懂经爷叔的店名，那里和他的工作室相距不过百米，"看这名字就不要去吃"。他的小牛是从襄阳北路的小牛专卖店买的，老板五十多岁梳个髻，长得很像吴镇宇，那个店是很扎眼，老板穿红阔腿裤，有江湖味道，生意总是很好，门口有一个铁杆，不知有意无意，挑了一个轮胎在上面，像是传统的幌子，多了一点萨满风格，可惜现在人都看手机，很少有人抬头看。

"你们想了解点什么？"他问。我们介绍我们正在做的事，大概想写这个地方的人不少，他表现得有点"茄门"。

好在我们都很爱说刚刚过去的两个月。

王海这两个月的生活与过去"一模一样"，他特意强调。"你知道吗？"这是他的一个口头语，"一模一样，早上起来写文章，吃个饭，下午就看书看碟。"他家在曹家渡街道，他们小区管理得很好，进出也比较自由，所以他5月初就到处考察。

他在家，不用操心团购的事，他们小区的团又藏龙卧虎，团长都是人精，"有盒马的高管在我们团里，你知道吗？"配置如此高端，其标志性的团购佳绩是生蚝和海胆。

王海出生在新疆，父母是知青，一岁多的时候被送回上海跟爷爷奶奶在一起，到了上学年龄回到新疆，念了一年半，八九岁时和父母一起回到上海。父亲接了祖父的班，母亲也进了工厂，生活算是稳定。从小到初中，一直住在杨浦的五角场，国定路那里，窗外就是财经大学，看着那个学校建了起来。毕业后做媒体，他们这一代人赶上媒体最好过的二三十年，来回换工作，越飞越高，他算是既得利益者，这也养成了宽容性格。媒体这几年不景气，转来做新媒体，也顺手，现在自己做视频接活，生意不错。公众号讲些上海历史上海话来龙去脉，博闻强记，有打赏，很开心。他说他很善于从很细小的事情当中感到开心，喝杯咖啡很好，看到一幅画很好，一本书很好，就会很开心。"看人一定要看优点，否则你就是自己找不开心，真的一定看优点，博采众长，看到所有人的优点就很开心。看文章觉得开心，打赏五块就行了，对吧？"

这样气氛就好多了。我们逐渐靠近了我们的一些话题，上海的生活方式，性格，生意，还有王兴那个疑问，为什么上海没有大企业家——其实这问题似乎每个人都潜意识地愿意回答，哪怕你不提这个事，他甚至会主动说起。王海也一样。

我跟王海说，连清川跟我们讲了半天企业家问题，他说企业家还是需要有一点顺应机会、顺应潮流的妥协，要改变自己，更多改变自己，才会成为一个企业家，但是上海人"哪怕在一个亭子间里面，我也要西装革履，也要旗袍，要追求我的生活方式，不肯被时代改变"，"你看1949年以前，它不是创业的乐园，它是捐客的乐园。这就是上海的本质，不是民族企业家，是买办文化非常显著的一个社会"。

王海对这个问题不像我们这样起劲："上海人连钱都不想跟人借，怎么创业？"

"他就没有借钱的习惯。你说我看病，那也行对吧？你买房子，这种提升生活质量的，怎么能开口？他死也不肯啊。"

"你有钱，你就有义务借给我钱，上海没有这回事，绝对没有，我宁肯去打工，打工开开心心的，老板把大部分事情都给担着了，你说不好吗？"

我想起连清川说的，那些洋人在上海，洋买办在上海，他们关心的是休假福利补贴和一年多少薪，这肯定也会潜移默化地影响到本地职员。

"我打工赚钱，我为你服务，我赚我的钱，我也不用操其他的心，我好好生活，有什么不好了？"王海认为上海人是这么想问题的。可能只有王兴这种创业上瘾的福建人才会想着怎么做大，再做大，不断做大——"挣钱没够"（后来我认识一个年轻人，他充满不解地评价他的朋友，说他跟上一代人一样"挣钱没够"）。管八九万人，还有一百多万小哥在街上替王兴跑外卖，做得不小了，他又觉得这事也不能算个事，我记得王兴当时轻描淡写："这没什么。要看这是解决新问题还是老问题，管一万人还是多少人不重要，沃尔玛早就管二百万人了。别人已经干过了，就没什么了不起的，没什么不可思议的了。"

也许在王海眼里，王兴这样的人大概都得算是个亡命之徒。"你生活的这种环境里，你不太可能做亡命之徒的，有什么必要亡命的？你知道，是吧？还蛮舒服的，你穷到那个地步你再去创业什么的。"

王海觉得他身边的女团长们更厉害。"我小区那些女团长毫无怨言在帮你做团购，一复工马上退群，上班去了。这帮人很可怕。我不在群里，我老婆在，她说这些人太可怕了，以为是家庭妇女，结果人家是外企里面，还高管，有三个小孩，每天当团长。很厉害这帮人，对，他们好像没有时间生气你知道吧，好像是他很容易进入角色，马上团，各种团，发就很开心发，然后做到这样子。PPT、Excel 表格做的就特别溜，哪户人家其实什么需求的备注是什么。奶茶也能团到，物资根本不缺。"

"放心，经济肯定能起来，因为她们无怨无悔地去上班了。"

王海把这个话题最后扔在这里，我觉得他说得对。你看小胡为了六一免费喝酒活动埋怨阿金，阿金无非是要在这天及早下午场憋个大招，小胡历尽劫难，看起来除了工作也没有什么能排解他的郁闷，这几天也拼命在抢时间。当然，那是 6 月初，餐饮业到底值不值得复工以及如何复工的问题还没来得及成为社会问题，如果再晚几天，我们也就不那么乐观了。

后来就说到了优越感。这几乎是与上海人探讨所有话题的最后归宿，哪怕八竿子打不着的事最后也会说到这里。有一个答案得到了王海的赞赏——"我的优越感就来自于你觉得我有优越感"。

习惯于自豪感的上海人，一般会强调喝酒不是太重要的事，不会通过喝酒吃饭来谈事，也不会为谁谁谁喝酒没有请他而焦虑。"一个电话一个微信我已经可以搞定了，为什么要去通过喝酒？"王海说，当然他也不认为迂腐不近人情不谙世事有什么好，所以有的时候商务型午餐就会显得有它的独特价值。"一般只叫相关的一两个人，不会攒局。大部分人不认识，这种情况北京可能会有，上海很少。"

"更不可能临时叫人，除非特别熟，双方都不在乎。否则就太不礼貌了。"

"你把别人当朋友，你不能当一个投资，你是个消费，消费完了就没有了，投资者想回报的。我对你好，你要对我好，我'滴答滴答'你，你要'哗啦哗啦'我，对不对，否则你就是对不起我。不能这样。这个动机本来就是不纯的。"

"玩着玩着就不上路了，太亲近，就蹬鼻子上脸了，保持距离感，大家都好。"

"说不定他讨厌我，对不对？"

"远远地看挺好的，太近了可能就会讨厌。你深入看一个人肯定很讨厌的，很讨厌。"我觉得他深有感触的样子，不知道他脑子里闪过了谁的形象。

我想起丰玉程也说过这种事，讲他妈妈跟同事的老婆关系很好，经常逛个街啊，聊天啊，姐妹一样。他爸爸作为一个支援内地建设的上海人，就要讲茄门道理，"君子之交淡如水，这么好将来会出事的"，丰玉程说后来果然翻脸，一下子就不好了。丰玉程也说"妇女之间很容易这样"，跟王海一样政治上很不正确，王海说的是"有很多老阿姨小姐妹也是这样的，我把你当朋友呀，然后就不对了"。

"我不太跟别人特别亲密，因为我就怕别人以为会怎么样，上海人很明显，比如说你隔壁，上海人，你今天说搬来了，你说我给你送个东西，过生日送一个蛋糕，第二天他肯定会给你敲门，给你换个什么东西，馄饨，汤团都有可能，他就是不想欠你，欠了很难过的，你知道吧？"

他觉得这是羞耻感。"羞耻感的建立是很珍贵的，你有羞耻感，你就会在乎别人的羞耻感。这是文明的基石啊。你说彻底没有羞耻感了，那大家的生存底线已经低得不能再低了，我无所谓了。"

这些东西显然都可以归类为文明。这是一个我还没想清楚的问题。看一本叫《势利》的书，那个叫约瑟夫·艾本斯坦的作者说，那些出生于金玉世家的人不会再像他的父辈那样去奋斗，他可能更喜欢去搞些艺术之类的东西，而艺术家这一代再晚一辈，家道如果还没中落还有遗产可以分配的话，多半去做个咖啡师在麦当劳打个短工或者去什么乡下做一辈子志愿者[1]。这很容易被解读成是对财富的态度，这可能也跟他的安全感有关。

上海某种程度上，也是一个相对来说有安全感的地方。就跟他们那么喜欢讲规矩一样。我们前面说过一次了，城市安全感不光是说一个女生夜里两三点钟可以放心地在大街上走，那用无处不在的监视器都能做到，城市安全感是知道一件事是讲规矩的，而且一直会讲下去。

"你把柯基打死了，大家从这件事里看出文明度，这叫如丧考妣，否则怎么会发生这样的事情。对不对？"

---

1 《势利——所谓上流社会及势利眼众生相》，约瑟夫·艾本斯坦，天津人民出版社，2017 年 5 月。

"金鹿来过了"

电线杆子，襄阳北路

那还是在长乐路 Fly Streetwear 那个滑板鞋店的门口，我们请陆冉为这本书做插画。2021 年夏天一次台风过后，她从北京到上海，我们带着她在办公室周边闲逛，她指着墙上一个涂鸦说："金鹿来过了。"

涂鸦是个女生头像，一笔画，宽脸盘子，瞳孔放大，波波头，咧着大嘴笑。这个头像叫金娃，出自金鹿之手。金鹿是她的朋友，看到这涂鸦，她就知道"金鹿来过了"，涂鸦界的人用这种方式打招呼。"懂的人就会知道，留一个 tag（标签），表示我也来过这里了。"金鹿说她是平面设计师，住在北京，以前喝大了就会在酒吧里随手画一个金娃，第二天酒醒了酒吧老板就会打电话给她，让她把头像处理掉。她用喷绘笔，或者叫油漆笔，随身带着，方便，她不用罐，喜欢涂鸦的男生可能更喜欢用罐。

应该是 2019 年的七八月，金鹿跟朋友吃了威皇的醉鸡煲，吃完天已经暗下来，对面英姐的公路商店也聚起更多人，她过去喝了一瓶精酿，

"兴致要好，情绪要到位，就是说劲儿得上来了"，金鹿说这种时候，她会出手，金娃就是她自己，"有种肆无忌惮的笑容"。

涂鸦对于民间艺术家来说，除了艺术表达还有创作过程带来的快感。早几年有一种说法是，在全球涂鸦界，顶级艺术家的梦想之地是平壤和新加坡，这两个地方都是既把自己高高架起以示庄重，同时又以管理严格而著称。上海现在摄像头无所不在，其刺激程度当然也不遑多让。当然，对于大部分人来说没有涂鸦技能和工具准备，手脚闲不住时就会用各式贴纸来表现自己的力量。

所以，你会在英姐的公路商店门前的电线杆子上、长年倚在路边梧桐树的梯子上、贴满拍立得图片的橱窗的边边角角那里，发现无数种意见表达：

"我们是昌平人 We Are the Champions"

"笑死我了"

"灌县制裁"

"18L Barbershop"

"请保持安静"

"冇得意思"

"Face to Face"

"千万不能让 Taco 出名！"

"小宇来的不是时候"

有的爱情估计很凄婉。

"金锦总有一天，我不会欺骗你"（"不"是后加上去的，整个

这句话也划掉了）

"蓓蓓你在吗？"

"你到底有几个男朋友？"

"'路嘉园'——W"

"金锦，你找到爱情了吗？"

有的爱情很直接。

"Add my WeChat ×××××× only for 母的！"

在襄阳北路那个公共厕所门口，大型涂鸦出现在厕所对面的红砖墙上，凭空增添了旧工业园涂鸦风格，蠕虫风格的图形不明所以。它也经常出现，陆冉并不认识背后这个人。

旧工业园风与废弃的咪表很搭。灰色咪表曾经被当作与国际接轨的新生事物而大力宣传，不过与一些城市的公共汽车改成无人售票之后很快增加了监督员，然后又增加安全员类似，这种自助的咪表几乎没有机会让爱好进步与学习的车主们亲自学习，看车的爷叔们一如既往越俎代庖，替你操作咪表，而且没有过多久，支付手段革命让它丧失了用武之地……襄阳北路和新乐路上的时髦物件成了摆设。然后，它成了小贴纸的最好舞台。

咪表上的贴纸会被定期清除，红砖墙上的涂鸦会被洗掉，对这种波希米亚风格的、自由而无序的表达缺乏容忍，不光发生在上海，全世界城市管理者好像都喜欢扮演扼杀者的角色。只不过上海和中国城市，公共管理的执行力极其强大，留给艺术家们的空间和时间都更小。似乎只有像北欧，如哥本哈根这样的城市，会正儿八经地去思考"涂鸦的士绅化",这问题听起来很搞笑,它有点像招安之后的梁山好汉,或者说班克斯[1]穿上正装表示要替天行道。班克斯可能是世界上最有名气的涂鸦艺术家之一,他在伦敦和布里斯托尔调皮捣蛋,他对他本门工作最著名的评价是:"一些人成了警察,因为他们想让世界变得更好。另一些人成了破坏者,因为他们想让世界变得更好看。"[2]

这句话讲的是这群旺盛的荷尔蒙和艺术输出者与城市管理者之间天然的矛盾。虽然确实有主流的商业机构用涂鸦者来做营销,但你要请涂鸦者与政府或者意识形态机构合作,这事儿还是有点过了。涂鸦者天然代表了艺术里最不羁的那一部分,而且可能是最重要的那一部分——艺术要表达,艺术要自由,艺术要挑战,艺术要保持格格不入……涂鸦者可能根本就没有意识到巨鹿路升力檀艺林里"盘"珠子的中年人或者前爱神公寓里的文艺工作者在某种意义上与他们是同行。如果有一天,发现这一点,这些促狭的市容破坏者可能会感到羞愤的吧?

我们在巨鹿路上闲逛,注意到小李水果店是因为海报——差不多和那些涂鸦一样野性。

这里看起来被年轻人折腾过:白色的玻璃折叠门上挂满了各种各样的自制海报和招贴画,里面是散落的欧式水果筐,可以错层叠在一起的那种。海报野性。最显眼的,排在最上面的是《刺纸/春春春春春报》第一期的海报。这是个什么报,是什么样的周期,刺纸是指以皮肤为纸的刺青,还是就是一个纸——光看这里是完全摸不着头脑的,或者是被它极其"嚎叫"感的画面打蒙……本期海报的主题是"搓碟大师"的版

---

1 Banksy,匿名的英国涂鸦艺术家,有广泛的影响力。
2 《别靠墙,油漆未干!20 位重要街头艺术家的亲述》,亚历山德拉·马坦萨,中国画报出版社,2018 年 11 月。

画，看起来像是一位女性自慰者。下面是若干个并非寻常角色的版画："春水""月经""牠"，这些有汉字在场的图案，你按你的理解去读就可以了；还有一些画，比如花啊桃子啊和一些不明物体，充满象征意味。自此留意到它的不一样的存在。过几天，再经过，出现了一份相亲告示，里面有名有姓有描述。格式像人民公园相亲角。再过几天，出现了一组徽章。这是一个隐藏着的女权主义者？愤怒的知识分子？我们按照门上的二维码关注了"小李水果店"的公众号，留言希望可以聊一聊，从来没有得到过回复。

把拍了《刺纸》的照片给陆冉看。陆冉说，啊，他们可是在广州啊。地下杂志，据说是几个版画界的人物做的。陆冉不知道他们怎么又和上海的一个水果店有了合作。

我们说这是一家水果店。真的卖水果，也卖冰激凌，新疆手工冰激凌。

23

"反暴力！"

小李水果店，巨鹿路

一个戴着呢子礼帽的男人坐在水果店门口的小方凳上，手肘支在膝盖上看手机。巨鹿路上三三两两的人从他的腿边手边走过。女生的裙摆几乎拂上他的脸。八点，天色已经完全暗了。

水果店里一个女生坐着，两个女生站着，围着一张白色的铁圆桌。水果货箱堆在墙边，每一个里面都悬着小灯泡，一半货箱堆着水果，一半放着精酿。满屋的招贴画和海报，还有挂在空中供人翻阅的独立杂志。女性。铁链。战争——暗号一样的图案和词语昭示着最近发生的公共事件或者主题活动。Poor United。Have Fun。水果刺青。相亲。同样垂下来的还有粗绒线一样的彩色编织绳编出来的奇形怪状的网兜，里面兜着倒是真的水果。

2022年3月12日这天晚上即将进行的是一个拼贴活动。主题是反暴力。既反战争这样的暴力，也反网络舆论暴力。不过我要到主持人开口才知道还有这么一个主题，之前小李只是问我，星期六晚上八点有活动，你来不来？来的。公众号也言简意赅，拼贴活动，欢迎大家参加。

活动无须报名。一个瘦脸的姑娘，还有一个鹅蛋脸的姑娘做主持。她们买来的杂志和报纸散放在小圆桌上，旁边是双面胶带和五颜六色的儿童剪刀。桌子中央摆着鹅蛋脸姑娘从家乡带来的特产点心，她用一张纸垫着，像是苏式月饼一样的酥皮扑簌簌落落掉在纸面上。她招呼大家吃饼。

报纸是《环球时报》。鹅蛋脸姑娘说她是从上海唯一一家报刊亭那里买到的。

"你是怎么找到它的？"

"小红书上说的。我就坐公交车去了。"

"在哪里？"

"在虹口。吴淞路那边。一个邮电局门口。老板也说自己是最后一家了。"

"大家"一开始只有三个人。坐在水果箱上一言不发的女生，我，还有门口呢子礼帽男士，他一直看手机，屏幕光射在他的脸上。店主小李打印材料还没回来。找酒喝的人在马路上驻足或游荡。做手冲咖啡的拉斐尔搂着一个姑娘走过，用一个很老派的姿势。一个陪着女生来的男生有点局促，说自己先点一杯酒在门口看一看。

参与者陆续加入，闲着的椅子越来越少，三个人挤在水果箱拼成的长凳上，四个人坐在桌前。桌面上的纸盖住了酥皮点心，接着又撞碎了，鹅蛋脸姑娘把它们拢起来，收拾到一边。瘦脸的姑娘自我介绍，用油笔很用力地把自己的名字写在手上。她是个左撇子。接着她介绍活动的过程：这一天晚上我们需要认识彼此，看两段新闻 MV、拼贴活动，介绍自己的作品，说一说自己会如何回应组织者打印在纸面上的网络暴力语言。支付活动的费用。再见。

所有人都很安静。从自我介绍开始，水果店就被一种大学社团的氛围笼罩着。就是那种表面看起来毫无波澜，其实内心想法翻滚的安静。这种安静构成了某种仪式感，带着精英主义式的虔诚。就好像在一个主要是让人轻轻松松找点乐子的街区里大家心照不宣地守护一项秘密仪式。和平。宽容。人类彼此的爱。尤其是当乌克兰 MV 放起来的时候——不知道按了什么开关，一个投影仪幕布从天花板上降下，高度刚好在小李原本睡觉的阁楼和下面调鸡尾酒的吧台之间。反战和人类命运的同理心让气氛肃穆起来。没有人说话。有人小声地叹息。

小李的合伙人 Seez 偶尔钻进幕布下面，调好酒递给门口下单的人。

煤渣一样黑的土地里挖出来一个女人的脸，头发剃至青色头皮，另一个女人走过来拿一块不知颜色的湿布擦拭她的脸，先擦眼睛，再擦脸颊，额头，下巴。她把光头的女子抱在怀里。

悲伤高亢的歌声冲出水果店，路过的人以为有娱乐片播放，驻足片刻之后莫名离去。我偏头看看水果店后面的走道。全身只穿着鲜红内裤的楼上爷叔在水池前刷牙。

乌克兰导演的歌词被打印在 A4 纸上，和《环球时报》《三联生活周刊》还有后面的参与者带来的彩色时尚杂志一起变成了拼贴的材料。拼贴的规则是这样的，随便在什么质地的纸上粘贴随便什么含义的词语、图像和符号。最后的主题是我们对于战争本身的感受以及态度。

瘦脸的姑娘以前做过一阵子媒体，后来成了一个艺术从业者。她说话带着台湾腔，有嗲嗲的尾音，以温柔的声线说："大家一定在网上看到过各种各样的言论，有一些言论会让你觉得'操他妈的'，所以我们就把这些'操他妈的'言论打印在纸上。我们做完拼贴之后，可以来讨论，我们应该如何回应、你们看到的时候是什么感受……"

我看了看纸上，"操他妈的"言论中有一条是，"俄罗斯方块和乌克兰姑娘我应该选哪一个？"

剪刀、胶带、报纸、杂志很快在所有人手里起起落落。小李进进出出，他长手长脚，头发蓬乱如茅草，沉默不言。不时有报纸或者纸片掉在地上，弯腰去捡总是会撞到什么人的腿、包或者水果箱。这个不足八平米的店挤了多达十个人。窝一小时站起来的时候，感觉自己是一块正在泡发的海绵。水果店楼上的爷叔要出街，腿脚绕过坐着站着的各种人和物件，忍不住说一句，"册那，噶许多人，路啊不好走了！"

小李笑笑，沉默。

有晚饭后遛弯的老阿姨结伴经过水果店，看到里面埋头苦干的社团。

"在组撒？做手工啊？"

"撒手工啊，我帮侬港，迭个叫作 DIY！"

"哦这不是小李伊拉儿子嘛。这么长了！侬有多少高？一米八有伐？"

小李笑笑，还是沉默。沉默不言的小李有一种独特的魅力。他斜靠在通往阁楼的小楼梯上看大家讲解自己的拼贴作品。和所有社团一样，每一次讲解完团队都会友好鼓掌。主持人给作品拍照，说活动结束之后会在微信群里发给大家。

每个人都讲着自己对战争和暴力的看法。虽然无须预约也没有审核，今天晚上在座的都是清一色的反战派。支持女性权益，反对践踏弱势群体利益。用经过学术训练的口吻探讨自己对这个世界的感受。一位参与的女生谈到自己之前曾经参与过上海另一个类似的活动，是一群男人组织的"女性写作训练营"，她翻了一个白眼。那个陪女伴来的不好意思的男士，此时已经忘却不好意思，侃侃而谈。"其实女性总体来说还是特别容易被冒犯。我身边的女性都特别优秀，比如今天和我来的这一位，"他做了一个介绍的手势，"但是女性的成长过程有太多会被……"

参与过写作营的女生不以为然地扁了一下嘴。没有说话。

最后呢子礼帽男士站起来——他是一个纪录片导演，从北京搬到上海，目前没有全职工作，但是有一个对记录社会现实炽烈的灵魂——手里拿着自己的作品。报纸上有两个按照轮廓剪下来的裸露的女人。四个乳头都被纸片盖住了，分别拼贴着四个字母：F，U，C，K。

这个简洁有力的表达让所有参与者"哇"了出来。小李飞快地做出评价，这是他当天晚上说的第一句话，也是唯一一句和这个活动有关系的话。

他说："我操！"

苏州河边，甘肃路路口，一座看起来"修旧如旧"的大楼

"英文信件请投入信箱"，长乐路 672 弄

巨鹿路临时马路菜场

废弃的泊车咪表

富民路小酒馆的贴纸

小李水果店，艺术品展示

小胡的酒馆，白天门口是停车管理员休息的地方

黄昏，模范邨，远处的上海展览中心亮起了灯

蒲园的另一只猫

文艺在每个伟大的时代

路口五：巨鹿路—陕西南路

巨鹿路陕西南路路口早早就已经封闭了。整个被称为"巨富长"的这个三区交界地带，最开始阳性出现就在黄浦区的巨鹿路和进贤路之间。它不在我们的田字格四个街区范围之内，就像后来发明的"合围区域"一样，相对来说，这是一个整体。

3月底，巨鹿路向东已经有铁马拦住半边，汽车或快递小哥的电瓶车经过时，会慢下来。

我们还是说路口。路口东北角是一幢白色说不出什么风格的民国时期的三层建筑。临巨鹿路开了一间 Atlas Corner，在大众点评上它被归为清吧，主打洋酒，这里一直到茂名南路，包括茂名南路和高架另一边的茂名北路，威士忌之类的洋酒店比较多。应该是与早年间锦江酒店、花园饭店的"涉外"消费关系比较大。在 20 世纪末到本世纪初，日本客人、中国香港和台湾客人愿意消费洋酒，愿意听人现场唱情歌，有到上海来做客商的中年气，洋酒一支又很豪气，所以留下了诸多这样的酒

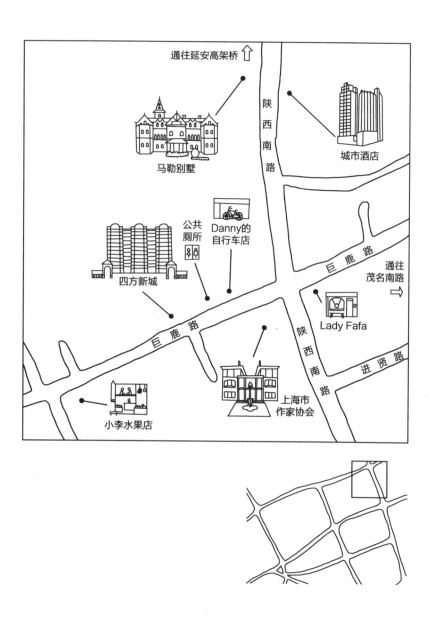

通往延安高架桥 ⬆

陕西南路

城市酒店

马勒别墅

公共
厕所

Danny的
自行车店

四方新城

巨鹿路

巨鹿路

通往
茂名南路 ⇨

Lady Fafa

陕西南路

进贤路

小李水果店

上海市
作家协会

吧。某种意义上说明巨鹿路这一段商业有点老化，没有持续更新。路口再向东有依恋烟酒商行，看名字和装潢，与洋酒风格都很接近，某种意义上证明了传统的持续。幸好中间还有一个 Leach 栗其滴滤实验室，是个卖柠檬茶饮品的地方，风格比较接近最近的潮流。

Atlas Corner 那个位置很长时间以来一直是一家性用品商店，很张扬的位置，很抢眼的风格，在这里坚挺了好多年，不知什么时候停业退出了，也不知是不是性的位置不如从前。

路口三层白楼在陕西南路这边是 Power 皮具，这也是十几年的老店，大众点评上只有两条评论，新的一条也已经是三年多以前，称它是一个很灵的皮具店，各种很奇怪的皮草做的小物件；另一条在十一年前，顾客还在买皮夹子——十年间皮夹子已经没有什么应用场景了。

过白楼，路边是咖啡馆 Hefa，中文招牌是"咖啡喝伐"。这路口看起来与咖啡并不搭界，原来的人气因为几年前整治路边商业，大都封上了门、加上了墙。大约始于 2017 年的那次整治，针对的是改变原有房屋功能的业态——有些是破墙开洞做生意，有些是住宅功能改为商铺，哪怕经历了二十几年、三十年也不行。在陕西南路这个路口，在咖啡喝伐和更远一点的城市酒店之间本来有些灵活的小店自此消失，旧时违章建筑拆除。现在它是一块做绿地似乎也嫌小的小方场，由旁边的楼和围墙的夹角所形成，五十平方米左右。水泥地面，为防止人们无序进入，密密地沿路边立了一排红白相间的矮桩——也算是一种隔离。

但也不会有太多人在意这事。这个路口给人的感觉永远是"路过"，永远是行色匆匆，它距离浦西两条著名的商业街——淮海中路和南京西路——都是七百米左右。更远处有可能是目的地的地方——那是马勒别墅和城市酒店。在世纪初的一次反腐风暴之中，这里是上海瞩目的焦点。马勒别墅在那之前还能进入我们的视野，偶尔大家还会在这里见个人，夏天的朝南的大草坪让人迷醉。但从世纪初变局之后，这里多了阴森之气，人们还是会经常提起这个童话一样的房子，也会有各种生活方式博主热情地讲它的设计师与女儿与梦，但它没有一点网红的气场——喜欢提起它的人就跟喜欢提起反腐斗争的那群人一样，更中年更老年化一点。

而且这里已经到延安高架路了，城市酒店和马勒别墅各统领一块延安高架下面的绿地，这完全是另外一个路口了。

早上行色匆匆的人从各个新旧小区里出来，向北往静安寺南京西路地铁站，向南去陕西南路地铁站；傍晚行色匆匆的他们又从地铁站或写字楼里钻出来，一点点散在周围老洋房里——虽然此地街区尺度不是很大，路网分布也算得上均衡，但能有效沟通交通的似乎也只有陕西路——包括陕西南路和陕西北路。所以这里永远都是路过的感觉。

咖啡不知道给什么人喝，马勒别墅不知道什么人会去坐坐，人们匆匆而过，都会记得马勒别墅漂亮高大的彩色围墙，它的存在感过于强大，大多数人都会因此忽略还有几家与它并排于路边的店——一个叫"哼力士"的咖啡馆，Henry's，有陕南鞋店，很早的时候它是一间热风，热风那时在平价潮流鞋里表现出色，但它没有更年轻化走更酷的路线，也没有雍容大度到吸纳种种流行到时尚潮流一线，所以最后它没有变成鞋里的优衣库，也没变成 I.T. 这样的买手店，好像随着它的主流用户群消费能力的提高，它自动被淘汰出了主流一线的位置，于是变得更加默默无闻。这里还有一家全家，那些路过这里无数次的人，可能经常在这里买一瓶水或者一个便当，但你要问起这是罗森还是全家，恐怕他们也要犹豫一下。

只有到了巨鹿路的路口，一个铁艺栏杆围住的通透院子，把人从马勒别墅和它的围墙营造的氛围中解脱出来，那个通透院子里有一幢朴实的独立小楼，现在住不少人家，院子里总是停着一辆 Smart，虽然车很小，但我也没弄清楚它是如何出现在院子里，以及如何才能出去。院子临陕西南路的门上有小招牌"Published By"，这是一家美甲店。

东南角黄金位置是 Lady Fafa，它的门牌号是陕西南路 15 号，在它的右手边向巨鹿路那一侧，有 Vivitouch，是一个设计师品牌店。它有两个门面，在一排肃穆起来的围墙里，各自为战，大约是当年整治开墙打洞的结果。再向东是 Bandit 西餐馆，它占据了一整座楼，刷成黑色，金色穗子一样的装饰品从三楼垂下来挂在墙上，追求独特但也难以名状的风格。大众点评上面比较靠前的一个评论说环境大于食物质量，看了一眼菜单，推荐的都是很热烈很莽撞的肉类，这东西考验水准，想得到好评不容易。它的东侧是一个低调的写字楼，欣广大厦，有几家文艺腔调的公司在此创业，坚持文艺的还在这里坚持，发达了的已经在漕河泾可以拿政府补贴了。

巨鹿路陕西南路路口把着西南角的是一家叫升力的神秘公司。它的门开在巨鹿路上，其实在陕西南路更有存在感。巨鹿路的门上有一匾，上面有"檀艺林"三个字，启功题的，原来可能还是对外开放的。这种看不出来的投资公司通常背景深厚，总是有不凡的雅好，或者大气磅礴的俗气，唯一不受干扰的就是钱。那门黑色厚重，雕着金箔一样的纹饰，用各种回形图案以彰不朽的未来。

很多人的语境中，升力传递的信息叫作艺术。这个路口，沿着陕西南路向南，无限接近过去的襄阳路服装批发市场，代表的是草根时尚和潮流；而沿着巨鹿路向西，艺术若隐若现——实际上文艺腔调一直是这个地区的主题之一。

蒲园的老住户，跟我们说起来的时候，虽然也会提汤恩伯、毛人凤这些在蒲园住过的响当当的名字，但更喜欢提这里的艺术氛围：钱锺书和杨绛住在 8 号，靳以住在 2 号，怕我们不知靳以，要强调上海市作家协会，巴金是主席，但真正做事情的是靳以。我们当然算是知道靳以，最有影响的事，1936 年鲁迅大葬，十六位扶棺人之一。当年，靳以从蒲园 2 号出来，向里走穿过蒲园，过独门独院的 9 号之后，进到巨鹿路 701 弄或者绕过邻熙别墅，如果当年没有企业占据这个院子的话，那么靳以就可以从弄堂中直接走到刘家花园上班——它有一个俗气的名字叫爱神别墅，这里一直是上海作家协会办公所在。

另一个方向，从巨鹿路陕西路口走过来，过了混杂了中年艺术与铜臭艺术味道混杂在一起的升力檀艺林，再经过巨鹿路 661 号这座路边楼，就是庭院深深的上海市作家协会。

661 号这座楼，外墙诡异，如果细究起来，一个半圆阳台支在不明所以处，上面似封没封，有一个鸽子笼一样的小房间半搭在阳台上，下面突兀地有个单元门，单元门还似乎有一个旧拱留在那里，在门与拱之间是更莫名的两个气窗。感觉历经多年，各种改造和适应，最终扭曲成现在的样子。

661 号一楼中间是咖啡馆 Shimmer，也卖酒，还有 "Coffee Training" 的功能。有一次拐进去喝手冲，咖啡师介绍烟熏风味的咖啡豆，以为口味偏焦，结果喝起来清澈度很高，四十六块钱感觉有点贵，不过比起小胡的搭档 Mia 遭遇要好，有一天她去喝，随便点了一个手冲，结账要一百多。

但巨鹿路这一点好，有高消费的手冲咖啡，也有平价到底的盖浇饭，Shimmer 旁边那个黑黢黢的外卖窗口，装着防盗栏杆，热腾腾的锅气从洞口一样的窗口溢出来。这窗口就是一爿生意，做外卖，但更让人记忆深刻的是路过的快递小哥、不远处菜市场里做生意小贩或者一些不明身份的穷苦人，不论寒暑端着饭盒在外面狼吞虎咽，多是急急忙忙吃完，跟手机里的人说"马上就到了"，赶紧完成下一单。偶尔也有人慢条斯理地坐在助动车座上，饭盒放在蓝色或橙色的便当箱子上，边看手机边吃饭——他们借这个空可以歇个脚。初次看到这比夜里的黑暗料理略高一等级的餐饮服务，还是在2021年的六七月间，看他们总觉得生计艰辛，让人心酸。一年以后，从静安寺到淮海路，能开的馆子门口都是端着碗或者便当的顾客，顾客不光是小哥，心酸不遑多让，在各式各样的街头路边挥汗如雨的已经有更多的男女公司白领。两张小圆凳，一张权作桌子，一张作凳子，不许堂食，这已经算餐馆顶配了。

靳以为世人所知，另外一件大事是与巴金创办了《收获》杂志。这本杂志历经政治风雨和几十年文坛起伏变化，至今仍然是诸路文学青年的顶级殿堂。在中国文学期刊界，它的地位无与伦比，有它在，其他文学杂志自动下调一级。有志于文学者，如果有作品选入此杂志，从此登堂入室，可以自视为一流，而且他人也不会觉得唐突。

《收获》归上海市作家协会管。现在，作协大门一侧是庄重稳重持重的中国官式白底黑字长条木制大标牌：上海市作家协会；大门另一侧是响当当的若干机构的名字，从靠近大门向外逐次散开来，第一排上下两个：《收获》文学杂志，上海文学发展基金会；第二排是《上海文学》杂志社，《萌芽》杂志社；第三排上下分别为：《思南文学选刊》杂志社，新概念作文大赛工作委员会。

我们说巨鹿路的艺术味儿，《收获》和它的矩阵是另一种代表。这矩阵在作协大门口表现为各种杂志的牌子，在巨鹿路上表现为官方艺术的铺张。过这挂满荣耀勋章一样的大门，东边巨鹿路677号是作家书店。这书店与现在流行的书店相差无几。细黑铁窗棂，玻璃窗和门，从官方风貌区审美到民间Ins风，近来很统一。进门也是抢眼的堆头，不同之处可能在于，一般书店是把畅销书或潜在畅销书摆在显眼位置，作家书店是把本作家协会会员作品堆在此处，借以彰显地主之谊——到自家了，中堂墙上挂满奖状之类，不突兀。除了自家的荣誉，长三角另外几个作协的头面人物作品也摆在恰到好处的位置，不冷落，不抢风头。自家才艺展示之外，橱窗里更好位置是留给帆布袋之类的文创用品的，这也没有什么两样。而且二楼据说也有咖啡供应了，熟门熟路的客人打着招呼走上去，没准就是主人。

681号是另一个独栋的小楼，与677号之间隔一铁门，这楼三个铺面的开间大小，正中有牌匾，叫"海上艺术馆"，牌匾已经荒废了，整个楼也闲着，门边墙上贴着的告示还是2017年的，说此海上艺术馆更名为"八号桥艺术空间——1908粮仓"，搬到苏州河边上去了。它门边也挂着四个牌子，显示这里还是作家协会的势力范围：上海文学创作中心、上海作家俱乐部有限公司、华语文学网、云文学网。我去搜了这两个网站，还真的能上，而且流畅，应该还有人在维护。

* * *

我们还是在巨鹿路闲逛。大部分的门面与一年前差别并不大。过了作协的海上艺术馆，是另一家又喜，Yoxipunk，饰品店，以前店员说与长乐路上的又喜是同一个老板，但两个店各自经营。橱窗有小摆设，墙面上挂着大蝴蝶结，风格也没有什么太大不同。又喜的店主据说是个岁数不大的小姑娘，有的时候会被认为是古着店，但古着店界似乎不喜欢这个结论。古着店经常藏在弄堂深处，多少依赖一些"懂行""识货"的人来照顾生意，又喜更多是靠闲逛的人来支撑购物，当街面上人大大少于平常的时候，它的生意也步履维艰。不过比起餐饮来，至少不会白白浪费食材。最多室内不通风，货有发霉的危险。

又喜边上，一年以前琥珀字体标牌的"风雅堂Magpie"终于不见了。琥珀是第一代文字照排时代的时髦字体，圆头圆脑，这位店主不但把"风雅"和"堂"坚持到了2021年，而且还坚守琥珀字体，估计也是一个久经商场历练的固执的狠角色。不仅如此，它还把墙搞成民国风的青砖风格，把门搞成带门钉的斑驳大红门，不知道为什么。它曾经是个Message，现在正在装修，还看不出未来。

在向西，687弄是一个大院。看势头不比作协小。里面楼前挂着"中兵（上海）有限责任公司"的牌子。这公司看介绍就是一个做贸易的，但不管是名字还是业务，都给人背景深厚的感觉。在网上查到它有一个法人代表，叫郭佳。看着也像个化名。

过中兵的院子，恢复了巨鹿路生活底色。天齐果园，是一家水果店，它不知从哪里继承来的店面和装修风格，搞成纯木装修，没有水果店的水灵气。同样挤在这个装修风格下的是同样有着古典名字的锦鑫商店，寻常的便利店，因为在巨鹿路，卖烟和酒的种类更多。

它边上是693弄的弄堂口。弄堂里面3号院是隶属于南京西路街道的陕南居委会，居委会的书记姓陈，我们打过交道，总是很疲惫、有气无力的样子，但接电话特别快，绝对不会让电话响第二声。居委会本来很少有机会在我们的生活中出现，但经过2022年春天，你终于晓得它的存在了——就像一个人终于感知到了他的器官的存在，那一定是那个平时不在意的器官出了问题。在两个月的时间里，无数人了解了小区和小区物业是怎么回事，居委会和社区在管什么，街道的边界……没错，它们通通有了存在感。

弄堂这一边的695号卖酒，叫"Wine Shop"，有一段时间阿金和公路商店想把它纳入麾下，但人家经营多年，做自己挺好，好像不大在意公路商店"过剩"的在线流量。

699号临街有七家店。从东向西是房友中介；名字叫"Natural Nail

Spa"的美甲美睫店，同时做"韩式半永久定妆"；巨鹿五金老板不爱讲话，专业人士，它的招牌可以向上掀起，里面小仓库一样码了些粗粗细细的PVC管；小李水果店；Lady Fafa的另一家店，此处以前是自行车店2 Wheels，现在自行车店搬到斜对面，巨鹿路上两家Lady Fafa和自行车店都属于Danny夫妇，又一个小小的隐秘的商业帝国；Snn，面目模糊的小时装店，挂着窗帘，有点三心二意了；最后一家是个蛋糕店，贝思蜜。很少看到营业的样子，但6月之后，它还继续做着外卖蛋糕的生意。

　　巨鹿路的另一边。

　　巨鹿路568号是四方新城。将近二十年前，作者之一在延安中路的《新民晚报》大楼里筹办一份新报纸，从楼里向南望出去，对着的是一个看起来很高尚的小区，鹤立鸡群于若干二三层的民国建筑中。与本地同事闲聊，知道这是四方新城。那些低矮的充作鸡群的建筑是模范邨、四明邨等……那时看不懂老建筑的魅力。传说中，四方新城是名字中有"方"的四位了不得的大人物共同开发的小区。甫一出场赶上互联网新经济炙手可热，纳斯达克新贵成了这个小区的标配，总之，作为当年"涉外"楼盘，入住之人非富即贵。现在，过了二十年，小区唯一大门——巨鹿路门岗右侧是一个移动公共厕所。公厕也就罢了，还安排了一个倒粪口。关于倒粪口，如果你善于发现的话，总会找到一些痕迹。它是马桶时代的一个遗存，本街区襄阳北路古柏社区一些旧石库门房子，目测有些老宅还没有配置卫生设备——襄阳北路公共厕所临街外墙也有一个倒粪口。四方新城门岗边上的倒粪口之所以要单独拿出来说说，是它的存在多少有悖于中产阶级的权利意识。现在的中产阶级楼盘，难免要对大门口有个倒粪口发表一些意见，与物业博弈，与社区和街道商榷，大意是影响街道观瞻，影响小区形象，影响楼盘价格……业主群里人声鼎沸。四方新城不声不响，我猜原因或者是业主们不屑于这些维权小事，或者另一种可能是中产阶级也是一个有时效性的身份，做中产阶级超过了二十年，为什么还要关心大门口的一个倒粪池子？

四方新城东面，过了公共厕所，是一排临街的三层老楼，一直排到靠近陕西南路。厕所和倒粪口应该就是为它们服务的。

这排新式里弄临街门面早已开发。550 号楼下有三个铺面，分别是立诚房产、叫"Jane 简"的时装店和叫作"易间"的咖啡馆。542 号有两家，一家是 Sarawill，卖服饰箱包，另一家是蓓妮生活，Bennie's Life。540 号是 Aimi lian，一个相对来说看着有点草率的时装店。

536 号有两家店，一家是陕西工艺品商店。这种很正式的名字出现在这里有违和之感。看它的窗子上印的东西倒不像陕西土特产：高价收购明清老家具老字画瓷器竹木牙雕饰。在老洋房扎堆的法租界，经常有人骑着助动车走街串巷，小喇叭反复叫着收购各种东西，九子盘、毛主席像章……这一带热闹，声音湮没在市井里，在西区法租界，以静谧著称，收旧货声音字正腔圆地传来，有"僧敲月下门"之感。还有一家 D+，这店够大。占三个普通门面的感觉，比它的招牌更大更显魄力的是"70%Off"和"Sale"，长年在窗子上夺目。巨鹿路上的服装店与新乐路有差别，但这家店里也站着几个 Brick Bear（积木熊）。

536-2 号就是 2 Wheels，Danny 的自行车店。

东边过一个不显眼的小门，门牌号变成 516 弄。516 弄 8 号有三家时装店，分别是 Samansi Studio、Xr 和 YangYang。靠近 516 弄大门的是 Cene coffee，它给自己搞了很多噱头，比如有拿枪的剪影画在墙上，移门上写着"咦—移—移—移"，大玻璃上喷着类似于《英语 900句》风格的对话，还有"空调开放"几个字……现在还有不开放空调的咖啡馆吗？你以为店主想表现洋气，它还用中式对联来显示自己顽皮：上联是"慌则乱"，下联是"急则疲"，横批是"稳得福"，中间一个大大的"發"字。

516弄本身有一个大院子，路边的门面房看起来整齐划一，像是已经"被房东收回"的不再做商业用途的房子，甚至它的整个临街的窗子也与几年前有了不同，我很难说清它现在是正在转向商业化还是相反，就像我们从街上去揣摩我们的商业政策。你很难说它在往哪个方向使劲。

再向东，508号装修了大半年，终于开业了。它的楼上与周边建筑有些不同。二楼有简单的阳台，若干多肉，两扇竖窗，一扇竖门，拉高了视野，很清爽。506号是雾酒馆，也叫"梁子庚酒馆"，有复杂的英文名，"Mist Bistro by Jereme Leung"，号称是川味小酒馆。504号没有开门，卷帘门搭在一半，2021年8月就在装修，一直到第二年6月也没有装完。502号是个餐厅，正招租，它以往曾经有些名气，"志志餐厅"，这名字至今还跟门牌号一起放在墙上。正在装修的它们，或许是躲过了更多麻烦。

巨鹿路500号是有Smart汽车的那个大院子，已经又回到陕西南路的路口了。

杨枝珵耸耸肩

四方新城，巨鹿路

当年新贵入住四方新城，其中一位杨律师事业有成，在外滩有自己的律所。杨律师的太太本来做酒店高管，女儿出生之后放弃事业做家庭主妇。住进四方新城不久，2003 年，家中又添一子，取名杨枝珵。这正是延安中路《新民晚报》大楼里本书作者之一东张西望看周边热闹的时候。

2021 年 8 月 30 日，我们在卷哥长乐邨的咖啡培训室里认识了杨枝珵。他与卷哥打招呼："Hi，拉斐尔。"

杨枝珵出生在巨鹿路。他更喜欢这里的咖啡："像我们这一代人，也是从连锁店喝起来的。星巴克，学校旁边就有，美式这种。"后来知道了手冲，武康路附近，永福路老房子，不光喝上了咖啡，连带着对上海也有了自己的审美。

杨枝珵对拉斐尔生活态度的欣赏里也体现他的审美。拉斐尔说，看到这个房子，窗、彩色玻璃纸，让他想到教堂。那个咖啡培训室，摆着几排长凳，真的有点像教堂，当拉斐尔和他的信徒——不，学徒——在窗下忙活的时候，正午阳光会打在他们身上，增加神圣光环。杨枝珵大约为此打动。

他对自己的审美总结是，到了高中，开始骑车上下学，放学回家，沿着宋园路，10号线地铁线路骑，虹桥路、交通大学、华山路、长乐路……"每次骑过交通大学，我就骑得很慢，上海是个非常有艺术气息的城市。我会跟我的朋友去附近散步。不然没有什么好散的。其他地方很少。除了学校，我很少朋友住在这边。"

杨枝珵说他小时候喜欢高楼大厦，那时候有人带他去浦东，他会觉得，哇，好好看。现在觉得老房子好看。"最近一两年，不知道为什么，可能长大了吧。我觉得我们周边也确实独一无二。一般人想上海，会想到是外滩，我会想到这里。"

但他并不喜欢酒吧。他的同学们说起他住酒吧街，夜生活很方便，他并不高兴。他不是很喜欢别人一想到这个地区，就说是酒吧街。"如果你让我想这个地区，会想到空的马路，一个人都没有，特别是晚上。现在正好相反，晚上巨鹿路上很多人。"

不过，他把这归结为变化总是会发生的。"那么什么东西是你生活中没有变化的？"他想了想，说，好德，牛肉面，四方新城大门对面的一家水果店。"从来都有，这三个东西没变过，其他都变过。"

每个人都有文艺而感伤的那一面。不管这些天经地义就存在的东西是不是讨杨枝珵的喜欢，但它的存在感超乎大多数商业形态之上。这就像总是很严肃的梁先生，他的文艺而感伤的记忆来自钱家塘，来自一早上就吵起来的襄阳北路的马路菜市场。不管喜欢不喜欢，这就是未来一代记忆中的主流了。

杨枝珵稀里糊涂就毕业了。2022年5月。跟上海的一连串让人根本来不及思考的政策变化一样，他的毕业论文、考试、IBDP报名、录取，以及中国留学政策的微妙变化等所有事情都在家中发生过了。他在四方新城过了高中生活的最后几个月。他说他把小区团购写进了作业。

　　4月中旬，料想四方新城这样的小区，论实力论规模，生存都不是问题，但还是问他生活怎么样——那时大家都靠团购活着。

　　"是啊。"又说周边小弄堂团购艰难，物资是个问题。

　　"你怎么知道？"

　　"朋友圈，我们语文课也有讨论到。"

　　"语文课讨论这个？"

　　"IB嘛，口试要拟一个全球性话题。然后我们就说，我们拟定的话题在上海已经呈现了。例如，困境之下人们价值观的改变，社会群体需求与社会矛盾。困境对于群体物资的影响。"他稍后又说，"我们文本分析都是刘瑜的作品。总体来说如今教育现状之下IB学校有点危。"

　　"危是政治风险？""嗯，我们语文老师都有跟教育局碰面，她抱怨说现在一点权力都没有了。"

　　再说起话，是5月7日。一则消息说"上海体制内中高考都要延期，而体制外三大国际课IBDP、A Level和AP全部取消"。我转发给杨枝珵，问他听说没有。

　　他说他4月12日就收到了IB的官方通知。

　　上一次他说学校考试取消时，他已经毕业了。有了四个月的暑假，完全不知该如何处理。

　　我问考试取消对他有何影响，他就好像隔着微信耸耸肩，说成绩可以按照预估分和之前交的论文，7月初会发成绩，自己大概率会去曼彻斯特大学。他唯一的苦恼，是想从经济学转社会学。

"我们体制外的其实是赚了。因为就上海不让考试，全球其他地方都考，搞不好评分标准会对我们有利。"人生赢家，他说他当时听说考试取消的消息之后就是这个反应。

到那一天的晚上，我仔细看了不少人的讨论，忍不住再转给他，问："好像看这些说法，并不完全是人生赢家式的遭遇。"

他好像还是耸耸肩的样子："那肯定，每一件事情都有正反面。有些同学打算到大考再爆发，论文也没有好好写，现在也没有机会爆发了。"

第二代小李的房租危机

小李水果店，巨鹿路

人生赢家杨枝珵耸耸肩的时候，小李在想怎么凑一笔钱交上房租，这样可以把水果店留在自己手中。

5月12日晚上，小李水果店的公众号公布了两张经营报表和一段话，标题《15055》。报表显示4月29日，小李水果店收入9346.64元，4月30日收入1269.66元。在下面的曲线统计图里，有一条贴地而行的直线，在4月29日突然耸立出来一个锐角，在30日又几乎掉到了三角形的底部。

那段话是这样的：

> 我们一共收到了15055元。
> 房东减免2000元加水果店的储蓄，刚好够缴纳房租。
> 非常感谢大家。
> 解封后记得来水果店吃雪糕！

小李与杨枝珵的生活在巨鹿路上有奇怪的相关性。他们的住处直线距离不超过一百米，年龄相差四岁，小李1999年12月出生。在现在经历过的人生大部分时间里，他们的生活轨迹有相当多的重合。他们对人生有各自的思考，他们都自认为掌握了某种看问题的方法，甚至可能还认为自己有稳定的价值评判体系。他们各自对这条巨鹿路表达了喜爱和敬意，但都即将离开。杨枝珵将去英国上学。小李在筹得一个月的房租之后，第二个月筹款失败。他从昆山去了云南。

　　最初小李的设想是这个水果店可以像广州社团"上阳台"一样，找到足够多的"业主"，一起来做这个水果店。上阳台的模式是这样的，十几个或者二十几个人共同租下一个空间，然后分摊成本，不同背景的人给这个空间带来不同的活动或者项目。

　　小李认为自己不需要那么多人，七个就可以了。因为一周七天，这个数目的人刚好可以每人负责看店一天，其他时间自由支配，同时，成本也只需要负担七分之一。事实上小李只有两个"业主"，按照他不喜欢的资本的说法，两个"合伙人"。一个是拼贴活动那天晚上做饮料的Seez，是个始终把脸藏在鸭舌帽下的秀气女生，没有人点单的时候就靠在店门口看手机，她是一个插画师。还有一个在广告公司工作，从来不来看店，只出三分之一成本钱。他们三个人共同努力希望把合作者扩展到七个，但没有成功。

　　于是一三五日小李负责看店，二四六Seez负责看店。看店的主要内容是卖水果、卖鸡尾酒、卖新疆手工冰激凌、卖果汁或者奶昔。

　　"平时一天，比如说做拼贴活动那天晚上，可以卖出去二十来杯饮料吗？"

　　"一个晚上哪有二十多杯！二十多那就行了！"小李大叫。

　　白天小李也没什么生意。因为转型做酒水，只有最不愿意改变日常习惯的邻居才会来买水果，而在这个被酒吧包围的街区里，真正的生意要从晚饭之后才开始。

小李水果店二十年来一直叫小李水果店。在 2021 年 8 月之前，"小李"指的是上一代小李，小李的爸爸老李。周围的邻居依然叫老李为"小李"，比如那天晚上认为大家在做手工的阿姨。

上一代小李活跃在巨鹿路周边，生意在这里，人脉也在这里。

新一代小李活跃在微信群组和 Instagram 里，一个叫作"小李水果店"的 ID 扮演了一个愤世嫉俗的亚文化青年形象。这个 ID 背后是水果店转型以来历次活动积累的参与者。一个最终加入微信群的女生跟所有人这样打招呼：我朋友告诉我有个地方叫小李水果店，我说我知道 Ins 上的那个，没想到真的是同一个！

我和小李坐在马路边聊天的时候，小李的妈妈程女士从水果店里间的窄道里走出来，身材苗条，风姿绰约。她走过来抓了抓小李的头，你看你这个头发！

小李全名李程。他把自己的微信拆开来写。李，禾，呈。

程女士和小李的爸爸肩并肩沿着巨鹿路往静安寺的方向走去了。就像两个逛街的人。

程女士在说起自己往事的时候，第一件说出来的事情是她自己单枪匹马在家里生下了小李。

安徽阜阳的一间破屋里，程女士的婆婆给她喝了一点糖水。几个小时后她自己在床上把小李生下来。自己剪了脐带包好。然后卫生所的医生到了，给小李打了疫苗。收了一百块钱。走了。

这是 1999 年 12 月发生的事情。2022 年程女士叙述这些的时候仿佛在说一个连续剧的剧情概要。

我一开始觉得程女士是出于自信才敢这么做。

"小李说他有个哥哥。所以你是有经验了才自己在家生的吗？"

"没有，小李的哥哥不是我生的。小李是第一个。"

程女士和小李的爸爸认识的过程充满了语焉不详的随机感。比如说问到老李是哪年的，答复说我婆婆也记不得了。只能估算两个人差不多大。

像很多安徽人一样，老李来上海找出路，最开始的落脚点在吴中路。他来到巨鹿路的契机也得感谢当时襄阳北路的露天菜场。他白天帮人卖鱼，晚上就睡在氧气泵噗噗作响的鱼箱上，但这个市口的繁华让他很快就决定自己开始做买卖。一辆三轮车，卖鸡蛋卷。

是鸡蛋卷而不是蛋饼这个事实，也是程女士告诉我的，在小李的说法里，依然是蛋饼。程女士解释老李为什么会从"蛋饼"转向水果："那些东西香精太重，不好吃，生意不好。"

"蛋饼为什么香精太重？"

"是蛋卷，不是蛋饼，脆脆的那种鸡蛋卷。"

后来鸡蛋卷变成了香蕉，也是老李看着别人的香蕉好卖。水果零售在 2000 年代初的时候是个好生意，只要能吃苦，就能赚到钱。老李因此找到了在上海最终的落脚点。他先在大兴里的弄堂里租了一间小房子，推着三轮车卖水果。后来经常光顾的对街洗衣店老板娘说自己觉得人生苦累，想把店铺转让出去。略一斟酌之后，程女士就劝老李把房子租下来。沿街市口好，也不用成天被城管追着跑。租金虽然看着吓人，但不试试怎么知道自己做不做得下来呢？

于是一家三口就搬到了洗衣店的阁楼里住。如果说水果店的大小差不多是十平米的话，阁楼大约是四五平米。如果现在你站在水果店里，一眼就能看到小楼梯上的那半层。那天做活动的时候，投影幕布就从这半层上缓缓落下。它看上去不会比一个单人露营帐篷大多少。

小李的童年就在巨鹿路上展开。他真正意义上的家其实非常大，从襄阳北路路口到自己家小店这半条马路，日常的玩耍就在这里。小学则需要穿过大兴里，去延安中路上的陈鹤琴小学。他对读书不感兴趣，成绩不好，数学老师下班经过小李水果店门口的时候总要进去"说两句"，随后小李就会挨上一顿揍。小李因此学会跟踪，眼看数学老师进家门，自己马上溜去别的地方先躲一阵。

同学出去玩的时候，他得帮爸爸送货，有时候地方很远，需要骑电瓶车坐轮渡到浦东。小李爸爸每天两三点就起床去进货，从巨鹿路开到漕宝路甚至奉贤，上午出发下午到家，有时候甚至下午也不一定回得来。小李有时候觉得自己是外地人，被同学看不起，长大了这种感觉反倒消失了。他目睹这条路上的人来来去去，觉得"什么样的人都见过，有钱的没钱的，城管和要饭的，形形色色，什么样的事情都会碰到，想想蛮好玩的"。

上海房价一直是他们觉得高不可攀的东西。在阁楼住了没多久之后，他们在水果店后面租了一间小房子，面积和阁楼差不多，层高略高一些。小李的爸妈睡在床上，小李睡地板。后来小李长大了，小房间变成了小李的卧室，小李爸妈睡阁楼。

三个人就这样一直住到了 2021 年，这一年小李认识了女朋友，搬去了愚园路。

如果没有认识 Seez，小李水果店不会开始卖新疆手工冰激凌。

关于手工冰激凌，这个街区一般叫作 Gelato，也就是意大利语里的冰激凌的意思，用一个蛋卷或者浓缩咖啡杯大小的纸杯作容器，一个小球的售价大约是三十到三十五元。购买 Gelato 的女士一般也会知道叫作瑰夏的咖啡豆，和叫作夏苏卡的番茄烩杂菜，这些在巨鹿路往西走到十字路口左拐全都会成群出现。那里一段的富民路被叫作 brunch 一条街。

在这样一个很欧式的背景里，新疆手工冰激凌的出现并不意外。这几个字最早出现在一块原木色的木板上，用很田园的描金字体欢快地宣告这里有新疆手工冰激凌出售。非常旅游区的感觉。那块木牌靠在路边的树下。清洁工把它当作垃圾收走了。

小李为了筹房租，无师自通把新疆手工冰激凌做成了期货——在4月份花钱买冰激凌，解封之后兑现。这件事还有个后续，8月酷热又自由，但冰激凌却化了——那个从壹号会馆花一百块钱买的冰柜时好时坏，不可挽回地变成了水。小李在公众号里宣布了这一噩耗，说资助者可以领一张小狗波波的插画作为补偿。

小李高中毕业去念了职校，学的是计算机网络。他对这个专业既无概念也无兴趣。这个选择来自他的舅舅，也就是程女士的弟弟。

舅舅在上海有个工程队，负责承包各种大楼网络设备的安装和调试。他借此让村里不少亲戚得以去江苏和上海之类的地方工作，其中就有小李同父异母的哥哥，还有本来就在上海的小李。职校毕业的小李接受了培训，见到了"跟科幻电影里的大机器一样的大型服务器"，然后工作了两年。

这两年只让小李明确了一件事：他无法在这份工作里找到任何意义。

于是他成了一名简餐馆的服务员，就在襄阳北路公共厕所对面、小牛专卖店边上的Egg，从家里出发走路大约需要三分钟。

Egg只有一个很小很暗的门面，即便马路上阳光明媚，餐厅里面灯光全开，你也只能看到里面模糊的人脸。一般来说这都是Brunch店的致命伤，但Egg在这个街区长盛不衰。按照小李的说法，开得比较久本身就是一种优势。

小李很喜欢做点吃的，但Egg菜单上的那些东西有点太简单了，小李不理解面包上放点牛油果和鸡蛋为什么就要六七十的售价。他觉得在这里给家里两分钟就能做出来的东西端盘子有点奇怪。

于是一年多以后他去了五原路一家叫作 Bird 的西餐厅做后厨，这次技术含量让他满意，但是这份工作只维持了一个月——房东涨价，餐厅老板无力打平营收，Bird 歇业了。

这就是小李的全部履历了。他现在是一个滑板教练，给人打工但是工作时间灵活，教的对象既有成人也有小孩。

在说完自己的工作之后他随即加了一句："其实滑板不需要人教……如果教的话这个东西会学得更快一些，但要看每个人怎么理解，我理解就是一个玩具，很多人把它当成一个运动项目，我理解是怎么开心怎么玩。"

小李总是试图在自己做的事情当中获得一些什么。并不是钱，而是某种切实的感受，这种感受能帮他抵抗那种压倒性的人生虚无感。

他从舅舅的网络设备安装公司里辞职，是因为虚无。他去餐厅打工，是因为他发现食物和做饭的过程可以让他感受到某种模糊的愉悦。他决定让水果店变成一个非主流水果店，是因为爱。

关于爱是这样的。

小李在 Egg 打工时候认识了一个叫何悠的工友。何悠把小李带去了新车间，一个创客工作室，2010 年代后半段，北京上海有不少这样的创客空间，比共享办公的出现还要早一点。

小李把新车间叫作"做手工的"，口气和老阿姨说拼贴倒是有那么一点像。"很有意思。"他的新世界自此打开。不同背景的人进入小李的生活，其中一个特别重要，一个昵称是"胖丁"的女生。

"认识我女朋友之前我感觉很虚无，不知道要干什么，要做什么，也不知道我自己是谁那种感觉。然后通过她，她平时就做一些灵性的事情，然后就跟我说一些关于爱的事情，我就感觉她给我打开一扇窗。"

"爱这些东西是直接说的吗？"

"没有直接说，推荐我看一些书，比如说《与神对话》《爱的艺术》就是这些偏灵性一点的……我那段时间就挺不好，我也听说她是一个很懂这方面的人，然后就问她该怎么样爱自己，到底人是不是可以真的爱自己，或者什么是爱，乱七八糟的这种。当时她就推荐我看这些书，然后自己从这上面学习，经过前一段时间，我感觉这些东西还是很重要，但是没有落地的感觉。"

"什么没有落地？"

"就是你知道这些道理，但就像知道这个世界是由爱、恐惧组成的，在生活中就感觉没有落地，没有做一些事的感觉……现在我好多了，感觉就是以前太理想了，个人都有爱或者怎么样都是很好的、平等的，我就每天想应该爱什么东西……我觉得这是一个过程，你稍微抽离出来一点，这些东西还是在的，但还是需要回到现实一点。我就是慢慢自己发现了这些东西。"

"在遇到女朋友之前，就肯定有一个基础，对吧？"

"对，肯定有，因为我那个时候特别虚无，感觉这个世界上没有意义，没有什么意义，赚钱没有意义，生活没有意义那种感觉。然后突然碰到这些东西，我就感觉世界上打开了一扇窗。我觉得生活还是有希望的。还是有爱这种东西。"

东亚人很难坦言的"爱"这个词，小李可以流畅而毫无芥蒂地反复讨论。就在我们探讨严肃的人生话题的时候，小李水果店隔壁五金店老板正在一只白色塑料桶里用电钻一般的工具搅拌水泥。某家的装修师傅似乎来此地补货，在开出三或四平米这么大用量的要求之后，作业轰鸣声响起，坐在马路边的我们只好提高了音量。偶尔轰鸣声停下，小李的"爱"就会很突兀地冒出来，他也不觉得尴尬。

波波伏在他的脚下。这是只两岁的中华田园犬，和小李一样习惯在巨鹿路游荡，收养前后都是如此。

聊天进行到一半，一个女生站在小李水果店门口，犹豫片刻就跨进去，很显然也不知道这里到底是干什么的。但她很快看到了墙上的菜单，决定买一份果昔。

小李做果昔的时候她在店里四处打量，墙上各种宣言口号招贴画信息量太大了，又或者她并不是那么感兴趣，反正她看了又看，最后开口说："老板你玩滑板啊？好酷哦。"

小李笑笑，回到店门口的马路边坐着。女生端着果昔出来，拍拍波波的头："哇老板，你的金毛也好酷哦。"

小李水果店 2.0 的出现需要以下几个契机：

1. 在水果店还只是一家水果店的时候，何悠带着朋友们来玩，朋友们又介绍来更多朋友。

2. 朋友们觉得在这里一起做点什么是挺有意思的事情。

3. 小李通过滑板认识了 Seez 和她的广告朋友，决定一起开一家店。

4. 巨鹿路上的商业氛围已经转成了酒吧街，水果店的流水和利润都在不断降低。

5. 与此同时房东提出了涨租，而老李和程女士认为靠水果维持新租金没有希望。

6. 小李和朋友们决定试一试酒水这种利润率更高的生意。

7. 邻居们都接受了楼下这个三不五时就有一堆年轻人聚众的变化，最重要的是，容忍了小李把原来的公共走道变成了店面的一部分。

8. 一开始所有人都是想赚钱的，但是决定做得有意思一点。

9. 没有人对"有意思"进行审查。

最后一项很重要。小李水果店对于朋友们各种各样的活动提议来者不拒，唯一发生的可以称之为尴尬的活动，可能是 2022 年春节后的那次，"爱在小李水果店"。

那天的公众号更新蛮简单的。主要是一张举在胸前的启示照片，打印在 A4 纸上，和上海人民公园相亲角的字体字号异曲同工。

免费相亲活动

安全 真实 成功率高

绿色婚恋平台，以成功率为主，创办 20 年以来，让成千上万的单身人士走进了婚姻殿堂，为父母们解决了孩子成婚难的后顾之忧。

活动时间：2022 年 2 月 14 日 晚上 8 点

活动地址：上海市静安区巨鹿路 699 号小李水果店

下面还有这次活动的说明：

吃点水果　玩点游戏　交些朋友

不限单身　不限性别　不限取向

最后是漫画一幅：躺在垫子上的波波。

当晚活动正常举行，只不过来的清一色都是女生。按照小李的观察，都是直女。相亲宣告失败。

其实在这个活动之前，女性之夜就已经发生了。

那应该是小李水果店的第七或者第八次活动，之前他们文过水果，换过旧衣，聚众划过 Tinder，但是第一次严肃的、和公共议题相关的活动，就是"女性之夜"。这个活动想必非常激烈，因为在第二天公众号发出了一份学术措辞密集的说明，重申自己对于女性权益的若干看法。

想起来，水果店门口挂出女性自慰手绘海报，应该就在那会儿。

小李的父母其实还是这家水果店的运营者，他们变成了两个业务模块，小李负责做社群活动和酒水，而老李负责给一些以前的客户，比如城市酒店，提供水果配送服务。他和程女士喜欢看到各种各样的人来，越多越好，至于是什么人为什么来，他们不在意。

每个人都有一种态度。你用它来指导你的人生，就是文艺青年，比如像小李。你用它来赚钱，就是像 Danny 和他太太这样的生意，2Wheels，Lady Fafa，他们会为你的文艺生活增添有趣的、物质化的、可以记忆下来的标签和纪念物，让你相信更多的文艺元素在你的生活当中，更远一点说，像头一年里无处不在的《爱情神话》。

小李把他的滑板带进地铁。

他先对着屏幕笑一笑，表示自己要开始了。然后把滑板放在车厢地板上，自己趴了上去。这个视频寂静无声，如果恢复声音，此时应该响起关门的嘟嘟嘟嘟提示音。因为下一秒钟小李就随着开车的惯性向车厢的另一头冲去，像一只失控的行李箱，最后侧翻在地，他哈哈大笑。

他还在地铁里（似乎独爱地铁）铺开野营睡垫，躺在了上面。

这些看起来有点行为艺术的事情，小李做起来似乎没什么挑衅意味，而更像是一种温和的玩闹式、甚至有点傻气的抗议。仿佛就是笑着对你说，这样为什么不行？为什么不呢？

一张和这些类似、但是更具一点荒诞意味的照片在 4 月 1 日发在了"小李水果店"的微信群里。小李骑在他的踏板车上，旁边站着交警，地点就在巨鹿路襄阳北路路口。时间是3月31日下午。

在浦西接近静默的那几天，巨鹿路因为周边菜场关闭重回马路菜场生态。菜贩把批发来的蔬菜、猪肉和豆制品沿街摆放。城管也不见了。

我和程女士站在她几乎卖空的摊位前聊天。

突然一个人跑过来冲着程女士大叫："快点快点，你老公在那边卖菜呢，快点把秤拿过去！"

程女士抱起电子秤就跑，跑了几步又回来，把没卖完的青椒番茄带上。

老李用自己送水果的踏板车去漕河泾批发了蔬菜回来，战斗地点放在了人流更大的襄阳北路路口。许多菜贩已经往那里聚集。

我挑了生菜黄瓜和莴笋，想了想又添上了新的番茄。

小李一直在女朋友家没有回来。

隔天，就是4月1日，小李的照片发上来了，他骑在爸爸老李的踏板车上，笑嘻嘻地和交警在一起。还是地铁滑板、地铁野营垫上的那种笑容。

胖丁发了一条说明：没戴头盔，罚款五十元。

每个人都想有个自行车

2Wheels，巨鹿路

Danny 朋友圈更新停在 5 月 31 日那天。他在朋友圈里说：

3 月 31 号晚上接待完最后一个客人（租车的），然后经历了难以想象的两个月……

明天大家都解封了，但我们还在等营业许可通知……

今天继续路边免费打气修车，请需要的朋友尽快来（可能是最后一天），2:00pm—4:30pm，巨鹿路 568 号门口（不是车店）。

解封后工作：

1. 全力保供之前客户订单，感谢理解和耐心等待，会按顺序尽快完成。

2. 暂停修车和保养业务，能力有限，请多包涵。

3. 紧急维修请预约（车完全不能动的）。

祝好，2Wheels

　　他是 2 Wheels 的老板，6 月 1 日他的店重新开业了。看他的朋友圈，他的经历好像不止两个月：

　　3 月 16 日，连续两天"店休"，订单顺延两天。

　　3 月 26 日，宣布"复工"，招人赶订单，"压力巨大巨大"，可以紧急维修（比如半路爆胎、刹车片），不紧急的改装和保养要推迟几日。他说："关了几天，压了很多活。"

　　3 月 28 日，Danny 推出了新品，2Wheels Minivelo。他对新品的评价是："双上管，强度 Max，增加货架和泥板安装位，产品迭代""特殊设计，目前是小批量定制""保持更新，让抄袭者吃屁"。

　　4 月 1 日，他在朋友圈中说："4/1—4/5 闭店，订单交付推迟几日，敬请理解。"

　　4 月 10 日，他还在设计新车；13 日，他在求助团购婴儿奶粉的资源——他应该是在替别人求助，他儿子已经可以参与家庭运动会并在简易保龄球项目中作弊了。那是 4 月 15 日的家庭游戏项目，Danny 说苦中作乐。

　　朋友圈再次更新，已经到了 5 月 26 日，他说："今天可以出门了，复工复产在即。开工后会尽快按订单顺序交货。复工前这段时间，有需要打气和修车的朋友可以预约（工具有限具体问题请先沟通），不收费。"他解释说，店没开，只能在路边。他还闪送了一个打气筒给客人。

　　那一天，他咖啡瘾上来了，去了延庆路的 Yeast。我在重获自由之后买到的第一杯手冲咖啡也是 Yeast 提供的。Yeast 有保供资格，可以现场下单，自提。

第二天，5月27日，Danny 在朋友圈中话比较多：

> 昨天路边修了四台车，借出气筒十几次。今天准备试试骑出去修车，接下来几个小时会在朋友圈告知自己位置，需要的可以留言你的位置（巨鹿路方圆 3km 内）。
>
> 第一站延庆路 Yeast，停留 20 分钟，可打气可简单修车。
>
> 第二站襄阳（南）路南昌路口，Iapm 后门，停留 30 分钟。

5月28日，"下午继续路边免费打气修车，2点到4点巨鹿路 568 号"。

5月29日，"下午继续路边免费打气修车直到车店解封，2点到4点巨鹿路 568 号，谁来聊聊天？"他还加了英文。后来又加了一条，"今天需求挺多的，延到 4 点半"。

5月30日，"继续路边免费打气修车，今天到 4 点半，巨鹿路 568 号。"

这条街上所有的生意人可能都经历了这样的过程。不包括那些餐饮企业，吃的、咖啡，特别是酒，他们恢复正常的时间还早着呢。

但 2Wheels 的生意恢复得特别快，特别好。所有人都注意到了，这个春天之后，自行车生意出奇地好，这个市场为什么爆发，大家似乎都能感觉到一点原因，但没有人说得特别明白。可能说起来都有点不好意思，有点害羞，有点担心别人可能不那么容易理解。

就是两个字：自由。希望能够给自己生活里增添一点慰藉，好像有了一辆自行车，就有了自由——像一个受了欺负的小男生，梦里得到了一个神器，从此行走世间，再无恐惧。

28

范阿姨外贸时代的背影

秀衣外贸，长乐路

　　一妇婴对面这段长乐路不景气。几年前整治开墙打洞，又有八项规定，这段路再没恢复生机。长乐路333号的藏乐坊，莫先生一品香茶叶店以前的大客户、在二十来年前就人均消费二百的粤菜馆，有一天就突然关门了，一关几年就过去了，门楣上铁艺"樂"字还在，但有着大草坪的漂亮院子已经沦为一妇婴停车场，下雨天总是有沾着泥水的车辙从大铁门院子里延宕开来，看着仓皇。从门口过，院子深处隐约可见一家叫"陈婷舞蹈"的工作室，添了一点生机，但更多还是"废物利用"让人心生窘迫。

　　与333号相邻的几家做一妇婴孕产妇生意的店也关闭多时，牌匾上还隐约可见"碧邦孕装""十月妈咪"的字样。旁边另一家有着圆拱门的保安休息室原本应该是大宅的门房，母婴用品店的广告招贴"宝宝阶段不同，需求相……"，下面的字被叠在一起的两只塑料桶挡住了，桶里是一套保安服。招牌一旦斑驳起来，就给人以苟延残喘之感，最终黯淡，沦为一扇落满灰的玻璃门，挂上了锁，砌进墙里。原本一妇婴以一己之力可以支撑大半条街的生意，服装、营养品、婴儿用品，哪个不赚钱？毕竟传说中"女人与孩子的生意好做"这样的话流行了几十年，但现在街上的门面先是被整顿一轮，成本增加，转线上又走掉一批，最后生育本身又不景气了，这条街上给它做下游服务的日子都不好过。对面一妇婴边上，卖燕窝的玖重盏，过了年就没正经开过；象妈妈月嫂定制，到了中午还没有开门，生意不是很好做——守着一妇婴，没有什么道理不在上午工作；隔壁514号的妈妈咪呀卖母婴用品，就还坚持着在线下服务。妈妈咪呀下面还有一个小招牌，"上海新民食品综合经营部"，杂货店风格，这名字有历史感。网上看了一下，果然是1990年注册的公司，存续三十多年了，地址一直是在这个514号。

不过，这些似乎已经是很久以前的事了。它们都关门了，连妈妈咪呀都搬光了货物，隆重招租中——在老板名下还有洗染、宠物等若干实业，也都快三十年了，都在开业状态，不知为什么通通放弃。等到2022年7月底，你再度从这条街上走过，你已经看不出这里有个一妇婴。

2021年年底，333号开始装修了，把传统的拉毛水泥墙面换成了卵石墙面——黄色改成黑色，不知道这是否是"修旧如旧"的另外一种表现方式。这楼沿街宽，错落有七八间的长度，给人感觉整条街都在装修。人们还未看清它未来会成什么样子，3月已至，黑色卵石簇新地晾在那里，上下两层二十余个门窗空洞地望向对面的一妇婴。

凋敝之中，剩下两家店，一家连名字都懒得起，只叫外贸服饰，另一家叫秀衣外贸。秀衣外贸的门口常摆着一把椅子，椅子上总是坐着一条很小只的约克夏，店和约克夏的主人是范阿姨。范阿姨唤小狗叫囡囡，长年厮守，冬天的时候囡囡躲在店里，图暖和，躲在一摞衣服里，经常吓人一跳，"啊唷！哪能还有眼睛闪伐闪伐！"

那天叫起来的人是一个头发烫成小卷染了色的阿姨。她从浦东来，去邮电医院看中医，长乐路上兜着兜着就走到范阿姨的店里。

范阿姨当时在专注揣摩一个女孩的心思，后者从门口过的时候就看中了那件镶金丝的香奈儿风小开衫，羽绒服一脱就开始试，站在镜子前面从左边看右边，再从右边看左边。

"妹妹厦门人？啊哟厦门好诶，厦门那边的人都很洋气的，干干净净对伐，妹妹挑的衣服也是，文雅的。"范阿姨顺手再翻出几件白色的马甲外套，"妹妹我跟你说，这样搭试试看，阿姨不会骗你的，你不喜欢就不买，阿姨做几十年裁缝了，一看人就知道什么合适，你搭搭看哦，你看。"范阿姨在女孩把开衫脱下来的功夫拿出来一件灰色的毛线马甲，让女孩穿上，然后又把白色开衫重新穿好。

范阿姨话密实，快，源源不断流出来，有催眠效果。厦门女孩不说话，盯牢镜子里的自己。浦东阿姨衣服也不翻了，手抄在小肚子前面，微微笑看着。很小的店里站满四个人，三个像评委一样，盯着唯一一位带着拘谨、想快速做决定的厦门女孩。

女孩的脸因为来回穿脱衣服有点涨红了，圆脸显得更饱满。她手抬了一抬，想去拿镜子左边那条搁板上的木梳，不带把手，齿很宽。

"梳子干净的哦妹妹！你放心用！"梳子梳着女孩薄薄的头发。她很轻地说，就要这一件了。

"好的呀妹妹，阿姨不赚你什么钱哦，你大老远来我们做个缘分生意。"范阿姨拿出一个计算器，按了一个数字给女孩看。女孩不假思索地也按了一个数字。范阿姨看看她："好！看在妹妹这么体面的份儿上阿姨就做你这个生意！下次还要来啊妹妹！"

浦东阿姨满意地看完她们一来一往，重新又在货架上翻起来。到邮电医院看病，开药，逛街，围观范阿姨做生意，仿佛是这个普通下午她生活中的一串小福利。

　　范阿姨当初选这个地方，有些得意的小心思：距离长乐路和陕西南路路口不超过 50 米，占着路口象限的西南角，位置不差。沿路口向南，陕西南路往远走是百盛、巴黎春天和环贸，这一路上大都是各种外贸小店，不缺市场氛围。路口那一边的长乐路除了像台湾风味小吃这样的饮食店，抢眼的是几家旗袍定制店，范阿姨也是旗袍裁缝出身，自然不觉得隔壁那些店和女人高级到哪里去，她在服装市场和百货商店讨生计多年，不怕这些同行抢眼，她守得住自己的生意和客人。算盘归算盘，做生意如果光是生意上动的那点心思倒好了，政策和大势倏忽多变，于范阿姨来说都是要费些踌躇的。谁知道这条路女人和小孩都不待见了呢？

　　从陕西南路路口往襄阳北路这里走，到 339 弄蒲石村门口，将近二百米，除了范阿姨和隔壁守着外贸不放的两家服装店，还有两家营业的店。一家叫作奢护网络干洗——服务于曾经繁华的时装业，现在看不大出来它的服务人群是什么人，它的小招牌上独辟蹊径："加微信开店门""会员免费充电"，下面是随处可见的充电宝。这是嫌无事叨扰的人太多了？

　　比起来，小赵不相干的礼品回收看着反倒热闹了。这个比一扇门宽不了多少的店面门牌号是 329 号，里面分成两部分，邻着路的这半截摆着一张桌子，LED 灯电子招牌，上面是"礼品回收"，一直闪着。门里面明黄色的招贴上是茅台、陈年名酒、冬虫夏草。有一个巨大的白色泡沫板上写着红字：回收。"有事敬请联系 五分钟到 谢谢！电话预约 上门回收 正宗回收 绝不调包 名烟名酒 冬虫夏草 超市卡 加油卡 老钱币"。桌子上面通常摆着一本书，书后面坐着小赵，小赵有点胖，安徽人，好像在这地方不愁生计的样子，后面还有一个小房间，从产权上属于另一个房东，小赵严格来说并没有租下后半截。他的领地就是桌子前后，五平方米上下的地方。

2022年4月1日，小赵跟大部分人想的一样，做了五天静默准备，离开这桌子，看了一半的书随便扔在桌子上，还打开着，锁门回家。忘了关灯。接下来两个月，灯一直亮着，打开的书停在那一页也未曾动过，落满灰。到6月，从小赵门前过，打招呼，说你一直没关灯啊。他呵呵地笑。没隔几天，这里又封起来，二十几天，小赵还是忘了关灯，书依旧打开着。

很容易被忽略掉的，范阿姨的店与路口之间还有一个韬奋西文书局，大橱窗看着素雅，透过橱窗看进去，因为卖外文书，有种在国外的感觉，文创用品花啊茶啊之类的也很用力，不让人反感。之所以很容易被忽略，大概是因为与整个街区不是那么搭配。2022年的春天，它内部调整过一次空间，很大一块地方留出来，大概是为了以后做活动用。这周边其实零零星星有几家小书店，隔一条街巨鹿路有作家书店，只是它有一种国营书店气，作协领导的书和领导们的领导的书摆放得过于齐整。长乐路往东走过茂名南路还有一间朵云轩书店，据说这两年活动搞得频繁，也成长为文化地标了。韬奋西文书局边上有大门，长乐路325号，中国韬奋基金会，优秀历史建筑的牌子挂在门口。院子里隐约红瓦檐头，门洞罗马柱之类还是寻常风格。有一个小二楼窗户边挂着一个木牌，上面写"Mani Studio"，这名字取得好。探头探脑间，看院子的爷叔摆摆手，房子都借出去了借出去了，都是公司"。

书店向东，真正把着陕西南路和长乐路路口的是一处花草修整得不是太整齐的大院子，院子里有家叫Adela的买手店，还有叫"他的理发店"的Barber Shop。花园铺张，它的门牌号是陕西南路164号。

曾经沿着长乐路一直连到襄阳路、连到富民路的外贸服装一条街就是现在这副样子了。任何一个地点，入到不同的人眼里，会读出不一样的东西。范阿姨看这里，毫无疑问，如今只能称之为萧条：眼前所有无非是她曾经亲身参与其中打打杀杀的那个伟大时代遗留下来的废墟罢了。

满街打桩模子[1]不见了。过去的陕西南路，从巨鹿路到淮海中路，长乐路是这一段的中间点，南北各有一个丁字路口，北面是进贤路，朝东，南面是朝西的新乐路。二十年前，你在任何一个位置，稍一驻足或眼神稍一迟疑，就会有人拿着压膜塑封 A4 大小的纸片凑到近前，包包手表看伐？

纸片上印着各种奢侈大牌的小图。当然是假货，你若跟他走了，可能还会上当受骗。这些模子之所以选择这里，是因为这里有人气，人气来自 1980 年代一直绵延到 2008 年的两个服装批发市场，一个是华亭路，一个是襄阳南路。

与每个城市一样，1980 年前后都有解决待业青年就业的服装批发市场；每个城市也都有个体户小年轻在这个市场上发了大财的都市传说；这些小年轻通常还都是"山上下来的""吃洋铁罐头饭的"、找不到工作绝了生路置之死地而后生……在上海，用来传说的地方是华亭路，有人考证说 1979 年开始有人在此摆服装摊，到 2000 年结束。华亭路北起长乐路，中间与延庆路有交叉，南到淮海中路，很短，四百米，即使抢了延庆路地盘，也没有多长，那时市场就是路边摊床，想不出当年这个华亭路市场如何承载那么多记忆。

2000 年华亭结束服装市场使命，人们转场襄阳南路，襄阳南路

---

1 上海话里指无证在街边做生意的人。后泛指掮客等介绍生意的人，以及倒卖外汇、香烟、票证的人。

更大更火爆，占据整个襄阳南路、淮海中路、南昌路和陕西南路围起来的街区。赶上外贸生意好，赶上纺织业的中国制造，赶上人们对穿衣装扮的余裕与热心，赶上政府对这些发点小财的个体户还有宽容和耐心，襄阳路带动了整个地区的热闹，莫先生讲当年盛况，说"每天早上三点半四点钟以后，络绎不绝，外地开大客来，都是金龙客车、亚星客车这种，开到附近，一车一车的人，来市场就当是个景点，现在叫打卡，看，买衣服"——长乐路后来有名气，引来陈冠希，引来旗袍店，引来各种人也包括我们对这一带的不间断的好奇心，根子里都仰赖于当年这两个市场。

再后来，市场让位于香港人的新鸿基，做了十来年的工地，工地下面又多了两条地铁，最后这里起了高楼，叫环贸 Iapm，人气不减。

原来围绕着这个市场，四周街上的外贸服装生意也都大不如从前了。

范阿姨的女人街也不见了。

现在搜索女人街这个地方，也能零星找到 2005 年时候的盛况，多半驻留在互联网的记忆深处，某个永不更新的旅行指南，或者是外国人来上海的导购地图。女人街就在进贤路西口斜对面陕西南路路西，门牌号是陕西南路 122 号，这楼新，拆了老房子建起来的，与整个街区的风格不是很搭，尺度也不合拍，门口有台阶、楼后有大院，大门、保安一应俱全，制造出疏离感，似乎也没打算与街区建立起来融合。商务楼一样的建筑物，分割成一个一个摊位出租，是当时最流行的服装零售批发形态。这些零星的资料说女人街是为下岗女性再就业而建立的一个服装市场，宋庆龄基金会的一个慈善项目。后来它不符合城市规划了，这个市场停下来，还要继续保持着公益用地和公益用房的属性，就成了这个上海健康促进中心的地盘。健康如何促进，是个玄学问题，现在它的门前有些宣传板，告诉路人一些健康知识，或者这就是它们的工作职责，比如"合理膳食，我帮您！"，比如"少盐清淡不吸烟"，再比如"预防接种，保障健康"——似乎管的事还挺多，但也不真正管，是个促进机构的样子，为什么占这么大一个楼，这楼里还有些什么人，不清楚。我们这个城市自从把静谧当成目标以来，很多街边的商业门市变得匪夷所思——6月之后到桃江路，那里原来有一排看起来很高档的饭店，辉哥、隐泉之类，几年前都被清理出局，那些蛮有想法的路边建筑闲在那里之后，现在低调重开，门楣上已经有了"光明"的字样和logo，以前是辉哥火锅的地方，现在还是吃饭的地方，趴在窗户上看了一会儿，看食材和食器，原来已经成了食堂。

回到女人街，它的另一部分直接化身为一个大酒楼，蓝色铝合金门窗，五六层高，玻璃上隐约可见抠下去的字——"新海鲜城大酒店"，这酒店看起来与桃江路的辉哥一样都是过去时了。现在这楼还没有规划好如何使用——真正让那些餐馆倒下的不是价格，而是那些客人，以前照顾生意的那些人心有余而力不足了。酒店身段灵活地去开辟新的客群，而过去稳扎稳打紧抓办公室办公厅各种主任的餐馆酒店就转不过身来了，当然，更大的可能是要选好自己的立场——不再做公款吃吃喝喝的房东是顶顶要紧的。

所以，现在这酒店一楼借着敞亮的大门已经改成健康促进中心的停车场了，再不是范阿姨眼里念念不忘的金角银边之类。

29

你看徐家汇它灯火辉煌

女人街，陕西南路

第一次在范阿姨店里聊天是 2021 年 11 月初，那时范阿姨忧心忡忡。15 号见分晓，房东要涨租。现在一万块她也觉得太吃力了，要是这里做不了，她这十几年的开店日子就结束了。

隔几天，门口挂出"到期清仓，一件不留"的牌子。15 号之后，店还在，房东问题解决了，牌子倒还挂在那里，变成了所有外贸服装店都很喜欢的那种噱头。

"我这个人命怪伐，遇到所有人都对我好啊。这个房东也对我好，他说再也碰不到我这样的租客了，不好轻易让我走的。"

范阿姨就是这样的，明明是自己一分不让争回来的东西，说给别人听的时候也都挂在人家的好心肠上。她不得罪人，也决不肯吃亏。

客人，看起来 60 多岁的一位老阿姨，看中了一件弹力衫。弹力衫看起来很小一件，拿在胸口比来比去，犹豫。

"120 块，价钱不给你讲多，妹妹，哎妹妹妹妹，侬看到伐，我这样拿尺量，不搭嘎（界），三尺四三尺五，侬看尺最会讲，太大伐？我都怀疑会不会太大。哎哎，老师侬看！"

"我伐是老师哦！我是老百姓哦！"

范阿姨又拿皮尺圈住客人的胸。"三尺两好伐！"

客人放心了："侬绝对服务周到哦！人家不想买也买了。"

"侬放心，侬回去穿穿，上当么就一趟头伐要来了。老师侬长裤看看伐？"

"啊呀伐叫我老师！"

"哦哦妹妹！妹妹，侬比我小是伐？"

"我属马的！"

老阿姨掏钱："我付人民币哦！"

范阿姨却不着急接，翻出几条裤子。"侬看这条裤子，我裁缝，我做裤子！懂的。心要平，东西要好，对伐。伐要讲了，侬看，羊绒！对伐！伐讲了！你不要将就，将就我就不给你！你要就要，不要就放起来，侬看这个手感，相当好！笃定穿！外头屋里都好穿。150块，阿拉不讲的。都当自己妹妹看的，不讲了好伐。"

老阿姨拉了拉裤子，翻来翻去，动心。"个么摆了一只袋袋里。我给你人民币哦！"

范阿姨望着客人出门："这个女的心态蛮好，蛮爽气的哦？"

然后她讲她自己。

我老三届，六九届，初中六九届，知识青年，啥地方有知识青年？我们家很苦的，爸爸是工人，奶奶年轻的时候是苏北的，做小方糕，在打浦桥造的房子。肇嘉浜路老早是臭河浜。我就像我奶奶，在经营方面很稳的，不轻易放弃，不马虎。我奶奶27岁就守寡了，带三个小孩，还有两个童养媳，五个小孩。我妈是大家闺秀，外公做生意的，姓何，何先生。在镇上很有名气的。我们乡下的镇上。我妈也是苏北的，苏北海安的。

我生在上海。爸爸在上海上班，做工人。工厂都很好的！都是国家单位，都是大厂。我小时候奶奶带，我妈妈搬砖头的，很苦的，以前河浜边上不是有船，搬砖头。我爸爸是修汽车的。外公么在苏北了，妈妈在上海，插不上手。

我有五个姐妹。有个姐姐，大伯不生孩子，过继了。下面四个妹妹。很苦的！十几岁就去乡下了，见得多了，吃一趟亏么下一次就不吃了。

插队落户的时候学裁缝。我拍贫下中农马屁，我要入党，我要帮他们裁、帮他们做。乡下人做衣服五角，做两件衣服么可以买一斤肉了。我又不要他们钱！后来他们就让我做赤脚医生，不要我下地了。后头别人读大学去，我就没机会了，运气不好。哎。

哪能学裁缝？我插队落户回来，有个要好的小姑娘，七〇届，爸爸是红帮裁缝。红帮，很高档的！杜月笙！青帮红帮晓得伐？在里面做西装的。他爸爸，不拿尺的，不拿滑粉的，拿一根绳子沾了粉，一弹，好了！他不要滑粉。这个真的是不得了。所以要活络，眼睛看到了就懂了，不要死板板。我看到伊洗菜，老早就过去就帮他把菜洗好弄好。伊跟女儿说喏，这个人有眼力，肯教我。

有客人把门口挂着的衣服拿起来看。范阿姨从门口小板凳上站起来招呼。"进来看看进来看看，可以试穿的。"

"我以前来过。"

"是啊是啊，一看就记得了，所以亲切啊！这个厚啊，一摸就料子好。"

客人又摸了摸，走了。

　　学了自己没事练，哪里来的布？连纸都没有！拿滑粉在地上画，画了再擦掉，再来。真的到布上面就不怕了。再说贫下中农不讲究的，大了小了穿得舒服么就可以了。哪里来的活？我自己可以追上去伐？戆伐？我追上去了我也得利的呀，就不要下地了呀。下地干活，种田，太阳晒，你得利了呀。所以你付出了，老天爷不会亏待任何人的，你付出了就有收获，晓得伐。

　　我们那时候没几个人分过去，抽签去淮北就是一个学校一个地方，分的，都下地，没两样的。草房子三间，中间是厅，烧饭搭了一个小间，厕所也搭了一个小间。轮流烧饭，烧什么啊？有什么吃什么。山芋、小麦。擀面条。自己弄，很苦的。我后来什么都能放得下，从来不跟人家吵。

　　后来有一次去淮北路上，经过宝山往北的一个叫吴什么镇，当地人围着两个上海师傅，上海师傅只裁不做的，当地人说你帮我们做做吧，师傅说不做。我就说，师傅你接下来，我帮你做。都是上海人。后来煤啊都是供应的，我老公是食堂里的，家里也不怎么需要做饭的，我就给他们一点东西，让他们教我。这个真的是碰到好师傅了，不像乡下那种裁缝，大了小了合身不合身，他们这种给市政府里的人做的，讲究，我休息日去跟着他们学，一做就是一天，光做领子就要拆了重做拆了重做，一做做一天。他们其实是到那边去赚钱的。上海裁缝太多了。在那边借房子，接活。他们教我怎么做高档货，比如说脱卸棉袄，里面的棉袄和外面的罩衣尺寸不能差一点点，差一点点扣在一起就不服帖。还有皮大袄，都是跟他们学的。学了我就叫我老公请他们在家里吃顿饭，做人是要知道感恩的！"

我像我奶奶，胆子大，就喜欢挣钱。一看就马上就知道接下来要干嘛干嘛。

后来调到纸箱厂，很苦的，要去读大学也没给我去读。也怪了，我很认命的，书记是做主的，公社张书记。我在淮北乡下太和县。还没抽上去。讲好了要去读书。结果书记出车祸了，新来的人拿自己亲戚弄上去了，我被抽去乡下，以前不去属于反革命啊，我胆子算大的，我在茅房还是厨房里打水的时候想想，过了几年还是要回来，组撒（做啥）啊！我娘逼就不去了，不高兴去了，公社书记也不好讲我，因为理亏，名额换掉了。

二十三岁。没想过要回上海，要回上海都懵特了。

后头在乡下就做赤脚医生了，不下地了。接生，都会的。跟着人家医生学。上课，去公社医院上课。所以这里有小姑娘来买衣服，我跟他们说怎么弄怎么弄，他们说有道理的。这种东西呢就怕有菌，水分在里面就有细菌，又不透气，又跟肛门在一起。很容易感染的。我抽到淮北市的时候，肛裂，大便有血，人家也是，还有感染什么的，我就没有。人家医生就问我了，我就笑，我说我以前在乡下学到一点，对着太阳晒，在家对着太阳晒，医生说这个好，最消毒，难怪你这么干燥。

约克夏从插着电热水袋的旧衣服堆里站起来，伸懒腰，抖腿。范阿姨也站起来。

"囡囡侬要吃茶茶伐？囡啊，到这里来到这里来，吃茶茶噢囡，哎，囡，到奶奶这里来吃茶茶。"

指着喝水的狗说："侬看，我真是养到家了，想要什么都知道。"

哎呀那时候乡下抽到的地方还要苦了，我老公是当地人，给市里面局里面烧饭的，后面就托人给我调到矿务局，矿务局呢说市级单位，那时候不能调，那时候是大集体，后面矿务局成立了大集体呢，就给我调到药厂里去了。

后面我就承包药厂门市部，卖药啊酒啊香烟啊。人家来定药的人很多的，就招待人家。淮北我待了十五年！二十六岁么抽上去（到淮北）了，在纸箱厂做了八年多，在药厂大概待了几年，后面里面的财务跟我讲……

又有客人来。

"外贸外贸，进来看看，都是外贸。你们一看就是本地人，进来看看，都懂的。"

客人宁波口音。

"我裁缝，自己做衣服懂的。进来看看，不要紧的，这个哪能？哎你们本地人，都很灵的。"

客人走了，去了隔壁。

范阿姨说："他们都想要外贸，都是骗人的。实话实说，有什么外贸。真的外贸喏，店都开得很大很大的。吹牛逼，外贸喏，版型都很大很大的。"

客人又回来了。

"看看，不要紧，我接单子料子加工的，老早插队落户学裁缝的……"

客人又走了。

"正宗上海人。听得出来伐，口音老重的。带土音，但是是正宗的上海人。"

"刚刚说财务……"

后来财务跟我说，可以办退休了。我说是伐有这个事情，正好我儿子要回去了，我盯牢人家弄，写证明。我不是在纸箱厂（做过），做电缆头，有毒的，连续做八年，四十岁以后就可以退休，后面就写证明。退的时候厂长不给我退，多少人要这个位置，很多人送礼的，就不能给别人。我说我真的不做了，我小孩回上海了。

后来我去拉盐，不是做盐水吗，吊盐水的那个盐水，要盐。每趟去做报销的会计，有时候也到我这里来裁裁改改。她先生做裤子，我就帮她做，不收她钱。会计很客气的，人家有文化，很客气的……她说你用不到我们的，我说不一定的，不要说个人来，碗不平还能拿东西垫一垫。她笑。后来真的，我退休的时候去办事，她老公正好就负责这件事，马上就办好了，一个停顿都没有。

我这个人吧，做事情不是很难的，平时为人做事不刁，很成功的。我回上海去了，带小孩。

范阿姨门槛精，但关键节点并不总是顺畅。最典型的是人家二十几岁张罗着回上海，那时她在淮北嫁人生子，再回上海的时候，已经过了四十岁。

范阿姨1953年出生在上海打浦桥。

打浦桥旁边的肇嘉浜，1954年由河改路，1956年底完成，是1949年之后新上海市政府最重要的民心政策之一。只不过印染厂造船厂还有生活废水混在一起的臭气，积留在范阿姨记忆里从未散去，导致她从来不说肇嘉浜，而叫臭河浜。肇嘉浜是下只角中的下只角，还不如苏北来上海落脚的苏州河，穷人住在舢板小船改成的棚屋里，叫"滚地龙"。

范阿姨回到上海已经是1993年，还是住回打浦桥的娘家，"滚地龙"

拆了以后的自建房。妹妹们都没有插队，父母招女婿上门，还有其他亲戚，房子里七七八八住了不少人。她带着读初中的儿子要了房子最里面的灶披间，4平方米，高低床，儿子坐在床上做作业，书桌就是她的缝纫机，家里重新在院子里搭了间厨房，就这样一直住到范阿姨儿子星海高考。自建房动迁。

范阿姨回上海，最重要的是儿子，其次是房子。事后她总结自己与身边人相比更有远见，说的都是在这两个事情上的判断。

最早回到娘家打算继续做裁缝，打浦桥也有只裁不做的师傅，她继续把活要过来做再加工，慢慢要到了客户。每天吃完晚饭开始锁扣眼，锁好之后裁剪，第二天所有衣服裁好烫好摆好样子才敢去睡觉，往往过了晚上1点。第二天9点开工，一边接生意一边做衣服。不敢去商店里明目张胆拷贝款式，就在逛店的时候拿手乍开掩一掩，看个大概回来试着做，也能应付上门求新鲜的客人。最厉害的是做裤子，直裆量得仔细，客人坐着蹲着都格外舒服。

生意接得多，料子摊得难免大一点。当家的妹妹不高兴了，在外间看到拿着料子往里走的客人就拦住，我姐姐照顾儿子读书，不做了。一来二去客人在外面碰到范阿姨，你不做啦？范阿姨奇怪几次之后明白了，是妹妹嫌弃了。

那时候上海下岗工人一大把，政府鼓励各种形式就业。范阿姨到处打听怎么谋生计，隔壁邻居在徐家汇商场卖鞋，她提着两瓶口子酒让她也给自己介绍一份，又转到服装部，发挥做过裁缝的优势，做了将近十年售货员。

这十年是百货业的黄金时代，也是范阿姨的黄金时刻。售货员做一休一，她连续打两份工，一份在南京东路，一份在徐家汇港汇，都卖男士西装。"我实实在在，不跑厕所，不磨洋工。我那时候已经四十几岁了，港汇上限是三十五岁。我硬是做到楼组长记得我哦！后面大家都来参观我，怎么这个四十几岁的老太做得这么好。我很有名气的，上商场报纸，销售状元！"

范阿姨坐在小板凳上，说到激动处站起来："后面隔壁铺子空出来，业务员不知道应不应该拿下来。我做主！后面看到我就说，当时怎么学给老板看，'范师傅桌子一拍！'"范阿姨真的把小木桌一拍，囡囡从窝里猛然把头抬起来。"'拿下来！我保证一个月两万块给你赚回来！'结果真的，两万块装修钱很快赚回来了。"

范阿姨拿底薪和销售提成，底薪800元，两份工一起打，一个月赚五六千块钱。后来岁数大，无法继续在商场做销售，范阿姨又做过七宝的折扣店，又跑过服装展销会，最后落脚在陕西南路女人街。

范阿姨开始进到女人街的时候，金牌销售的自信第一次折戟。"哎，怪了，人外有人山外有山，我就做不过这个人。人家一做就几千块，我娘逼到底大商场出来的，不适应小商店，就是做不过。人家结棍（厉害）哦，就跟我以前一样。怪了。"

她心里恨。"后面我晓得，她在走的时候把货都啪啪啪打乱，我这里不是自己做，不能动的，这点控制我了。A架B架C架什么的，伊娘戳逼都好动的，我都不能动。动了么归类了呀，不要拿了这里找那里，东西走得快了，我们最关键最大诀窍就是东西要熟，什么人来拿什么，价格要熟质量要熟，自己有什么东西自己心里要清楚，我娘逼到那里天天点货都来不及，天天来不及，哎呀，后面我就不做了。"

于是又到外面去给旗袍店做销售，但是终是心有不甘，得知女人街空出一个铺位，心动了。多年在淮北训练出来的生存智慧告诉范阿姨，这个店不能这么直板板地拿下来。当年雇自己的老板还在商场里，人又跋扈，曾经把一个抢生意的隔壁摊头骂到无法开门营业，自己务必小心谨慎。

于是范阿姨搬出了儿子，找到前任老板娘芳芳。"我说芳芳，我工资老低的，儿子一路要读书，我从安徽插队落伍上来很不容易的，要赚点钞票……"就这样卖惨重新回到女人街。范阿姨瞄着当时街上被一车车大巴拉来的外国游客，私下里找之前打工的师傅做几款旗袍，自己再去外面进点货，就这样开了业。

旗袍店生意大火。范阿姨的优势有两个，一个是当场收放修改，一个是价格便宜。市面上的价格她用三分之一在卖，回头客人越来越多，以至于女人街生意萧条起来的时候，范阿姨在旁边一万块钱月租拿下一个沿街门市，同时开两家店。"我老公说我真的有两把刷子。"

这是范阿姨为数不多把老公主动抬出来的时候，虽然夸的也是自己。更多的时候，范阿姨的老公像个做成了某件事或者要做某件事的前提条件。比如学裁缝，老公在食堂做，就可以给师傅送煤送油，顺手请吃几顿饭还人情；比如说儿子读书，借了老公在矿务局食堂上班的光，可以去机关小学和中学，也因此可以回到上海读初中；甚至这个矿务局烧饭的名义，也能帮着平时积累不少人脉。

人脉是范阿姨苦心经营一辈子的资源，是生计和生存问题。她指给我看外贸店玻璃门下面那块青砖："看到伐？就这样一块破砖头，放在哪里都没人要。诶，我把它捡回来，现在天天可以派上用场。"

* * *

范阿姨留心生活里的每一块破砖头。在淮北药厂门口开门市部的时候，她在里面放台缝纫机，厂里面要给她开票的会计，或者是厂里的什么领导有修有改的，她顺手就做了，积个人情。要是找来的活多了，她也知道怎么回绝人家："后来忙，我就跟人说，我没有办法给你做，我要去进货，事情很多的，厂长么我没办法，人家给你这么好的位置，你自己要拎得清对伐。人家说范师傅是的是的，人情还是要有的，都理解。"

儿子从淮北转到上海读初中，缝纫机功夫也用得上。范阿姨给老师爸妈做衣服，毛料难做，她也给加工。老师让儿子做做班里的小干部，又努力塞进了提高班，好歹保证了上高中读大学的通路。到了打浦桥老房子拆迁，她平时免费改衣服的户籍警知恩图报，把她的户口顺利落在老宅里，她得以分到一份房子。又有平时相帮的另一个人告诉她政策，她得以在家据理力争，分到了两室一厅，而不是普遍的一室一厅。

范阿姨讲述自己的一生，语重心长："做人哦，就是要厚道，因果关系，我不刻意相信，但是我可以说，宁可软一点做事，不要硬刚刚的。做人哦，要感恩，不要做什么事情，听到伐，有的事情差不多就可以了。"

但这个语气转到老公身上就倏忽不见。再问，就带十二分恨意："啊唷，我也嫁错人了。很苦的。我不愿意提他，嫁错人了。"

自从儿子回到上海，做饭的老公在范阿姨的生活里就成了一个可有可无的角色。家里小，范阿姨给老公在虹口一个宾馆里弄了份烧饭工作之后，老公就住在了宿舍里，极少回家。就算回家，也没有什么话语权。"我是很强势的，我在家里讲怎么做就怎么做，不这样我就跟他们搞。我只对他们强势，对外面不是，因为这是切身利益啊。"

范阿姨说儿子星海这个名字的由来。"他爸爸给他起名，新旧的新，娘逼，我说不要，改掉，乡下人！改成星辰大海的星。因为是夜里生的，海么，上海啊。就改这个'星'，那时候户口都报好了。"

说到儿子范阿姨就有点软，又有点得意自己的高远目光。

儿子第一次高考没有考好，第一志愿是家外地的大专。范阿姨看到成绩之后一路上哭："我说星海你不要去，你这次家里分房子受影响，你可以的，你重新再读。"

儿子不太理解范阿姨的决策。说问爸爸，范阿姨说，问他干什么，他让你分到哪里去哪里，你要自己想，想好以后你再跟我说。儿子嘴上说继续读，但心里还是萎靡。复读的时候不看书，在家门口看人打街头台球，上海叫康乐球的。

"我回来看到伊在看人家打康乐球，娘戳逼，不读了，书全部撕掉，你去看人家打康乐球！"

"我把书全部撕掉。"然后范阿姨学儿子哀求，"'妈妈我会听话的，妈妈你不要生气'。"

"我是光火，他从来没看到我发这么大火。我是很沮丧了，一下子失去信心了。他同学都考得很好。"这是范阿姨聊天的时候第一次流露出怅惘的情绪。但随即被一种乐观覆盖。因为范阿姨说到了儿子本科毕业之后考律师资格证。儿子当时已经在一家房地产中介上班，月薪算是不错，第一次考试也没有考过。高考之后的故事情节在这个家庭再度上演："他爸爸不让。急死了，朽木不可雕啊，不要啊，我娘逼睬都不睬他，你边上去，不要说话。以后研究生都不吃香，不要说本科生了。"

范阿姨当时还在卖衣服。女人街黄了以后，她开过自己的小店，遇到拆迁之后又去别人的服装店里打工，给餐厅端过盘子。范阿姨让儿子把手里工作辞掉，在家全心备考，意味着她需要工作更长时间。对当时年近六十岁的范阿姨来说，是需要说出"我吃得了这个苦"的事。

范阿姨说她从来没有为自己的强势后悔过。"他现在有点恨我，说我凶。我不打，就是很强势。我是强势，就要听话，就要重新考。不听啊，不听话啊……没想过这种可能性，我就盯牢他屁股后面，我就哭，我也不打他，我就哭。明白伐，机会就一趟呀。"

我问范阿姨要到什么时候才觉得生活有改善，她答得爽快："我从来没有大吃大喝，也没有穿得很挺括，也没有穿得很邋遢，人家说做老板娘，要穿得好一点，我一直都很朴素的，这条裤子穿二十几年了。这都是很早之前的。便当呀，这里上只角，最醒醒了，老醒醒的。"

然后她说到买房子，就好像马上启用了属于另一个世界的度量衡。

"侬看买房子，我说星海，你做律师，以后越来越好，买房子要买就买大的，我儿子说妈妈钱呢，我说你没结婚、没孩子，我也在做、你也在做，买！买在万体馆，买了好几年了。500多万，现在要1000多万了。我的房子嘛，住友公寓。滨江动迁，我拿出来50万，儿子拿出来70万，也是550万。现在也涨到1000多万了。当时买好就涨了200多万。我一直看不中，我儿子急，我说星海，你房子要买就买好一点，你是男孩子，以后不要为房子愁了，你身体也不好，我们都拿一点钱出来，我们房子买好。我们房子卖掉400多万，那边550万。疫情期间，前年买的。我儿子东安路房子150万买来的，就在肿瘤医院旁边，卖掉400多万，他也贴一点钱，买在万体馆，一记头就看中了，他说妈妈我看中了，付20万定金，我说只要你看中就可以了。100多平方，带一个车位。很好的。"

"现在我可以体会到我妹妹的立场了，那时候谁愿意穷光蛋来自己家住？自己回来还要把小孩带回来老公带回来？都是穷光蛋！你说是伐？"

星海十三岁的时候回上海，范阿姨带他去徐家汇。

"妈妈，你看，徐家汇灯火辉煌。"

范阿姨跟他说，星海，这也是人主宰的，你好好混，我们没有背景，将来你也可以在这里买房子。

"都是人主宰的，都是人为的。"

范阿姨回过头来对我说："他们乡下人，一看到上海，就知道说'灯火辉煌'。"

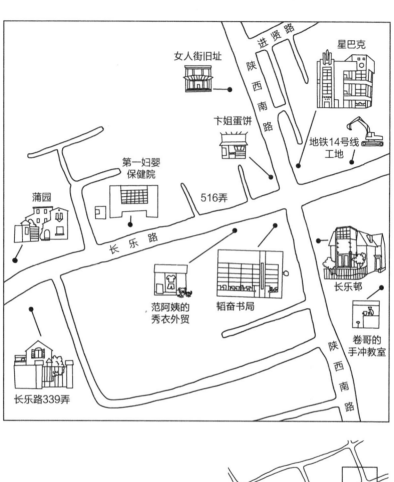

女人街旧址

卡姐蛋饼

星巴克

进贤路

陕西南路

地铁14号线
工地

第一妇婴
保健院

516弄

蒲园

长 乐 路

范阿姨的
秀衣外贸

韬奋书局

长乐邨

卷哥的
手冲教室

陕西南路

长乐路339弄

消失的地铁站

路口六：长乐路—陕西南路

在路口存在了很久的 UNO 在这一年里招牌撤掉了。没有什么太意外的，它曾经是外贸买手店，现在它是一个名字叫 Predawn 的 bistro。有窗口对着十字路口，视野很好，在我印象里，有这种视野的餐馆似乎在食物上都没有太多钻研——我还没有吃过，看它的菜单，一时也没有打算。它的背后，向东向南，各自延展开去，是巨大的长乐邨。

长乐邨在上海作家金宇澄的家族记忆里占据很重要位置[1]。金宇澄的外公，本来是金店里的职员，老板裁员，失业，走投无路，只好自己做了一个小金店，挑大买卖家看不上的小客户——大自鸣钟、曹家渡那一带纺织女工的生意。她们每月发了饷钱，大头省下来，打一个小黄鱼。他外公因此发达，在亚尔培路，就是眼前的陕西南路，买了房子，就是现在的长乐邨。与 20 世纪 20 年代到 40 年代的其他房子比，这房子更

---

1 《回望》，金宇澄，广西师范大学出版社，2017 年 1 月。

规整，尖顶瓦房，二层是阁楼，房子不太大，但独门独户，院子够大，是好房子。现在你走在陕西南路上，长乐邨朝向这里的西山墙一律被辟成了沿街铺面，大都是过去几十年时装店的遗存，前后都有花园，看着赏心悦目。

长乐邨沿着长乐路沿街铺面一连几家旗袍店，有规模，每家都有一位阿姨坐镇，与范阿姨外贸风格不同，她们都有海派生活代言人的气魄，从那里过，经常会看到其中某两家老板凑在一起嘀嘀咕咕，密谋的样子。有台湾风味小吃，有冰激凌店点缀其中，再往东就是花园饭店的地界，长乐路边上是 26 路的总站，总是停着两三辆，这车绕过茂名南路淮海中路，沿着襄阳北路会再拐回到长乐路，终点在徐家汇稍远一点，是越来越鸡肋的线路。

我们说过，同样的地方每个人看都会看出不一样的东西来。在范阿姨眼中，这里有过去几十年一个大时代的废墟，我们看这里，感觉到处都是莫名其妙的网红或者是想成为网红因而让自己莫名其妙起来的店铺，多少有点俗气。

"网红"这词，轻易不是太敢用，因为总是担心它的保质期不够久，用不了一年，甚至半年都不到，它就不再是网红了。以前做财经媒体，与广告大客户吃饭，有汽车公司。我说有些传统行业公司很笨，艰难适应互联网，"他们还在车里装一个大显示屏，为的就是等红灯的时候偷菜方便"！哈哈哈哈，说完我很豪爽地笑，他们也笑，不是很友好，广告总监脸变了颜色。我哪里知道这蠢事就是眼前这大客户亲自干的。他们把开心网上的偷菜功能费挺大劲挪到显示屏里并装到汽车仪表盘上的时候，开心网都快黄了。网红也大体上同理，你以为自己敏锐追赶甚至制造潮流的时候，其实已经是个笑话了。

这么说很不礼貌。我们还是继续看这个路口。生意最好的是西北角上的卞姐蛋饼，从早上六点多到晚上，朝向东的窗口为客人现场做蛋饼，朝向南的窗口是外卖。除了 2021 年夏天一个声势很大的台风来的一天停业之外，没见它歇过业。有一天早上，看四个大黑箱子，箱子上写着两百套，应该是哪个大剧组的早餐——它的生意看起来做得很大了。蛋饼和它的近亲煎饼一样，卖的都是气味，每次经过都要被诱惑，但实际上并没有那么好吃。

从外卖窗口向西，沿长乐路，紧挨着它的是新开的叹柠手打柠檬茶。柠檬茶是正流行的饮品，流行程度似乎已经超过了奶茶，在 2021 年我们刚开始做调查的时候，这种茶饮店还不多见，现在已经随处可以闻到红茶的香气了——它也是卖气味的店。

它们的生意都好，也流行，但没有太多网红气。什么是网红，不容易描述。隔壁的"CookieYak! 曲奇烧"看起来就像——偌大的店，只卖若干种小甜品，里面有店员，外面有自动售卖机，橙黄色的灯光，休息区，他们似乎很希望大家都来拍照，推广，滚动，吸引更多的人来拍照……与一个早上一个客户就拿两百套蛋饼相比，这位曲奇烧就很有网红气，它不以产品来取胜——所有路过的人，本街区的所有商家，比如阿力，都会在背后打听老板是什么来头，何以如此铺张。当然，6 月之后它们似乎更有危机意识，它们开始艰难探索，一会儿把曲奇售卖机挪里面，一会儿搞出一些椅子专供拍照，最新情况是弄了个冰柜卖冰激凌了。

它的隔壁是全家，人总是很多。相比于这个街区的住户、也算不少的商务办公人群和白天夜里不同的游客来说，便利店的数量有点少。不过它跟另外几家本地烟纸店出身的小便利店一样，做得更多的是一妇婴的生意。至少早晨我经过时，上早班的医生护士，还有孕妇和家属们挤挤挨挨地买小面包、关东煮、牛奶，当然还有咖啡。这里离一妇婴很近了，大家都做孕产妇的生意。

在它们的楼上，有一家日系美甲美睫店。"皮肤管理中心"，名字叫珑珑。粉红色霓虹灯闪闪烁烁。美甲店理论上属于长乐路500弄这个弄堂。楼是红楼，不是太长乐路风格，与陕西南路那些新邨更接近，石库门建筑。原本以为这一带是最容易被一声令下拆迁的地区，三区交界，各有风头想出——现在看来，它相对安全，而下一个襄阳路口却总是暗藏危机。

516弄与蒲园是患难之交。大家开始忙于团购的时候，蒲园发现致命之处：蒲园太小，凑不齐动辄百份起的团，连着酝酿了两天，鸡蛋面包团购这些刚需尽都流产，有人终于打入516弄的微信群，发现他们果然也为组不成团而苦恼，就此两个弄堂联合，迈出了成功的第一步。之所以说这只是一小步，是因为当时保供物资公司牛气冲天，只在一个地方卸货——到底是516弄门口还是570弄门口卸货就成为问题，卸了之后如何运到另一个地方，也是一个问题，相距百米，中间隔了一个一妇婴，这就成了旷世难题。最后居委会陈书记特批——由志愿者来完成最后一百米的运输。

516弄门口是立鸿房产。一如本地风格，直接在门上把有竞争力的房子公之于众。与弄堂为邻是528号的院子，这是街道房产，这里属于静安区南京西路街道，一个显要位置的牌子上写满了字，上面弧形排列"上海南京西路社区长者照护之家"，下面分两行稍小一点字横排"上海南京西路社区老年人日间照护中心"。显眼的牌子下面还有一个牌子，中英双语：

上海市·静安区　南京西路街道　综合为老服务中心
Comprehensive Service Center for Elders. West Nanjing

正常时候，它的门口总会有一个小白板的广告牌，说它还有多余的养老床位，欢迎惠顾。

再向西一点，是这一带所有生意的灵魂，或者说是所有生意的前灵魂。一妇婴，它的全名叫"上海市第一妇婴保健院"。在很早以前，它叫"中西疗养院"。院长就住在蒲园九号楼。现在蒲园沿街西边第一套别墅还是在一妇婴名下。

卞姐蛋饼的门牌号是陕西南路162号。与它相邻向北是一串服装店，分别是Chic Choc、美千代、百睿珠宝、La Decoration、Comila2017。这些店如它们的名字各有千秋。其中有一家是恶俗的，忘了是哪一家，有一天打出广告贴在门上显眼处，大意是：欢迎×××、××、×××、××、×××……的老婆来店里选购——列了十几个当红的男性idol的名字。

再向北，这些服装店之外是个面馆，叫橘生淮南，名字取得也让人意外。以前在复兴中路和茂名南路上都有店，它喜欢搞一些让人肉麻的噱头，想念妈妈之类的文案铺张到门口，要这么夸张吗？它的楼上是个叫"遇见森林"的酒吧，文艺兮兮、可怜巴巴的，文艺落起伍来，就给人落魄感觉——我总是在早上经过这里，看到它就像看到上了年纪的文艺青年，熬了一夜之后强打起精神又要奔波打拼一天。这两家店位置都好，东面临街之外，还有朝北的大窗。女人街，也就是现在的上海健康促进中心的楼建起来，从街边向后退了有将近十米，这里正好错落出一个小街角。

过健康促进中心和前海鲜大酒楼，再向北就恢复到挤在一起的门面房特色。108号是外贸家纺绣品，英文名叫Jessie，这是服装店；净素包子，很朴实；接下来一个修手机和卖手机的店——它一直持续到2021年的夏天，再晚一些，它变成一个用坚果奶做拿铁的地方，那可一点也不好喝。在这几家店楼上是风贤堂，自从中医可以自由开诊所，养生、SPA之类也跟着神棍兮兮。

继续向北，106号是另一个办公楼，上海市静安区教育合作交流中心，内部办公楼，它的入口不像健康促进中心那样充满衙门感觉，有意低调隐藏起来。

再向前是90号，楼下有一家店是夜包子，网红，真正的、标志性的网红，专门在晚上六点钟之后经营的包子店，属于莫名其妙的一种，据说，如果赶上排队的人不够汹涌，他们就会推出一笼或者一屉试吃款，请来来往往的也包括排队的人吃，不着急做正事，目标是始终维持排队。这是网红的常规打法，也是我不喜欢的原因之一。

90号楼上有好几家店，唐七烧肉，逸采，Chameleon西餐，莲居酒屋……各式都有，与楼下的一鳗一面这样的快餐共同构成生态。还有一个"从前慢"——滋补甜品。逸采的总厨是广东的黄先生，住在蒲园，是我的邻居。我看他朋友圈以为他在做微商，两个月时间里在朋友圈里挂了不少广东人热爱的燕窝之类，生意做得好像很热闹，后来与他熟了，在弄堂里喝酒聊天，知道他本行是餐饮。不过逸采也并非做粤菜，现在主打的是宁波菜。

这里正对着进贤路。

再向北一点，边上挂着88号门牌的，是一个服装店，Vernus Vogue。往里凹进去，藏着一个Root Coffee & Bar，也是白天晚上都不肯放过的小酒馆。再北边，就是升力投资公司的院子了。

隔着陕西南路，马路对面，巨鹿路到进贤路口还是老房子。Lady

Fafa 南面是 15 号院，常见的灰墙，有不知所以的浮雕，在门楣上，在窗楣上，在墙上，石库门建筑多见这些零零碎碎俗气喜庆的装饰，1990 年代城市里石膏线的繁复吊顶继承了这个风格。15 号院门上有大招牌："Max 市城服饰"。小院子里有躺椅小桌子之类的摆设，也有养得很认真的花草植物，总之就是平常院子。与众不同之处只在于有几个摊床摆了一些鞋子，还有衣服像是捡来的一样挂在院中衣架上，比晾晒的密度大很多。

17 号的名字很正式，"海南黄花梨艺术馆"，有十几年的时间，进贤路是上海老家具一条街，所以它的历史应该也不短了。它的隔壁是两个门面大小的 J+Junct 服装店，感觉也曾经把生意做得很大。它的隔壁 19 号是玛丽可可，回收奢侈品，卖，养护，鉴定，21 号是晴海服饰店。

这些店与 25 弄有点关系，此弄堂 12 号大名鼎鼎，当年是真正的网红——上海中服出国人员服务中心。现在也有一个白底黑字的长条招牌挂在弄堂口。以前出国回来的人，凭着护照机票之类，在这里可以免税买电视冰箱之类被称为"大件"的东西回去光耀门庭。中国曾经有一个物资稀缺时代，从最初到香港买电子表，到海归人才有买免税汽车的指标持续三十来年，大体上要到 2000 年代中才结束，这也基本上可以算作是范阿姨大时代废墟的一部分。中服出国人员服务中心现在搬到长寿路，有很大阵仗的免税店，在不到十年前这还是一个值得说的生意，这十来年，进口税的减免、国外的大件再没什么竞争力。不过，眼见得未来出国可能还会减少，过一段没准这种生意又再度活跃起来。三十年河东，三十年河西。原来以为是虚指比喻，谁知道连时间都是算准了的。

25 弄南边的店还是聚在一起，卖烤串和鱼这样的居酒屋，One Day in HTO。隔壁冯爸面馆给自己取的英文名叫"Feng Bar"，不卖酒，只卖面，也算是网红。31 号是个卖设计师品牌的服装店——Tu，服装一旦要强调设计师加持的身份，不是在年龄上败了一点，就是在潮流上败下阵来，感觉在最后一搏。

33号有四家店，一家叫"非常口"，咖啡和酒吧，用力很足，从装修到菜单——可以拍照，不枉店主为此一番苦心。另外三家都是服装店，Clea Boutique，名字很随和，不张扬，它也中规中矩地长成一个精品店的样子；Color，与前面一家的橱窗都很相似，可能就是少摆一盆干花的区别，浮华；De Lumière，一家叫卢米埃的服装店。

然后就到了进贤路口。进贤路口现在有已经成为新晋网红店的做上海本邦菜的海金滋。进贤路上海菜多，兰心、茂隆经营多年，有个性的老阿姨坐镇，海金滋从此中切一块自己的生意，也是有自己的办法。

进贤路口南侧，是暗红色罩面有白腰线的楼，略有20世纪初日本辰野金吾式建筑风格，这楼是黄浦区一家政府所属的地产开发公司——淮海集团所新建，它的后身建筑改造为集社，是一个办公园区。淮海集团肩负黄浦区商业开发之责，底楼招商也反映出政府风格喜好：北面第一家是ORO提拉米苏，集我们说这里所有网红特征于一身："小姐姐"喜欢（或以为小姐姐喜欢）的金属色反光包装，扎成巨型糖果样子，用透明PVC袋子装好；提拉米苏这样的主打产品；每天定时定点必须排队才能买得到的销售路径……总之，在它最红火的2020年，从陕西南路地铁站到这里的二三百米路上，到处可见拎着亮闪闪包装的男生女生和行色匆匆的中年男女——男生是买来送女朋友的，女生是享受瞩目和甜蜜时刻的，中年男女十有八九是代购或者黄牛。网红店有网红的生命周期，一年多不到，大众点评上的评价就已经是"据说以前是个网红店"这样的风格了。

ORO南边是本来川菜，再接下来是润酱面馆，号称功夫菜，装修也都是古典风格，窗棂之类，不意外也不奇怪。

淮海集团写字楼大门北侧门市是瑞幸咖啡。南边是有签花，这名字讨喜，像外国人说"有钱花"。装修风格也追求唐人街风格。与富民路的发达盛一样，在地制造出他乡之感，这样的店附近有几家，捣糨糊、龙门阵之类，你家开完他家开，此起彼伏，好像经营长久也难，但总有人不服输。

有签花再往南，是本街区里唯一一家星巴克。星巴克喜欢商务人群，所以写字楼里多，环贸 Iapm 上上下下多的时候有三家星巴克，针对写字楼里的上班商务人群、坐地铁的过路商务人群、逛街看电影的休闲商务人群各自准备了不同形态的店。但在我们这个"方圆五十米会有二十家咖啡馆"的街区里，它的存在感接近于无。我猜想，若不是淮海集团在黄浦区享有商业开发的权威，星巴克也不愿意在这里凑热闹。

星巴克占着理论上的绝佳位置：占住一个楼的转角，有属于自己的可以摆放桌椅和遮阳伞的户外空间，两侧都有宽阔的人行道，守在两条街上，而且这两条街是赫赫有名的陕西南路和长乐路。

星巴克在此地存续的大部分时间里受制于眼前的工地，让绝佳位置打了折扣。

这个路口真正抢眼的是地铁工地。地铁 14 号线从静安寺出发，在长乐路地下隆隆驶过，一直到黄陂南路新天地才到站，站间距达到了 2.8公里，在中心城区被认为是不可思议的长度。中间消失的一站就在这里。一种解释是长乐路预留空间不足以支持 14 号线的 8A 编组列车长度，另一种解释是兰心大戏院或者锦江饭店、花园饭店等机构不喜欢地铁站修在门口。总之，长达六七年的时间里这里一直是地铁工地，很多人直到在 2021 年底 14 号线通车时才意识到，这里并没有修车站，而只是修了一个地铁通风井。

31

悲悯之心与贪食蛇

巨鹿菜场，巨鹿路

范阿姨每每都要夸奖自己的审时度势和贵人相助。我没有跟她探讨她由此在陕西南路立稳脚跟的缘由所在，就像我也没有跟她探讨为什么这些生意都渐渐从街区上消失了一样。她告别的是一个大时代。这个大时代有若干标签。那时，人们到服装市场买衣服；那时，时尚的话语权还有一部分掌握在范阿姨这样眼观六路的服装摊主手里；那时，人们对仿制品、A 货宽容度更高，因为人们还穷嘛……

还有一个很重要的标签，是给这些人找个出路。

范阿姨这一批人，老三届，下乡做知青，大部分人一做十年，1970年代末回城，没有工作，没有收入，极少数人考大学，运气好的人有父母提前退休可以顶替入职，实在没有办法，政府觉得愧对年轻人，解决方法之一就有了华亭路这样的市场——"置之死地而后生"不光表现在那些走投无路的个人身上，也表现在政府层面，实在是没有岗位可以提供给年轻人了。当然，后来证明那些传统的在"单位"里的岗位大多数也没逃过 1990 年代末到 2000 年代初的下岗大潮。范阿姨本来应该是华亭路一代，但她从淮北回来得晚，加入个体经营者大军的时候已经是在百货商店转型之后了。当她在女人街琢磨生存技巧的时候，与她竞争的是四〇五〇人员——1980 年代初艰难回城的待业青年又要重新就业了——政府还是得想办法，给这些人找个出路。

长期观察华亭路的上海本土作家郑健，笔名畸笔叟，写华亭路记忆。1979 年开始，发展了几年之后，1983 年左右政府的存在感更强，比如统一摊床，提供一些服务，当然也开始收取一些费用。那时候市场管理人员还没有制服，有红袖章，走在市场里收管理费。有人叫道：

> "喂，朋友，我今朝一样也没卖忒，拿啥事物来交啊？死了远点！"
> 戴袖章朋友也只好悻悻走开。[1]

因为政策失误，要对耽误的一代人做些补偿；因为迫不得已的转型，要为他们谋生计制造一点方便。

经过了三十几年的发展，中国成为一个富裕国家。这富裕与适应自由主义风格的国际市场机制并抓住全球化机会有密切的相关性，但对于如何在这个过程中最大化自己的利益各有各的分析和表述。2003 年张五常说："中国一定是做了什么非常对的事才产生了我们见到的经济奇迹。那是什么呢？这才是真正的问题。""中国做对了什么？"据说这是现在所有经济学家都在琢磨的一个问题。

张五常给出的一个答案是"购物商场"理论：

---

1 引自郑健文章《闹中取静的华亭路，闹过，静过，又闹过，终于静了》（之三）。

一个县可以视作一个庞大的购物商场，由一家企业管理。租用这商场的客户可比作县的投资者。商场租客交一个固定的最低租金（等于投资者付一个固定的地价），加一个分成租金（等于政府收的增值税），而我们知道因为有分成，商场的大业主会小心地选择租客，多方面给租客提供服务。也正如商场给予有号召力的客户不少优惠条件，县对有号召力的投资者也提供不少优惠了。如果整个国家满是这样的购物商场，做类同的生意但每个商场是独立经营的，他们的竞争的激烈可以断言。[1]

在张五常看来，至少有一部分成功因素是这样的：县官们对招商引资的愿景热情，对土地、税收政策的灵活使用，一些有市场或者有技术或者有改变世界想法的创业家被带到他的"购物商场"里来，这个商场火起来了。如果仅仅如此，看起来没有什么不好的：就像地方政府总想做个迪士尼出来，开始的时候只是批批地，引进米奇和唐纳德的产权，给他们减减税，让他们在本地找一个合作伙伴——钱不能都被他赚走，得给我们地方留下一点钱……但问题是不仅如此。政府不光是想引进个迪士尼，它还想把整个城市变成迪士尼，那最方便的还是自己亲自上场，毕竟那些做企业的没有这样的经验。我们不是把"购物商场"做得挺好？

政府在这个过程当中，一点一点把自己换成了主语。是啊，招商引资，做规划，制定政策，制造规则，改造老破小，修地铁，修路，棚户区变成了开发区亮闪闪的那样子，人人爱在这里拍照片，规范市场，与大资本合作，卖地给更高端的业主，腾笼换鸟，领着大家进入新时代。

---

1 《中国的经济制度》，张五常，中信出版社，2017年12月。

当这么多事情要来完成的时候，公共管理者往往是忽略或者在替换掉张五常的成功理论里一个关键的事实：商场它毕竟是一个平台。把人招来了，钱引进了，接下来还有一系列因素要出来发挥作用。公共管理者是不是意识到这些因素的存在并各自发挥作用，并能谦卑地与所有元素形成共识？

新技术的应用，在某个具体的产业链甚至经济全局范围内重组各种元素，产生大量新机会，这就像是互联网和移动互联网里那些新晋大佬（等到反应过来的时候，互联网已经革了传统产业好几轮命了）；

加入 WTO，释放了制造业机会，对于那些个地方政府来说，从上海到某个边远地区的县城，划出来的那些各种级别的开发区，是政府配合的一个结果；

地产创造了大量的机会，特别是房地产，土地作为市场中很重要的要素被激发出来巨大的能量，其根本还是市场要素中起决定性作用的"人"，是压抑了几代人之久的人对高质量生活的需求蓄积的能量的结果，政府意识到这个能量能为自己所用；

当社会存在大量的年轻待业者，他们是最重要的生产力，但却因为历史原因而闲置，于是有 1980 年代开始鼓励市场鼓励竞争中的"人"的解放……

小号手丰玉程的困惑表达得直白："上海变得……有段时间，看店招，黑底白字，从那个时候开始，就感觉和以前上海不一样。以前每个人都有自己买衣服的店，有自己爱吃的店，一点一点少了，没有了。思想也是这样。""然后，很多自己聚集起来的生意，都被打破了，重新分配。金陵路，很多年都是音乐乐器，有廊街的路，房子很好看，旁边都是琴行，十几二十几年了，都被拆了。都被打散。"

据说拆掉的廊街，会重新建起来；赶走的琴行，会重新招商来做。

"上海现在很喜欢做这种事情，明明那里夜生活挺好的，把他们赶走，门关了，出去之后，我来搞夜生活。这是在搞什么？"

8月中旬，巨鹿路襄阳北路，壹号会馆门口的铁马还在。与附近常见的酒吧门口防聚集的铁马不同，壹号会馆门前的铁马，是为一个临时性菜场而准备。

巨鹿菜场迟迟未开，然后是业主方宣布停业，此地另有规划，而所有这一切巨鹿菜场菜贩一无所知，于是他们开始在菜场外摆摊经营，这存在当然更不能见容于城市管理部门。

那几天，特别是早上，街上不但有越来越热闹的菜摊，而且还有流动的助动车——车的后备厢处改装成一个铁架，铁架上往往是个白色泡沫箱，箱里是冰鲜的鱼，或者干脆就是带着氧气和水的小水族箱，在管理者出现的时候，他可以迅速离开现场，当然，他与他的常客和主顾的关系也发生了变化。另一方面，菜场主顾没办法满街去找他们的前供应商们，街道也意识到这是一个问题，于是他们在壹号会馆前引进了联华超市——露天货摊，就在人行道上。

一个戴眼镜的女性菜贩，在最开始被赶的那几天，一边卖菜，一边用余光看着不远处的蓝制服——大概是城管——一边大声批判："又在搞保供企业那一套！"

这还是小丰那个问题。

当万事有了统一规划，效率的优先级会被提升，平等不再是最重要的原则。一个城市的市民在于多样性，但员工要整齐划一……那些本来是各种公共产品消费者的市民，现在要扮演配合甚至服从的角色，如果不配合，就成了车间里调皮捣蛋的角色——他们应该被"管"起来，而不是一个需要面对面商讨各自权利并作出妥协的人。

天真的左派知识分子乔姆斯基曾经琢磨着把民主引入现代产业体系和公司制度中，我很喜欢他的这种未雨绸缪——在有关人类未来福祉问题上，经济学家的意见不是那么重要，这些务了一辈子虚的人可能更启发人的思考。

他说："在资本主义民主中，关于权力所属一直存有某种矛盾。从理论上讲，民主制度中人民是统治者。但事实上，生活核心领域的决策权掌握在对整个社会秩序具有重大影响力的私人手中。解决这个矛盾的一个办法是把民主制度延伸到投资领域、工作管理体系，等等。这将形成一场重大的社会革命，这场革命，至少在我看来，会使以前的政治革命趋于完善，并实现它们部分赖以生存的自由论信条。"[1]

简单点说，就是虽然民主制度被确立，但在社会中实际起决定作用的是公司，而公司根本就没有什么民主可言。

所以乔姆斯基也不信任自由主义经济，他觉得自由主义不是经济繁荣的必备元素，全体主义才是，亚洲四小龙，第三帝国，皮诺切特，他们可为全体主义做了不少广告。

我想说的是，天真的乔姆斯基琢磨着把民主引入企业，这创新有点笨拙，如果他真的了解中国，可以借此来反向思考：让政府做企业的事。

乔姆斯基生活在深度的全球化时代，他某种意义上已经认可了非国家的跨国公司和全球资本在人类当中的主导性，并且可能认为将来替代民族国家的可能性是存在的——他很担心在未来有可能越来越主导的情况下，人类重新被奴役的可能性。他们想未雨绸缪，解决人在未来公司社会中生存的自由问题。然后，他会看到什么？他会看到他最不想看到的东西。

---

1 《必要的幻觉：民主社会中的思想控制》，诺姆·乔姆斯基，南京大学出版社，2021年1月。

陆铭在《大国大城》里说："从过去中国三十多年的发展来说，政府做得成功的地方，都是在市场存在缺陷的时候有效地补充了市场的缺陷，并且给市场让出了充分的空间；而凡是政府做得不成功的地方，往往是因为政府过于自大，试图取代市场的力量，违背市场经济的客观规律。"[1]

当公共管理者开始把自己当成 CEO 的时候，它就像那个游戏里的贪食蛇，越灵活，越大，越有势力，也越危险。

而且，它还上瘾，作为一种游戏，每个操控者都会认为他可能更掌握技巧，他能避开雷区和危险，他能搞定一切。

范阿姨能出现在长乐路上，受益于曾经的"悲悯之心"，而不是无情的"效率优先"。

范阿姨的秀衣外贸在路边，"房租到期清仓甩卖"的牌子兀自挂在门上，从 3 月底，到 4 月份，到 5 月份，6 月 1 号开了门。那天我们见到她，她从衣服堆里探出头来，认出我们，和我们的心情一样高兴，一手抓住杨樱，一边转过身子想着在店里捞个合适的礼物，最后抓过来一个针织帽子，要塞给她。大家都有点语无伦次。

"范阿姨你好吗？"

"我好的好的。"

"没有你微信！联系不上，还怕你病了。"

"都好都好，没有阳。"

"受苦了吗？不知道你情况怎么样。"

"物资都好。我加你微信。"

"不要不要。"杨樱把针织帽子放回去，"囡囡好吗？啊，囡囡在这

---

1 《大国大城——当代中国的统一、发展与平衡》，陆铭，上海人民出版社，2016 年 7 月。

里，真好啊。"

我们离开。看到范阿姨一如既往忙叨的样子，真的很高兴。

"再见，再见。这回不能再断了联系了。"

不到一个礼拜，范阿姨的秀衣外贸重又关门。她再次待在家里，偶尔会给杨樱转发一些关于哪里哪里的消息，像很多人一样，默默地狐疑地看着这个城市，全是不解。

32

"哪个拍出来好看"

昊诚商行，太原路

长乐路陕西南路路口向南，没到新乐路的地方，陕西南路 164 号，孤零零的一个小房子，最初功能可能是 180 弄的门房，现在是一间冰激凌店，Fluffy.Lfb。更早一些，2020 年吧；它的第一家店开在五原路靠近乌鲁木齐中路的地方，生意都很好。

一天，两个女生进来，一胖一瘦。胖女生犹豫半天，问店员："哪个拍出来好看？"店员纵是看惯了围着冰激凌拍照的各种人——Fluffy 是货真价实的网红店，以出片多著称，这里隔着巨大的花园对着院子里"他的理发馆"，窗外有风景，更招人拍照——但在他的训练里，还是会对含糖量、含乳量、口感味道的深浅厚薄远近轻重更在行一些，他显然还没有完全适应这种直白的提问，愣了一会儿之后，他就乐了。

有点可笑，是吧？几天之后，突然意识到这事好像没有这么可笑。那时我正走在黄浦区一条街上，路边是老城区的那种二层小楼，一楼底商铺面，二楼或者住人，或者是铺面的延伸，但此时都已经关门，楼上窗户也已经封死——这是一片已经完成"征用"的旧里弄。几个人正对着这些建筑比比画画——他们穿着黑夹克外套，头发又黑又亮地抿向后脑勺。我突然想到，他们通常面对自己城市沙盘的时候，计划搞一个大楼的时候，打算修几条路的时候，张罗旧城改造的时候，甚至搞个立交桥的时候……总之，与我们那些城市规划设计师和建筑师规划未来，大约说的也是这句话：

"哪个拍出来好看？"

大家都讲个"出片率"。所以，你看外滩也好，迪士尼也好，很容易就变成一个标志。那两个月里，很多人诧异于为什么外滩长草会惹得有关部门兴师动众去辟谣——北外滩到底算不算外滩，到底长没长草……迪士尼要早早公布开放的时间表，也是因为它"出片率"高，是开放的标志，是那个小胖姐姐开得门来，盯着各色冰激凌菜牌问的那句，"哪个拍出来好看"的代表。

官员的路径跟小姐姐们也很有相似之处，先是赶漂亮与俗气的时尚，赶得久了，觉得自己是时尚的一部分，时髦与自己合体，自己就有了审美话语权，既而还会成为审美评判者。天知道他们到底是怎么建立起来这种审美自信的，你看他们那黑色拉链夹克外套的穿衣品位就知道，审美这两个字与他们是无关的。

比如，2020年前后几年间——如果我们以历史眼光回头去看这十来年，官方主流审美偏黑色线条。从2017年那次房东不断收回出租房，旧门面不断萎缩，隐在暗处的房东或者是新房东们主导着新的装修风格，他们心目中上档次的门面房必须要有大面积的玻璃窗，必须要有细密的黑色铁艺窗栏杆，把窗户分割成若干小方块。与它配套的还有高空线入地之后的黑色电杆，它的本意是把所有散在外面的电线都整合到地下，把所有的路边电杆——包括地面路牌、行路指示牌、路灯、弱电线路、强电线路、越来越多的跟摄像头有关的所有线路和电杆都整合到同一电杆中……

其实，单纯从审美角度来说，你也不能说这黑色线条就有多难看，就跟黑色外套夹克单独一个人穿也难看不到哪里去，它对美能有多大破坏力？关键是如果一群人都同款黑色外套，这才是一个灾难。常德路上"殡葬风"审美出现的时候，你会发现审美问题所在。他们过于"一样"了。

2019年央视网的一篇报道说：

近日，有网友拍摄了静安区常德路街面招牌设计，在网络上引起了议论。随后有自媒体发表了相关文章，引起了网民讨论。其后@上海静安发布"关于常德路店招店牌设计引起部分网民关注议论的回复"，对此事作出回应。回应指出，对于常德路招牌的设计引起部分网民议论，静安区总工会对此高度重视，经现场核实了解，该区工人文化宫在外立面整治过程中，对店招店牌设计的颜色搭配考虑不够周全。静安区表示，诚恳接受网友意见，并责成区工人文化宫及时整改。

几年之后，同样类型的消息出现在成都。2022年6月，这一次所有的招牌不但统一格式和颜色，而且统一换成了拼音，大概是觉得拼音更洋气一些……所以一众铺面迈着整齐的步伐向你走来，像个接受检阅的仪仗队。这倒是加深了我对我们行业内一个争执的理解。写字这一行，新手们喜欢炫技，表现为喜欢形容词和副词，以状其貌。专业的资深的行家就会告诫：不要用形容词！笨蛋！多用动词！另一派云淡风轻，形容词有什么不好，之所以不好看，是因为你用得不好，都是陈词滥调（我看我们招牌界也大体如此）。

亚当·扎加耶夫斯基就说只有军队才限制形容词的数量：

> （军队）只有一个形容词，"一样的"。在那些没有光彩的眼里，它具有特别的价值。一样的制服，一样的步枪。任何一个从军训回来的人，换上平民的服装，走向平民的城市，在迈出第一步时，就会记住一次难以置信的形容词、颜色、色调、形状的爆炸，记住世界的差异性，它们以各种鲜明的个性扑面涌来。……如果没有形容词，记忆也不会存在。记忆是由形容词形成的。一条悠长的街道，一个酷热的八月天，一扇通向花园的咯吱作响的门。就在那里，在被夏日的尘土覆盖的醋栗树中间，是无限丰富的"你们的"手指（没错，"你们的"也是一个形容词性的物主代词）。[1]

审美这东西见仁见智，有人喜欢大胖丫头，有人喜欢细铁艺窗栏杆。开始的时候你觉得这都是各自的审美，井水不犯河水。直至有一天，你发现别人的审美比你的审美更高级，不是美更高级，而是它可以替代你的审美。问题不在于哪种更好看，而在于为什么要"统一标牌"，或者说统一是如何变成基础审美的。

社会学家会说这是权力问题：有人替你决定审美，于是有人替你做统一招牌，有人大力推广开发区审美——就是空中没有各种线，以电线杆和道路为审美原则……当我看到一个恶俗的东西，表示它可真难看的时候，那只是代表我个人的意见，当有权力的人觉得某件东西恶俗的时候，他可能就会让这东西消失。比如老济南火车站[2]，它跟好看不好看没

---

1 《两座城市》，亚当·扎加耶夫斯基，花城出版社，2018 年 9 月。

2 全称为津浦铁路济南车站，建于 1908 年，1912 年投入使用，德国设计师赫尔曼·菲舍尔设计，在争议当中，于 1992 年拆除。

有关系，只是决策者认为它不值得保留，然后就被拆掉了。它是一个权力和权力是否制约的问题。

太原路126号原本是个烟纸店，叫"昊诚商行"。店主据说是一对老夫妻，他们那烟纸店可能有些年头了，跟所有烟纸店一样，与便利店比起来没有什么竞争优势，老主顾会搬走会离世，新主顾培养不如便利店那么明亮而且温暖而且随处可见，又不能像人家可以24小时，就没有什么特别的希望，算是一个营生，可以让人不闲下来。

这对老夫妻还有些额外的趣味，就是把所有的货品的名字都拿毛笔写在纸上，一条一条，蔚为壮观。有很多事，以规模来建立壁垒，你看写上我的经营范围和经营种类，这都是寻常店家做的寻常事。没有什么出奇之处，但如果你把所有商品都罗列在此，就是一种艺术。

定制锦旗，横幅，名片，国旗，旗绳，DVD/CD盘片，保暖桶，保暖杯，热水袋，浴桶，雨帽，洗澡巾……洗洁精，洗衣液，水垫，马夹袋，龙虎花露水，龙虎清凉油，龙虎风油精，84消毒液，雷达杀虫剂……保鲜袋，保鲜膜，盆架，电饭锅，邦迪，打火机，烧水壶石碱，地毯门垫，热水瓶胆，暖壶除垢灵，雨披，雨伞，袜子，一次性雨衣，手套……钥匙扣，钥匙板，红绸带，面纸，尘掸，鸡毛掸，连裤袜，尘推，玻璃清洁剂，S钩，水斗塞，樟脑丸，药皂，温度计，硫磺皂，蚊香，蜡烛……棉签，牙签，人体磅秤，不锈钢被夹，不锈钢衣架，垃圾袋，托盘，水勺，玻璃杯，漏勺，汤勺……蒸架，碗夹，刨刀，锅铲，铁锅，碗，菜罩，菜板，菜刀，水果刀，筷笼，筷子，条更，菜刀……

有些品牌用红色字，打火机的"火"字也特意红色高亮，错字并不多，调羹两个字显然是写错了，不过这并不影响它成为太原路一景。而且，从 DVD 那里可以判断得出，它的历时性更新体系——随时增加新的东西，不会删掉旧东西，某种意义上它就成了一个烟纸店的销售史。

这个历史据说在 2019 年的夏天结束。当地的城管认为它……难看，然后，就撕掉了。媒体还有去采访，女店主费阿姨很委屈，有照片里看到她在重新写，不知道现在是不是又重新挂了上去。

你看，这就是我们前面说的，大家觉得好看的时候还好办，如果有人觉得它难看，麻烦就来了，我和费阿姨觉得好看是没有用的。有权力的人才能决定谁好看谁不好看。

难看的人。难听的话。不愿意听的话。大意就是这样。

对了，还有一条，城管还认为这是店招。只能有一个店招。这是硬性规定。我对它是不是店招也是存疑的，但有权力的人认为是，所以它就得是。为什么只能有一个店招？有权力的人认为只可以有一个，就只能有一个了。

所以，烟纸店写满了货品名称的店招好看吗？德国人建的那个有一百年历史的济南老火车站好看吗？这些事儿不应该这么提问——这还是"哪个拍出来好看"的变体。在决定拆掉一座火车站的时候，是否真正了解它的价值，了解它的价值的人应该是谁，我们应该尊重谁的意见，尊重是一个前提。而在决定一个烟纸店写满货品名称的小纸片片的命运的时候，根本就不涉及好看和价值问题，因为价值有无跟他们都无关。

东京当年通过景观法，伊藤滋创立景观保护协会，协会的目的在于"复兴被战后发展所摧毁的日本'独特的美'并促进人们从国家财产的角度来审视景观"，列出一百个需要改善的"糟糕景观"，日本桥排在第一位：这个曾经地标性的建筑，现在上面还有一条高速公路，显然破坏了它的整体性的美观。伊藤滋为此成立了一个"帮日本桥夺回青空会"，要拆掉高速公路。这是第一种保护意见。

第二种反对的意见来自建筑理论家五十岚太郎，他主张地标性是个相对概念：你怎么知道未来高速公路不会成为更有价值的地标？这在当年，被认为是政府背景人士的强词夺理，但实际上它并非没有道理。有研究者说，对于一个建筑而言，"最严峻的考验期一般在三十到五十年。在建筑品位已经改变，最初的设计不再具有新鲜感的时候，提出拆除或大规模改建，最有可能受到重视。如果一幢建筑躲过了这种'中年危机'，几十年后，当时尚钟摆又摆回来时，这幢建筑可能再次受到宠爱"。[1]

这里还有一个提醒我们注意的问题，三十到五十年的建筑现在在上海，基本上是五六层没有电梯的老公房、大蓝色玻璃加铝合金加白瓷砖罩面的招待所或公厕风格建筑，正是最危险的时候——从我行文使用的语言看，大概我也不会对它们持过分保护的态度，但谁知道再过二十年，这些招待所或公厕风格不会成为一种工业遗产风格被认可呢？想想二十几年间对赫鲁晓夫楼的态度变化吧。还有，这几年的"合杆入地"的开发区审美，那种整齐划一的、所有电线都埋在地下的、宽阔的黑色沥青柏油路的、民国风格或者称欧洲风格的多层石头建筑为风格的开发区审美被推崇。它未必难看——以我们现在的审美判断，但显然也没有理由认为它的"反面"，比如各种乱糟糟的电线悬在空中就是丑的，实际上它一点一点地正在成为魅力的一部分。这种审美到底是怎么演变的，是有趣的话题，我们现在所知道的就是，审美决策者们，似乎还没有意识到这样的一个天空是值得保护的。他们看不得一点多余的东西与它们分享蓝天，除了摄像头。

---

1 《嬗变的大都市：关于城市的一些观念》，维托尔德·雷布琴斯基，商务印书馆，2016 年 9 月。

第三种意见是到底要保护的是什么，"如果政府真的在认真思考怎么花钱把日本桥打造成旅游地标的话，那么他们就应该把现在这座建于1911年的桥拆毁并建一座江户年代木质日本桥的复制品，然后再在历史真实性的名义之下禁止一切机动车交通"……

第四种没有意见，但提出了深邃的问题：谁才是居民呢？

正如江户东京博物馆的案例中要定义博物馆的受众时所遇到的问题一样，担负集体记忆的特定城市景观会引出到底谁有权力继承这一遗产的争议。这个在老城区中心的历史产物究竟是属于它周围的街坊邻居，还是东京的全体市民，或者是全体日本国民，抑或如"帮日本桥川夺回青空会"支持者所说的，它是一个具有提升日本在国际旅游业的竞争力潜能的全球文化遗产呢？[1]

在上海，这个故事有点像那个著名的"亚洲第一弯"的遭遇：当年延安东路高架一直插向外滩，最终左转一个大弯落入外滩大道中。你沿延安高架穿行在逼仄楼群当中，最后时刻，整个黄浦江与小陆家嘴在你面前黯然出现，称得上恢宏。这个大弯在2008年拆除，前后存在11年。

如果套用前面所说的四种意见：它显然是个地标性建筑，甚至成为旅游大巴的一个打卡景点；它被拆除的原因是外滩的整体风貌恢复——并非没有道理，甚至也可以视作另一种"还我青空"；外滩到底要恢复到哪一步或者说哪个时代？谁拥有"亚洲第一弯"的视觉享受，这视觉享受会给上海带来什么，谁更有权利表达对这个"亚洲第一弯"的喜爱并影响最终的决策？

---

1 《本土东京：公共空间，在地历史，拾得艺术》，乔丹·桑德，清华大学出版社，2019年1月。

显然，在我们这里，任何一个问题都没有被深入地思考。CEO 决定审美。这与老夫妻档的烟纸店是同样的命运。

日常，晒衣服

巨鹿路，上海作家协会大门

延庆路，临时出现的鸡蛋贩子

太原路，昊诚商行的商品列表，艺术品

长乐路上，小赵礼品回收店从不关灯，三个月后落满了灰

乌鲁木齐中路临时露天菜场

襄阳北路公厕对面的墙

空无一人的北京西路

没有了打桩模子

路口七：陕西南路—新乐路

陕西南路和新乐路路口，原来这里是"打桩模子"最活跃的地方，现在西北角上的上海教育评估院稳稳地赋予了这个丁字路口冷静沉稳的风格。2017年那一轮上海城市整治，老城区的很多店铺被通知"房东不租了"，这其中包括了上海教育评估院，租了它多年的几家时装店就此告别新乐路。现在是拱形窗，有窗栏杆，灰墙，原来热闹踪迹全无。与教育评估院西侧相邻的第二座楼，底楼灰色，二到三楼米黄色，还是很安静很稳，就像曾经有过的那个商业发达聒噪的陕西南路从来没有出现过。

教育评估院的门牌号是陕西南路202号。沿陕西南路向北是民宅，大体还保持原样：192号最靠南的是一个玻璃门，很办公感觉，橙色招牌，假装时尚，Faux-Fashion Studio；接下来依次是Blossomy和衣都锦。前者号称卖进口商品，自己定位是"大牌小样集合店"，橱窗最显眼的地方摆着一些夹脚拖鞋。它边上是阿稳通讯，主打手机维修、号码专卖，

Fluffy

陕西南路

长乐邨

叶师傅和
Serena的
干垃圾

教育评估院

新 乐 路

陕西南路

通往
环贸Iapm,
就是以前的
襄阳路服装市场

* 2000年左右，经常在这一带出现的"打桩模子"。

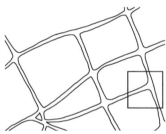

阿稳前面还有一个很大的苹果手机 logo，看这经营范围感觉像个百年老店，不知道如今怎么赚钱。它守着一个不深的小弄堂，门牌号是陕西南路 188 弄，里面两家店，一家是卖老款睡衣的 Etta；另一家是弄堂小吃，看起来带点"游客凝视"的味道，出现在这里也并不是太意外。188 弄堂口另一边是卖包的"首选"，网上有评论，说老板很凶，惹了一些麻烦，又看好像以前店在对面，后搬到这边来。不过在陕西南路这里卖包，而且一直卖到今天，是要有些深厚不凡的人生历练的。它边上是"乌托邦"刺青，或者反过来念：邦托乌。金属匾牌，金色，还有点斑驳，就像通常已经被人忘掉的乌托邦。最北边是 1 号，Candy Kisses，为 kids 准备的小服装店。

再向前就是名气很大、建筑也很有特色的陕西南路 186 弄。1927 年的产品，"砖木结构，西式风格。单体建筑为联拼式，共 2 幢，形体对称，高 3 层；共有 20 套住宅单元，各单元均设前花园。单体南立面为外廊式风格，有多且拱形门窗洞组合而成；卵石墙面，局部红色清水砖饰带；机平瓦坡屋面"。从弄堂口望进去，两排楼间距超大。弄堂通道很宽。已经是为有汽车的客户服务了。走进去，里面有小服装店、工作室、理发店，其实藏着一个小型的商业社会，这个弄堂走到底，有一小门，勉强能过助动车，拐进去就是蒲石村南北向的通道，通向长乐路，出来正对着棉花田，大白鹦鹉 Lucky 家。不过，这门时开时关，保安对外人穿弄堂而过总是保持警惕。

186 弄 1 号楼东山墙靠着路边，灰色，拉毛，比黄色拉毛的整个街区流行色看着要高级一些。两层加一层阁楼，底楼有两家服装店，禾晨和 WIZ.R。还有一点点奶茶店。过了这个楼，180 弄的弄堂口南边一侧，看起来还是像汽车间，是一家雾化弹体验店，卖悦刻——Relx 品牌的电子烟；隔壁另一个店，卖香氛，BC Boyz Combo。180 弄可以走进去很远，有一道常年锁着的门跟蒲石村隔开。这条弄堂没有店，开的门也不是太多，只有树和青苔，过于安静，安静到走进去让人有点不安。180弄另一边是独立细长的房子，像是汽车间或者门卫室改出来的，它有一个独立的门牌号 164 号，以前曾经是服装店，现在它变成了我们前面提到的 Fluffy.Lfb 冰激凌店。

马路对面是长乐邨，这半条街只有一个长乐邨的门牌号：陕西南路39 弄。长乐邨的联排别墅靠马路这一侧都是西山墙，从北到南分别是39 弄的 1 号、20 号、39 号、58 号和 77 号。每个门牌号差不多都能开出两家店，两排房子之间都有前后院的花园，看起来很疏朗。长乐邨是居民区，没有明火执照，所以基本上都是服装相关的店。

1 号是 Lady 豆。总是有一个看起来草率的大绣花床单挂在橱窗和门上，表示自己无心营业。

20 号三家店，一家是 Yuege，服装店。招牌精致。门边偏下，四个字印在粉纸上：高薪诚聘。它的隔壁是 Before Sunrise，再隔壁是 Luna & 春衫定制。

39 号，和氏潮服和一家叫瑞珂文的饰品店。

58 号，是米多多，边上是 Made Hommo。

77 号，同样是两家店，一家是以心，卖女装。另一家是 C-Pix T 恤定制，而且要强调自己是俱乐部，正在打折促销。

长乐邨大门北面的房子一直空置，有装修挡板围住，挡板后面隐约可见五个字的上半截，大概是"百川通银楼"，在大众点评上查不到这家店，但百度可以搜到有这个公司，在豫园有另外的店，也是珠宝翡翠之类。当时估计应该很快就会有新店出现——隔了快一年，挡板还在，一直没有开张。

再向南就是新乐路的丁字路口。看路边房子还在长乐邨里，正对着新乐路，但门牌号变成了陕西南路53号，另一个变化是突然多了餐饮店。来叹茶、玲珑餐厅、小龙凤餐室是有名的几家，感觉已经开了二十几年。新店也有，RAC，不但新，而且网红，卖可丽饼，最早开在安福路，浦东的国金中心也有，陕西南路55号这一家，看起来是最不起眼的一个，但还是很火。

没有"打桩模子"站在街上的新乐路，很安静。教育评估院和街角强化了这一色彩，让整条街甚至都肃穆起来。这与它的建筑形态多少也有点关系。新乐路路北那排老别墅前都有纵深二十几米的大院落，门面开在院子深处，又大都与奢侈品和二手奢侈品有关，平添幽深感觉。新乐路南面临街倒是与平常街巷没有什么差别，但奢侈品销售为这条路定了调子，所以总是有些高冷气——与上个时代已经不同了，那时全世界似乎都知道，热情洋溢的"打桩模子"向我们推销的是假货。

新乐路16号是"7cm"，很宽敞，有三个入口，两个入口隆重地写着"7cm"，中间写着"141319"，感觉怪怪的。隔两个门，24号院子里有IBL Yeung，大面积粉红色、巨大的冰激凌、紫色的花束、把你揽入怀中的白色秋千、比乾隆审美还要巴洛克风格的白色户外桌椅，搞得跟婚纱影楼摄影棚一样，还有草坪。它斜对面17号那里还有一家它的分号。26号院子里是米澜坊，买手店，继承了襄阳路市场卖包包的风格。28号是花映美甲美睫。充满少女心。只是美甲美睫要占整整一个大院子，还要占了两层楼，有点过于铺张了。32号有一个似乎是叫"娇"的店。Regalla，不明所以。院子里树和草长得乱糟糟的，还有一口井。为荒凉加分。

那些巨大的院子，似乎都没有为它们的店加分或者带来衍生价值，感觉店主比顾客更不在意院子产生的宜人尺度。

34弄开始，大院子少了，有了更多人气。院子里有卖古着的小店

"干垃圾"，也有小裁缝店出现。36号，荟佰厢，应该是"会白相"的谐音。它和隔壁的生意都别具一格，旁边那家真正会白相：一个招围棋学员的启事贴在关着的门上。38号是饰品店，Reine或者Reane，不大好判断到底哪个是正确的写法。中午的时候两个店员在小院子里吃饭。40号，皓妈名品，Luxury Box，奢侈品，不是妇幼路线，这名字取得也大胆了一些。整个的墙砖都很刻意。

42号大门紧闭。新乐路44弄和新乐路38—50号，在"优秀历史建筑"的介绍中，"底层外墙覆以深浅两色陶面砖"，我说的刻意就是这个，不过它由来已久，容易让人诟病我们尚古或者崇洋的原因是我们不好判断它来自哪个审美周期。它叫新乐坊，过去叫亨利坊，新乐路以往就叫亨利路。46号，桔梗中古屋。奢侈品回收的名字取得有一种中医感觉。招牌也像。但橱窗风格不一样，还摆了一把吉他，POP A FIND。48号，50号，A Great Find，若干家时装店，而且给人感觉都是在做富人的二手货的生意。52号到54号是个院子。都是紧闭的大黑铁门，不留一点缝隙。52号墙上有一个店，叫Explore。54号和56号之间则是另一个叫Vintage by Lili的店。58号是Xxtra质萃。60号是Daisy。64号，M。66号，Forus。68号，Le 366，一个从2007年就有的店。

70弄，比较深的弄堂。云从缝隙中进来。72号，香榭丽舍。原来弄堂里有口吃矫正学校之类，牌子很大，现在都不见了。74号不知道为什么就封在墙里面了。有迹象表明它是Kicks Town波鞋店，可能是上次整治的结果，倒是随遇而安。6号至少有两家店，一个是百变虫。也是鞋。但鞋的种类要多一些，还有一些衣服卖。另一个是Heirloom，不知道是不是连锁店，在网上可以搜到新天地一家店，至少那几天里这个店不在视野范围内。

到80号就到了襄阳北路的路口。我们暂时停住，看马路对面，从西向东走回去。

马路对面的新乐路 47 号是个奇怪的平房，像一个赶时髦的公共厕所。防盗窗特别显眼，而且窗子特别多，所以更加显眼。

45 号，上海市园林设计总院有限公司。它把自己的企业名称做得很模糊，不知道是否有意为之。一个设计公司在这个地方，还不错。不过，它的邻居们，或者说它把自己的房子都租给了奢侈品回收，感觉不是太灵。Reel.Sun。时装店。它的门牌号是 31 号。23 号，Wolee，一间服装店。这里有一家 Lynn，它的门牌号是 23 号，但旁边的弄堂口上挂着一个 33 号的门牌，新乐路的门牌号始终有点乱。

接下来的这段新乐路丰富多彩。19 号这里排着 W、Gnn、Coco、Flower。17 号排的则是 Nana、Show、IBL Yeung，它们都是服装店。11 号，Eleven。它们的特点都是三层。这个楼到底是不是从前留下的老房子，我都有点怀疑，因为外立面完全变了。NK，原来它叫 NK Seven，现在搬到了 11 号，隔壁的名字叫 "Eleven"，看起来有些关联。9 号，TT 服装店，招牌和装修年代不好说，橱窗上挂着很密实的窗帘，所以也很难从服装（如果有的话）去判断风格。"南"，Less is more。这口号永远有它的存在空间。T Coffee & Bar，招牌好像换过，几个小牌子也换过，"coffee o'clock" 的霓虹灯没有换，原来的玻璃门换成了谷仓门。7 号，有 Meils，这几家店里不怎么换招牌的一家。Meils，Gaga，这样的名字总是出人意表。Mona SS。还有一家 Feelgood。接下来是一间刷着白色外墙漆的服装店。橱窗有黑色边框，暖色灯光照着的衣服打眼一看像是故宫里展出的龙袍，这个店也叫 Lgnn，门牌号是陕西南路 204 号。已经又回到陕西南路了。

从它这里，向南沿陕西南路就是地铁站周边，有让政府产生自信的百盛有巴黎春天，代表一段历史上的辉煌；现在有环贸 Iapm，眼下上海最成功的商场。

市场可以自行运转。就像早先范阿姨那一代在本来没有多大的空间里，挣扎出华亭路或者七浦路这样的市场，把一个行当做成大生意。高松的爸爸初来上海算准了旧门窗总要升级换代，老一辈小李算准了人们要吃水果，所有生意都是在艰难的夹缝中做起来的。有些东西做成了合法生意，有些始终不改低端，有些做出升级版——掌握在新一代小李或者高松这样的人手里。围绕着新乐路上的针对富人或者渴望像富人一样生活的人的奢侈品生意，也要寻找新的业态。公共管理规划出来的是一种商业，而自然生长出来的可能是另外一种。潮流背后，有它不变的市场规则。

我们在此相遇

干垃圾杂货铺，新乐路

店里有一个黑白电视，估计就是九英寸吧，特别小，少见，放着《罗马假日》，格里高利·派克和奥黛丽·赫本。这是古着店，没有什么不对的。

"这是70年代的电视。"穿牛仔夹克的男人，手里拿着一筐蒜瓣一样的东西，沿着我凝视电视机的目光，给我介绍。他大约看出来我在想什么。

70年代什么人家才有电视？

"这放的是视频？它能接视频？"电视过于古董了，我想不出来它有什么合适的接口与任何现代的设备连接。

"以前用天线的电视，不是可以收到那些电视台的信号吗？"拿着蒜瓣的男人给我解释，"我自己发一个信号，它能收到。"

"你发一个信号？"

"买一个发射器，淘宝上有卖的。我放的是小米盒子，信号发出去了，这机器就活过来了。"七十年代电视里安妮公主已经剪短了头发，坐在广场台阶上吃冰激凌圆筒。

会发信号的男人很得意自己的这些技能。"我们小时候看电视不是都有天线的吗？后来才有有线，天线有时候还得用手扶着，这样才清晰。"

"我们店里所有的东西都是可以用的，里面那台电脑也能用。我副业……也不是副业，爱好倒腾无线电。"

"他动手能力超强的，什么都能修。我不行。"爱好无线电的男人拿了墙上挂的工具去对付他的蒜瓣了，吃苹果的女店主说着，顺手把咬了几口的苹果放在一张餐巾纸上，"任何东西他拿到手一看结构就特别清楚，我的娃娃坏了也能帮我修好，很神奇。"

女店主叫 Serena，穿着厚厚的深蓝色对襟大毛衣，你会在老奶奶身上看到的那种，用毛线勾着彩色的花或别的什么图案。爱好无线电的是她的男人，叶师傅。他们的店在新乐路 34 号，在一个房子都刷成果绿色的小区最深处，门口是木篱笆墙围起来的小院，篱笆上绑着小玩偶和木牌。Garage Vintage，他们的店名，中文名就叫"干垃圾杂货铺"。

如果不是那天黄昏我多看了这个小院一眼，就不会注意到闪烁的粉色霓虹灯。如果不是霓虹灯……你大概只能通过点评或者小红书知道这个地方。好像大多数进来的顾客也的确是这样来的。

干垃圾卖各种旧衣服和小东西。像百宝箱。每样东西的位置看起来都是想过的，至少从空间的密集程度上来说，不能再有更合适的位置。除非撤掉某些东西，否则无法添加新的。女店主坐在这一堆东西之间，被 Vintage 毛衣、Vintage 领带、Vintage 首饰、Vintage 玩具……包围在里面，她和她那张充当收银台的 Vintage 木桌，也像嵌进去的，恰到好处。

这时快到黄昏了，工作日，店里人来人往，生意比想象得要好。有几个大学女生站在窗子前请店主帮忙拍照片。这窗子设计之初大概就是为了做取景框，窗台很宽，顺势做成茶几。一个大卷发姑娘坐在窗台边上的高脚凳上，穿豹纹毛衣，配粉红高领打底衫，涂正红唇膏。笑眯眯。

"所有的东西都卖，猫不卖。"

哗！巨大的水流声倾泻下来。

"你可以想象这里是马尔代夫什么的。"笑眯眯的卷发客人说。她是老顾客，总是在天气好的时候从打浦桥走到新乐路，不近，但一路玩得高兴。来了再随便翻翻试各种东西，一个下午就过去了。

楼上在冲抽水马桶。

哗！轰隆隆。

把店开在院子里，不临街，这周边小区里弄走进去，经常会看到各种古着店开在里面。那些千奇百怪的名字未必一定是古着店，但古着店的名字确实要费一些脑筋。比如在巨鹿路四明邨里的"宇宙无限"，它在瑞金路淮海中路那里也有一个小门面，还有大兴里的"小小花花"。Serena说中古的东西开在路边，可能只会招来一堆好奇的客人，看半天不会买，很多人不大接受二手的东西。把中古店藏在院子里，"愿意找过来的人都是感兴趣的人"。

"这个房间是汽车间，本来也是两间，这里原来住人的，隔壁是以前的公共厨房，有所有家的煤气表，这里原来有个楼梯。"

原本有一个谷仓门，现在是一堵琳琅满目的墙。

"所以小小花花也是开在大兴里的院子里。"大兴里就是巨鹿路菜市场后面可以走到模范邨的那个老小区，要从一个很小的弄堂门走进去，经过右手边牛肉面店总是散着热气的后厨，转个弯就会看到小小花花，它的门口有一座很大只的绝地武士，以前在环贸商场一楼的中庭，那还是迪士尼《星球大战》宣传期的时候，放在那么大的空间里它都不显小，如今在弄堂里守着门，更加威风凛凛。

"我们就住在小小花花后面。模范邨。"种了蒜头回来的叶师傅说。据说那是郁金香。它和传说中让人疯狂的"球茎"长得很不一样。

"我只有周末来，徐小姐全职做这个店。"徐小姐就是 Serena。他们称对方为徐小姐和叶师傅。叶师傅还在陆家嘴上班，上海中心，一个外资的保险公司。他们之前是同事。

"我们开店之前很多货都放在家里。当时看这个房子好，觉得蛮适合做一个工作室，开店是第一次尝试。我们两个之前喜欢出去玩，喜欢淘二手货。疫情之后很多地方不能去了，觉得可以弄个店玩一玩。"

"我们昨天还逛了愚园路，那里也有好几家古着店，我们一般休息时就自己逛逛，看看别人在忙什么。每周有两天我和叶师傅都不在，我们请大学生来帮我们看店的。"Serena 说。

"以前一年要去欧洲两三次，一般去了以后就去玩一玩，索性多待两个礼拜。现在去不了了。当时开店就是想，去都去了，还是搞点货回来。像这种衣服，"叶师傅拉了拉自己的牛仔衬衫，"在意大利才多少钱？一百块钱以内，看着很顺眼。"

"那时候我去东欧，在拉脱维亚，他们摆摊看着像菜场一样，衣服太大了，码子小的人都不太能穿，我就看看也蛮有意思的，我很喜欢看看。"卷发客人说。

"不知道啥时候再能出去了。"叶师傅说。

"去年第一次看到这个房子。"安静了一会儿，叶师傅说。

"哪个？"

"模范邨啊。"

"我们有一个额度，可以买房，结婚之后就会有。然后就开始看。我们都喜欢老房子，就看附近了，最远到江苏路愚园路，那一代老房子也挺多的。"

"你们不是上海的？"我问。

"这里只有一个上海人！我！闵行区本地人！"卷发姑娘拍胸脯。

"我是温州人。"Serena 说。

"我是杭州人。"叶师傅说。

"你几岁来上海？"我问 Serena。她一口上海话。

"六岁，爸妈做生意，小时候就住在上海老师家，北京东路小学。初中就住校了。跟爸妈还可以。不算差。他们做五金生意。"

"我们大概看了四五十个房子……"

"精力充沛啊你们。"

"首先我们都不讨厌看房子，觉得看房子很有趣。一共看三个月吧。中介很厉害很靠谱的，每次会帮你安排好，三四个一趟，周末基本上都在看，我们说只要老房子。"

"吃橘子吗？乡下自己种的，不算甜，但是味道很天然。"Serena 变出一些橘子来。很小很紧实的砂糖橘，放在当茶几用的窗台板上。

"老公房不要的，1949 年以前的房子，石库门也看过的。"

"发现模范邨是五六年前了，之前在这里走过，很喜欢。正好有机会买下来。交通很方便，购物也很方便。弄堂也很大气。如果是住的话，它也有保安。"

"我们现在甚至还搞到了车位！"

有只猫醒了。从里间的窝里踱出来，金吉拉，反应很慢的样子。走到门口看看院子。

"这只猫在店里，五岁了。"

"我们有五只猫，这只是最合适在店里的。另外四个在模范邨。它跟另外四只处不好，自己本身也喜欢在这里。很老实的，其实也很聪明。

对的，金吉拉。"

"长乐路那几个别墅都很美的。陕西南路那几个。包括太原小区里的房子，都很好。"

"最喜欢太原路。"

"爱美尔公寓蛮美的。"

"涨了吗？"我问模范邨。

"不关注了。"

叶师傅说他们买下的房子 116 平方米。下手时候就只有三个考虑，老房子是第一个条件，第二个条件是交通和周边配套，第三个是买得起。排在后面的就总在变，比如开始的时候只看三楼，一楼二楼太潮了。

"潮得不得了，你看这个房子，24 小时，三台抽湿机开着。去小小花花就会有霉味的。"

"你开始说别人坏话了！"Serena 大叫。

"怎么了，真的啊。"叶师傅答。

"这边好像有很多 Vintage 店。"叶师傅去招呼刚进来的客人，我跟卷发姑娘聊。

"我还去过又喜。"

Serena 耳听八方，把这话听了去，抢过话头。"看我的眼睛。"她很认真地翻了个白眼。

"是假货吗，还是东西不好？"卷发姑娘追问。又喜在长乐路上和巨鹿路上都有店。

"他们家的东西就是……要挑一挑。"Serena 可能想起来刚刚教训过叶师傅。

"我觉得还可以。"卷发姑娘说，"我看淘宝，然后我看到之后，恨不得马上就要到手，不愿意等，等不及就想我离这里又不远，那我来这里看一看，有合适的我就买，不合适我再去淘宝。"

Serena 转一个话头："隔壁还有一个荔枝花园，也是。很里面的一个小院子。卖古董二手婚纱礼服。那房子很漂亮，他们刚开一个月。店主长得像周冬雨，是个小网红。在广州也有一家店。小姑娘很小的，99 年！"

指给我看墙上的宝丽来照片。他们去荔枝花园的时候照的。一个红唇齿白的女生。可能是宝丽来效果。

"是蛮像周冬雨的。好像比周冬雨瘦。"

"怎么可能！周冬雨超瘦的！"卷发姑娘和 Serena 一起大叫。

"我是 HR。"卷发姑娘说。

"啊，你可不像 HR。"我脑子里出现一堆我接触过的 HR 的样子。"你看起来跟他们没有什么两样。"我目光掠过卖古着的夫妇，他们有什么职业特征吗？波希米亚？中产阶级？新上海人？新富？高净值？文艺？

"办公室离这里远，在岚皋路，浦东。"嗯，这听着就职场起来了。

"以前我也……嗯，也不算当老板，就是轻狂过两年，辞职去做文身。2018 年的时候。"卷发姑娘说。

"我都不知道你创过业哎！"从院子里回来拿东西的叶师傅突然停下来听客人讲故事。

"我之前在捷豹路虎做 HR，现在回去做 HR，但不在路虎了。"

"我之前跟师父一起开，也不用负担房租，我只是他的小工，在徐家汇那边，租了一个次沿街的地方，但是房租也蛮贵的。后来疫情的时候也开不了门了。"

"文身图案一般都是定制的，你了解一下客人的需求，想要什么元素。"

"我师父是做涂鸦的，上海蛮早做涂鸦的人，在圈子里有一些名气。后来做文身，所以客人基本上都是介绍来的。我们不做大众点评。客人说我们贵，但还是会介绍朋友来。"

"师父是艺术家。做事情很拖，所以大家就一直等他的稿子，一直等一直等，都愿意的。他现在就比较多帮一些品牌做定制，做设计，在松江有一个挺大的工作室，有一些展会他也会参加。"

"工作室是画。他的东西都是喷漆出来的，他比较喜欢研究材料，树脂什么的，在这上面创作。"

"作品？那时候莫干山路，留下太多，真的。胶州路大火那次，'上海坚强'那几个字，就是他们去弄。现在莫干山那里已经没有了。他一开始是做涂鸦。"

"我不会涂鸦。涂不来。我是野路子。我就是在他那里文身，然后喜欢。但那时候我还上班，就说去学学，他说行，学着玩玩。不小心学会了。"

"我没学过画画。"

"学会了之后，他就怂恿我，他说做什么做，不要做了，我脑子一热，也不是脑子一热，反正就想说那也行。试试。然后就跟着他。你想2018年做的，做两年，到2020年头上嘛。疫情时候没办法开门做生意，相当于没了收入。我也没他那种设计活可接，正好以前同事的公司在招人，有个位置问我要不要来看看，我就又回去上班了。"

"我觉得人是这样的，劲过了就过了，过了就懒了，技能 get 就好，一技傍身了。"

"对，我现在要把它捡起来可能也可以。文身就是针，通过非常快速的震动把色料点到你的表皮和真皮当中的那一层，你看到只有一根针，其实它里面很细的，有好几根。"

我看到她手指上有根像小朋友用彩色蜡笔不小心描上去的一根线。

"我手指上这根线吗？我有很多奇怪的文身，这根线很多年前了，手指运动很多，你看线已经断掉了，一些颜色已经褪掉了。"

"就是跟朋友在一起无聊文的。有的人问我这个东西意义是什么。没有意义，我不想的。"

"我做的也不是大家想的那么古板的 HR……"她终于想起来解答我的疑惑了。"要做员工培训，要讲课，设计很多东西，还比较有趣吧。开发一些课程给员工，还有公司文化。比如有一天看《奇葩说》，听到他们在辩论，什么人，anyway 他讲了一句话，我觉得有道理，就文到身上来了。"

她指着身上"我们等待"四个字。哦，原来她还是在讲她的文身。

"文身最简单是看线直不直，颜色均匀不均匀，这是基本功。接下来再看他设计的图案，包括位置也很有讲究。人是动的。在胖子身上文和瘦子身上文，不一样。瘦子好文，因为文身要把皮撑开，胖人脂肪比较厚，很难撑，体脂比低的人就比较好撑，而且胖的人颜色不容易进去。"

"我去过一家店叫 Wild Tattoo……我身上唯一不是我师父文的就是在这里。去年文的。他们走的是很美式很欧式的风格，线条粗，色块很大，有水手、燕子、蛇什么的。他们有这个说法，以前的水手在海上航行，越过了什么经线，就文一个燕子，说明我兜了一圈。他们家蛮有特色的。"

后来我查了一下，她说的文身店就是巨鹿路上爱美尔公寓那一家，logo 是个傅满洲一样的咬辫子男人，唐人街风格。它还有一个中文名字叫"狂野纹身"。

"这里我没有每天来。两三个礼拜会来一次，大概五六月份的时候大众点评上看到，然后就来了。店很小，你看就这么一点动线。当时就我一个人，也没试什么衣服。但老板娘眼光真的好，她就一直给我推荐，一推就停不下来。试了二三十件，带走好多衣服。包包也是这里买的，反正每次来都消费就是了。"

"他们每个季节会上不一样的东西，比如之前买了很多衬衫，然后毛衣开衫，还有花裙子，我就很喜欢这些东西。就这样每两个礼拜就要来一次了。"

"你让老板娘给你推荐呀！"

"本来我们就很喜欢，开这种店还得是喜欢，"在边上不说话的叶师傅插嘴，"开出来要一个月。我们去年过年回来开始装修，那时候工人拖拖拉拉，差不多3月份硬装才装好。很多东西都是我们自己弄的，刷油源啥的。很多东西都是从我们家里搬来的，反正也很近，背个包就过来了。"

叶师傅把话题拉回到房子上了。

"你们对这个店的装修也蛮用心的哦。"通常租来的店都没有这么投入。

"这房子我们也买下来了。"叶师傅说。

噢，我再一次在头脑当中算了一下这两个人的身家。模范邨的116平方米，这里两个房间，院子，院子角落里有个小棚屋……

"喜欢嘛。"

嗯哼。

"这里租出去，房租差不多5000块。"

"便宜好多，那些沿街，不能动明火的都要一两万。"

"你说那些咖啡馆？"卷发姑娘说。

"现在咖啡馆太猛了，"叶师傅说，"8月底我们跟一家咖啡馆联名做快闪，结果现在半年不到，我们还在，咖啡馆黄了，开了也没多久。"

"用爱发电了，这是。"Serena说。

"有个选场地的导演，觉得这里一切都很好，但是小了一点。"叶师傅说。

"Angelababy 家以前就住在这附近。"Serena 说。

水声又轰隆隆地冲下来。

Serena 指着墙边一个木盒，木盒里打了格子，每个格子一个倒扣的小杯子一样的东西："你猜这是什么？"

"铃铛？"

"顶针。很多鸟的图案，每个月份有不同的花和鸟。没有凑齐，一共 16 个。碎了很多。从英国寄过来的。"

丝巾扣，领带，项链。

"领带要怎么弄？"

"我会把它做成一个配色的东西，比如说我今天穿了一个非常单一颜色的东西，或者比如说我身上今天这件衣服是纯色的，然后把它当丝巾了，然后我是这样穿过来的，这样的话，我穿纯黑的，我会把它放到里面的领子，或者就这样挂着，还是当丝巾用了。这种层层叠叠的感觉就会很潇洒。"

"我们一个朋友，很时髦很漂亮的小姐姐，会把她自己的东西放在我这里出售。"Serena 介绍。

我四处看各种东西。七零八碎的小物件。每一个感兴趣的我都要拿起来问他们从哪里搞到的。

"你看这种铜吊，就是丢在外面捡回来的。"叶师傅说。

铜吊是上海话。就是水壶。

"这个叫什么铜吊，明明是铝的嘛。"唯一的上海人——卷发姑娘对上海生活有最终解释权。

"对的，喝多了可能会变蠢的，"Serena 说，"但是小时候我们都用铝的，拿来打豆浆，就是一个敞口锅子而已。"

"这个青花瓷招财猫是哪里来的？"

"大概是讨来的。哈哈哈哈。"

叶师傅翻出一本英文书。地砖大小厚度，字又小又密。

"很老的一本书，我很喜欢这种，就是不便宜。"

类似于 DIY 百科全书这样的书，从菜谱到如何组装一辆车之类。

"这书还可以教你做色拉哎。"叶师傅真的喜欢，"我今天从一大堆东西里面找到的。"

"这书是从重庆南路一个板房里搬出来，家里人好像 1949 年前是做化工生意的，大户人家，和德国有大量来往。估计老人没了，东西就扔出来了。"

叶师傅又变出来一张贺卡，1932 年的，10 月初。"很好看，还有很多瓶瓶罐罐，装阿司匹林什么的。你有空也可以去扒拉扒拉。在延平路。你要去吗？我把地址发给你。"

"书也是从这里拿的。那家老人应该属于爱国企业家，有一个小制药厂，就是化工人才那一类，后来被国家收了。我当时还查了，姓葛，孩子很多都在国外了。"

"我一般都是上午去。它只有每个礼拜六全天开，平时就是四五点以后才开。地方要找一下的。"

"这个人应该是倒腾了第二手的，他不是一手的去宅子里面收的人。他还有一个大概 1000 平方米的地下室。还有个哥哥，做更高端的家具业务，也是旧家具。"

"你们怎么认识的？"

"闲鱼 app。你看这书，1907 年的哎。"叶师傅念书，"It's the sign of movement and lights up。"

"威海路，我们认识一个人，教美术的，焦老师，这个就是从他家里拿来的。他收集了满满一屋子，大概是我们这里的五倍，都是老东西。以老家具为主，皮箱，家具，后来又租了一个地下室做仓库。他要做展览了。"

"用老家具拼凑出当时的生活方式，或者说几个场景，讲几个故事。"

我想起前一段时间丰盛里对面的张园，假模假式地搞了静安老上海风俗生活展，放大了的小笼包模型，笼屉，唱机，搞了一个月不到，像是完成了仪式，现在上设备，砸掉里面的墙，估计还有天棚地板，开始修旧如旧了。

"焦老师的特别之处在于所有东西都来自垃圾堆。"

张园是被泰兴路—吴江路—茂名南路—威海路围起来的，想来威海路的美术老师也会从张园的拆迁垃圾堆里淘些东西吧。

"他有时候会给我打电话。早上说几个箱子你要不要，要就赶快开车来拿。就呼呼呼去了。"

"淘这些东西到开店用了多久？"

"半年。"

"啊？"

"不是。从去国外看这种东西到攒就只有半年。"

"我不是说筹备店，我是说有这个习惯，有多长时间？"

"那〇几年就开始了，我出国的时候，一开始是买中古包。"Serena答道。

"我们都有点某种程度的恋物癖。"

"对，小时候糖纸都留着。如果一个有洁癖的人到了我家会崩溃的。"

"那种吃的进口糖的糖纸，饼干盒，泡面袋，全被我妈丢出去过，然后我们又把它们捡回来。"Serena说。

"你呢？"我望向叶师傅。

"他就是小时候的东西都不舍得扔啊。他不是那种买手办型的，就不舍得扔东西。"Serena 替他讲。

"你会发现你刚一扔，第二天要用就没了，那时候就觉得非常沮丧。"叶师傅说，"我是觉得有些东西你当时不喜欢，隔段时间拿出来再看你就很喜欢，人会变。"

"教科书上说两年没用过的东西都要丢掉。"卷发姑娘说。

"哈，是吗？"叶师傅敷衍。

"是啊，断舍离教科书啊。"卷发姑娘说。

"我们做不到，我们家非常满。"叶师傅说。

"请人打扫卫生？"

"嗯。有阿姨。"

"想想头都很大哎，你看又有猫毛。"

"是的，这两只猫会比较完美。"

"猫是捡的吗？"

"都不是。我有两只，她有两只，放在一起就四只了。"叶师傅说。

"最老的那个十三四岁了，而且有糖尿病，每天打两针胰岛素。"

"猫也有糖尿病？"卷发姑娘惊奇。

"是啊，人有什么病它也可能会有。"

"我们家的喜欢吃米饭。"叶师傅分析病因。

"你们俩谁做饭？"

"都做，一会儿你可以考虑吃我们今天的黑暗料理。"

"中午都是我们自己做饭。"

又有客人进来。叶师傅象征性招呼一两下。Serena 可能会在收钱的时候和客人聊聊天。收银台旁边是放各种小饰品的木桌。一根树枝被麻绳横吊在空中，上面挂着领带。这个店信息量之密集，让客人在付钱的时候还是要左看右看，不知道自己漏看了哪个。

"我还当过导游。"卷发姑娘谈兴很好，"也不是导游，你知道Airbnb上面除了住还要experience，我就在上面开发路线，接待老外，带他们去看这些建筑什么的。也就是我自由职业的时候吧。2018年2019年这样子，我研究了很多上海历史，因为我是上海人，但一般上海人都不知道的。你问他鸦片战争什么时候他不知道，你问他上海什么时候开埠他也不知道，很多人都不知道。"

"就想多赚一份钱，而且我对历史很感兴趣，这个东西想做自己就能做。"

"我研发的路线就讲一个story，Airbnb会抽成，你定价它抽成，你就是借它那个平台，人家到后来可能也会联系我。这个其实零门槛，因为也不需要有导游证什么的，你就讲故事好了。"

"我有两条线，一个外滩源，主要就是外滩和圆明园路那一块，因为大家一般都会去外滩，建筑老，故事多，还有，你知道上海是有城墙的吗？在金家坊什么的那边，已经拆了，但那时候还保留着，所以也会有一些故事什么的。"

"另一条是法租界，比如说衡山路那一块，或者一些教堂什么的。"

"一般需要走两个小时，如果停一停的话会更丰富，很多沿路的可以讲。"

Serena坐了回来。

"这房子是怎么定下来的？"

"便宜，两百万。"

"卖家也是一个炒房子的。但这个房子有趣的点在于它当年的主人还在，当年他们家有这一整幢房子，然后1949年以后分给了各种劳动者，当时他还住在三楼。"

叶师傅蹲在里面房间里，地上摊着一张老报纸。

"这是啥？"

"这是那时候的一个老广告，你看那时候花这么大一页就印这么一个东西，一整版噢。"

一整版上就印一个电话座机。

"这是啥牌子？"

"没听说过，他就宣传这个电话可以重复拨号。1982年。"

叶师傅拿起手机查牌子。

"这个牌子竟然还在，好神奇。"

"这是电话机。"

"这是子母电话。这是通用公司里面做电话的那条线，然后子公司1982年改名了。"

"你真的很喜欢这些东西。收这样一张报纸要多少钱？"我自己都感觉我想太多钱的事了。

"商量一下就顺过来了。我买的是那本书，那要一百块钱。"

"不便宜哦！"

"但是这本书可以教你做一百万件事！我觉得值了。"叶师傅说话的表情总是很认真的，他好像是一个不知道什么叫做玩世不恭的人。"虽然那本书你不会每一个都看，而且很臭，但它是历史的味道。晒晒太阳也许会好。"

"老书不能晒太阳，会变脆。"我说。

"应该找一个透明的塑料套子把它装进去，"叶师傅看了看报纸的尺寸，"类似于文件夹。不能太薄，可以立起来。这样可以和更多人分享。挺好玩的。"

大家都闻到了做饭的香味。浓油赤酱。上海味道。

"今天的黑暗料理是用摩飞锅做的汉堡。"叶师傅说，"今天可以早一点吃，五点半开始做汉堡。"

"这里有厨房吗？"

"摩飞锅。去年公司年会抽中的。可以做小烧烤和小火锅。简单料理。"叶师傅说。

"外卖不能吃太多，会破坏味觉。"Serena说。

一对小情侣进门从里到外看了一圈，走到门口停住。叶师傅转向他们："麦当劳的老玩具，十块钱一个。"

他们选中了一个。

叶师傅没有起身，伸着脖子喊："十块钱，旁边有二维码，自己扫好了。"

"你一定要去延平路看看。"我说要走的时候，叶师傅突然说，"我下个周六可以带你一块去，购物环境极差，如果你想去转转的话。这个房子里有一半应该都是从那里来的。"

"你看那个酒柜。"他指着里面的房间，"其实他以前也是收毛主席像章之类做起来的，现在那些走街串巷的变成了他的下游。你看这种老电扇，他大概有两百个，一个就可以卖两千块。"

35

"城市就是一个陌生人
可能在此相遇的居民聚居地"

蒲园，长乐路

　　曾经想给上一节内容取个标题，"当我们谈论新乐路/猫/古着/上海人/文身/老房子/意义的时候，我们在谈论什么"，不光是致敬雷蒙德·卡佛吧，还是想说，这几个人在新乐路，在冬天，在一个下午，一个没有目的的聊天到底意味着什么。

　　它是一个结果。显然，最初是Serena与叶师傅相遇，后来有卷发姑娘，再后来有杨樱加入，或者还有猫，还有几个客人，在那个空间里出现。在他们的聊天当中，还有文身师傅、焦老师、厉害而负责任的中介、Serena的小学老师等若干个人。他们共同促成了一种可能性：古着店，出现在新乐路的古着店，有买卖行为发生并维持住生意的古着店。未来，这个古着店可能会被现场的杨樱记录下来，它具有了一种持续被关注的可能性。虽然，在记录的当时并不知道这些被记录下来会拿来做什么，在未来的书中将会如何呈现。她还会想也许不远的荔枝公园更有意思一些，它的网红老板、生于九九年的长得像周冬雨的那个女生也会有很多故事的吧？

我们已经走到第七个路口，每个路口都被谨慎、适当地赋予了一点意义：它是什么样的性格，它与这个街区的关系，它与整个城市的关系。"谨慎"和"适当"更多是担心它被先入为主地解读，不是对于读者，而是对于我们写作者自己来说。实际上，在任何一个路口都可以看到"市井"，这精神渗透到每一处，同样，你也可以随处都看到士绅化的痕迹，"小姐姐"无处不在，至于政府扮演的角色，不管什么时候，它们更是明显出现，在每个地方。我们之所以给某个路口一个特别的标签，只是因为它更容易被发觉出那样的特征。在原计划当中，我们曾经想巨鹿路从西到东的三个路口——与富民路，与襄阳北路，与陕西南路——分别对应"城市里中产阶级化（士绅化）的青年"、"公路商店式的非主流的亚文化青年"和"文艺青年"，以一种先入为主的方式，当然可以这样做。但也可以用一种散漫一点的方式进入，可能会凌乱一点，但它会更自然地流动下去。毕竟所有标签都是围绕城市的特性而展开的。

　　还有出现在路口和店铺里那些人，原本他们就像 Serena 和卷发姑娘一样，是陌生而随机地出现。我们讲一些他们各自的故事。这些人的故事可能始终会有一个若有若无的线索，就是他们是如何来到长乐路的。我们应该不会把精力或者重心都放在那些发生命运转折的节点上，它也是散漫的、流动的，最后汇集于此。有一句话叫"万物其来有自"——如果把我们的这些人物出现在这个街区看成一个结果，那么，整个世界也许都是它的原因。

　　从杨树浦来到长乐路的人；

　　从肇家浜来到长乐路的人；

　　从北京三里屯来到长乐路的人；

　　从安徽六安来到长乐路的人；

从杭州，从南昌，从武当山来到长乐路的人；

从尼泊尔来到长乐路的人；

一出生就在长乐路的好些个人，而且一代又一代；

……

他们在此相遇。

"城市就是一个陌生人可能在此相遇的居民聚居地"，这是理查德·桑内特对城市的定义。齐格蒙特·鲍曼还为此做了一个啰唆的解释："陌生人适合于以陌生人的身份相遇，而且作为一个陌生人，出现在意想不到的、开始和结束都同样突然的、意外相遇的场景中，这似乎也有几分道理。陌生人以适合于陌生人的方式相遇；陌生人之间的相遇不同于亲戚、朋友或者熟人之间的邂逅——相比而言，它是一个不合适的相遇。……陌生人的相遇是一件没有过去的事情，而且多半也是没有将来的事情。"[1]

最后，我们抛弃了雷蒙德·卡佛，转而去致敬了约翰·伯格，用了"我们在此相遇"作为那一节的标题。

---

1 《流动的现代性》，齐格蒙特·鲍曼，中国人民大学出版社，2018 年 1 月。

"哈？那是什么？"

Niceeer，襄阳北路

新乐路这半条街与刚刚过去的贵妇范儿、奢侈品、二手奢侈品、古着奢侈品有了完全不一样的味道。从襄阳北路到富民路，主打潮店。有些店大，200平方米的样子，有一些店小，30平方米塞得满满当当，大小不拘，配置都是一样的：鞋，卫衣，还有熊。

对，还有熊。

2022年7月的某天我们做了一个统计，从富民路这一头走到襄阳北路，新乐路上还有多少只熊？不进店，只从街上向店里张望，一共能看到多少只？99只。如果往襄阳北路拐过去一点，算上Niceeer，可能会增加七八只。如果继续沿新乐路向东，还有六七只。原来记得在这个路口以东，新乐路80号那个楼里有几家顽皮的店——说顽皮是它们的摆设里有些不那么沉稳如大香蕉之类的东西，但它也不忘自己奢侈品买手店的贵妇定位，它们原本也是要摆一些熊来代表一种态度的：表示自己并不是那么刻板不解风情。但几家店在过了几个月之后，眼见得几天里搬家走人，感觉这熊的势力又弱了一点。"也许少了一半。我们胡乱猜测。"这只是一个直观感觉，过去更热闹的时候——可能只是一年以前，有多少只熊我们并没有记录，很遗憾。

但那时我们已经注意到这些熊在这条街上非比寻常的地位。它始终保持一个造型：像米奇一样的圆耳朵，分不清是熊还是鼠的尖鼻子，毫无疑问的突起的小肚腩，有点像乐高玩具那样半握着的空拳头。它显然会出现在很多场合和地方，但没有地方像这里这么集中以及多种多样。

这熊有点像一个隐喻。平白无故地立在那里。没有什么来历，也不像能讲出故事来，不知道这算 IP 属性强还是弱。尽管如此，看它摆放在潮流店里的阵势，显然，它是一个很重要的需求，不管是用来卖的，还是用来炫耀店主实力的，它在一定程度上还是创造了一堆价值。那时候，我还不知道它有它的二级市场，它可以拿来炒，还能增值，就像平白无故跑出来的比特币一样。没有故事，也就没有价值观，但它有设计有市场有自己的商业规律，它是标准的商业上凭空造出来的东西。

我们有一次跟周休七日的咖啡师小顾说起这些熊。小顾纵然不炒，也对此有很多看法——他看抖音——很快与我们总结出它的各种浮夸的多样性可能：

橱窗里比拼的第一个就是个头的大小。十几厘米的是上不得台面的，30 厘米的必须要成排摆放才拿得出手，70 厘米这些只能算是平常货。（我想起以前在北京芳草地一个酒店里看到过一组，很夸张很大，接近于普通人的身高。）其次是材质。常见的就是公仔手办的材质，树脂、塑料、木头、玻璃、瓷的，各种都有，还有塑料透明的里面有各种亮闪闪的珠子糖果。小顾说，他有一次看到了一只红木的，"牛逼吗"，当然，是在抖音。第三是印花的想象力，骷髅、大笑、赛车手、蝙蝠侠、死神、LV 经典、梵高、穿上合体的卫衣的……虽然它在动作上都是招手打车状，但不妨碍各种语境的表达。

　　不过，那时我还不知道它的名字，以为它是暴力熊的一个分支。小胡说它叫积木熊，我去搜了搜，的确，Be@rbrick。

　　积木熊，大名 Be@rbrick，是赤司龙彦在 2001 年创造的一种玩具。那个"a"一定要写成互联网标志性的 @ 的样子，等于某种 logo。其实这种玩具最具识别性的还是它自己，无论比例、材质、图案如何变化，无论是立体还是平面造型，尖鼻子、圆耳朵、空拳手和小肚腩都是不变的。

　　赤司龙彦在 2017 年接受宅玩贩卖商 Tokyo Otaku Mode 访谈时提及了这个熊的诞生初衷：他创立的 Medicom 玩具公司原本只是为各类卡通动漫、热门影视剧制作仿真玩偶，每次甲方都会提很多个性化的需求，而制作的时间又非常有限，于是他想要一种"只需要印花变一变就好了"的基础玩具造型，个性化完全借由玩具身上的图案体现。思考这件事的 2000 年恰好是伦敦泰迪熊诞生 100 周年，于是他觉得，不如就做一个熊的样子，"你可能不会相信我有这么乐观，但我当时的确想，泰迪熊承包了上一个 100 年，下一个 100 年就让 Be@rbrick 来做到吧！"

　　赤司龙彦的偶像是安迪·沃霍尔，还有日本大型二手电商 Mercari 的 CEO 山田进太郎。在提到最希望合作的艺术家的时候，他说出的名字是达米恩·赫斯特和杰夫·昆斯，前者的代表作是泡在福尔马林里的大鲨鱼，后者以巨大的金属气球狗雕塑著名。其实最大尺寸的 Be@rbrick 也有类似气球狗雕塑的效果。艺术界称之为 mega art，也就是把一个常规物品放得很大之后，会唤起人不同寻常的感受。他和他的偶像们，都擅长把普通事物以一种非常规的方式加以夸张，比如说把尺寸扩大到好几个立方米，或者说把美钞糊在墙上，把番茄酱罐头做成名画。安迪·沃霍尔对 Be@rbrick 的启发实在不是一星半点。

　　总的来说，赤司龙彦这个出生于 1960 年代的日本人有一种热望，就是以一种令人意外的方式制造流行。所谓意外，用他自己的话说，就是所有让人脱口而出"哈？那是什么？"的东西。

创造原本并不存在的东西，并且让它成为潮流标志物，需要对潮流本身有极为敏锐的判断力。在成功之后，他可以说，"我不会做没有风险的事情，因为风险本身就是乐趣。创造力不是瞄准某件物品的射击游戏，它是理解你能做什么，以及理解什么叫作有趣的一种能力。"

他最开始变成一个玩具制造商，是因为看到美国人在东京涩谷开出的"Zaap"！玩具店，据说他掏出身上所有的钱——大概800美金——进去买了自己喜欢的玩具，并决意投身这个让人一眼就能心生快乐的行当，而开发玩具的最重要的标准，就是设计者本人"是否真的真的很想要它"。

消费者购买Be@rbrick，也是出于这样的热望，"无论如何我都想要买到"。潮流因此诞生了。但赤司龙彦的另一个谋略也必须提及，虽然无法考据他是否是这种营销方式的发明者，但至少他在Be@rbrick出现之前，就在公司的其他产品线上使用。产品12到18个一起发售，每组由数种设计风格构成，每个款式的抽中概率各不相同。这个概念如此流行，不仅他的玩具业同行纷纷复制，也成了零售行业玩噱头的通用手法。

这些大路货的知识让我们在面对阿力的时候，不至于显得像个白痴。阿力是新乐路80号Niceeer潮流店的主人，这个楼在新乐路和襄阳北路路口，把着街角，Niceeer在襄阳北路上。如果你从襄阳公园那个方向走过来，也就是从南到北，你第一眼看到的是包装五颜六色的精酿啤酒和果酒。这些花花绿绿的瓶子近似于小型涂鸦，视觉第一，其次才是那些油腔滑调的名字。当所有希望脱颖而出时刻传递"选我！选我！"信息的酒瓶都站在一起的时候，隔着玻璃门你也能感觉到喧闹。

酒架对面就是熊。一共 6 只，立体，严肃，70 厘米高，挺着小肚子，一字排开。细看，会发现还有一众不同比例的小熊，站在更上层的货架上，其他的玩具手办紧跟其后，是更讨女孩子喜欢的奶声奶气的那种。

阿力说在 2019 年以前，Be@rbrick 在中国都在一个基本不变的玩家圈子里流行，至此无论推出怎样的限定版本，无论盲盒里有怎样特殊的款式，它也只是某种玩具。直到流行文化 app Nice 和虎扑旗下一款叫作"毒"——如今已经改名为"得物"的 app 出现，它才变成了另一种属性的商品。到 2020 年的时候，所有关于熊的一切都达到了喧嚣的顶点，一些限量的款式发售后转卖出数十万乃至百万元的高价，以一种金融产品的姿态创造了可观的二级市场。上海新乐路上潮流店聚集，一度是潮流消费者一站式购物的必经之地，但出现在其他地方的"散装"潮店，也无不把熊放在显要位置。形象越独特，材质越不寻常，说明采购实力越雄厚，老板的号召力也就越大——潮流界不讲老板，讲"主理人"。那也正是阿力入行一年，精力充沛，兴奋异常。

如果回头来看这段时间，与各种可以拿来"炒"的东西如影随形而来的风险也结伴而来，只是阿力自己还不知道。比如"冲冲日"。

"冲冲日"是潮流圈事后用来形容那一段疯狂日子的特定称呼。大约在 2019 年夏天，可能也就维持了两个月的时间，潮流圈的很多小玩意突然以一种非理性的姿态迅速被转卖。比如一个小玩偶的市价从几十到了几千块，还在不断转手。

"那时候 Nice 有个功能，比如我买了书，我不用寄回来，我可以挂在那里再卖。就它变成了一个虚拟的东西，我买的东西不需要证明有实物就可以转手再卖，球鞋就变成虚拟的炒的东西，大家都在割韭菜，全国都是，投机倒把的人真是赚了一笔。"

"你买到以后就能赚钱，比如说我买到手100块，过几分钟就变成500，那我500块再把它卖掉。别人再买回去。不停地涨不停地涨，只要是鞋子，出来就涨，那些房地产的人，还有炒币的，还有炒茶叶的人，全都进来玩。"

赤司龙彦的Medicom公司，面对中国买家的入场也无法冷静。同款熊的首发数量在不断增加。

"有新款就把难卖的替换下来，或者别人寄售的什么的。熊之前量很少的，发售一款就300只这样，现在都是在割韭菜了，不断地加发，所以现在熊难做。量太大了。限量还是限量，但是那个量……玩熊的就那么大，就那么多人，原来还好，现在，轰一下，3万只，那怎么玩？Molly也是一样，前几个还好，什么果冻西瓜还好，2000多只，哼一下来一个小画家，8000只，一下子价格就跌破原价。"阿力说的Molly就是盲盒公司出的玩偶，目前潮流店里除了Be@rbrick以外最受欢迎的手办形象。你通常可以在商场或者地铁站里见到盲盒机，出售Molly的小尺寸版本。

"警惕接盘侠！""防止潮玩被'炒完'，需要培养年轻人正确的理财观念和理性的消费习惯，此外，有关部门的监管脚步要跟上潮玩市场的发展速度，及时对二手交易平台出现的炒作进行管理。"

这样的声音出来之后，nice的闪购功能下线了。而鞋和熊也随之进入冷冻期。

当时阿力正在筹备开店，一些不断转手的"金融产品"成了他的库存，进价一万五一双的鞋，如今只能以一万元出售。

阿力总是会提起一个叫"老顽童山哥"的人。第一次提起的时候，好像是他介绍Be@rbrick无处不在，"书店里都有，"他说，他指的是淮海路新天地香港三联书店里也有十几只熊，"东西空间开过去的，那是大的熊贩子，国内有名。"东西空间是长乐路悟锦世纪大厦的一个咖啡兼酒吧，我们曾经说它的墙上有诸多公仔向上飞升，如今盛景不再，墙上只余一个螃蟹，奋力攀爬。

"老顽童山哥"现在线上线下拆分运营，合伙人在松江租了一个大仓库，抖音上卖熊，阿力说生意很红火。说话间，阿力把手机屏幕转过来，"你看，这就是他。"

阿力的生意和东西空间一样，也分成实体和抖音两块。实体店交给老婆照看，阿力负责抖音和所有渠道的调货。聊着聊着，他会突然拿起手机开始说语音。

"等一下 × × 到店里来拿闪送，AJ2 OW[1]，44 码。"

"我叫的闪送到了，去店里帮我拿一下。你看毛衣到了没有。"

直播只在抖音。阿力把手机侧过来展示不同的账号，一共有 4 个，有两个是之前没有做成 app 的那个电商公司在运营，另外两个是他自己的员工在做，当时店铺的销售，如今已经成为直播间小姐姐。不过这些账号都共享一个名字，也都从他的库存发货。

阿力最初租下襄阳北路的房子，就是想做成抖音直播间，或者说以直播间为主，兼带零售。在我们聊天的前一天，他的直播间刚刚因为"涉及线下引流"封了 24 小时，阿力还在琢磨其中的玩法，之前因为在直播的时候提及了"最"，涉及极端用词，也被封过。明明是实体店的线上渠道，却只能卖货，卖货还不能说店在哪里，并且无法用"最"。阿力说，你说这个是怎么回事？

在潮流圈里，阿力属于被"老顽童山哥"这样的人看不上的卖家。原因很简单，他不是买家，所谓的"主理人"分成两派，一派是买出来

---

1 街头潮牌 Off White 与 Nike Air Jordan2 联名款球鞋。

的，另一派仅仅是卖出来的。前者的理论是如果你没有实打实地买买买，你就很难了解潮流，那你就"不够懂"。总的来说，这还是一个有钱没钱的歧视链。

阿力对此无所谓。他认为这样做生意反倒是自由。他更在意"实力"。

"这次展览我们放过去的鞋子里一套就要 2000 万，屌不屌？"

TX 淮海。淮海路上现在不多的让人感觉年轻人劲头的地方。阿力从卡宴 S 后备厢里抱出七八个鞋盒，又把贴纸和兄弟匆匆取回来的媒体小礼品袋塞在我手里，"你先帮我拿着这个"，他要去给这一天开始媒体日的 Innersect 潮流展作最后的布置。

这个据说是业界最重要的展会，大家都得把最猛的货拿出来。阿力在 15 平方米展位之内。这个展位的布置和他一样实用，基本上就是他那家店的浓缩版本。他从我手里拿过贴纸发给展位里的几个人，把亚克力鞋盒上的 logo 遮盖住，换上自己的店名贴纸。贴纸颜色有点不稳，比他的店名 logo 色浅了好几度，几个人分头贴，长短还不一致。

阿力那个展位，有一套彩虹耐克 AJ，从蓝到红摆了两排，就是他觉得特别屌的那 2000 万。"如果少了一双，"阿力说，"你就再也不会见到我了。"

鞋不是阿力的。主人的名字写在一张窄条硬卡片上，用一根细棉线穿在鞋带孔里，代表某种说服力。

"卡特王，我朋友，你可以抖音关注一下他。"

除了这套鞋，还有几只熊也是阿力要特别指出来介绍的。一只卡尔·拉格斐样子的，香奈儿合作款，30 万，旁边的百事合作款，限量，20 万。

展位琳琅满目。16 只 70 厘米的 Be@rbrick 熊分成上下两排，中间夹着两层限量版耐克 AJ。更小尺寸的熊和其他手办堆在展位最前面，围着一幅画：百元美钞中间的富兰克林变成了一个公仔。展位的一角挂着几件衣服和一只亮蓝色的摇粒绒包包，拆包后的折痕还没来得及熨平。

在这个潮流展里，这是完成度最高的展位。大多数人只布置了一半，把最令人瞩目的元素放了上去。比如一个巨大的泪流不止的波波头女孩，身后插着一枚发条。粉红色的泪水从她白瓷一般的眼睑里流出，顺着脸颊和胸脯，和池子一片莹莹的水汇到一起。紫色的灯光映照下，这座2米多高的喷泉有一种异次元的气息。一个保洁大叔蹲在一旁来回抹着粉卡其色的短绒地毯——装置好像有点漏水。

阿力展位很满，他好像不太关心一个展位的视觉美学享受。它还是一个铺子，只不过里面的东西暂时不卖。这个展位阿力没有出钱，他负责出货，展位是一个叫"Hotdog"的app出钱拿下来的，一起联合主办的还有一个叫"Mr.Shoes"的牌子，做球鞋保养。

布置差不多的时候，一个穿着白色Moncler羽绒服的中年女性很雀跃地走过来，两只手各提着一只篮球，不知道是哪个展位的媒体赠品还是自己在TX淮海买的。"啊我终于知道了，这就是现在年轻人喜欢的东西！"她的语气里有真诚的发现的惊喜。

37

我们总是伤感于城市中的离散，
但这里我们关注"聚"起来那个过程

蒲园，长乐路

在说这个路口之前，我觉得可以说一说阿力这个人。在说阿力这个人的时候，我还要介绍一下我们选择这些人的原因。

总的来说，他们是随机出现在我们面前的。在大多数时候，我们看到某个人，用我们不是太在行的搭讪能力，笨拙地介绍一下我们想写一本关于此地的书，希望对方能成为我们的一个采访对象或者请他介绍一下他所了解的此地故事或者有趣的人，几乎所有人都很友好，通常就此认识了。

有一些人，比如叶师傅以及英姐，听说想写书，会提起另外一本，告诉我们，长乐路有人写过了，一个外国人。我们就会解释说，那本书挺好看，但可能不大一样。或者说，这地方这么好，不妨碍多写几本。

有个发现是，写城市变化，写作者几乎算作本能的是在写一个"散"的过程。不是吗？城市在不断运转，城市在更新，在我们写的《张医生与王医生》中，引用罗伯特·E.帕克的一段话，后来被反复引用——

"对大城市做过研究的人会发现，我们的大城市充满了废弃物，其中大部分是人，比如那些在工业化突飞猛进的发展中，由于某种原因掉队，从而被其曾为之工作的工业组织所抛弃的男人和女人。"

我们最初听说长乐路邮电医院东边那里要拆迁，本地人欢天喜地希望分得拆迁款去郊区买房子——从此离开这里；租住在群租房里的快递小哥、菜场商贩要去寻找更远的可能便宜一点的房子，他们要离开这里；依赖此地谋生的人，英姐、莫先生可能也要换个地方卖酒卖茶叶……城市总是以它的日新月异，掩盖后面不断消散的一个过程。史明智写《长乐路》也是如此，发配到青海的写信者、卖花的赵女士、麦琪里的上访者……他们因为各自原因在不同的时间里在长乐路上出现，然后又从长乐路淡出。你可以把它归之于中国漫长社会转型出现的现象，但某种意义上，城市本身作为意识形态的产物，它总是承担着吐故纳新的功能。更何况，我们的社会转型当中，毫无疑问存在着一种嫌贫爱富的倾向，结果就是士绅化，结果就是空心化。奇怪的是与其他士绅化不同，我们这里两者并行不悖，最后成了我们说的迪士尼化。更何况，写作者仅仅是从戏剧性的角度说，散，更有悲剧性。

我们想反其道而行之。以前看投资理论，说当股市崩盘的时候，大量资金会如水一样撤出，这是一个无法控制的巨大的悲剧，但有一位理性的投资者说出真相：有多少资金撤出，就意味着有多少资金也在不断进入。人们总是关注失去财富的那些离场者，但同样有胆大妄为者正在进入。

城市是个聚集的过程。各种人共同建构了一个城市，社会学家认为城市是社会，那些城镇可能还可以称为是一个共同体。城市里的人，是靠一些规矩、文明、契约之类规范起来的体系，各自为战。城市里的人可不是为了一个共同目标和共同诉求走到一起来的——有些讲"聚"的文本也喜欢讲这东西，我们叫它主旋律。这并不是全部。

　　我们在 2021 年 6 月试图进入这个不大的微观世界的时候，看到的是一个"聚"的结果。这个结果由漫长的历史所创造，从梁先生到杨枝珵，两个分别出生在 1960 年代和 2000 年代的人，他们出生地空间距离不过二百米，安徽来的小顾、莫先生，江西来的高松，湖北来的小胡，浙江来的英姐，他们在过去的 30 年间一个一个地聚集到这方圆不超过一公里的地方……那是一个聚的结果。至少在 2021 年 6 月，这个无休无止的聚的过程还在发生着，他们是怎么被卷入这个过程中来的。

　　人们奔着城市而来，城市聚集资本、信息和人，这些促成"机会"的诞生，人的机会，城市会带来财富，活力。

　　你随机在街上遇到的每一个人，让他们信任你，他们都会给你讲这样的故事。

　　阿力也是这样认识的。

　　想起第一次跟他搭讪，在刚开业不久的 Niceeer 店里。那天杨樱走过 94 路终点站，经过那家门口摆着两只大饭煲的烟纸店，一只电饭煲里煮着玉米，另一只里煮着茶叶蛋，再走过一个铁门大敞的弄堂口，那个弄堂极短，尽头是一棵死去的悬铃木，又走过那个药房，看到一大片黄色墙面，门头上一串"e"像老式电话的线圈，杨樱看见一个人坐在那里玩手机，就进去随便找了个话题，"你这熊是怎么回事？"

　　他说他叫阿力。就与阿力认识了。

　　在讲他的故事之前，我们还设想过阿力故事的结尾。

结尾一：

5月13日，阿力家的"大哥"满月。新乐路潮店老板阿力，在朋友圈发出在上海封控时出生的儿子照片，骄傲地说"这是我大哥"。

"大哥"出生一波三折。阿力住的小区离上海第一妇婴保健院直线距离不会超过三百米，之前也一直在这里产检，却因为医院临时调整，临到生产才知道必须去定点医院六院，手忙脚乱，好在母子平安。

上一次见阿力，还是3月末。马路已经空空荡荡，绝大多数店铺关店，绝大多数餐馆不接受堂食，唯有从菜场和超市提着大包小包的人匆匆走在街上。阿力站在店门口，在往车里运着一些什么东西。

"就当在家陪老婆坐月子了。"阿力说。

他的生意变成了抖音专场。用自己之前积累的大量粉丝替外地的同行卖货，货也是同行在发，他拿个提成。上海的货都欠着没发，客户体谅，也不急。

"亏目前肯定还是亏的。但目前还能勉强支撑。"听我说了几句世道艰难的阿力突然叫我不要多愁善感，"所有人都好那是乌托邦！目前不现实！"

就好像通行聊天结束语一般，他说，这次影响肯定不小，估计熬过今年会好起来吧！

结尾二：

6月7日中午，新乐路上。"Drug!"新装开业。门口站着五六个人——他们潮流店人士在新乐路上一眼就能看得出来：身形宽阔，大圆领T恤，肥大短裤，通常是哪个运动潮牌，鞋倒不一定是潮牌，如果是运动鞋，那一定要有点来历，当然也可以是人字拖之类更随意的鞋——身后的店看着喜庆亮堂。

"这么快就准备好开业了？"杨樱打招呼。

"还行。"他跟朋友在一起，有点腼腆。

"生意好吗？"

"刚开。"

"我看 Niceeer 那儿封起来了。"

"没办法。后面有'羊'了。"

"少挣不少钱吧？"

"前两天卖酒都卖疯了。没见这么好过。"6 月 1 日放开，"巨富长"成了狂欢之地。

"'大哥'怎么样？"

"挺好，老婆和岳母在家里照顾呢。"

"你现在住哪儿？"

"在后面，"他扬头看向后面的东湖公寓，他在那里租了房子，"照顾起来方便。"

打过招呼，我们再见。

两个多小时以后，三区联动的通知来了。

晚上，在微信上问他，"怎么样？"

他正在回崇明长兴岛的路上。"出来了，"他说，"再躲几天吧。"车上坐着他，两个月的儿子"大哥"，老婆，岳母。

阿力的故事里总是有聚有散，可能生活就是这样。在这一年巨大的变化里，我们从本能地想到写一个城市一个社区里让人悲伤的"散"，到想到写那个"聚"的过程，到现在，更多发生的故事，让我们想到："聚"要付出多少抗拒力量啊。

更何况，我们知道城市还要静谧，城市还要高端，城市还要腾笼换鸟，城市要更加光鲜，城市要迪士尼、要武康大楼、要爱情神话，那也是把一些人替换出去的结果。

但大家还是顽强地要聚向这里。

他在朋友圈记录的 3 月 31 日，阿力那天还在争分夺秒，领着摄制组去店里取景拍片子，当时当刻，大家想的不过就是现在拍一点，剩下的内容反正 4 月 5 日以后还可以继续做……即使在 6 月 7 日，一个未知的 14 天即将开始，他离开下午还踌躇满志的新店，他知道，我们也知道，他肯定会回来。

在 Niceeer 的店里，他说，我叫阿力。

他的名字让人想起以前风靡的电视剧《上海滩》，电视剧里那个苏北来的青年，从闸北进入上海。他就叫阿力。

38

"叫我阿力"

长兴岛

柑橘园。阳光轻柔漫入。节奏和色彩明快。

"那时一到暑假就去江边捉螃蟹，再拿去当蟹苗卖掉，每年能赚七八百块钱，请同学喝可乐，这样同学就觉得自己家里蛮有钱。"

"跟我一起捉的都是外地小孩，本地人的父母可能觉得不安全吧，不让他们去江边。"

青春片滤镜。二分之一倍速播放。

"我好像从小学习就没让我爸妈操过心……小学时候是图书管理员……写作文还得过上海市中小学生作文竞赛二等奖，余秋雨还给我颁过奖。还有经常会在少儿文学报上发一些文章，老师会把我的文章寄出去，我能收到稿费。我爸经常帮我去领。那时候岛上有个广播，经常读我的文章，所以我小时候知名度还可以。小学升初中平均分是 99.7 分，作文满分。"

那个有广播的岛是长兴岛。崇明三岛里，它距离上海最近。阿力上学的时候，长兴岛还在宝山，这一点很重要，因为这意味着阿力初中起就可以去城里上学。

阿力说，他希望自己有闪光点。

"作文很好，一直到高中我还得过宝山区作文比赛第三名。"

"800米宝山区第二名，个人速跳，跳绳，上海市第一。经常会参加一些比赛。"

阿力的记忆有时不着边际。

"高一我们班有个女同学，家庭条件很好，单亲家庭，跟我很好。她坐在我前面，那个时候选班干部，我选票最高，应该是我做班长，但是她妈妈跟班主任关系好，她就做了班长，我是生活委员。她其实管不了这个班，基本上都是我在管，对，我那时候发育得比较早，现在看着矮，那时候还算高的。所以基本上一些不听话的男生都是我在帮她管，两个人一来二去就熟了。"

"她不是很好看的女生，中规中矩吧，蛮文静的。小时候也不是在上海长大的，爸爸好像是知青，她出生在山东，后来才回的。她有个后爸，是派出所的副所长，前面的爸爸是开出租车的。她妈妈蛮厉害的，那时候一部大哥大几万块钱……她是我见到的人里面第一个用手机的。那种翻盖的。她妈妈给她买了一个，学校里第一个有手机的人。"

"应该是初恋吧，高一高二我们俩就在一起，形影不离的。我算是比较早熟的，高一之前我在小地方，跟社会没有接触，高一住校之后就被她妈妈带去各种场合，各种应酬我们都去，大酒店，夜总会，去北京出差也带着我们，见过各种事，去过各种高档地方。"

"她妈妈很开明，就是很现实的一个商人。她那时候做生意，可能会得罪一些人，我和她女儿在一起，一方面防止一些人来骚扰，可以照顾她女儿，另一方面我学习成绩又比较好，她觉得可以帮到她女儿。"

"其实当时觉得跟她是不可能的。她的家庭跟我的家庭完全是两个世界的人，我很清楚这一点，她也很清楚这一点。但是两个人又各取所需。"

"她应该没有别的男生追，我们俩一直在一起，住校在一起，平时周末我都去她家里。她喜欢我什么……大概能一直陪伴她吧，可能从小缺爱，有一个人一直陪伴她、照顾她就很好。那时候她还是比较依赖我的。其实她是比较好强的人。"

这是一个……哪里有点不太对劲的故事……像一个就要展开的发生在印度宝莱坞巨大阴谋的豪门恩怨戏。

"后来高三的时候，她女儿要出国了，想把我一起带走，我爸妈不同意……他们是很现实的一家人，到了另外一个地方，那就找能够在那边给她照顾的另外一个人。大学的时候QQ聊过一次，后来也再也没有接触了。"

阿力出生的长兴岛以产柑橘著名。阿力的父母都是橘农，从生产队到公司，后来公司破产换了另外一家。1983年，阿力出生。

"去什么新西兰还是澳大利亚，我都忘了。"

女朋友出国那一年，阿力必须回寿县去高考。寿县在安徽，现在从六安划到了淮南。

在那些应该回到原籍高考的人里面，阿力走得最晚。他身边的外地同学数量随着年龄一路退潮，越来越少，初中之前在岛上读书，这一点还不是很明显，后来去了宝山区，有些外地户口的同学慢慢回了老家。

如果必须回原籍高考，晚走不如早走，大家都是这么做的。早回去早适应，课本和教学方式都有差异，有些老师看孩子成绩好，会劝家长早点办手续。

阿力没说晚走是否因为女朋友。但他说了很多遍"见了世面"。

谜一样的女朋友和背后的家族，身世落差，爱情，哥特风格的故事。以父母"供不起"阿力出国念书而结束。

阿力坐在 Peet's 咖啡，飞快地带过了之后自己的心路历程——父母做出决定之后他和女友各自是怎样的心情，而后女友如何离开，他又如何离开了上海……然后，几乎没有过渡，他说起最初的店，开新的店，生意起落……

最初的店开业时间是 2019 年 10 月 8 日。之所以记得那么清楚，是因为开店就赶上"冲冲日"，"你买到以后就能赚钱，比如说我买到手 100 元，过几分钟就变成 500 元，那我 500 元再把它卖掉。别人再买回去。不停地涨不停地涨，只要是鞋子，出来就涨，那些房地产的人，还有炒币的，还有炒茶叶的人，全都进来玩。"

换一个乐观的角度，就是阿力开店开在了一个潮流破圈的时间点上。在之前没几年，原本只是小圈子里固定那些人玩的鞋和玩具，突然变成了大众潮流，还衍生出了可观的二级市场。变成金融产品的鞋和玩具被更多人津津乐道，更没有人关心这些都是什么鞋和什么玩具，那些数字游戏本身就让人迷醉。

阿力的店是新乐路那半条街上的第四家，他开店那会儿，附近还有几家女装和二手奢侈品，后来在这半条街节节败退，潮店大大小小越开越多。阿力的房东是位女士，老公据说在高校做教授。阿力说，我跟他老婆保证，一定会让这个地方成为新乐路上的网红打卡地。

"你是怎么想到做潮牌的？在 2019 年。"

我把话题拉了回来。

阿力回到寿县。所有在上海——不论是崇明的长兴岛还是宝山的长兴岛——所有过去带有上海印记的东西都归零了。没有什么比赛里的第一名，没有余秋雨，也没有广播里的获奖通知，没有富家女女朋友。

寿县考生阿力。他甚至发现自己的学习和当地的考生都有差距。如果他可以早一点回安徽，就能更适应这里的教材，不需要考前恶补。如果他爸爸愿意走走门路，把他塞进更厉害的县中学，那可能还有一个提高班的氛围。当然，如果他不用回到寿县高考……感觉是哪里都差了那么一点点，累积在一起，就差了好多。

归零。就像归零。

"高三跟她分开了，一下子失联了，又换了个地方读书，又要应付高考，那一年是很崩溃的，也调整了很长时间。没有联系，那时候没有微信。我住的地方是个很偏的地方，没有网，如果要上网要去镇上，就是唯一还是唯二的两个网吧。而且学校蛮严的。"

"你没有去过中国那种农村里的镇吗？其实县城还好一点，我当时是在镇上，县城下面的一个镇。两排房子，两排门面，除了镇上的主干道之后，其他都是农田。镇上到县里要两百多公里，就有这么远。相邻会有一些村，村与村之间都是农田。"

"不烧饭，边上会有很多小饭店，就是那种镇上的小饭店，每天都会为学生炒个菜弄个盖浇饭。就吃那种。"

"没有人来看我，爸妈也没有来过。老家有亲戚，但是也没来看。那一届，我好像是排第一的……我们学校上本科的好像是个位数。我们那个镇原来属于六安，现在属于淮南了，我的成绩在县里应该不算很好，我们那边有个县一中很厉害……"

"我当时回老家那一年，心态已经很不好了，因为在上海待了这么久，回去以后人生地不熟，生活设施各种条件都差得太远了，有点不习惯，就心态有点急，想随便考个大学就走了，离开那个地方。"

阿力本科读了安徽大学，商务英语。

合肥。这个地方从来没出现在他的人生里。四年。

他在大学里寻找赚钱的机会。发传单，办英语补习班。搞社团，拉赞助。努力用 VOA 和 BBC 掌握一些国际大趋势。

最后一句是他特意强调的，和提起"作文比赛得奖还是余秋雨给我颁的奖"的语气差不多。在对过往的打捞里，属于合肥时期的荣耀没有多少可以说的。那四年，寒暑假他会去上海，与父母在一起。没有更多互动。合肥，"这两年还可以，那时候不行"，他多年后加了这么一句。

他希望以一种简洁的姿态回上海，考上海大学的研究生。这次尝试以失败告终。

有很多很具体的原因。他应该更上心一些，别人都去找那位老师的本科学生要笔记复习，他没做。不过，也不止于此。"突然觉得那两年半没有什么意义了，因为家里的表哥表弟已经出人头地了，我觉得有点迷惘，读个研究生出来以后，我是我们家族第一个，但是跟他们比，那么早就开始工作、创业，然后我还在读大学，他们有钱，有一切，我还在读书，跟他们差距更远了。迷惘。"

阿力的父母觉得儿子是可以读到博士的，很可能阿力一度也这么觉得。但是阿力觉得这样的人生规划，可能是在哪里不对劲。

还是归零。

"现在觉得，过早接触社会不一定是个好事……我见过的世面不仅如此，我想要更好的。"

富家女的初恋成了一道过不去的坎。它不再是少年情愫，现在变成了世面。就仿佛阿力经历的不是初恋，而是去了一场博览会。

阿力说，如果让他回去再读一次大学，他也不会认为专业对自己的人生会有什么帮助。真正起作用的反倒是商务英语的学习工具们——再提一次 VOA 和 BBC——他把财富和讯息很紧密地维系在一起，这也是他时至今日的经验之谈。

考研失败。校招时找了一份在海宁外贸工厂做跟单的工作，做了半年，后悔不迭，虽然不用下流水线，但是一周七天都被关在大工厂里，生活单调枯燥，绝不是他想象中的职场的样子。

第二份工作是他人生最满意的。在一家上海商业设备公司做项目执行。公司老板也是长兴岛人。阿力在这份工作里找到了某种成就感，以及某种自由。

所谓商业设备，就是商场超市里的货架或者装置。例如北京通州家乐福或者上海南京西路丝芙兰，这些都曾是阿力服务过的客户。他带着数十个工程人员，一手包办从设计、设备采购、安装、调试到交付的整个流程，经常一做就是几个月，整个过程中他负责沟通和协调，每天吃住都在外面，职业感觉最完整。

这份对当时的阿力来说很完美的工作因为公司被收购而结束。

阿力重新开始寻找自己人生的方向。汶川地震之后去四川卖药，在宁波做商务小礼品批发。诸多事业开始没多久就停下来。

"创业失败。"

2010 年了，毕业已经五六年了，阿力的人生还是归零。

再度出现在上海的时候，阿力和任何一个皖籍创业者没什么两样。事实上是什么籍并不重要，那一阵子上海本地论坛宽带山上流行的说法是，这些人都是"硬盘"。这个从技术名词转化而来的说法杂糅了阶层和地域歧视。被叫做"硬盘"的人当然无须澄清自己是或者不是。但阿力内心的"是或者不是"，是需要证明给自己看的。

阿力在寻找机会。

他报名参加了一次综艺节目，做观众。"当时是网上看到招聘贴，综艺节目需要现场观众，可以看明星，包饭，还有工资拿，开始以为是骗子，很好奇，去了以后发现真有这么一回事。然后就跟着他们去现场。当时跟着一个叫小伟的领队——现在很多年都没联系了——跟他去，然后我才发现电视里看到的观众都是请的，都是招的。包括那些比赛的选手，都是经纪人找好的。"

参加了几次类似活动之后，他觉得招人这个活他拿得住。

"就问领队如果我带人过来是不是可以给我人头费，当时他们说找一个人可以给我 50 块钱。那时候我住得离上海大学挺近的，我就到上海大学去发传单。那时候很少有什么微信群，就在宿舍楼门下面塞传单。那时候要了 10 个名额，第二天我真的给他找了 10 个人过去，就我自己工资除外，一个人给了 20 块钱。"

阿力自此成为"经纪人"。并不是某个明星的经纪人，而是负责攒人的经纪人。几十到几千不等，有的时候指定是某种人，有的时候什么人都可以——更合适的说法，可能是叫中介。

最厉害的时候，阿力有 14 个微信群，一个电话还没有挂掉，十几个电话同时打进来。他招徕观众，给房地产商攒看房团，散发通告传单，甚至某个吉尼斯挑战赛也是他帮忙完成的。那场在上海青浦举办的比赛一共需要 1500 名参与者，阿力包办了其中 1200 名。回顾自己五年的经纪人生涯，这是最厉害的一次。吉尼斯证书照片如今他在手机相册里还能马上找到，这荣耀驻留了好多年。

中介规模很快扩大，阿力招募了领队，领队负责具体管理和对接需求，一个人头费里每个环节的人都抽取一定的比例。后来阿力决定为活动本身提纯。他去考了一个经纪人资格证。他记得考证的地方在徐家汇的交通大学。

有了这个证，他可以接触到微商网红和礼仪模特。他是个真正的"经纪人"了。

阿力给一部叫做《盗梦 1949》的电影招群演。主演是李小璐。

李小璐想要一双鞋，俗称"AJ熊猫"，是耐克在2013年发售的一款Air Jordan黑白配色的球鞋。她的生活助理问人脉广泛的阿力，你知不知道哪里可以买到这双鞋？

阿力到处找，打电话去耐克问，然后到地方一看，发现现场全都是"黄牛"——各地来的鞋贩子在大街上、火车站雇来排队的闲散人员，"就是火车站那种卷了铺盖到处走的"。这些人通宵排队，拿70元一次劳务费。

阿力在鞋贩子手上加了三五百块钱，买到了那双鞋。鞋子本身是1099元还是1299元他已经不记得了。

鞋贩子，在这一行叫"鞋头"——从此进入他的视野。他开始关注微信公众号，也开始向人打听限定鞋款的发布信息。不过他在跟别人聊的时候，说的不是鞋子的数量价格之类，他会问别人雇一个人排队需要花多少钱，而自己手头有多少人，可以用多少钱提供给他们。

阿力就是这样知道了上海最早的潮流据点都在哪里。如今你跟他聊新乐路的潮店扎堆，他会说比不上早年的长乐路，那时候陈冠希、李晨的店有多火爆，除此之外，现在的世贸001耐克旗舰店，以前的百联商厦，还有淮海路717，以及现在他的邻居Nike Lab，都是热门排队地点。

最早阿力还是一门心思做着经纪人的生意，只不过出现了一条分支业务，替鞋头找黄牛排队。到了2017年，阿力有了分鞋的话语权——按照鞋码和款式拿四分之一。以当时潮鞋市场的转手热度，也基本上是把收入分走了四分之一。

李小璐改变了他的人生。阿力就这样进入了潮鞋界。

那部《盗梦1949》，直到阿力成为潮店主理人之后也没有上映。

开店。新乐路，襄阳北路，长兴岛。阿力人生重大转折：一、阿力和潮流站在一起了。二、他第一次拥有了自己的资产。

店选在新乐路。长乐路那头的潮店已经连遗址都不可考，而这条路上虽然还有二手奢侈品的包围，几家潮牌在 Nike Lab 的带领之下已经扎下根来。阿力给开业选的时间是 2019 年 10 月 8 日。

阿力是开在这半条街的第四家潮店，算得上元老级别，所谓元老，就是新潮店开过来之后店主都会过来打打招呼取取经，总之不可能不认识。

这就是你现在可能认识的阿力。他会指点市场，他会看产品的门道，他参加潮流展的时候大家都想看看他身上穿了什么，他能借到价值 2000 万的收藏级球鞋。

阿力在曾经种满橘子的长兴岛上租了仓库，放他的鞋子，后来觉得浪费，改成了店，因为极少有这样的店开到岛上，阿力为此还接受了《崇明报》的采访。在阿力高三因为户籍不得不回寿县高考的时候，他好像就一直想要以某种方式回到上海。那是 2001 年。如今把店开到了新乐路，又开回了长兴岛，2021 年还在岛上买了房，衣锦还乡。

所有这些经验的积累不过是两三年的时间。阿力已经变成了力哥。

力哥站在新乐路上来回指点我看一些店，一家叫做 Nice Rice 的，"这是我以前的客人开的，富二代，有钱，开店开 300 平米。"

说球鞋鉴定，"得物的鉴定师四百多人，头部就十几个，剩下的都是一个礼拜上岗。"

说 BB 熊，"熊之前量很少的，发售一款就 300 只这样，现在都是在割韭菜了，不断地加发，所以现在熊难做。"

说国潮，"现在有些国潮，上架就被秒，又便宜东西又好，材质好，抄大牌的版型，所有的材质都是日本那边的。"他拉了拉自己黑色的圆领卫衣。国潮品牌，359 元。

在襄阳路那家店的大众点评里，力哥和前来打卡的时髦小姐姐顾客合影，他站在穿着长靴短裙，不知道是相机美颜还是整容美颜的小姐姐身后，打出 V 的手势。还是那件黑色卫衣，看着朴实。

后来移动互联网了。潮流圈子的历史被一分为二：前半截是阿力和黄牛还能占到便宜的世界——潮流掌握在一小撮人手中，充满了彼此之间才能懂的黑话和暗号；后半截运动品牌把限量款发售移到线上，线下队伍瓦解，平台占有了新机会。做大的除了不断转手赚差价的炒卖玩家，还有真假球鞋鉴定市场。

阿力这个时候进入了移动互联网，或者更准确地说，进入了短视频界：在抖音卖鞋。

力哥觉得 2021 年的生意不太好做，大家手头似乎都有点紧，至少跟之前没法比。就连中流砥柱中年顾客群也在转型——此前的顾客以中年男性为主，年轻人虽然来得多，但价格敏感，下手纠结。而中年男人不一样，不在意网络差价，还有顾客会包办全家人的鞋，包括保姆。

"中年人，鞋子服装都喜欢年轻化的潮牌。但现在也慢慢转奢侈品，就之前在我们店里买鞋的人去买 LV 了，一万多的球鞋为什么不买 LV 呢，LV 也就一万多嘛，消费观念总是在变。"

"中年男人你说的是七〇后吗？"

"八〇后。"

"你不就是 1983 年生的吗？"

"难道我不是中年吗？"

阿力很奇怪地看着我。好像我提问 1983 年不够中年是一个很奇怪的说法。

"这猫也挑车啊，是吧力哥？"

黑色卡宴 S 里坐着阿力的两个小兄弟。他们抱着给媒体的小礼物，还有给潮流展压阵的几双鞋，从新乐路开去大概不到两公里之外的 TX

淮海商场。车歇在路边的时候，小兄弟和阿力指着挡风玻璃上新添的猫脚印和阿力搭讪。

阿力之前说，老婆怀孕了。怀的不是时候。刚买了房，刚开了新店，原本打算再开几家店，现在孩子出来分散注意力。还有丈人丈母娘也是刚刚放心，之前没来上海看店之前还是有点不了解自己。很多事都赶到了一块，不从容。

还有一个大问题：户口。

儿子可不能再回寿县了。

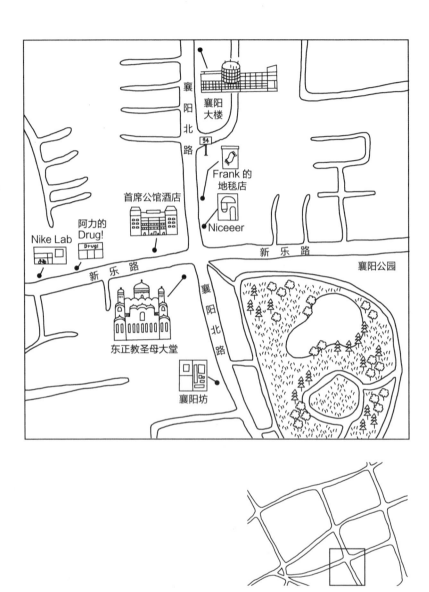

襄阳大楼

Frank 的地毯店

Niceeer

首席公馆酒店

阿力的Drug!

Nike Lab

Drug!

新 乐 路

新 乐 路

东正教圣母大堂

襄阳坊

襄阳北路

襄阳北路

襄阳公园

八十年没变过

路口八：新乐路—襄阳北路

　　这半条新乐路当然不只卖熊。潮流的核心产品是鞋。在耐克把贩售小众潮流产品线的 Nike Lab 开到这里之后，新乐路取代隔壁的长乐路成为潮流中心。仅限于襄阳北路到富民路东湖路这半条，东边那半截二手奢侈品和贵妇名媛风格的女装买手店继续稳扎稳打，不轻易退出。这边半大小子为主的买家、卖家——很多时候他们身份可以随时互换调整，只在自己这半条街活动，营造出街头休闲气场，自成体系。

　　我们说过的新乐路 80 号，就在襄阳北路边上的那一个，楼下集中了 Paras 咖啡，Hook，沐川集合点，Masx，有几家跟古着有关的百变虫、Heirloom 买手店，还有一个德谓艺术空间，很艺术。不论是地理意义上还是经营风格上，它都具有分界线的功能，你也可以理解成是新乐路的卡萨布兰卡，它最大的特点是风格杂糅，几乎囊括了周边整个街区的所有业态——这还没有算 Niceeer，Niceeer 边上卖玉米茶鸡蛋的烟纸店。新乐路上咖啡馆和餐饮不多，所以总是有寡淡气，与东半边原来的气场倒是接近，西半边虽然总是充斥着不安分的中二少年，但他们在整齐划一街道上却总像是消了声的青春默片，没有公路商店那边的喧嚣气。

80号不一样。街角的Muchuan Vintage沐川集合店那个向上的楼梯，楼梯拐个弯通向楼上，用各种饱和色装饰起来。拐角处绿色的是一个大桶，五个大字，每个都单独写在裁成圆形的绿纸上：不 是 垃 圾 桶。下面有一个同大的绿圆纸，写了两个字：伞桶。上面一张红色的纸当作店招，写着"沐川集合店"，和一些本店介绍；下面一张蓝色的纸写着最重要事项：请勿在试穿/试背本店商品时进行拍摄 谢谢配合……穿漂亮衣服的小姐姐总是抑制不住地被吸引进去拍片子，这成了他们招徕顾客的一种方式。另一家正对着街心的Paras似乎一年四季都迎着阳光，小凳上坐着似乎永远不用工作的带着小狗的青年男女消磨时光，热闹嘈杂，人们在这里晃来晃去。

这里的气质一点也不新乐路，阿力的Niceeer倒是很搭。"什么好卖卖什么，"阿力说，"潮店，就是要追着潮流走。"

现在看起来，有几天，至少有几天的时间，Niceeer有罕见的热度以及罕见的竞争力，与阿力的期望相匹配。

一次是在2021年底，公路商店发力要开十来家店那一次，小胡的4-2公路商店也在那一天宣布告别了关东煮时代进入潮流啤酒界，阿力的Niceeer在这一天也成为公路商店阵营的一部分，只是它没来得及改店招，匆忙间只在大众点评这类网站上宣布了自己的新跨界。（而我们熟悉的英姐624公路商店，那时刚刚去掉了"公路"二字）。

"长乐路那个是不是闹僵了？我看公路两个字没有了。"阿力问，"他们找过来的，想把公路商店挂我招牌上。再了解一下，看看条件怎么样。"

"他们怎么可能给我钱，就是帮着推流，可以从他们那里拿货，也可以不拿，就是用一下形象。"

"你觉得我这个店的模式能跑起来吗？"

还有一次是 2022 年 6 月 1 日到 4 日那几天。热情的消费者惊到了阿力，他没想到生意可以这么火。又过两天，确切地说是 7 号，我在他新乐路"Drug！"店门口看到他，那是解封之后打过的唯一一次照面。他胖了。他跟几个兄弟站在门口，说这个店重新开了，很热闹，他很高兴。他说前几天襄阳路那里卖得太火了，可惜又得关了。

潮流就是这样，没有一定之规。坏的一方面就是不如那些老牌女装买手店那么稳定，有的时候你甚至会怀疑看不到有人光顾的店是怎么活下来的。在新乐路东半截，有一回路过某家店，老板娘一样的人披着披肩架着腿坐在巴洛克铁艺椅子上，夹着一支细烟，身边围一群黑压压裹着羽绒服的人，看着像是顾客，但那种虔诚的样子更像是远道而来取经的外地人。老板娘吐一口烟，说，我们家从来没有库存，每一季都是卖光的。

阿力还没找到这位女店主的自信。公路商店让他的店辉煌了一次之后，阿力一直耐心等待。"怪力圈你知道吗？就是做电子烟的。刚开业没几天他们就来找我，对我好像很有兴趣。他们想全国快速开很多家这种 20 平米左右的店，做手办、电子烟和酒的集合店，想让我多开几家。"

"我现在开一个，什么最火就把他集合在一起。什么牌子有一两个爆款，我就卖这个爆款。然后结合抖音一起卖。我自己啊，也不是很喜欢吧，我们就是商人嘛，什么东西能赚钱就做什么。大家都认可，都买就肯定好。针对市场就好了。"

"那你要扩张吗？"

阿力眯着眼睛，说："这个店的模式我要跑跑看。没有一定之规的好的一面是你总可以找各种可能性'跑一跑'。没准什么东西就成了。"

新乐路上的潮流店，大体上就是这样。我们挑一小段来看，从过路口的首席公馆，到东湖公寓一百来米路的北侧。

向西第一家，从新乐路 84 号"姚家军 Sole Yao"开始，卖鞋的店开始多起来，98 号的 Good，136 号的 Drug！，它有一个特别不毒品的中文名，叫常青藤服饰商行，这就是阿力的店。（是不是在任何时候他都想着怎么混搭进各种风格？）140 号的 Krazzi，墙漆成蓝色，也算是一种特色。142 号的 Ami，全称叫高端奢侈体验店，这看起来像是一家传统女装店，但橱窗里耀武扬威的积木熊暴露了它的转型……这些潮店穿插在传统服装女店之间，到东湖公寓那里彻底成为主流。

东湖公寓的一楼临街是门面房。从东向西，第一家是上野眼镜店。第二家是卖阿迪达斯为主的 J-01 店。第三家是 Nike Lab，上新的时候，这里会有各地的炒家来这里抢货。第四家是 Nice Rice，买手店，May Five 的咖啡似乎只是它们的副业——这是 2021 年夏天的样子，如今又有不同。上野眼镜店已经不见了，潮店覆盖了它；浓浓阿迪达斯风的第二家店更加潮流，不再拘泥于过去。May Five 的前身是一个和脱毛有关的店，门面屋檐下总坐着一人大小的红毛大猩猩公仔作为吉祥物，很多人会停下来跟它合影。以前这里还有一个唱片店，感觉卖所有的碟片，所有的电影，所有的美剧。那个行业和它都不见了。

传统服装女店在这一段里可以说顽强存在。单纯从店的数量来说并不少：86 号是 EVA Essential，92 号是 Solid，94 号是林，或者 Lynn，96 号是一个拿掉了名字的服装店，144 号是亨利公寓的院子，里面藏着两家店，一家店是标榜"珠宝、银器、艺术"的 Ru，另一家院子里写着"Garage"，就是我们说过的"干垃圾"，显然它已经搬到了另一边的 34 号。其实它们各自实力不凡，虽然在与潮店们争夺势力范围的过程中看起来略占下风，但实际上它们各有后路，比如搬到更合适的地方，比如有多个分店——那个 Lynn，在新乐路上就有几家。

在这些服装店和潮流店之间，还夹杂着一个苏格兰威士忌品牌的专门店，The Balvenie，这属于一个"Since 2000"的 bar——Bar Constellation。还有一个海南五星鸡饭，它是个连锁店。新乐路上它的生意最稳定，很火。封控刚一结束，还不许堂食的时候，它的门口已经有人等在那里了。

新乐路的其他地方与这一段大同小异。我们继续向西：

东湖公寓西侧公寓消防门边是新乐路 178 号，有一个叫和屋的日式小饭店。它在一个开间很窄的独立小楼里，在和屋之前，换过几家各式小酒馆。它有趣之处在于：一二楼是小饭店，三楼住着一个老奶奶，身体硬朗，生活方式有主见且主流，举凡勤洗衣服、有太阳一定要晒被子等等须臾不会落下，所以看这店的楼上，生活永远花枝招展，总是很和谐。

再向西，上海市徐汇区特殊教育指导中心。院子大，门面房也很大，但现在照例都不参与到商业中来，照例有很戒备森严的防盗窗，老机关里喜欢的白色外墙砖——竖条或者横条，不论横竖，都像个厕所。它的边上 188 号，Bibliotheque de Tresor，2021 年看的时候是一个不景气的首饰店，2022 年黄掉了。192 号 Color in Sugar，简称为 CIS，是一个看起来很有一些特色的店，走过去了，回头看在楼门洞侧面，藏着一个蓝色斗檐的门，夸张得跟唐人街一样，与那两扇蓝色的窗呼应，这是它的店门。2022 年 7 月，店已经空了，窗上贴着招租的电话。在它东边是钲艺廊，很坚强地经营，据研究小店的"跟俞菱逛街"公众号说，这是它最后的一家实体店了，新天地的店和更早的衡山路的店已经相继歇业。

到马路对面，向东，襄阳北路方向，往回走。靠近东湖宾馆的 167 号是个院子，临街做成门面，看起来很高档。J Eleven，型人坊占了很大一块地方，剪头。Dot X Little Universe，一个西餐馆。大门另一侧，有 J Lab 的入口。165 号，Z-Zest，染发店。

这一边的店更密集，潮流店更多。163 号是 Canal st. 坚尼街潮流店；157 号是 Isup，球鞋店，好像也卖户外用品；153 号，万事屋新乐店，卖各种饰品，有人评价说，"进门不是整排的熊，很特别"——可见新乐路上积木熊已经泛滥成什么样了；147 号是 J & J，这名字看着也有历史，早二十年叫这样名字的各种夜店比时装店还要多，但是这个店有鞋也有一些不明所以的衣服，不知道如何定位；它旁边是一个没有名字的橙色调的店，橱窗里摆着一件女装；145 号是个叫 Miss Wu 的店，143 号 Fear Of？——就是这个怪怪的名字，但似乎并没有给它带来多少人气，边上是 Cubtina，他们都把潮鞋摆在显眼的地方，给人感觉是前女装店在挣扎转型。

再接下来不知道为什么门牌号就到了六十几号。一个店用树叶做了 logo，你把它理解成是个 emoji，拿来做店名还不错——扫它的二维码，它的公众号的名字叫 Leaf。61 号是 Live Young，59 号是驾仕堂，这两家店在新乐路和巨鹿路上各有分店，似乎生意都不错。

除此之外，新乐路南侧这半边还有一个叫承承的饭店。饭点时候，门前总是三五个中介打扮一样的西装男，一年四季寒暑不论，他们总是等人来一起吃饭或者刚吃完的样子，与他们不离手的烟、助动车、显示身份的吊牌和总是职业性扫过每个来人的眼神在一起。承承当得起百年老店的名字，在延庆路上还有一家，做上海菜，不如进贤路上兰心茂隆这样替上海菜撑门面，就是家常菜。57 号靠近襄阳北路这一边有个名字叫"春语"的美容店，独立的一个小楼；一个叫"Doris"的美甲美睫店；还有一个叫葡萄园的会所——它落满灰尘的样子，可能是前会所。

然后就又回到新乐路襄阳北路路口了。

现在在上海，四个方向都超过八十年历史的路口已经不多了。新乐路襄阳北路勉强算一个：西南角是东正教圣母大堂，著名的洋葱头建筑；东北角是新乐路 80 号的老楼，年头绝对不短，现在也挂起"历史保护建筑"的牌子；西北角是新乐路 82 号，首席公馆酒店；东南角现在是襄阳公园，公园从法租界时候就存在。

可能有八十年了吧。我们求证于梁先生。当年他去钱家塘汰浴，要从长乐路的泡水间楼上起身，斜插十字路口到襄阳北路，跑个两三分钟，就到了这个襄阳公园的后身，走过整整一条街的襄阳公园西墙，过淮海路才能到钱家塘。"襄阳公园还是原来的样子，但是它现在弄过了，弄了一个喷水的，老早是没有的。就是一只圆的，养金鱼。比现在大的。"

原来是个池子，现在是个喷泉，喷泉修得老高，最上面的出水处那里有个朝天的石盆一样的东西，水会从那里洒下来，在洒下来之前，总是有两个八哥在那里洗澡。喷水池边上，有两棵喜树，这树不知道有多大年纪，八哥喜欢在树间聒噪，看起来很开心。鸟的智商一向被人类低估，但我看它们在树间水间，至少是懂得"开心"二字的。看老照片，原来这里似乎还有一个带旧式飞檐的黑砖房，现在全无踪迹了。倒是襄阳公园北墙外贴着新乐路的那个饭店一直都在，我记忆里以前这里有大红招牌的新斗记，秉承岭南粤菜的亲切厚道，存在了很多年。后来它换了另外一家粤菜，看起来就高端了很多，有穿西装的女服务生给你介绍很贵的菜，后来又不见了，换成现在的"Home's 私房菜"，上海本帮菜。这个档口位置非常好，在襄阳公园后面，停车就在店门口，店也够大，但不知道为什么店家总是会换来换去。

圣母大堂是最有名气的。梁先生说他记忆里从来没开过，他今年要六十岁了，所以至少五十几年间都是闲在那里。梁太太王老师说东正教是俄国人啊，"我们六几年就和俄国人关系不好的啰，对伐？肯定不开了。如果像礼拜堂估计就开了"。梁先生和太太别苗头[1]，听太太讲过之后，又补充说，修过，但是也没开。

从外观上看，肯定是上过新漆，否则哪里经得过这么久时间。陈丹青曾在回忆里说及在圣母大堂写生。那时候，成年人在抓革命促生产，稍微大一点的青年都已经插队，他们等待分配或者等待插队，街上没有什么人，他们放飞自己的爱好。说起来，每次路过都会想象一下，他们大概会与现在 Paras 咖啡门口的那些写生的爷叔阿姨一样，瞄着对面的洋葱头一坐就是小半天吧。

远看这些个洋葱头没有什么变化，凑近了看，赶上运气好，门或者窗虚掩着，你会看到里面，里面像个仓库，格局当然是大格局，但也是仓库样子。有一次仔细看了门上贴着的告示，大意是说，"新乐路55号东侧2楼房角破损"，存在安全隐患，我四下看看，55号就是东正教堂，它的东侧就是教堂建筑主体本身，就是说这个教堂本身有危险。告示下面另起一段说，根据《中华人民共和国物权法》等规定，如果房屋倒塌、房屋附着物坠落、漏水触电等事故发生，房屋所有人要承担民事责任……为了保障住户和相关人的生命和财产不受到危害，告示再次强调要及时修缮。

落款是徐汇区湖南住房保障和房屋管理所。我想了一下它的房屋所有人会是谁——文旅部门或者就是房屋管理部门？不太好说。以及，貌似没有人急着去把这房子的事解决掉，索性就关上了事。告示的时间是2021年的4月29日，我看到的时候已经到了2021年底。然后，很快就

---

1 上海话，指争高低。

到了外滩都疑似长草的时期，没有人去画它，也没有人去在意它了。

不过，它比对面的首席公馆要好。首席公馆在"二〇二一年十一月十八日"那天被上海市人民法院正式贴上了封条，看着触目惊心。

首席公馆酒店，正确的名字是这个。首席公馆是杜月笙办公的地方，更全面的说法是杜月笙和黄金荣在 1930 年代合伙开了一个三鑫公司，办公就在这里。那个说法还包括了这建筑建在 1932 年，这事儿不好说，因为新乐路的历史极短，不过 90 年时间——恰好也是从 1932 年开始。

在新乐路 158 号东湖公寓门口有街道所设宣传牌：

> 新乐路（Xinle Rd.）始建于 1932 年，在上海市徐汇区东北部。
>
> 东起陕西南路，西至东湖路，延庆路、富民路交会处，中与襄阳北路相交。全长 569 米，宽 15.5—15.85 米，其中车行道宽 9 米。沥青混凝土路面。
>
> 民国 21—24 年（1932—1935）由法公董局填没白洋河筑成，以在北京被义和团击毙的法国军人命名亨利路（Route Paul Henry）。
>
> 民国 32 年（1943）以河北新乐改今名。

感觉是白洋河刚有填土造路的计划，杜先生、黄先生已经开始买地，这也符合他们的上海滩大亨身份，不足为奇。梁先生说，他小时候这里是交通运输局，后来改成了汽车运输公司——这也是不足为奇范畴中的一部分：青帮本来就是交通行业起家的帮派，它们是漕运码头的帮会嘛。上海在 1949 年以后，很多事都遵循一定之规，接收旧政府，也是按行业。比如以前是电话局，发展到今天是上海电信，比如以往是民国国军或者美军办事处的房产，最后也都为军队所有，大到北京西路上海卫戍区的房子，其来历要一直推到公共租界工部局的武装，小到美军一个花园俱乐部，后来成了南京军区的实验幼儿园，就连蒲园里某一栋楼，早年间是汪伪军方背景，到现在业主也是海军，小胖叔叔就住在这里。

交通运输局扩张，搬到离政府首脑更近或者更大的大楼里，旧房子留给局下属的"三产"公司，或者叫多种经营公司，所以这里变身为汽车运输公司。梁先生简单介绍里包括了诸多历史奥妙，占据了好地方的下属公司一点点经营不善，只好发掘自己的潜力和优势，杜先生早年的眼光显然此时发挥作用，"地段，地段，地段"，我们知道它的时候，它这里叫首席公馆酒店。这名字取得像 1990 年代的暴发户，特别带着一种三线城市郊区楼盘虚张声势咋咋呼呼的开盘气。如果再加上介绍中一定会提到它是当年杜月笙、黄金荣办公处，就更觉得这有点让人尴尬。它现在歇业了。闲在那里，它虽然规模不小，但大约也是遵循上一次市容和历史风貌整顿的重要法则——"房东不租了"，草草收场。只是它当年风光，遗留问题可能也多，现在只好由法院贴上封条。

这个街角虽然一切如它刚诞生时的样子，细究起来还是有点让人心伤。襄阳公园继续开阔，巨大悬铃木、巨大香樟、巨大绿荫，夹在悬铃木大道上跳舞的老人，喂猫的人，锻炼的人，现在都不见了。自从它被征用为一个大规模的核酸检测点，附近徐汇区中心医院的病人和周边写字楼、逛商场的人都涌到这里来，所以它也就几乎长年围着警戒线，或者竖起伸缩隔离栏，红白两色，醒目地拒人于千里之外。街角里最后只剩下东北角新乐路 80 号，维持一点平民味道，维持一点热闹。

建筑，甚至襄阳公园里的那些树都可以凝固住过去，就像历史真的在这里延续。但实际上无数变化已经发生了。

停下来的圣母大堂，与它相关联的俄国逃亡者的历史早就湮没掉了，直到它变成危房。封起院门的首席公馆，被它串联起来的杜月笙、机关里的多种经营三产、试图挖掘旧时荣耀的法租界历史都不再有诱惑力，宁可让它闲置在那里。确切地说，这些都成历史了。

更多的事正在成为历史。7月开始的时候，有些郁积的悲伤逐渐发作，打理整齐的纸箱，包装得体而坚固的家具，在新乐路80号门口隔三岔五出现，它可能意味着——某个店已经难以维持，即将自主歇业，也可能意味着一个踌躇满志的人要离开上海了……

* * *

"这里原来是什么？"有一天，94路车站，Niceeer隔壁，襄阳北路路边突然开了一家店。

卖头巾，地毯，异域风格的。里面坐着的人长相像是来自中东。

"好像一直闲在那里。"

我在手机里翻以前这里的照片，"不对，这位置是Jacky Clot，应该是一个服装店，不知道什么时候黄了。"

我们进去。那人挺热情，开始不断地介绍他的各式头巾的花色，手工绣和机器绣有什么不同，为什么这个四百就卖，而另一个要卖六千。怪怪的江湖气，有点像早年间北京的秀水。

"那地毯，你猜多少钱？往多里猜。""一万？两万？"这位叫作Frank的尼泊尔人把价签拽出来，"五万八。"

"你是从义乌来的？"

"青浦，绿地贸易港。"

好像有这么一个地方，在徐泾东那边。那不是进博会的地方吗？他们现在都要"巨富长"了？

那是3月初，2022年。记得是刚过春节。每次经过那里，都看到尼泊尔人撅在那里倒腾他的那些地毯丝巾。有时看到对方，就打个招呼。他有一个中国人的帮工，女生，但只做粗活，来了客人都是 Frank 亲自招呼。不过，也没有多少客人。不知道他是怎么被人忽悠到这里来的。

　　6 月，Frank 没有回来，也不知道他在哪里过的两个月。7 月初，看到这小房子空了。Frank 不会回来了。[1]

1　8 月某天，在"上海发布"公众号上，我们突然发现了 Frank，那篇文章热情洋溢地写了这位外国友人在上海做志愿者的故事。

做咖啡之卷哥传奇

Drippers 咖啡，南昌路

卷哥一直是咖啡界的传说。

小顾说他是"真的猛士"。只卖手冲！

卷哥不以为然，卷哥对开店这事有一种波希米亚的态度，特别是在5月份我们刚到长乐路的时候，可能春风让他沉醉了，人壶合一，眼中再无市口概念，任何地方都不在话下。

你看，烧烤店里可以，精酿啤酒店里可以，他最健谈的时候就是在襄阳北路的精酿啤酒店里，夕阳打过来，他眯着眼回忆往事。

"什么，你还在别人的咖啡店里卖过咖啡？这也可以？"

"他不做手冲。他愿意，我也愿意，就没有什么不可以了。"

我们叫他卷哥，他让大家叫他 Raphel，拉斐尔，他的长相也古典，长卷发。我们最初见到他的时候，他的西晒咖啡馆还开着，我们跟他感慨这里咖啡店太多了，放眼望去有五六家。他说何止，方圆五十米能有二十来家。他的主业不是开咖啡店，他说他主要是做咖啡师培训，以前在杭州开咖啡馆，后来在泰国，后来疫情来了，回到上海，做培训。他看哪个客人都像是偷师学艺的，觉得我们也是，有一次还偷偷地问另一位同事，我们是要在哪里开店。不过，这并不说明卷哥会把我们放在眼里，聊天的时候他早就看出我们是附庸风雅之辈了，"专业和不专业的人问的问题都不一样"，专业的是 blabla，不专业的才会问手冲壶要逆时针还是顺时针转之类的问题。

他随时准备四袋咖啡豆，每种风味不同，来一个客人就介绍一遍。客人咖啡冲好之后他先倒出一点喝一口，自己不满意就哗一下倒掉，再来，如果再不满意再哗一下倒掉，再来。40 元一杯，倒来倒去客人吃惊得要死："啊，好可惜！"

卷哥只是笑笑。

天热起来的时候，卷哥消失在路口。他在朋友圈里说找他可以去长乐邨。那是他做培训的地方。

西晒太严重了。卷哥跟我说。那时候已经七月初了。

卷哥关店简单。我们说过的：两台磨豆机，四支手冲壶，六袋咖啡豆，两个带称重功能的热水壶，两个宽口量杯，若干一次性纸杯……放入一个纸箱，抱到后备厢中，跟每天下班一样。卷哥走专业主义那种"如无必要，勿增实体"的奥卡姆路线。

那段时间，找卷哥要在微信上约，去长乐邨里他的咖啡教室。先问他今日在不在店里，回复也快，午饭几点结束，在那个时间之后去比较好。Drippers，还是这个名字，还是一张 A4 纸做店招，和之前 Tap That 门口的歇业通知一样，四角用黑胶带粘在赤豆色油漆风化的木门上，圆圆字体打在纸中央。店在某一幢住宅底楼占一间朝南房间，楼道的木门常年敞着，把手上挂着一塑料袋长生果。再右拐，一间大堂屋。进来的左侧是三排椅子，摆法像教堂，只是没有长桌，南面窗子那一侧是个长操作台，摆着卷哥的所有工具，还有 Marshall 的音箱。光从操作者背后打进来，阳光好的时候，可能会有光环加持在身后，白色房间，气氛更足。

因为是中午刚过，外面阳光也好。两个姑娘——虔诚的女学员一边一个站在卷哥身边，拿着最传统的笔记本和笔，凑过去很仔细地看卷哥操作过程中涉及的每个小动作和数据。豆磨成粉之后，要举到鼻子前面扇一扇，类似闻香的手势，在第一轮水下去之后（还是再之后？）也要凑上去扇那么几下。演示者和学习者都是极为庄重的，轻声轻语，提问和回答的时候时不时礼貌地笑一笑……他们不断地用眼神、用手势、用很响亮的声音嗅咖啡的味道、用品尝倒在试喝杯里的咖啡来交流这一次手冲咖啡的感受、心得、收获和所有。

见惯了卷哥在襄阳路口孤身一人冲咖啡的样子，我问，这是同事？啊，同事。嗯，其中一个姑娘后来出现在南昌路的新店里。

那天的音乐是帕格尼尼的《24 首随想曲》。光线里细窗框像十字架一样，卷哥神态肃穆。我都不敢说话。

看到他第三次把一粒豆子扔到磨豆机里，然后近似于空转……我终于忍不住："这是干吗？"

"洗一洗磨豆机。"

"哦。"

郑重地把咖啡交到我的手上。

我郑重地喝完了它。

"门上有一个二维码，你随便给就好了。"卷哥说。

"随便给吗？"

"对的，想给多少都可以。"

扫了码，想了想，四十吧。襄阳北路路口时就是这个价。

虽然对钱表现出一种很游离的感觉，但卷哥也有"积分卡"这样的噱头。第一次在襄阳北路的时候，他递过来，敲上"不想上班"的印章。十个印章就可以免费喝一杯手冲。

这些店各有各的竞争手段。与"不想上班"很对仗的小顾的"周休七日"，一周中某一天买一赠一，某一天加三块钱就可以买一个很大的贝果，或者其他优惠。Double Win 和 Manner 就是连锁店风格的价格战。Double Win 新人券、打气券、放松券之类的七七八八的优惠，最厉害的一天只花 6.93 元就可以喝一杯咖啡。已经比便利店还便宜了。

当然，这不在卷哥的视野范围内。他是手冲。

后来，再去襄阳北路的档口，忘了带积分卡，错过。去长乐邨的教室，他问积分卡带了吗，原来这里也可以继续用，没带，再后来，到南昌路，他还是要问一下，积分卡？啊，原来还可以用！感觉错过了很多。

卷哥有以下几种可能，决定了他以高冷的姿态来面对客人：

一是他的客人大部分是同行，只要是同行，显然有偷师学艺的重大嫌疑，瓜田李下，彼此都相忘乎江湖比较好。

二是如果是同行且学艺，你应该走学员路径，不应该在这里东问西问。

三是如果是外行，就是瞎聊天，难免还要有假充内行的，我也犯不上跟你讲太多啊。我写东西，如果有人跑过来热情地问你都是怎么写出来的啊？什么时间写有灵感？是喜欢边听音乐边写吗？要戴耳机吗？吃饱了写还是饿着肚子写，我还真是无从谈起。我在卷哥那里，大体上就是跑过来说东说西的白痴，问些不着边际的问题，以为自己爱好者的身份就已经很给专业人士以尊重了，却忽略了专业人士最感觉尴尬的就是爱好者盲目的热情。

但是我在北京遇到的 Tiger 的老板就不是这样，她对谁都热情，也特别喜欢跟人聊口味，聊豆子，聊上海和北京咖啡店的区别……

"上海的公共厕所太少了。都上哪儿去上厕所呢？"

Tiger 在旧鼓楼大街，现在北京胡同里的公共厕所真是太多了。

"上海老阿姨啊也会喝咖啡的，不像北京，都是年轻人。"

卷哥说他喜欢泰国，也是因为老阿姨。

"曼谷的客人好，不需要教育，从小就喝。以前在曼谷经常有个老太太提着热水瓶来打咖啡，六点半来，要求很高但是不需要听太多解释，就指着一个豆说这个给我来五杯，都放在这里面。她就打回家给孙子儿子吃早饭，然后自己烤面包。"

在旧鼓楼大街那天还有一个诡异的收获。上午我在安定门内的老马稍麦吃饭，隔壁桌的一个男人埋头猛吃羊肉烧卖，猛喝羊杂碎汤。过会儿到了 Tiger，这男人居然也跟来了，跟 Tiger 老板喊喊喳喳说了半天。我们问老板，这人是谁，为什么一直跟着我们？她说是转店的。

"什么是转店？"

"就是成天在街上喝咖啡，做点评，自己也做咖啡的那些人。"

"你们顾客这样的人很多？"

"大部分都是。"

我想起来小顾说的路易·欠蹬。他的另一个带路大哥。

卷哥是个害羞的人。他看到眼熟的客人进来，眼神里可能会有一点高兴，但我怀疑他可能也是脸盲，只是凭经验大部分朝着他笑的客人都应该算作熟客。

不管是害羞，还是脸盲，卷哥的开场白都是一个不会错的选择：

"我先给你介绍今天的几支豆吧。"

又专业又回避尴尬。

当然，也有失手的时候。

人民坊，就是后来南昌路那个店里，进来一个背着双肩包、穿着冲锋衣的大个子男人。

"我先给你介绍……"卷哥温柔开场。

"这些我都喝过。"硬汉扫视桌面上的咖啡豆。有一点战场感觉了。

"那我给你92度的水冲一个……"

"…………"

我听不太清，也听不太懂。

两人低语飞快结束。高手切磋。

卷哥继续一脸肃穆。冲锋衣垂手而立，双肩包放在脚边，期待。

两人都很平静。有一说一，卷哥并不会因为有切磋在，就更肃穆。在专业的稳定性上，卷哥的情绪、手法、态度一如既往，没有波澜。

卷哥这样的手冲咖啡店有三种客人。一种是我这种，没有标准和爱好，偶尔会像买香水一样被咖啡包装上不切实际的关键词吸引，"香茅、柑橘、朗姆酒"之类。在我要去喝咖啡的时候，就只是去喝咖啡。我觉得咖啡不好喝的时候，通常就是形容为"不好喝"。

第二种是在点评网站上特别爱说话爱发笔记的客人。他们总是出现在各种熟人咖啡店，带着长镜头，只拍咖啡不拍人。熟人是喝出来的，这一家的咖啡师独立出去开了自己的店，便值得首评道贺，写得也亲昵，让你觉得是多年的朋友有朝一日创业成功，其实不过只认识了三五回。在别的店里，他们分享附近买来的面包、时令的吃食，寄放自己常用的杯子，跟店主的狗拥抱。但是在卷哥这里，这些都没了着落，他们只好在点评上写"祝贺老板第五家店开业哈哈哈哈哈哈"。

第三种客人就是冲锋衣，他们点单的时候带着一种华山论剑或者质检车间主任的严肃，可能是来切磋的同行，也可能就是好这口儿的，我跟卷哥探讨过这个问题，"非同行一般都问这是什么牌子的手冲壶"，那么同行呢？"咖啡粉细度是15还是17，水温是92还是90，分段冲水比例是442还是别的"。有一次我跟小顾说喝过一个手冲水味儿很大。

小顾马上纠正："你要说，这咖啡清澈度太高了。"

眯着眼迎着西晒的太阳，卷哥有很多话要讲的那个下午，卷哥暗示我这个生意太艰难了。但这不是他抱怨人生，是不想让人误入这个歧途。

"大学里就对咖啡感兴趣。当时坐火车来上海喝咖啡。〇五〇六年的时候，有一些日本人开的手冲咖啡店。一边喝一边看他们怎么做。也去兼职。"他说了好几个名字问我知不知道，我摇头。

"那时候泰国要比国内先进多了。什么红外扫描咖啡粉的细度的机器，就算上海那些开得很早的店也都不知道，我就带着设备回来，很多人就来看。"

"我杭州那家店开了十一年，有很多上海客人周末会去。可能喝一天。早上喝一杯，中午出去吃午饭，下午再来喝一杯。"

"为什么不能专门坐高铁去喝咖啡呢？既然有人专门坐高铁来上海看展览或者跑马拉松。"

"我想做本地客人的生意，不必是上海本地人，只要是常住客人就好，不是拉着箱子带着相机的那种客人。"

"要寻找附近便宜的地方，这件事没那么容易，因为现在这个吧台也要四万，杭州地方大一倍一年大约是七八万元的租金，而永康路上的铺面，三十万还需要抢。你没有在上海开过店吗？"

他坚信我是一个打算开店的同行。我觉得他没好到阻止潜在同行误入歧途的地步，否则为什么要开咖啡培训课呢？

卷哥这一次开店，很认真。对于一个把店开在烧烤店、精酿啤酒吧这些地方的人来说，未来这个店是一件值得认真对待的大事。在长乐邨每次说及，都要说"我的新店"。也可能是旁边两位虔诚的女学员，看起来寄予希望。他不肯透露具体地址，只说在南昌路上，南昌路在淮海路的另一边，与长乐路一样算是淮海路的后街。卷哥在不肯说什么东西的时候，感觉不光是谨慎，还有点提防。可能天机不可泄露。

也是在那天，第一次见到杨枝珵。他和所有人一样，叫卷哥拉斐尔。"在那里碰到各种人。艺术学校的大学生，研究生都有。没有我这么经常去。他们大概一两个礼拜去一次吧。我天天去。跟拉斐尔经常聊，聊咖啡的事情，我问他最近怎么样，像朋友这样。他也问我，今天放假了吗之类。"

他像所有高中生一样，喜欢把自己想象成一个社交老手，但还是会用"像我们这一代人"来与其他人做出区隔。"像我们这一代人，也是从连锁店喝起来的。星巴克。学校旁边有星巴克。美式这种。喝着喝着了解到手冲。上海一直找不到手冲店。有些咖啡店喝的是环境，在武康路永福路都喝过，老房子，不光卖咖啡，印象特别深。后来再没去过。"

我想起那些被妈妈或者爸爸带着在星巴克里用 iPad 上英语课的小孩。双减之后星巴克的这类客源貌似也是少了不少。杨枝珵是一个升了级的版本。

"刚认识的时候，我跟他聊天，说他的事，有时会说到店里。我刚开始去的时候，点完咖啡，那时不热，出去晒会儿太阳。"

"我蛮欣赏他的生活态度。"

又隔了一个多月，翻卷哥的朋友圈。新店已经开了。在人民坊，要从南昌路那里进。人民坊本来在淮海路也有门，但疫情以来，门锁上了。Drippers 离淮海路只差临街一排，但要从南昌绕很大一圈才会到。

大众点评上已经有评价了。就是前面说的这个："祝贺老板第五家店开业哈哈哈哈哈哈"。

记得那次问卷哥："你要在南昌路开的店，只卖手冲吗？"

问完我很后悔，我觉得简直伤害到了他。他看了我一眼。

"当然。"

在这一点上，小顾会一百万次地把"真的猛士"送给卷哥。何止，看他那不断开店的劲头，简直是长乐路西西弗斯。

在卷哥的记述里，大学毕业之后他就不在国内了。他在曼谷做咖啡。不是流浪，不要以为在泰国就是波希米亚，是职业发展，在曼谷做咖啡相当于在硅谷做码农。这个过程据说顺利，他说他后来成了大型连锁咖啡馆母公司里的咖啡品控师，手下最多的时候管着 4000 个人。这份工作结束之后再续上另一份，这次是清迈。他本来想在清迈开自己的店，结果疫情了，于是把店改上上海。

卷哥是杭州人。他们家里真正波希米亚风格的人是他的爸妈，有一次过年，他说他在泰国不回家，父母商量了一下，说那我们去找你吧。从此，父母爱上在世界各地游走。"现在？我也不知道他们在哪里。"

他说到这些话的时候，会感觉说得有点多，要把话题拉回到咖啡馆。

"杭州那家店很早就开了，很有名。"

"2010 年出国之后就再也没去过。偶尔回去在店里，老客人以为我是新来的客人，会让座给我。"

好像感觉还是说得太多，接着问他在杭州哪里，他自言自语："从现在这个店到杭州店，点对点一小时二十分钟。"

卷哥是 1985 年出生，他让大家叫他拉斐尔。

后来常在街上看到他。一次是他带着那个女徒弟在延庆路一家手冲咖啡馆里说事情，也可能是在做市调或者竞品分析吧，两个人聊得很投入。还有傍晚在小李水果店那次，在门口逗波波的时候，看卷哥以一种老派的热情揽着另一位女士的腰气宇轩昂步履坚定地走过。卷哥那两个月逃到了大理，有点惶恐：已经二十多天没有做咖啡了！又隔一个多月，眼见复工复产，他在朋友圈昭告天下：上海店暂缓恢复。

2022 年 7 月中，新乐路上，一位目光坚定的卷发大哥在街上匆匆而过，那不是卷哥吗？

41

做咖啡之小顾人生大计

週休七日，长乐路

小顾也要开一个店。

从他决定做咖啡师那天开始，这事就像一个结果一样在前面等着他。因为要结婚了，这事变成了"成家立业"的人生仪式感的一部分。

在延庆路那家修车铺风格的新咖啡馆里，他摩挲着水泥工业风的咖啡凳，思考前程：

（1）不会在上海，房租太贵了，竞争激烈。

（2）喝咖啡在当地人那里应该是一种生活方式，不是赶时髦。

（3）装修不能太用力太刻意，但是要以四两拨千斤的方式弄得像那么回事（他的眼光此时投向几个钢管焊在一起的茶几）。

想象中，这个地方是苏州，成本可控。潜在的原因大概也包括这里离上海近，做不下去回上海的成本同样可控。

这只是有关咖啡馆生意很小的一部分。全部盘算下来，要想的事太多了。小顾有天听到一个十几岁姑娘说，她和她的干妈一起去报了一个咖啡培训班，两个人在週休七日里畅想未来辉煌，让他忍不住跑出来泼冷水：5万块钱干什么不好非要去开咖啡店？

轮到他自己，他不会这么问。

这东西有的时候会被归到宿命里，而大多被归到宿命里的东西都是强烈暗示自己的后果。

小顾打工的第一家咖啡店在杨浦大学路，房租可能便宜，大学生也需要足够大的自习空间，所以，这家店一言以蔽之，大。当然，更重要原因可能在于那段时间里韩国漫咖啡是业界模范，漫咖啡觊觎星巴克全球翘楚地位，走的就是无以复加的大店路线。店大，卖咖啡不足以支撑收入，也卖简餐，服务员、简餐料理、保洁，成本一律成倍增加。到最后跟星巴克几乎已经完全不同。

小顾的第一个老板就是在这种大即是美的风潮中拿下六百平方米的面积，白领的"咖啡＋简餐＋小型办公"不足以展现足够的竞争力，"女人和孩子的钱好赚啊"，抱定了这样的宗旨，就加了儿童区，森林探险主题，而且真花真草……真花真草里有各种小虫，时间久了飘散出来各种气味……儿童区危机四伏。

第二家店在南京西路。这个店小，开在一个餐厅里，没有执照，也就没办法与外卖公司合作，店主是一对Lesbian，他是唯一店员，兼送外卖。每天站在地铁口给人发店里的小卡片，上面印着店铺电话，有人电话下单，他就去送货。"那时候想，大家都是刚创业，一起用力，一起加油！开3000块一个月。四年前。现在想想我大概昏了头。"

这是小顾在这个创业的小店里唯一记得跟创业有关的事。

週休七日最红的时候是在2019年10月。小顾见证了一个网红店的诞生和沉寂，以及为了抵抗沉寂做出的种种努力。在老板的盘算里，长乐路这个门店只不过是淘宝的线下体验店，同时也相当于在一个人流量不是很大的地方作实体店的试水，真正的目标是新天地这样的地方。为了导流，老板在淘宝买搜索曝光，"就跟上瘾一样，一停马上惨不忍睹。"

"当时做淘宝想的是网上销售没有库存压力，现在每天要花钱，它勾引你买，不买一天就成交几单，买了三四十单，怎么可能不买。买流量两三百块钱一天，也相当于租了一个铺子。所以，做零售很难很难。"

"我们的东西都是稍微能放一放。我们店最火的时候，早餐饼干一天可以卖一千多块钱，非常猛。现在新店太多了，都去打卡新店了。我们认识的博主也都去新店了。就是写大众点评和写小红书的博主呀。说是所谓的业余爱好，写得多了就有人联系说能不能帮我们拍拍我们的产品。"

小顾看着老板的整个算盘。他觉得自己可能也终将面对这些。

但新天地的店还是要开了。店面紧邻一个挺红的面包店，也卖咖啡，他们很紧张。店长专程跑了一趟长乐路，研究了价格，正式照会了老板：这样不行，你们得涨价，否则我们就打价格战。看谁打得过谁。

小顾想不出怎么办。长乐路哪里有涨价的空间。

长乐路的客人被惯坏了。小顾说本来大家都还平和，价格也差不多，疫情出来后 Double Win 和嘲鹅开始打价格战，Manner 就不说了，Manner 本来就很便宜，嘲鹅那个时候不管工作日自不自带杯，你来就减 5 块钱。Double Win 是你去那里买券，一杯拿 16.9 元，你再加 9 块钱又可以拿面包。就是这么恐怖。

"如果我们店不卖饼干，又坚持原来那个价格，老早就不行了，人家连锁店耗也能把你耗死。"

Double Win 有一个长乐路的福利群。周一和周五早上各有一次"打气券"和"放松券"，可以减 5 元，如果自带杯子，可以减 3 元，这样 15 块钱的美式打一个九九折，就到了 6.93 元，比便利店还要便宜。这只是福利群的一小部分功能，店员会圈起一串人接龙试喝，被圈到的人都可以喝限定新品。群里一天数次不停地播报 Double Win 周年庆优惠，还有各种咖啡产品的打折。总的来说，这是一个由优惠券和新品维系起来的社区。虽然偶尔也有麻辣烫、毒鸡汤和跑步路线的照片跳出来，但大多数时候都是店员和老顾客的表情包你来我往，店员在群里抓住每一个可能会下单的用户。比如每周一买一赠一的活动下午 4 点结束，有个用户说自己在浦东上班赶不过来，店员马上回复：您要喝什么可以现在提前付哦，等您下班过来我再帮您做，您看可以吗？我加您微信吧！

这个群就留在微信里了。一不注意它就会有几百条信息出现，总有人评价新品哪个最好喝，什么叫做"米奶油"，或者展示一下店员画在外带纸杯上的小人像。偶尔会打开看一看那些小红点里面到底都是什么人在说什么话。"打气券"出来的时候，抢到了就挺高兴，想着下午去用一用。

Double Win10 月份重新装修过，原来老老实实的原木风格变成了闪烁的不锈钢。群里晚上也变得热闹，因为现在 Double Win 也卖酒了。小方同学不会放弃夜里组织大家晒酒的机会。

咖啡店的顾客形形色色。

一男一女，下午两点多，坐在小顾的店里对瓶吹威士忌，女的喝一口，对男的说，真的入口柔。男的不说话。女的又说，你拿这个治溃疡是么？男的嘟哝了一句，不是太重要。这两个人像是刚刚相处的情侣，说话有点讨好和客气，但身体语言要亲昵许多。男的突然抬起头摩挲着脑袋问小顾，这里附近的理发店有什么推荐吗，头发长了。小顾说，那我哪里知道，我只在杨浦剪头发。这里贵。男的愣了一下，大概不知杨浦是什么。走了。小顾说，这俩人北京来的，住在襄阳路口的全季，只在附近玩，早晚各一瓶酒，一杯咖啡。

通常的客人没有这么戏剧化。中午饭后，大多是上班的女士，大都穿着随意，可能是附近小公司多，没有大公司那种科层感特别强烈的制服要求；从背部和臀部褶痕来看，一上午也不会起身几次。她们会买简单的咖啡，掌握所有的折扣信息。

有游客。网红装扮的人一般在晴朗的下午出现。紧绷绷的吊带背心或者从头到尾都罩在大白袍子里却脚蹬一双高筒雨靴的女生也有出现。有时候你隔着马路看到穿得不太一样的女生朝这边眺望，多半是到週休七日来的客人。她们会问什么是"女巫汤美式"，像挑首饰一样翻看竹篮里的小饼干。

小孙的咖啡馆在位育中学对面，叫 TuTu，经常有老师来。她说每天下午有一个美团外卖小哥会来，喝一杯拿铁，在这里歇个脚再走。小孙说小哥之前开自己的理发店，生意不好关了。

週休七日如果有男性顾客进门，分两种，一种是陪女性家属来的。他们会露出一种走进内衣店一般的紧张神情，或者在女生踌躇各种口味里的司康时露放空的神色。一种是着急找个地方聊天，慌不择路，进了这家长乐路上为数不多可以摆几张桌椅的咖啡店。

小点心的包装袋，会放上当天的小卡片，上面有不同的 slogan。比如周五写"周五治大病！"。有个周五，阿姨级别的，五十多岁，说不要给我贴这个东西！小顾问怎么了，她说不要治大病！没有大病！呃，好……好……

Double Win，有天一个穿着花格子呢西装的爷叔教我怎么买才最实惠：拿自己的杯子过来打浓缩，买一赠一就是双份，回去自己加水，要浓要淡随便侬呀！

一个穿夹克衫的中年男子，捏着一个装药盒的塑料袋，进门看了一圈决定买司康，问里面有没有馅。又买了一个蛋糕，香草口味，问会不会很硬，然后心满意足地走了。看起来好像是自家吃的。

　　来了一个拍照的。还是夏末很热的那几天，穿着果绿色 T 恤冲进来，叫了一瓶饮料，特调酒，然后问能不能拍照，然后三两下抽出三脚架搭好，冲着墙脚的猫猫小布景，咔咔，咔咔咔咔，汗把一半 T 恤都浸湿成了深绿色。他过于投入，对店里除了小猫布景之外的东西都不感兴趣，拍完嗖嗖三两下收起三脚架，推门旋风般离去。

　　一辆共享单车嗖地骑了过去。小顾说那是个咖啡博主，在抖音评测十几款瑰夏，都是同行在看。

　　义无反顾走在开店路上的小顾，2021 年下半年找了一份兼职，在虹口，店长是以前的同事。这家店和卷哥的新店有相似之处：有一种不指望被你看到的气质。在四平路一个居委会后身。这样的选址在这个按点评索骥的时代自有一份妙处：凡是出现在店里的客人常常为自己的小众审美而暗自骄傲。这地方可不是那些拿着相机扫街的小姐姐可以找来的。所以店里通常会出现两种客人：一种是熟门熟路，自信地踏进门里的，一种是手里拿着导航，走到门口还要退几步看看门头的。

　　对于小顾来说，他看到的是划算。一天 2000 块钱进账就有得赚，为什么呢？居委会的房子，办公室就在边上，有时候还会来开个会什么的，房租因此便宜到相当于没有。老板自己烘豆，所以豆子的成本也低。人工也不贵，全职咖啡师六七千，再请个兼职咖啡师 30 块钱一个小时。一杯美式咖啡卖 25 块，手冲 45 块，毛利基本上能有六七成。而且老板自己是抖音红人，自带流量。

　　对了，这店长就是前面提到的路易·欠蹬。网上能看到他，三十多岁，一口北京话，穿着三件套正装拍视频，第一句一般是"今儿喝了么您内"。他的个人介绍是一串咖啡专业比赛战绩，又有点评上的咖啡博主为他写出简历：瑞幸咖啡学院的早期成员之一，如今出来自己创业。

房租是最大的问题。如果房租解决了，那么一切都好解决。坐地户开店一本万利——最典型的像是保罗酒家，自己家房子，说不开就不开了。多省心。

* * *

小顾是安徽宿州人，老家现在是个公园，泗县石龙湖国家4A级风景区。湿地，有温泉。他没有去过，老家的大部分认知来自他爸爸。小顾的爸爸27岁还是28岁时与小顾的姑姑一起来到上海，在水产大学，外环线军工路那里，卖过大饼油条，煎饼果子，凉粉凉皮。他爸爸32岁时，小顾出生在杨浦。

小顾上学前的记忆包括卖煎饼。摆摊，城管来了，所有人推着车狂奔。附近有个小区是围起来的拆迁房，所有人和小车都躲在里面，城管走了再出来。那是〇几年，非典前后。他六岁。他也要跟着逃。"那个时候就是没关系，要抓就抓，后期是有关系了，城管上级来检查的时候通知你了，不能出摊，几点到几点，要么那天都在检查，你都不要出来。"

后来小顾上杨浦职业技术学校，一个中专，简称杨职。他说，那时长白街道不让摆摊了，每人发一辆车。要摆摊就用他们的车，800块一辆，"就感觉办了营业执照，是不是很正规？就过了一两个月，车也不能摆了。车要么退，退也退不了多少钱，因为车都统一造型，每个人卖的东西不一样，都要拿过来改一下割一下，它就说你违规改造，回收回来没办法退钱，只能卖废品。就这样。"他说，这已经是2016年左右的样子，"我家那边有条街，去年还是前年，所有早饭摊都不让摆了。"

小顾爸爸现在是个保安，舒服，在一个厂里，在监控室里，有空调，可以玩手机，还可以睡觉。以前他做早点，后来做棋牌室，一天能赚1000块，但很快扫黄打非，棋牌室全关掉了，他就去做保安。他妈妈很厉害，卖蛋饼，两个炉子，一边一个，一个软的一个脆的，很多人来买。

"我妈蛋饼做得太好吃，至今我在外面没遇到过一家比过她的。好吃的秘诀就是全部都自己做。里面包的脆饼也自己做。而且现在外面的脆饼只有这么宽（比四根手指），我们家原来这么宽（比两只手），都自己炸，我跟我妈一起炸，带着我弟弟一起。"

小顾说他妈妈在蛋饼界做得如此成功，以至于经常有来学手艺的，"拎一箱水果，拎一箱牛奶，就早上跟我们一起去出摊，凌晨两三点就有人来我家了，学习和面，切葱香菜和榨菜，备料"，教过七八个人，不收学费，也不好意思拒绝。

小顾两个弟弟，大的也是咖啡师，小弟弟在麦当劳，也送外卖。小弟弟喜欢打游戏，送外卖自己可以掌握时间。小顾在杨浦职业技术学校学汽修，毕业前实习把大家都赶出了这一行业，"去松江，做六休一，一个月1600块钱，车享家，上汽旗下的企业，洗车"。小顾毕业就去了咖啡店。

小顾的女朋友比他小一岁，安徽阜阳人，爸妈卖水产。他们谈了七年恋爱。分过两次手，三年之痛分一次，七年之痒分一次。"现在追回来了，有什么聊什么，蛮好，一步一步走，她觉得确实，不能一口气吃成胖子。"小顾说女朋友有时着急，迷惘，会觉得生活蛮累的。"要结婚的。结婚了开销很大，那总归要生孩子，一家亲戚变两家亲戚。"

上海工作很好，但不是长居之地。未来要开自己的咖啡馆，苏州杭州，离上海不远，有喝咖啡传统的地方，可能苏州吧，不行的话回上海来也方便。

小顾的人生大计与这个行业捆绑在一起。2021年秋天的一份调查说上海在这一年成为全球咖啡馆最多的城市。如果此时在上海开店，小顾会有 6913 个竞争对手。

如果你希望上海有一个霍华德·舒尔茨，
你希望他在这里做什么

蒲园，长乐路

"为什么上海这个经济最繁荣的城市，却没有特别厉害特别有名的
大公司？"

这个时候我们会发现，王兴的这个问题可以转化为另外一个问题：
上海既然这么多咖啡馆，为什么没有出现一个霍华德·舒尔茨？王兴实
际上思考的大约也是这个问题，上海为什么没有出现马云，没有马化腾，
任正非，或者什么人？

我要说，上海有小顾，有卷哥，有高松，有 Bingo，有路易·欠蹬，
这样回答似乎也有点过于草率。但一个显著的事实是——尽管这数字未
必是完全准确的，而且还随时在变——某一个时刻，上海的咖啡馆由小
顾、卷哥这些人做出了 6913 家咖啡馆。与之对应的，上海也是全球星
巴克门店最多的城市，据说在 2021 年超过了 900 家。没有舒尔茨这样
的 CEO，没有一个努力着要向"全球咖啡馆最多的城市，实现中华咖啡
业伟大复兴"而努力奋斗的高层设计或者产业政策规划，他们是怎么做

到的？在这个街区里，显然的一个事实是：这里的咖啡消费量巨大，但星巴克的市场份额却几乎没有什么存在感——如果你希望上海有一个霍华德·舒尔茨，你希望他在这里做什么？

当王兴作为一个企业家，用企业家的思维方式来思考的时候，他就已经引入了一个中央处理器一样的思考方式：分析咖啡业前景、谋划咖啡店布局、培育市场和消费者教育、制定战略和步骤、用愿景来打动资本、用更多的资本制定更长远的规划……实际情况似乎并非如此，而且卷哥他们看起来做得还不错。

在啤酒生意兴起之前，咖啡是这个街区里的主流生意。即使城市重启，一批旧店倒闭，新开张的咖啡馆还是层出不穷。咖啡的消费情境总是与商务活动联系在一起，但这些小咖啡馆也不怎么提供商务空间，似乎也不在一个商务人士的主流动线上，你也很难说得清为什么会扎堆出现。你不用担心它是不是能活下去。它可以通过很好的点心来增加自己的竞争力，它也可以有一两个临街的很好的座位吸引你每天都坐上一会儿，更多的可能是要随时调动潜能，比如拉个不同凡响的消费者群的能力，比如到处去送绿码通行的好彩头，你甚至可以靠猫；当然，好的咖啡豆，手冲大师，特调，专业性永远是活下去的重要保障，如果你是手冲大师，你可以带着你的若干纸杯、四包豆、手冲壶、量杯、秤……走进任何一家什么烧烤店、酒吧甚至就是咖啡店里，然后拿出你的 BP[1]：我在你们家做一个手冲咖啡店怎么样？

当酒吧生意逐渐火起来的时候，莫先生琢磨着如何进入这个市场。我们问他，为什么公路商店选择了他的老朋友水果店老黄和英姐？他似乎翻了一下眼白，那大概是说，"这事儿你得问他们，而不应该问我"，

1　商业计划书。

莫先生要想的问题是："这个茶叶店如何才能再摆下几个冰柜卖精酿"，还要想"是否找一个像高松那样的合作伙伴"，还是自己直接上手，作为一个市场分析人士，他还会想这一波的啤酒生意到底是谁在消费——最后，他果断自己杀进去，与理发店、烟纸店、水果店、外贸服装店、咖啡店、点心店一道成为精酿啤酒的经营者。这是一个可持续的生意吗？谁知道呢，先做起来。没准过一段时间，上海又成为全球精酿啤酒馆最多的城市了。

换一个角度，小李水果店的老竞争对手英姐开始转型做潮流酒吧，经营了二十年水果店的第一代小李开始琢磨变化的可能性，这个时候第二代小李开始用他的新社群组织能力让小李水果店变成一个承担了非主流文化功能的线下社会活动机构，它远远超过了一个街区水果店的影响力范围，第二代小李同样要思考生意的进展，于是新疆手工冰激凌成为一个经营项目，它也卖酒卖果汁，因为它的社会性，有两天它还变成了一个咖啡快闪店。

但是，巨鹿菜场关闭，满大街的菜贩为囤积物资做准备，小李水果店老板娘程女士和第一代小李又出现在卖菜的队伍当中。6 月之后，巨鹿菜场寿终正寝，小李水果店现在已经是像模像样的一个菜店了，与水果不一样，它在一早就开始了生意，程女士抱怨很累，说小李不知道跑哪里去了，她和第一代小李忙得不可开交。但我看她还挺高兴的，这是一种生存技能或者本能。长乐路上嘲鸫，曾经是一个小型连锁咖啡店，现在正式变成了一个菜店，强调它巨鹿菜场 18 号菜摊的背景。

卢汉超在《霓虹灯外》里说中国或者上海的菜摊发展："如同中国城镇里传统的菜场一样，上海的菜场经常是从某一点开始，通常是在路边，小贩们经常在那里摆摊。渐渐地，铺面摊位在其周围开设起来，于是一处露天菜场就出现了。自然，这种菜场总是靠近人口稠密的地方，在很多情况下恰好位于普通居民区的中间。"[1]

我看士绅化的咖啡馆精酿酒吧之间穿插着这样的菜店，应该算是一种民间力量的复苏。但愿没有人跑过来干涉。

相比于舒尔茨那庞然大物一般的全球性产业来说，不论是卢汉超笔下1930年代的上海，还是如今遍布街区的咖啡馆、酒吧或者是菜店，它们渺小如蚂蚁。但切不可小瞧了他们，爱德华·威尔逊说，蚂蚁的智慧在于它们的社会性生存，这种被称为"社会性昆虫"的小动物可以做很复杂的事，它具有制造复杂和庞大社会的能力[2]。就像我们和王兴看到的那样，成就了长乐路上从早到晚各种业态无眠无休的繁华，也成就了上海成为最繁荣的城市之一。

威尔逊对蚂蚁的肯定并非源自他作为博物学家对研究对象无原则的爱。它与某种很硬核的复杂系统的运行规则有关。简单点说，爱德华·威尔逊认为这种微小生物遵循的规则与"元胞自动机"有关。"元胞自动机是理想化的复杂系统，结构完全不同于计算机。想象一块板子上排列着许多灯泡，每个灯泡与四周以及斜对角的灯泡连在一起。先设定好灯泡的开关状态，然后各个灯泡开始不断定时'更新状态'——选择开或关，所有灯泡都同步变化。你可以将这个灯泡阵看作萤火虫发光的模型，每只萤火虫都根据周围萤火虫的闪灭来调整自己是亮还是灭；也可以看作神经元的激发模型，各个神经元受周围神经元的状态激发或抑制；灯泡每一步如何'决定'开还是关，它们都遵循一些规则，根据邻域内灯泡的状态——也就是相邻的 8 个灯泡和

---

1 《霓虹灯外：20 世纪初日常生活中的上海》，卢汉超，山西人民出版社，2018 年 9 月。

2 《超个体：昆虫社会的美丽、优雅和奇妙》，伯特·荷尔多布勒，爱德华·威尔逊，中国人民大学出版社，2011 年 8 月。

它自己的状态——来决定下一步的状态。"[1]

这个被称为"非冯·诺伊曼结构"的计算运行模式,它与现在通行的计算机运行模式"冯·诺伊曼结构"相比,最大的特点就是没有CPU。从某种意义上来说,这就是王兴那个问题的最终答案。

如果你希望上海有一个霍华德·舒尔茨,你要的是什么?倒是在某个时刻开始之后,这个城市突然启动了一个中央处理器:就像有一只巨手伸入蚁群,告之他们保持静默,一部分有通行证的工蚁来负责运输,一部分在闭环中的工蚁来负责保证供应的生产,打通所有通道,造福于蚁。

"非冯"系统计算机似乎还处在想象当中。但冯·诺伊曼在1940年代就发现了它,甚至在以他命名的"冯·诺伊曼结构"计算机应用面世之前。[2]但这个系统本身却顺应自然结构和自然运行的主流:蚂蚁蜜蜂等"超个体"社会性生物的行为、遗传和繁衍体系,人的大脑和神经工作系统,植物的光合作用……听起来都是万物本源的样子。用来回答"上海为什么没有大公司"这样粗浅的人类困惑,似乎也不算作强词夺理。

2021年8月30日那天,我跟王兴说好久不见了,有空务虚聊聊天。他说好,就今天下午,后来想了想说,晚上还有一个 earning call,改明天下午吧。第二天在蒲园聊完,看新闻,才知道前一天对他来说也算是经历大事的一天。在那个投资者会议中,他承认了巨亏,预警了可能被

---

1 《复杂》,梅拉妮·米歇尔,湖南科学技术出版社,2011年6月。

2 冯·诺伊曼提出了计算机制造的三个基本原则:即采用二进制逻辑、程序存储执行以及计算机由五个部分组成(运算器、控制器、存储器、输入设备和输出设备)。而"非冯·诺伊曼结构"的发明者也是冯·诺伊曼,他在1940年代受到数学家同事乌拉姆的启发而提出了这样的建构。所以,人们通常认为这两种计算机结构的命名方式是计算机科学发展史上最大的一个笑话。

罚款——一个月后美团因为"二选一"涉嫌垄断被罚了 34 亿,更重要的是他还解释了美团:

> 8 月 30 日晚间在美团财报发布后的分析师会议上,美团 CEO 王兴在开场时就对"共同富裕"进行了详解,称共同富裕本身就植根于美团的基因中,美团的名字就有"一起更好"的意思,"因为'美'就是 better,'团'就是 together,美团就是一起更好"。[1]

这段话之所以重要,是因为大家公认王兴说话一向以智慧见长,现在也开始胡说八道了。

那天问他最近一段时间感觉与过去有没有什么区别,比如做"饭否"时的他,他说没有本质区别,还是追求美好生活:"这是一个理想。大白话。Help people、together、互联网啊之类的都是手段,目的是根本。有目的是没有争议的。"我虽然觉得他对美团的解释有点做作,但就像关心上海为什么没有大公司一样,谈不上虚伪。

共同富裕——如果你理解成"每个人都有追求富裕的权利",这就是普世的人类价值,没有什么好回避的。如果共同富裕的同时,还能做出 6913 家咖啡馆,我觉得这社会有可取的一面。社会就是这样的存在,知识共同体、商业、生意,追求幸福,追求财富,每个人不受干扰,处于自由状态,这就是文明啊。乐观一点说,我们这本书就是希望讲一讲文明是怎么在这里存在下来的,落到普通人身上的文明是什么。

---

1 《北京青年报》,2021 年 8 月 31 日,记者温婧。

如果更进一步的话，我倒觉得还可以加四个字：彼此相关[1]。本来有一个更好的概念，叫"共存"。共存，肯定还是要做好准备与你不喜欢的东西共存，甚至是你觉得有害的东西。愚昧就是相信有一个一尘不染的世界——不过，我们能说好文明的那一面听起来就很不错了。愚昧，反倒不太好说。

那个卢汉超，汉学家，用"霓虹灯"标记那个人们熟知的被人津津乐道的上海——从外滩到跑马场到法租界霞飞路，用"霓虹灯外"来标记真正的市井生活中的上海。他提到里弄中的商业主义：

> 这些洋溢着商业气息的生活安排，注定会影响上海人思维方式的形成。这样一种思维方式通过上海里弄中商业和居住两者的和平共存更趋于"商品化"了。成千上万的石库门居民就在眼面前做着小生意。这些商业机构——商店、作坊、工厂、银行、当铺、烟馆、妓院、茶馆、浴室、小客栈、学校、办公室、寺庙等——都位于弄堂里面，一家挨着一家。此外，形形色色沿街兜售的小贩出现于上海，他们不仅通过这种方式谋生，同时也为成千上万的居民服务。商业对上海人的影响是这样紧实妥帖，确确实实，无所不在。[2]

现在，王兴疑惑地望着这些小摊小贩，大公司在哪里？我不想恭维他。他说美团旗下活跃的骑手有一百万，在上海的数字——我一直没确

1　梁漱溟谈同理心，说"好恶相喻，痛痒相关"，"从身来说，你的身体跟我的身体不相通，我吃饭，你不饱。可是从心来说，心高于身，心超过了身。所以心跟心的关系，它可以说八个字，头一个就是'好恶相喻'（另四个字应是'痛痒相关'），我喜欢什么，你喜欢什么，'好恶相喻'。这个'好恶'包含着是非心，我觉得这样的行为、这样的人是好人，你也承认是好人，好恶可以相喻，'相喻'就是彼此了解。文明某种意义上就是同理心。
2　《霓虹灯外：20世纪初日常生活中的上海》，卢汉超，山西人民出版社，2018年9月。

认这个数字——最高峰的说法在四万到五万之间，以他对"活跃"的定义，每天做十单生意来算，这是一个很蓬勃的数字了。这完全算得上是大公司了。

它不一定要变成哪个所向披靡的创业者手中的财务报表，然后向世人宣示成功或者改变了世界。

辉哥来到上海

蒲园，长乐路

辉哥第一年出来打工是去青岛。他记得最多的是坐火车，过路车，从成都到青岛的 K206。火车到十堰的时候车上已经塞满了四川和陕西两个省到南方和沿海打工的人，走了一夜，每个人都带着起床气绝望得想死。留给十堰打工者的路就是从车窗爬进去。

这是 2006 年的绿皮火车。辉哥说这车了不得，走七个省，它还绕道，四川、陕西、湖北、河南、江苏、安徽、山东，带七个省的生活方式，光一个河南就多少人？河南人跟四川人最多，那时候他们喜欢把什么东西都带上车，桶、猪腿，啥都带，你跟四川人坐一起，他们在火车上喝酒啃猪手，什么情况都看得到。上车之后，经过襄阳、南阳、汝州、郑州、开封、兰考、商丘、徐州，到了徐州会松快一点，有人南下北上换车了。接下来滁州、济南、淄博、潍坊、高密，最后到青岛。24 个小时，没有卧铺，能上车就是胜利。现在看不到了，人挨人，这是过道，你只有一条腿能站地上，金鸡独立，一只脚勉强站住，另一只脚都撑不下去，特别是春运的时候。翻窗也不是每次都能成功，有一次把行李箱从窗户递进去，人还没爬进去，里面的人直接把行李扔出来。还有一次被人偷了钱包，钱包里没钱只有一个身份证，那时候钱和身份证会分开放，钱放在贴身口袋里，补身份证耽误一天。还有一次跟二姐走，上车的时候不知道剐到了哪里，就在血管边上，流血不止，二姐认识列车员，帮他们找了个座位，把手给包上，留了个疤。有一年下大雪，冻害，火车一路晚点，回家走了几十个小时。

2006年辉哥二十岁，辉哥不知道二姐为什么能认识列车员，大他四岁的二姐与先生走南闯北，是辉哥的主心骨。2008年，就是冻害那年，他们一起从青岛到了上海。

辉哥不爱上学。要妈妈拿棍子逼着上学才行，他觉得学校里的城里同学和老师看不起山里的人，老师的教育方法也连带着被排斥。他和山里来的同学一起逃学去河边玩，一起去找学校，最后的结果是全部换到另外一所学校。

辉哥爸爸自己开诊所，类似于卫生站，是公共卫生服务，有行医资格，没挣到什么钱，维持一家生计尚可。辉哥总结他爸爸，医术还挺不错，自学，中西医都行，智商很高，看好了很多人，医德也好。只要不喝酒，他就是一个很好的医生。辉哥上学那年，他们家在镇上盖房子，花了800块钱，1992年。辉哥至今对此念念不忘，觉得是一件奇妙的事。他有三个姐姐，每个大两岁，最大的大六岁。辉哥说三个姐姐都对他很好。

在青岛的二姐夫是中通的快递。辉哥到青岛也开始做快递，然后到上海。

去青岛之前，中学毕业的辉哥在家附近工地上打工，拎沙桶，干了几个月，然后去学习，技工，学车床，基础工，跟着十堰二汽走，东风汽车，以前小汽车也在十堰，后来小汽车迁到武汉，但还有大车，东风，东风天锦，东风天龙都是十堰造的，辉哥学车工，车床，车机器配件。觉得太危险，转速快，总有铁砂，配件有时是生铁做的，里面全是灰，吸到鼻孔里，时间长了肺部就会纤维化。跟铁打交道，车床不是刀变钝了，火花会喷到身上，刀碎了会飞出去。辉哥干脆就辞了工作。

十堰到上海的火车不像青岛那样一天只一趟，但绕很远的路，从浙江和江西绕，或者从河南绕，从上海回家也要排队去买票，在火车站大排队。太平后来认识卖火车票的，再后来高铁通了，机场也有了，武当山的家离高铁站开车只要十分钟，到机场半个小时。

到上海，开始在黄浦，中山南一路500号，制造局那里。后来南市变成黄浦，卢湾也变成黄浦。后来搬到升平街，上海叫街的马路不多，在市中心更少见，那时候是打工，卢湾的老板是个有故事的人，经历了很多事，最后撑不了，把公司分成两半，卢湾一部，卢湾二部，辉哥去了卢湾二部。后来，他想自己单独干，就自己做快递小承包，一直到现在。辉哥说也不知道怎么现在就绕到静安区来了。

所以，辉哥正确的身份不是快递员，严谨一点说是做快递生意的。

辉哥二十八岁的时候，回家相亲认识了太平。辉哥是武当山镇，太平是盐池河镇，离得很近。二十八九岁在老家算是很大的年龄了，不结婚说不过去。自己脸上没有光彩，父母也着急。辉哥那时候还有一个犹疑，立业与成家哪个更应该放前头。后来想通了，每个人经历不一样。如果你经历好履历好，可以先立业后成家，对于他来说先成家比较好，多了一个帮手。辉哥说这是他个人的感悟。他说现在大半年轻人进入社会，很挥霍，没有人管他，这是一个原因。跟太平结婚之后，她不但帮他，还可以管着他。

2008年到现在已经是十五年了。辉哥说时间过得很快，他用了"青春"这个词，他的青春一大部分就留在了上海。小时候总觉得时间太慢，总感觉每次要下课等着下课，过年等着过年，那种感觉非常不一样，现在刚好反过来了，感觉时间不够用。辉哥觉得自己没有成功是件遗憾的事，但也算可以，从没有老婆到结婚，到生两个孩子，都是在上海的经历。钱也没挣到，但是老婆有了，孩子有了，家庭有了，挺好。辉哥感慨都有白头发了。

变化很大。辉哥说。房子，变得很贵，卢湾那时候说要拆，一直到现在还没拆，瑞金一路那里，现在是要拆了，向明中学。不是石库门，更早的，还是手提马桶。

辉哥喜欢现在的房子，独门独户。小七的活动空间巨大。邻居都好。隔壁住的阿公人很好，里面住的王阿姨人很好。阿公去年走了。王阿姨有一天摔了跤，然后就一直住在医院，疫情之后更没有回来。

我们说"聚"，不同的人从不同的地点来，打工或者做生意。辉哥说他机会不错，〇八年到上海，一二年他自己单独做的时候，快递生意还在上升期，行业刚起步，中通也刚起步，很多点没人做，你拿一块下来，就有机会做起来。长乐路那时候还是服装店多，每家都有淘宝店，生意转到线上，每天都有寄件。中通快递规定派件一件拿一块五，收件一件拿10%提成。辉哥乐得收件。美中不足就是624号把酒吧生意做起来了，咖啡馆和酒吧越来越多，他们不做快递。生意不如从前。

辉哥生在1986年，不上不下。他人生际遇更像上一代人，不问青红皂白地来了，笃信靠力气吃一碗饭不会亏了自己人生，莫先生，高松、阿力、Serena的爸爸，第一代小李，上海是个"他者"，聚在此处，逐渐进入这里的生活，让自己不可或缺——他们未必是融入，他们只是让自己在这个城市里变得不可或缺。

新一代就不那么一样。高松从南昌来到上海，继承父亲的为民门窗店，把它士绅化之前先是遭遇了创业失败。当时的女友叫他回南昌发展。

"我在那里待了 11 个月，去跑了各种各样的批发市场，还有地方，真的不知道自己做什么，我觉得这里好像不太适合我。"

"哪里不对呢？"

"都是一些很不起眼的东西，也赚不到钱的感觉。比如说我想开个烧烤店，旁边就十几家；比如说我就想卖家纺卖床垫，到处都是这生意。没法做，而且我看不出哪些是我自己想要的客户群，大家都一样的，你知道吧？……挨家挨户都是门面，都是重复的，你也说不出来哪家可以赚钱，就房租便宜，几百块，一年下来赚不赚钱也看不出来，不像上海，你待得下来就是待得下来，肯定是说得过去的。"

"所以上海反而要简单。"

"对，包容性比较大，不管你做什么，只要你在做，就能赚到钱。就算你冲马桶也能赚到钱。杀蟑螂也能赚到钱。很奇怪的一件事。"

卢汉超说上个世纪，大约也是二三十年代的样子，一个男人，"设法积攒或借上一笔钱，租下沿马路的前排房子，接着他全家搬入二楼，将客堂间改作一家小的商店。在上海的人口构成主要是外来移民之际，这样的安排显然是最经济的：在这里同时解决了居住和就业的问题"。[1] 这就是上海，辉哥 2008 年到这里的时候，与八十年前也没有什么不同。

---

1 《霓虹灯外：20 世纪初日常生活中的上海》，卢汉超，山西人民出版社，2018 年 9 月。

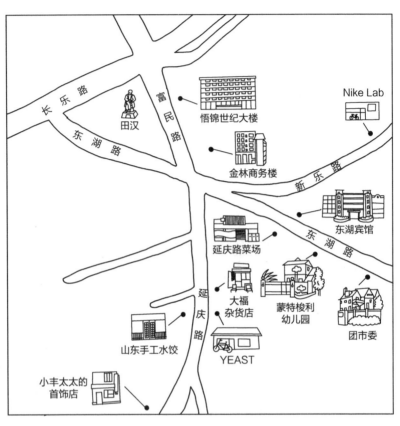

长乐路

富民路

田汉

东湖路

悟锦世纪大楼

Nike Lab

金林商务楼

新乐路

东湖宾馆

延庆路菜场

东湖路

大福
杂货店

蒙特梭利
幼儿园

团市委

延庆路

山东手工水饺

YEAST

小丰太太的
首饰店

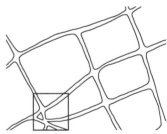

彼此相关

路口九：新乐路—富民路

5月30日那天，在Yeast买了一杯冷萃。不能堂食，Yeast在门口贴着保供单位的告示，用小程序点单，两个服务生在里面忙活，假装生意都在线上。门口与平常一样，站着七八个人三两只狗，分成几组，端着咖啡杯带着心满意足的表情在聊天。有几个骑着运动自行车的人停下来，看有咖啡店开，忙着下单，通知骑在后面的朋友。骑车的姑娘们已经穿起了吊带。

那天是开放前最后一天，城市有了放松的迹象。我们决定去看看我们要写的这个街区现如今是什么样子。从蒲园出来，与杨樱汇合，走长乐路，向北到襄阳北路，左拐到巨鹿路，再左拐到富民路，田汉小广场和富民路最后这一小段都被铁马封得严严实实，绕过田汉塑像，拐到延庆路上，看到营业中的Yeast。这是4月1日以来第一次在外面喝到咖啡。

Yeast在延庆路上，距离我们这个路口不超过五十米。

新乐路与富民路的交叉口有点复杂。富民路从北向南，与长乐路交叉（这是我们的第二个路口）再向北不过几十米的距离就到了它的终点：向东的岔路是新乐路，向南偏东是东湖路，向西偏南是延庆路。这里还是新乐路和延庆路的终点。东湖路与富民路交叉之后再向西北延展三十米与长乐路相交，也到了终点。我们一直说的田汉小广场，呈三角形，由富民路、长乐路和东湖路所围合。

新乐路靠近这个路口一南一北两个建筑，南面是东湖宾馆，北面是金林商务楼。东湖宾馆在新乐路上开了两个门，一个是东湖宾馆的餐厅，对外营业的招牌古典迷人，叫金玫瑰酒吧。第二个是 Comme Moi，"像我一样"，是模特吕燕的一个服装品牌。东湖宾馆高大巍峨，有厚重之感，本来秉承西式风格一直铺向路口，但在与东湖路形成的那个夹角里，围栏里突然有了一个东方园林风格的亭子，它旁边的植物看起来也都是专门为这个亭子配置好的。在各种传说当中，说是杜月笙用来专治杜公馆杀气的，风水这东西，总是越传越有鼻子有眼。

金林商务楼这一侧，离路口远一点的是新乐路 208 号，生意多元。康友四季是个连锁按摩店，紧挨着它的是 Al's Diner，一个卖比萨汉堡冰激凌松饼三明治等所有西餐的店，但可能都不那么好吃，廉价西餐，又不是快餐，市场也不小。悠庭保健会所，看起来也是一个连锁的按摩会所。按摩店很有趣，它们的中文名经常搞得道骨仙风的，英文名则有博物情怀，比如前面那个康友四季，英文名叫 Bamboo，这个悠庭叫 Dragon Fly，养生的世界有很多神秘共性。它的隔壁是个理发店，名字叫 T·S 造型，而 T 和 S 来自 Team Style，有一次看它门口立了一块牌子，上面也有养生主张——"头皮 SAP 很重要！"很大字的标题，下面列了若干重要原因和步骤，我深刻怀疑它可能就是头皮 SPA 的意思。

更靠近街心的是新乐路 218 号。Odelice，欧膳，看着要更气派一些。一个全家便利店。Crave 咖啡和酒吧。在门口的一个招牌列表里，Vspot，大兴区，Vega Luna，这个也是 T·S 造型的一部分。不过，这种列表更新向来慢，可能也有一段时间没有更新了。

再向前，就到富民路地界了，我们在第二个路口已经说过了。

东湖路和延庆路相交处是延庆路菜场。田汉端坐在那里，背靠着长乐路和象征着文化和知识的合众图书馆，而田汉正对着的，是这个城市里像是窗口一样的地方。我最早注意到这个路口夹角，还是在 2003 年吧，从富民路过来，看到路的尽头摆着山一样的轮胎，那是强强保罗的起家之处，最早靠修车起家的保罗酒家老板，各种传说听下来最初修的应该是自行车，在这里摆出汽车轮胎造型，应该已经是事业有成的时候了。有一年上海马拉松把路线放在了延庆路，这里是一个弯道，马路整洁幽静，新铺的沥青路黑亮结实，五颜六色的选手从这里经过——似乎是这样，总之是若干人跑在这里，让人印象深刻。后来延庆路菜场士绅化，湖南路街道把铭言生鲜放了这里，这是个与街道关系很密切的机构——我看它的旗舰店在五原路上与湖南路街道办事处共享一个楼。士绅化的生鲜店也有诱人之处。后来又有一段时间里，它变成了一个类似于城市小客厅一样的地方，总有人办一些展览，展出一些本地化的老建筑图片、摄影或者艺术小玩意之类——如果有义工长年做这种服务，并且不拘一格的话，大概就不会有小李水果店这样的社群活动场所了。只是可惜，它总是坚持不下来。后来，又要宣传垃圾分类，它这里又换了一副装束，升级为干净整洁的垃圾站，还是好看，但人不会总是对垃圾分类的各种口号长年保持一种注意力。除了田汉。

延庆路是很让人喜爱的一条路。在 Yeast 喝到了冷萃，平添更多好感。所以接下来那几天，我们总是会去延庆路——更重要的原因是我们的富民路—新乐路—陕西南路—巨鹿路这个合围区域再度被封闭起来。

延庆路近在咫尺，但得以幸免，称得上唯一乐土。

菜场边上是个弄堂，弄堂里有卖盖浇饭，中午饭口以前总是有人排队，老板经营不拘一格，会在瞬间变出一套桌椅，人再多，几个多乐士油漆桶刷地一溜排开，又开一桌，下雨了，旁边单元门瞬间开放，总之脑筋活络，叹为观止。往西边走，就是包括 Yeast 在内的几家咖啡馆，山东水果店，总是人来人往，咖啡馆门口总是站着人和狗。你在窗口或者台阶上坐下，可以坐一天，看来来回回的人，是一种享受。这里与富民路另一头巨鹿路那里不大一样，按我们的说法，那边是"好看的陌生人"，这里不是，这里是"好看的邻居们"。

菜场对面一连几家餐饮店，吉祥馄饨——已经重新招商，一家卖四大金刚的店，还有山东水饺。山东水饺的山东大哥是我们的老相识。

"你胖了。"

"不干活可不胖了吗？"

那几天见面打招呼的方式就是你胖了，或者，你理发了。

"家里人都好吗？"他的家里人可不是一个小数目，我数过他的店里，包饺子的、煮饺子的、送外卖的、收银的，还有大哥自己，总得有十来个人，都是大哥从山东带来的亲戚。

"儿子瘦了。"大哥站在街上，向店里努一努嘴，他儿子正在收银台那儿忙活，确实瘦了。大哥又说："没有肉吃，半大小子，哪行。"听起来大哥倒不是很心疼的样子。大哥的儿子开始只是暑假寒假过来帮忙，那时候看着还有小孩模样，这一年多可能毕了业，已经独当一面。静默期，会有物资，按户分配。我一个人在蒲园的办公室里，居委会也是按一户来对待，所以我的物资极丰富，发的东西吃不完。人口多就吃亏，合租近乎灾难——又是外地人，又是底层，不招人待见。因为蒲园太小，还要帮着凑团购的人头，所以我还要参与团购，又会多买不少物资——

我已经习惯了将购物叫物资，也是人生历练。大哥拖家带口，要照顾一大家子人，过得可能不那么轻松。

"你没保供吗？"以大哥的口碑名声，又是朴实的水饺，保供资格应该不难申请。

"不合算，肉和菜涨得太凶了。卖就会赔。这时候你能涨价吗？"他不想砸自己牌子。

往延庆路里面走，一个配钥匙的大叔，成年在弄堂口与老街坊们聊天，他有一个摊位，但人不经常在里面，反倒是总与他外出修锁的电瓶车在一起。烟纸店。烟纸店有一个断了尾巴的芦花猫，断尾也已经有四五年了，看着一直很健康。对面有一只白猫，经常站在门槛里向外张望。再往远走，花店，律师事务所，服装店，服装店有男装入口，有女装入口，30号那天，它们门口细密地钉着一个绿栅栏，禁止出入，不知道这是什么原因。有饮品店，叫小团圆，是孔孔的朋友开的。有一年春节他们一起过，给外卖小哥送温暖。那边还有一个饰品店，店主是小丰的太太。

不知道小丰怎么样了。

这些惹人喜爱的地方。

它让我想起 E·B·怀特写纽约。1940 年代，他把纽约形容为一个由"无数小型社区"所组成的城市。在这里，每一条商业街都为居民们提供了一个真正意义上能在实际生活中"自给自足"的居住环境。每一条地方商业街都会为居民们提供各种各样的产品和服务，日常生活必需品和偶需品。

不管你生活在纽约何处，一两个街区内都能找见杂货店、理发店、报摊、擦鞋摊、卖冰卖炭的地下店铺（路过时，可以把你要买的东西写在门外的便笺上）、干洗店、洗衣店、熟食店（啤酒和三明治随时外卖）、花店、殡仪馆、电影院、收音机修理店、文具店、服装店、裁缝铺、药店、泊车场、茶馆、酒吧、五金店、修鞋店。在纽约的大多数小区，每隔一两条街，都有一处小小的商业街。人们清早出门工作，走不上两百码远，就能完成五六件事情：买份报纸；把鞋送到店里钉鞋掌；买盒香烟；订一瓶威士忌吩咐下班时送来；留个字条给煤炭铺的隐身人；通知干洗店有条裤子等着穿。[1]

那天从延庆路继续，经过常熟路，到五原路，永福路，复兴西路，拐回乌鲁木齐中路，走回巨鹿路，陕西南路，回到长乐路。

襄乐包子店的卷栏门拉下来。上面不知什么时候被夜里的涂鸦爱好者喷上了一行大字：

我们就在沙滩上，建起易倒大教堂。

附 5 月 30 日的备忘录：

白蚁翅膀断了之后，就忙着交尾，昨天晚上在天棚上看到两次，两个小虫排着队首尾相连匆匆走，原来是在交尾。

早上开阳台门，外面全是白蚁尸体。昨天因为没有杀虫剂，万般无奈，拿喷壶装了水喷，没想到白蚁遇水即死。刚才网上看全上海都在防这小白，说对付白蚁有一个办法就是灯下放盆水，

---

1 《E·B·怀特随笔》，E·B·怀特，上海译文出版社，2016 年 7 月。

白蚁落入就死了。至于为什么要自投于水，大概因为水是反光的。这是碰巧了。

今天豆妈的妈妈张阿姨八十大寿。弄堂里分食长寿面，大场面。也是蒲园社区生活的一个小高潮了。

今天在街头游走。长乐路—襄阳北路—巨鹿路—富民路—田汉—延庆路—常熟路—五原路—永福路—复兴西路—乌鲁木齐中路—巨鹿路—陕西南路—长乐路。

在巨鹿路，Julu758临街的十面欢腾窗下有理发小哥给人理发，大镜子很威风，一百块一位。

田汉广场和悟锦世纪的楼前小广场连同富民路一小段严严实实地封在铁马里，不得进入。

在延庆路喝杯冷萃。

出门时，在门口看到老吴。他说美国很多沈阳人做二房东。他每次去美国一个半月，玩。我问儿子在美国吗？他说没有。就是自己去玩。一次一个城市。隔一年再去。我说以后去美国不容易了。他说关系坏特了。辉哥在一边说，美国太危险了，动不动就开枪，死好多人。老吴根本不在意，抢白说那都是胡说八道。保安老罗一如既往在旁边生气。问他为什么。老罗说一户只让一人出去，法国人就偏要四口人都出去，他不同意。我说你又跟人吵架了，你应该允许他们一起出去。老罗说有规定。我说街道不一定对，你应该遵循正确的原则，不应该唯居委是命。做正确的事。不能他们让你做什么你就做什么。

关于这一天备忘录的说明：

法国人住蒲园一号二楼。女主人是法国人，男主人看肤色像是印度人，两个混血儿女儿，小的那个已经会烤面包给弄堂里所有人分享。他们全家很安静，做核酸，每天出来放风散步，当他们家四个人出现的时候，我从楼上看下去，就有一种影棚的感觉。没有什么多余的话。6 月底，他们搬家回国了。

张阿姨八十岁，女儿豆妈想必也五十出头了，嫁给了豆爸，豆爸是台湾人。他们的儿子自然叫豆豆，还很小，应该还在念小学。豆爸人特别友善而且豪爽，蒲园封闭两个月，每个晚上大家在院子里喝酒聊天，豆爸都是半个东道主角色，总是搬出一些精酿啤酒来跟大家分享。关得久了，大家意识到锻炼身体的重要性，他就教人打太极拳，还引用了口诀："一个大西瓜，中间切一半，他一半，你一半。"一套初级动作就完成了。

老吴年龄大，孙子今年中考，分数很高。他是蒲园的知识分子和异议人士，经常质问居委会、街道、邮电医院；蒲园美食家，喜爱静安面包房、红宝石、美新点心；蒲园诗人，写了无数打油诗针砭时弊。

保安老罗，蒲园老人们叫他小罗，虽然他出生在 1965 年，这足以证明他在蒲园的老资格。他对一位阿姨说，他们都觉得我凶。阿姨说，就是要凶一点，现在这种时候，就是要严格，要凶。老罗其实就要这点肯定。

两张照片（后记）

武当山，湖北

有关上海九个路口，不知道说的是不是明白。

连清川说他初到纽约，感觉这地方我熟悉啊。他们知识分子总是会有这样的感觉。克劳德·卡利耶尔，《布拉格之春》的编剧，初到纽约，也说："纽约给我的第一印象到今天还在，而且很多人都有过同感，那便是：自己走在一座曾经生活过的城市里。和别人一样，我这种熟识的感觉也是从电影里看来的。这儿我来过，现在又回来了，还是老样子。就连警车的尖叫声我都熟悉。电影把纽约弄成了一个全世界的公用大厅，一个幽灵城，人人都来周游过的。"[1]

但时间久了，连清川会越过越陌生。在最初想写这本书的时候，我还在想一个对写作者们来说有点尴尬的事，我从未到过印度，但我看过很多印度的非虚构作品，写德里的《资本之都》，孟买的《地下城》，加

---

1 《乌托邦的年代》，克劳德·卡利耶尔，商务印书馆，2010 年 11 月。

尔各答的《史诗之城》，还有写班加罗尔这类外包城市的书，更不要说写中产阶级写青年文化的种种关于印度城市文化的书。相比之下，中文世界对中国城市的关注度总感觉逊色很多。那么就从我们开始做起吧。我们对这九个路口差不多是从这种抱负开始，以为自己是熟悉的，可以解释一点什么。

写的过程，是一个陌生化的过程。所有写城市的人最后可能都会沦入盲人摸象的境地，毕竟是亚马逊，你用一平方米的观察来看这个世界的全部，而且这一平方米四时景色不同，兼顾所有，东支西绌，最后越来越凌乱。人人都来过，怎么就是你的这一块是上海了？

最后的借口或者出路都是要说到人。九个路口是我们出发时拟定的轨迹，是攻略，但也仅此而已。就像一场有所期待的旅行，期待的是未知的那一部分，未知中有因缘际会意外闯入的大历史事件劈头盖脸而来，未知中也有时间巧合中涌出来的各色人等，未知有让人兴奋的东西。我们说，"散"总是成为各种故事的主题，《四世同堂》《红楼梦》《米格尔街》《活着》，随便想几个，都是如此。我们说反其道而行之，写那个"聚"的过程，发觉"聚"是一种对抗，比如来上海打拼，比如想着富裕，或者更野心一些，想着共同富裕，都是一种对惯性力、对地心引力的对抗，要使出更多的劲。

手机里存了一张照片，2022 年元旦前两天，照片是在嘉善路永盛里门口，弄堂铁门上挂着一排鳗鲞，鳗鲞上还贴着编了号的纸条，上面写着"景小姐""阳阳"和"理工大学"，价格每条在 350 元上下。应该是客人订好了，准备拿来过年。一个戴枣红帽子，穿蓝色罩衣，羊毛格子围脖，拄着拐杖的老太太从门前走过。

我想知道，鳗鲞要提前多久能订到，鳗鲞做了多久，景小姐、阳阳和"理工大学"都是什么人，他们准备款待什么人，过年的时候有什么人会来，我想知道老太太要去哪里，为什么穿得这么干净严整。有时，一个凝固的场景就会让人感觉各种人在暗中使劲，每个人都要加一把力才维持住那个"聚"。

但"散"总是最终的诱惑。另一张照片，在一本叫《消逝中的上海弄堂》的书里，那本书除了照片乏善可陈，里面提到彭泽路。照片视角是从彭泽路看出去，近景是骑楼，远景是弄堂底有一个大高楼，上面有中信的标志，这构图也没有太多想象力，但就是骑楼与簇新大厦之间，弄堂在它压迫之下，有奇异美感。彭泽路在百度地图上能搜得到，河南北路东面，北口开在海宁路上，与塘沽路有交叉，没有到天潼路的时候就消失了。看起来像是七浦路那里的大市场打断了它。当天晚上去看，绕了一大圈，中信的楼在那里，江西北路看到了，四川北路当然在，河南北路上走了两圈，塘沽路也看到了，只是不见了彭泽路。它应该在那个大工地里。那条路消失了。它不在我的生活里，它远在虹口，但找到这条路于我来说是一种诱惑。看安德烈·艾席蒙的《出埃及：我的回忆》时，突然想明白的一件事：人的命运孤独如同宇宙，始终处于大爆炸之中，随着爆炸而膨胀，随着膨胀而远离，最终将陷于静寂。写"聚"就像写元春省亲，只是为最后"白茫茫一片大地真干净"打个前站。

3月28日下午，辉哥只剩下十几个件没送，闲下来了。

"你说我让他们寄点芹菜青菜刀豆竹笋花菜，蹄髈买一个，然后排骨买两斤给小七吃，就这么多，还买三条脱脂黄鱼真空包装的，可以寄吗？"太平问辉哥。

我们坐在他家门口闲聊。我问从哪里寄过来。

"从浙江，因为早些时候我爸妈在那边。"辉哥跟我解释。

"我跟他们讲了。买好了肉冻一下，然后明天寄过来。"太平插一句。

"说四天，但他们说之后物资也进不来，后面还是买不到东西的。"辉哥作为物流界资深人士，称得上远见卓识了。

太平说："谁知道会变成这个样子。"

"我知道。我为什么想到过，我就感觉上海人太多了，一旦爆发就是这样。上一次在湖北，很好，我们在老家自留地。菜园的菜随便弄，到最后没得吃了，人家还偷我们的菜，把我们笑死了，自留地自己去弄，有多少弄多少的。爸爸妈妈，我们俩，还有老大。"辉哥看着小七，"他还没有出生。"

沉默了一会儿，辉哥突然感慨："上海神奇的地方很多，都在渐渐消失。随着上海的发展，随着人们的变化。"

嗯？

"明年是想回家，因为都要上学。我爸爸妈妈年纪大了，他们明年也上学，大的马上要上一年级。不做了，能转让就转让。客户都给别人了，总归每个人有自己的人生道路。要经过很多转折。为了孩子我们也必须要回家，没办法。可能是我让他们先回去，反正我今年都有点不想干，因为没办法。"

太平补充："他爸帮不了忙，还有时候帮倒忙，他连孩子都抱不动，去年的时候腰还受伤了。本来他说有一点好了，说要抱小孙子，要抱一下。他那时候只有十几斤的时候，他爷爷就抱不了他。"

"我爸带不了孩子，你说家里面又开个药店，成天有人来，我妈妈还帮别人煎药。"

"我记忆当中我姐姐家孩子出生没多久就住在我们家，孩子喊我妈婆婆，照顾到很大，然后二姐生孩子，又是我妈妈帮忙带，又长到很大，我三姐孩子也是。我们两个孩子我妈妈带的少一点，因为一直在上海，其他全部都是我妈妈带大的，包括我们老大，一共带了四个孩子，我爸爸他啥不管。我回去的话，可能妈妈操心得少一点，我妈五九年的。太辛苦了。我妈妈现在浑身疼。身上到处疼。"

"你做快递这么多年了，你经验那么丰富，都不要了？"

"不要了，回去也可以在其他地方干快递，如果是做不成功，我再去干快递业务就可以了。现在想是干点其他的，看做点小吃早餐什么的。比如说我们旅游区没办法，天下没有……"

"但是现在旅游也很受影响。"

"我们那里武当山不光是旅游，它还是一种信仰，道教。有人会去烧香，以前台湾人会组团来烧香，河南福建都有烧香的。没办法，天下没有不散的筵席，什么事情都不可能永久。是吧？你要这么想，是不是你在哪里，最后都只是那么一段时间，总有一个分别的。"

先是到沿海打工赚钱的灯泡亮了，触发了制造业的灯，又点亮了全球贸易的灯，一盏很大的 WTO 的灯这个时候亮了，另一盏也很大的叫做"互联网"的灯也亮了，接下来依次亮起来的是电商，快递，最终，辉哥的灯也亮了。这是一个宏观层面的元胞自动机。你还会看到另外一种微观层面的：华亭路和襄阳路的市场点亮了长乐路的灯泡，陈冠希他们来了，亮起更多的灯，长乐路变成了商业街，每家都光亮起来，电商来了，顾客们转到了线上，骑着黑色电瓶车会讲话会来事儿的辉哥的快递生意的灯泡也耀眼起来。人来得越来越多，消费者流连忘返，白天的咖啡馆灯泡亮起来，夜里，酒吧生意的灯泡又亮了起来，人越聚越多，辉哥发觉，自己手里的灯泡却开始暗淡下来了。

46

小丰说，棉花呈现一种客厅的感觉

棉花俱乐部，复兴西路

　　每天大把时间都放在互联网上，就很担心小丰。在棉花俱乐部之后的十几年时间里，小丰想过去荷兰学音乐，被经纪公司包装，他们希望他变成一个更有号召力和商业价值的小号手，他演出渐渐变少，他继续玩滑板，棉花的演出搭档们吃药了回国了死了，曾经的老板们去追逐上师仁波切去了，结婚了，观众们老了，他得了躁郁症，郁的时候不爱说话，什么也不想做，好在还有躁起来的时候，好在它们的周期越来越长，他已经很久没有吃药了，在"郁"的时候他结了婚，有了女儿，女儿长大，上爱菊小学，他跟老师说每个人的小布包应该是什么颜色都有才好，老师不同意他的见解，说都应该是黄色，他跟自己说，不要太在意这事，他告诉女儿他们让你唱你不喜欢的歌你就唱吧，只要你有你喜欢的就够了，他希望老师不要注意到他的女儿，他觉得女儿有不那么上进的权利，他现在在曹家堰路一个开了几十年的酒吧里演出，酒吧名字叫"昨天今天明天"，他们管它叫"三天"，他和新的搭档们会即兴演奏，每星期三晚上，他现在起得早，开车去徐汇滨江，在江边吹小号，他回忆起棉花俱乐部，那时候他最小，只有19岁。我们喜欢听他讲过去的棉花俱乐部。

之前一直听别人说棉花很厉害，大二时约女同学去那里看演出，九八年，棉花已经开始一两年了。当时有个弹吉他的人，叫Matt Harding，唱中文歌，弹爵士，自己能写歌，弹得也好，好像是犹他州的。挺聪明的人，他的音乐品位很好，跟后期的棉花不太一样，很安静，很有层次。那天本来是泡妞，觉得蛮好听。我说，我吹小号的，我下次可以跟你们一起玩吗？就来了，那是九八年。

那时演出地方少。棉花是做 blues 的，后来又来了一个萨克斯，来了之后变成一个标准爵士五重奏的配置，一吉他，一贝斯手，一鼓，前面一小号一萨克斯。所以我们每到周末来演出，先演两首器乐的曲子，然后歌手再来唱歌。我们那时候特别，都是别人不会的东西。都不是从谱子那里来的，都是听人家唱片好，就把曲子学下来，然后再演。

九八年九九年，两千年的时候棉花人特别多，因为可去的地方不多嘛。你不是去这儿就是去那儿，大家也都认识，气氛就很好。

棉花搬之前一直都挺好。那时候棉花呈现一种客厅的感觉，一个星期来三四次，有些人，晚上睡觉前来喝一杯，玩一会儿，一个人就来了，十一点钟回去。

棉花大部分时间我都在，我是最久的一个，九八年到〇五年我天天演出。我算工作。我是上海第一个吹小号拿到劳保的人。我的户口在人才交流市场，我可以转回亲戚家，这中间需要有一个工作来作为过渡，我问他们，我要找一个工作，你能不能给我一份工作，就签了俱乐部小号手，棉花替我交社保。所以全上海我是吹小号吹出社保的人。社保公积金交得少，〇一年就开始交的，没断过。所以还蛮好的。哈哈，我是一个有单位的人。

以前，去世纪公园溜冰。那时候地铁里还不怎么管你。如果他要管你的话，你就假装你自己是很专业的运动员，他就不怎么管你了。非常正式地看着他，警察也是。你看着他，你不要回避他的眼神，你要是冲他笑一下，你从他边上过去，他是不会管你的。现在不行了。那时候不会管。

溜两个小时，在世纪公园，晒会太阳，再溜到浦东香格里拉后面的星巴克喝杯咖啡。我可以溜一天。我溜得很好。十点钟出门，晚上九点钟回到棉花，演出。

我那时候在棉花总是穿双拖鞋，不是不怕冷，是一天都穿着溜冰鞋，在那儿换一双拖鞋挺好。

上海是有一些需求你可以变相地得到满足。不是百分之百，也是百分之七八十。坐在世纪公园西湖边，早锻炼的人都走了，别人上班了，没有人，出去旅行这样，晒晒太阳，发发呆，我觉得我过得很休闲啊。

很多年都这么过，2000年到2006年。白天溜冰喝咖啡，稍微意思意思练练号，晚上演出，就是这样的。没毕业的时候，课还是上的。毕业之后更多了。

棉花是一群比较不一样的客人，我在棉花认识很多很奇特的人。

棉花是很少的一个人去会觉得很自在的地方。女孩子单独坐在吧台边，是没有人搭讪的。很多别的酒吧，看到女孩子单独坐在那里，他们就会觉得你是卖的，或者说我可以搭讪。那时候在CZW演出或者商城剧院楼上什么地方演出，这种地方通常都会有人搭讪，在酒店的通常都是小姐，在CZW，就会有"一个人啊，我请你喝一杯"这种。棉花不会。

那个时候讲上海小资情调，音乐现场，红酒咖啡之类这种，大概〇三年左右，有很多很多的人，在棉花看演出才体会到现场音乐的乐趣。

十个客人，十个附庸风雅来的客人，两三个因为现场音乐喜欢上音乐，这很好了。刚去时很多外国人，后来中国人越来越多。早期当我们演得好的时候，外国人会知道我们为什么演得好，对台上有感觉；中国客人比较喜欢听熟悉的歌，后来发现中国客人变得越来越有主见，而不是听，就是他会转变。

有十几年，黄金的十几年，1999年到我正式离开，2010年的时候，正式不演了，那段时间有很多很好的客人。

很多好玩的人。有两年我是很想把棉花发生的一些事记录下来的。有很多很感动的。对，你知道我文笔那么差……

在无所事事的时候，压抑的时候，有挺多很打动人的事情。

有一次一个德国人，他是矿山工程师，只会讲德文，德国公司派到中国来工作。他长得比较小，但他实际上已经工作好几年了。

那天晚上是星期五还是星期六，他就走进来，走到舞台前面，看演出，愣神，觉得还不错。他右前方有一个中国女孩子，上海的，刚毕业还是工作什么，她也不是经常去，那天人还挺多，她注意那个德国男孩看起来像个大学生，看演出没买酒，以为他没钱，就买了杯酒送给他。

男人就觉得很奇怪，为什么会买酒给他。他们沟通，沟通得也不是很清楚，我就变成翻译了。后来男生知道女生以为自己不舍得，所以送了酒，他们开始通过我谈恋爱了。他们觉得很好笑而且感动。

两年后他们就结婚了，他们发过来一封信，后来就搬到德国去了。有小孩了。把我们乐队照片放到壁炉上面，说很感谢，挺好玩的。

有天遇到一群韩国人，在上海留学的。其中有个人跟我说，你好，我喜欢小号，你教别人吹小号吗？我想学小号。我说我不教别人。我那天有点喝多了。我说如果你要学的话，我可以推荐一个我同学，他是正儿八经教小号的，你可以跟他学。他说请问，我想买一把小号，你有什么推荐的吗。

我说你等我一下，我喝多了嘛。把后面号箱里的号，连箱子一起递给他，我说这是我小时候吹的一把小号，我可以借给你。小号这乐器开始学很难，声音很不好。如果你能坚持下来了，真喜欢的话，你再买。不用急着买。我那天真是喝多了。本身我人也比较好，那天有点好过头了。那人也比较诧异。诶，我们第一天认识，你怎么就相信我。就把小号给一个陌生人？我说，我对你们韩国人印象挺好，我觉得你们很团结。他说，嗯，团结，团结跟你把号借给我有什么关系。我说我觉得你们是会讲诚信的。他说，嗯。我一定好好保护这个小号。

后来这个人就不见了。哈哈哈哈哈哈哈。

过两个月，我第一次给他打一个电话，噢，好的好的，下次我给你带过去。

后来再打电话就打不通了。

很多都是朋友，我不知道他做什么工作，但知道他在上海，中国人外国人都有。

棉花关门之后，很多人能联系得上 Greg，联系不到我这里。那时候没有微信，我们乐队最爱泡妞的，看人走了，说你怎么走了，你给我留一个邮箱地址。这么锲而不舍。

我们参加过一对朋友的婚礼。男生是 Tom，45 岁，现在快 60 了吧。他约女朋友吃饭，然后就说要不要来棉花坐坐，喝一杯，女生说好啊。就来了。我们那时候有些曲子只有我们在演，有一支 modern blues，电影里的一个曲子，很好。我们老是演，只有我们在弹。他们听到我们演曲子，男生邀请女生起来跳舞，那时候棉花时不时会有人跳舞。我们觉得也很正常。

跳完舞之后，他们觉得对方真的挺好的。慢慢地就确认了关系。

在那之后每次来，都要求点那首曲子。结婚，当时在音乐学院附中的那个莎莎，结婚，我们还去了。几年以后离婚了。

有一次他自己一个人来，我们问，你老婆呢。我们离婚了，什么什么的。

过了两三个月，那老头 50 来岁了，看起来挺老，但年龄也不是很大，他开始约会别的女孩，还是那首曲子，别的女孩跳起来动作一样，我都可以学，不是很好看，但在这个曲子这个地方会做这样的动作。就会觉得，好家伙，人生又来了一遍。

他在上海有自己的公司。

他的妻子，认识到结婚两三年，结婚到离婚七八年，他们在一起很久的。只是离婚之后，他很快就从失败的婚姻里放松出来，很快鼓起勇气，重新生活，跳起舞，哈哈哈哈。

我们在台上看起来有点像戏剧。

还有一对朋友变成了夫妻。我跟他们说他们是我认识的人里最完美的夫妻和婚姻关系。男生的状态和女生的状态，他们的工作，他们工作之间的关系，他们平时的喜好，待人接物，很完美。几年之后因为别的事情，要离婚了。他们就要跑过来跟我说，也不知道怎么跟你说，你是我们两个的好朋友。他说，我们要分开了。也不好意思。虽然你认为我们很完美。

　　有很多这样的客人。在棉花。我美好的青春都在棉花。这些人慢慢让我了解很多道理。

　　我一直看到很美好很真诚很真实的东西，在 2003 年之前没有出过国，但在棉花我遇到各种地方的人，所以我在国外一点没有不适应的感觉。习惯很正常。什么东西我都吃得下去。什么人都聊得起来。我不是那种跟人一定要聊起来的人。但感觉就是世界就应该是这个样子的。

　　有时候，我们没那么清楚，直到你看了很多不同的文化之后，你可能才意识到你自己的文化是这样的。我这个习惯，是因为我是这样的人，我是上海人，我是中国人，我是这个时代的人，所以我才有这样的习惯。对比才知道的。原来我是这样的。

新乐路陕西北路路口

嘉善路，弄堂口

景小姐预定的鳗鲞

巨鹿路，"和桃香休闲食品"的猫

长乐路，爷叔和狗

泰兴路

襄阳北路新乐路，94 路回到终点站

《消逝中的上海弄堂》提到，从彭泽路看出去，远处是中信大楼

长乐路 682 弄，远处是香格里拉酒店

襄乐包子铺卷帘门，涂鸦和诗

在莫干山

莫干山，德清

在莫干山。那天晚上，在喝了不少酒之后，我跟他搭讪。

"〇三〇四年的时候，'东早'有一些迷妹经常说起你。她们会为你尖叫的。"

"棉花？"

"对对，那时候我也在《东方早报》。"

"那时候多好。那时候最好了。"

"是啊。"

"当时你不知道那是最好的时候。"

附录一

本书中提及的各种商业和服务形态

我们划分原则相对比较粗放，根据营业时间差异、大的客群差异、获客渠道不同、信息传播渠道和流动方式差异，做出区分。以餐饮业为例，威士忌吧与精酿啤酒之间在消费人群、消费方式、客单价等方面截然不同。再以时尚销售为例，服装买手店和传统外贸服装销售之间从消费者组织、货源、商品信息传播等也有很大差异。我们会据此作出区隔。

一、本书中出现的有固定经营场所的商业形态（71 种）

（1）生活服务类

连锁便利店 7

烟纸店（个人非连锁便利店）12

电子烟 / 雾化器售卖 2

超市 3

烟酒专卖 1

茶叶店 5

水果店 5

菜市场 2

菜店 2

快递营业点 3

房屋中介 14

图文设计 5

手机通信 3

充电宝出租（未统计）

银行（自动柜员机）1

自行车行 1

助动车行 1

自行车修车摊 1

锁及钥匙 4

裁缝店 5

五金店 4

洗衣店 1

花店 4

家居生活 6

旧家具及摆件 6

（2）餐饮

——咖啡馆及饮品

咖啡馆 26

茶饮 7

茶馆 1

甜品 13

零食 2

——酒吧

酒吧 53

精酿酒吧 6

Bistro 6

日式烧鸟 12

——吃饭

不能堂食的小吃 9

可以堂食的小吃店 31

轻食 /Brunch 11

广东菜 4

本帮及淮扬 13

川湘 4

火锅 3

法餐 1

东南亚菜 5

地中海周边 6

美国及墨西哥 6

美甲美睫 8

理发店 10

（3）服装及周边

文身 3

健身 1

女装 118

买手店 11

（5）其他

潮流 26

饰品 13

酒店 5

皮具 2

古着 6

学校／幼儿园 6

二手奢侈品 16

书法舞蹈培训等 5

人文纪念场所 3

（4）身体相关

书店 2

画廊 1

医院 5

脱口秀演出场所 1

核酸检测 3

药房 2

彩票 4

孕妇服务 2

棋牌室 1

美容院 8

宠物店 1

二、户外无固定场所服务（11 种）

废品收购

卖馒头

卖花

泊车服务

卖帽子

菜摊

快递   杀鸡服务（卖活鸡的）

外卖   水产服务（泡沫箱）

跑腿

三、看着还在，但正在消失的（4 种）

手机维修 / 卖卡   图片冲印及设计等

公用电话亭   柜员机

四、书中提到消失的（9 种）

马路菜市场（在 3 月底的时候又出现了）   天主教堂（巨鹿路）

煤球店   图书馆（长乐路）

老虎灶（泡水间）   女人街服装市场

网咖   襄阳路服装市场

东正教堂（新乐路）

五、街区服务（9 种）

居委会综合文化站   社区长者照护之家

街道退役军人服务站   户外职工爱心加油站

微型消防站   经济性社会捐助接收点

公共厕所   垃圾投放

倒粪口

六、出现在公共视野中的驻本地机构（16 种）

投资公司   公交车调度室

法人代表叫郭佳的中字头神秘公司   中服出国人员服务中心

基金会   文化和旅游局政务服务中心

作家协会   特殊教育指导中心

杂志社   教育合作交流中心

教育评估院   健康促进中心

园林设计公司   版权服务中心

出版社   德国学术交流中心

七、写字楼及园区（9 种）

淮海集团   集社

悟锦世纪大楼   Julu758

襄阳大楼   趣办

金林商务楼   逸想秀

巨富大厦

备注：

A. 这个统计中包括由"陕西南路—新乐路—富民路—巨鹿路"四条街的合围区域，以及区域中的长乐路、襄阳北路，一共六条街两侧的店面和流动商贩。六条街交叉形成九个路口，我们在统计中分别向外围延伸一定距离，以保证路口的完整性。因为路口的复杂性，也包括了进贤、东湖路、延庆路部分路段。（详见几个路口相关地图）

B. 统计大约 580 家出现在街面上的服务，大约可以分为五大类，71 种不同商业形态。

C. 多年形成的时装产业——包括早期的外贸服装，后来逐渐产生特色的服装买手店、设计师品牌店还是本街区里最重要的服务。我们在统计中把特别鲜明的买手店单独列出来，与女装店放在一起达到 129 家。

D. 同样与传统业态有关的奢侈品销售在本街区中主要表现为二手市场。早期非专卖店和专柜市场以高仿假货为主，随着整顿和打击力度增加，现在业态以二手奢侈品交易和养护为主。

E. 潮店数量基本稳定，但经营普遍不是很景气。与新的潮流店集中区域比如TX 淮海的竞争有关。

F. 广义的与服装业态相关的店铺有 192 家，恰好约占店铺总量的 1/3。

G. 变化最多的还是咖啡馆，不断有新店出现，当然，关店数量也相当多。

H. 酒吧的实际数量远远超过统计中显示的数量。茶叶店、水果店甚至彩票店都可能同时是一个精酿酒吧。咖啡馆也有可能会在晚场成为"早 C 晚 A"的酒吧。

我们同时粗略统计了一年间经营变化情况，变化包括业态变化（比如嘲鸫咖啡馆现在成了菜店），店招变化（从一芳变为王柠），店主变化（Jacky Clot 店主变为尼泊尔人 Frank）。

统计发现从 2021 年 8 月至 2022 年 8 月：

I. 经营最稳定，变化最小的是房屋中介服务。一年之间所有的店都在营业，而且还增加了一家。

J. 有 39 家新店，意味着原来的 39 家店可能已经停业或者转为其他行业。

K. 有 7 家在一年前处于歇业状态的店，继续处于歇业状态，没有什么变化。

L. 10 家在这一年里经过了装修或者业务上的调整。

M. 一共有 65 家一年前在营业状态的店现在处于停业状态。

N. 因为没有往年数据，我们还很难得出结论说 121 家店铺的变化究竟是不是一个特别大的数字。它接近 21%。

O. 但有一点可以肯定的是，所有的店在这一年中有五分之一的时间处于停业状态。

P. 这一年里实际恢复的时间是在 8 月底。在解封之后紧接着是连续两个月的高温，白天基本上没有任何客流，晚上因为严格控制酒吧消费和聚集（铁马也是在 8 月下旬陆续移除的），生意艰难。

Q. 流动服务中，杀鸡服务：从十几年前有禽流感流行开始，活禽销售在菜场一直处于禁止状态，催生了流动销售的杀鸡服务。水产服务是在巨鹿菜场被关闭之后，水产档以"电瓶车＋大泡沫箱"的形式为街区内老客户提供服务。

R. 菜摊在 2022 年 3 月底已经随处可见，当时菜市场因为高危而停业，菜贩在街头摆摊以满足市民封闭期间的需求。菜场完全恢复营业的时间大约在 8 月底以后，但巨鹿菜场被终止营业，延庆路菜场经营时间也处于不正常状态，早上十点即停止。

S. 有些"正在消失"只是作者的判断，比如自动柜员机的未来是存在变数的。

T. 一些专业性的机构只是因为它出现在路边，被人注意到。实际上藏在周边或者在写字楼中的公共服务机构有很多。这不在我们统计范围之内。

U. 写字楼和园区服务也是在我们视野范围之内，并且确实有明确的机构对外招租。整个街区任何一个地方都可能有大大小小的办公空间存在或被改造成办公空间使用。某种意义上，整个街区都可以视为一个巨大的园区。

附录二

本书中出现的人物

辉哥。辉辉，辉子，王辉。中通公司承包商。湖北十堰人。蒲园居民。

太平。辉哥太太，主妇，帮辉哥做些统计、送快递之类的工作。湖北十堰人。封城期间是蒲园团购的团长。

小七。辉哥次子。蒲园居民。

小顾。长乐路週休七日店长兼咖啡师。安徽泗县人。在上海杨浦长大。

莫先生。长乐路一品香茶叶店老板。1990 年前后开始在上海代表公司做茶叶销售员。1998 年独立开店。安徽六安人。

英姐。长乐路 624 号"长乐 624& 公路商店"店主。1995 年到上海。摆摊卖水果，后开水果店。浙江衢州人。

老黄。英姐的丈夫。一起开店。

王老师。位育学校退休教师。蒲园居民。

小胡。丹尼尔胡。襄阳北路御田酒场和 il vino 的店主。同时是意大利葡萄酒经销商。多个 Bistro 的经营者和所有者。湖北潜江人。

卷哥，拉斐尔。咖啡培训师，Dripper 咖啡店主。长乐邨有工作室。浙江杭州人。

杨枝珵。国际学校高三学生。咖啡爱好者。现在英国读书。巨鹿路居民。

"爱谁谁"。辉哥的搭档。中通公司快递员。这是一个网名。

沈老师。上海某国企干部。蒲园居民。疫情防控期间南京西路街道志愿者。

老罗。蒲园保安。安徽芜湖人。

杨樱。本书作者之一。编线上文学杂志《小鸟文学》。2004 年到上海，江苏常州人。

王教授。北京某大学历史学教授。

梁先生。王老师的丈夫。司机。出生于长乐路，蒲园居民。

高松。巨鹿路为民门窗店第二代老板，继承于父亲。巨富长中介。"串门"酒吧合伙人。江西南昌人。

Bingo。威海路"串门"酒吧合伙人。某跨国食品集团职员。云南曲靖人。

阿力。新乐路 Drug! 店主。襄阳北路 niceeer 店主。安徽寿县人。在上海长兴岛长大。

吴彪期。长乐路顺丰快递员。

老吴。网名"阿木灵"。退休市民。蒲园居民。

小孙。长乐路 TuTu 咖啡店店员。

阿金。公路商店在上海做线下的商务拓展。诸多店的业务与他相关。他自称来自北京。

伊险峰。本书作者之一。办公室在蒲园。2003 年到上海。沈阳人。

费里尼。本名王海。网名"大头费里尼",作家,媒体从业者。有多个有影响力的公众号,如"八部半"等。父母为上海知青,插队在新疆,费里尼出生于新疆。在上海长大。

丰玉程。小丰。小号手。父亲为支援内地建设的上海人,母亲成都人。他出生在成都彭州。毕业于上海音乐学院附中及上海音乐学院。

范阿姨。长乐路秀衣外贸店主。上海知青,插队在安徽淮北。1990 年回沪。

小李(第一代)。巨鹿路小李水果店店主。安徽阜阳人。

程女士。巨鹿路小李水果店老板娘。安徽阜阳人。第二代小李的母亲。

小李(第二代)。李程。巨鹿路小李水果店短暂的经营者。安徽阜阳人。出生在上海,在上海长大。

胡杨。摄影家。代表作有《上海弄堂》《上海人家》《上海青年》。

王兴。企业家。美团创始人。福建龙岩人。

连清川。媒体从业者,作家。有相当多有影响力的文章发布于最近二十几年间。福建仙游人。

大米小姐。北京来上海的投资人。夜生活和自行车爱好者。山西人。

Mia。小胡的合伙人。葡萄酒经销商以及诸多 Bistro 经营者。上海人。

陆冉。插画师。本书地图绘制者。山东日照人。生活在北京。

金鹿。平面设计师。轻度涂鸦爱好者,住在北京。

Seez。小李水果店,第二代小李的合伙人。她引入了新疆手工冰激凌。

也是插画师，有一份在广告公司的工作。新疆人。

胖丁。小李（第二代）的女朋友。自由撰稿人。

陈书记。南京西路街道陕南居委会书记。

Danny。巨鹿路 2 Wheels 自行车店老板。他的太太经营巨鹿路上两家 Lady Fafa。

小赵。长乐路礼品回收店店员。安徽人。

Serena。新乐路 Garage Vintage（干垃圾杂货铺）店主。浙江温州人。6 岁到上海，在上海长大，模范邻居民。

叶师傅。Serena 的丈夫，与她一起经营 Garage Vintage，同时在陆家嘴一间保险公司做职员。浙江杭州人。模范邻居民。

卷发姑娘。Garage Vintage 的客人。曾经开过文身店。企业 HR，兼职导游。上海闵行人。

Frank。襄阳北路手工地毯店店长。尼泊尔人。

Tiger。只是我们这么叫她。北京旧鼓楼大街 Tiger 咖啡店店主。北京人。

本书中被提起的人物：

星海。范阿姨的儿子。律师。出生在安徽淮北。13 岁回上海。

法国人一家。蒲园住户。

张阿姨一家。豆爸豆妈豆豆。蒲园住户。

焦老师。收藏者。

邵艺辉。《爱情神话》导演，山西人。

路易·欠蹬。咖啡师，生活方式博主。

孔孔。奉贤路"来喝来闹"咖啡店店主。辽宁盘锦人。

芳芳。长乐路居民。

遛狗爷叔。长乐路居民。

小梁先生。地铁公司员工。王老师和梁先生的儿子。长乐路居民。

○○后作家。作者的朋友，黑龙江哈尔滨人。

其他：

Lucky，是个鹦鹉，棉花田家。

波波，小李水果店的流浪狗。

囡囡，范阿姨的约克夏狗。

本书中涉及的六条街路以及周边延庆路、 进贤路、东湖路的店铺名录 *

长乐路（北）

从东向西

集社园区
地铁工地
星巴克

（陕西南路路口）

卞姐蛋饼

叹柠
Dreamsicle 清吧
Cookie Yak！曲奇烧
tj 女装
全家便利店
Blue Q Bar 506
NT-D 独角犀酒吧
Rose valley（黄了）
Laurinda 女装店
妈妈咪呀（黄了）
立鸿房产

南京西路街道综合为老中心

上海第一妇婴保育院

道里官邸

棉花田买手店

Le Saleya Bar 法餐馆

核酸检测（一妇婴内部）

乐燕服饰（晶晶服饰）

奢广汇

乔治很牛

五金建材（小门）

e 酒果园

警亭

（襄阳北路路口）

襄乐包子店

特色纸包鱼

川蜀冒菜

一品香茶庄

巨鹿路菜场 33 号菜摊（原嘲鸹）

瘾巧克力店

Tonic Bar

王柠手打柠檬茶

Double Win

长乐 624，原公路商店

Manner Coffee（装修中）

鸟啸

亚勋置业

良友便利店

乐古堂

佳妮

钟姐（两个门面）

花室

週休七日

又喜

Demi Ciel

来伊份

好事围

厚诚口腔

邮电医院

趣办

上海人民美术出版社

中国福利彩票，中国体育彩票

TuTu Coffee

Drinkuaidi

COTD（原泰昌西饼）

Mr.Z 上海有点意思微醺研究所

罗门皮具

斗记养生饮料

南角亭

玩具城市

DWK 幼儿园

698 弄堂口

Innovolve

Leslie

Ahaaa

Modern OGO

MacSense

Innesect（黄了，占两个铺面）

Fly Streetwear

无 None（停业状态）

囍花布

Chic Chen

（富民路口）

合众图书馆（顾廷龙纪念馆）

长乐路（南）

从东向西

郭许旗袍店

Perendipity 女装店

庄容 Royal Gold Thread

没有名字的男装外贸

Predawn(247)

（陕西南路路口）

Adela 女装

他的理发店

韬奋西文书局

秀衣外贸——对着妈妈咪呀

外贸服饰

手艺人奢侈品护理

礼品回收店

333 正在建的园区

Cat@log 世物所

Time 时代服饰

楽媞侬

Ailla

兰婷 Je T'aime boutique

极点造型 Maggie & rose

D·J·F 珠宝设计 Ray's

401 弄（路西：顺丰快递点，自行车修 Mosso

理；路东：兄弟烧烤，28 aout）

上海汇济堂中医生门诊部（原网咖） 位育实验学校

联华超市 顺丰快递点

（襄阳北路路口） Eldivino 谊迪伟娜

Ataliamo

邢家缘砂锅麻辣烫（大大旺） Boiling Crab

蓉城一品鹅 18 号小酒馆

手机维修 八心咖啡馆

Y-3 日式美睫美甲店 明州府·宁波菜

中国体育彩票 臻味·上海饭局

Studio 307

尝能茶庄（黄了） （富民路口）

聚凤腌腊 （东湖路口）

威皇广东小馆

柬京名品 金刚饮食店

银羚餐厅（红烧牛肉面） 小雨亭印刷刻章

Vapor 电子烟专卖 御面馆

Simple heaven 小石头月子服务（黄了） 不右

here cafe（黄了） Labelhood tea museum

优选便利店（烟纸店）

襄阳路（东）

从南向北

襄阳公园

（新乐路路口）

Paras Coffee

Rih Cache

熊打猪

Niceeer

华氏大药房

Jacky Clot（尼泊尔人）

时利综合烟草商店

The Camel Smoke house

The broken dagger

Tao Hair

Yasmine's 茉莉

Laugdry. C

祺家房产

Plan B

Relax（黄了）

Tap That

联华超市

（长乐路路口）

艾维庭

全季

Wonna

Chill

Gorgling by carven

Botanist

Project. W

1 up

Perry's

公共厕所

襄阳饭店

上咖咖啡

一罗华（黄了）

肥妈（黄了）

山羊等（黄了）

Ninja

All Club

Kartel

襄阳路（西）

从南向北

威尔士

摩卡站

奢汇坊

咖啡茵

exe 鸡尾酒吧和威士忌

小隐料理

Elec 电酒吧

全家便利店（襄阳坊）

东正教圣母堂

（新乐路路口）

首席公馆酒店

94 路总站调度室 / 司机休息室

移动通信 福利彩票

木月饭店 / 湘菜人家

粉咖啡（黄了）

（长乐路路口）

美味香饮食店

山东水饺

贵骊饮食店

和乐点心店

福建千里香馄饨王

黄焖鸡米饭

大头红烧牛肉面

Q-factor（酒吧，以前是荡铺）

南京西路街道临时接种点

南京西路街道微型消防站

南京西路街道康健坊

南京西路街道双拥

Egg

小牛电动车专卖店

新快客龙便利店

Pinon 4&2 公路商店

Il Vino

喜鹊

聚香苑

（巨鹿路路口）

富民路（东）

从北向南

Black Rock

联华（黄了）

华东模范中学

宏辉中介

链家中介

MN

Mel Bourne

兰巴赫

古意（黄了）

（巨鹿路路口）

辉哥火锅

院子

存在主义童装店

顾师傅特色炒菜

黄山茶庄

炎烁地产

Tasca

原美味饭店（一直闲在那儿）

懂经爷叔

Bistro11

桑格水疗会所

Oranges 咖啡馆和甜点

Lucky Mart

Papaya Bar

农工商超市

Chambre Courbet 女装

Olienolie

Dip in Gelato

Hippo Home 宠物店（黄了）

毛太设计

Suren 女装

工商银行柜员机

Maybe Whisky

上海麟怡图文设计有限公司

Flora

酒馆（黄了）

几样女装

多兰孙设计师 225

Hitable（卖碗）

中国福利彩票

民富烟酒店

Banana moon

保罗

Bazinga Coffee

八品脱

小保罗

（长乐路路口）

葡式霹雳烤鸡（chicken&egg）

Cantina Agave

Funkadeli

啤里啪啦

Jax Jamon

Zup（二楼）

富民路（西）

从北向南

小宝·鹿鼎记

椰香天堂

POZ

华东模范中学

（巨鹿路路口）

优胜美地巨富里医院

雷允上

JOLIE · HOUSE · 荣小姐 · 有一个锅

Never Again

沸点发屋 K.S. hair

Tres perros（小酒馆）

Neat 女装

赫宝芳香

Alex Shopstore

Q 太郎日式烧鸟

好德（黄了）

都灵房产

Visy（黄了）

泽田本家

慧捷地产

小严茶叶店（严叶茗茶）

Idear

Miss lu

Jasmine Cashmere

Feiyue

Labelhood

Slabtown

（长乐路路口）

核酸检测亭。

巨鹿路（北）

从西向东

the shop
玖月和田玉
FerBlanc
路边工作室
HOST（黄了）
服装店
手机维修

（富民路路口）

Mustache 西班牙菜
南麓·浙里
小着
Chopia 墨西哥卷
兄弟烤肉
La Mesa
粉分子
WAT 鸡尾酒·研酒所
DQ
Atelier（黄了）
The beach house（黄了）

Lotus 莲花

逸夫职业技术学校
逸想秀
锦创歌德德语培训中心
章记便利店
茶之雪峰
Heng
四明堂好茶具
Alchemy House（酒吧）
小花园（花店）
家强地产
Dosage
Brocad Country 民族服饰
Beer Space（以前的嘉怡）
Atlas Corner
居壳地产
芭比馒头
巨鹿菜市场（黄了）
达裕棋牌室
和桃香（休闲食品）
朋友餐厅（停业中）
小法式
酸菜牛肉面
好德便利店

立诚房产

Aisle 酒岛咖啡酒吧

Sarawill

黄了的时装店

Aimilian 时装店

陕西工艺品商店

D+ 潮牌店

2 Wheels

Samansi studio

Vine Maxgal

Yang yang（黄了）

Cene coffee

临街大酒吧

梁子庚酒馆

（陕西南路路口）

Atlas Corner

Leach 栗其滴滤实验室

Lumiere 女装

民宅

刺龙文身

梵薇饰品

依恋烟酒商行

巨鹿路（南）

从西向东

Labelhood 蕾虎

Helen Nail spa

令和居酒屋

尼泊尔餐厅

（富民路路口）

奇境 spa

大炎行

玉婷干洗店

为民门窗店

巨富长中介

捷强烟酒专卖

茶之外

779 社会捐接受点

市委宣传部老干部活动室

Verona Flora Shop

玖厢私人服装定制

驾仕堂

Acore 沙龙

Do Nail

PTP 女装

La cape 成衣定制

Wild Tattoo

小食堂

润发五金

祁氏花甲

南京军区上海实验幼儿园

广电政务服务中心

上海市社会文化管理处，艺术研究中心等（原上海市文化局）

（襄阳北路路口）

粉分子（搬走了）

酉西发屋

SNN（黄了）

Lady Fafa

小李水果店

巨鹿五金

Natural Nail Bar

695JULU

693 弄陕南居委会

锦鑫商店

天齐果园

spma 时装店

又喜

last bus

海上艺术馆

作家书店

作协大门

盒饭

SHIMMER

升力檀艺林

（陕西南路路口）

Lady Fafa

Vivitouch

Bandit 西餐馆（黄了）

陕西南路（东）

从北向南

城市酒店

Hefa 咖啡

Power 皮具

Atlas Corners 酒吧

（巨鹿路路口）

时季服饰商行

Max 市城服饰

BGI club

海南黄花梨

J+Junct 女装

玛丽可可奢侈品护理

晴海女装

Fullmoon 鸡尾酒

中服出国人员服务中心

HTO/sapporo

冯爸面馆

tj 女装

非常口

Clea Boutique（黄了）

Color

De Lumière

（进贤路口）

ORO 提拉米苏

本来精品川菜

润酱面馆

瑞幸咖啡

有签花

星巴克

（长乐路路口）

ZhangSusu 女装

Lady 豆

Luna & Spring

Before Sunrise

Yuege

瑞俐文饰品

和氏潮服 H.S. young（黄了）

米多多

Made hommo

Luxe Boutique

以心

C-Pix T 恤定制

百川通银楼（搬走了）

来叹茶

RAC 可丽饼

玲珑餐厅

Mingxi

小龙凤 / 海南五星鸡饭

陕西南路（西）

从北向南

马勒别墅

全家便利店

人山理发店

哼力士 Henry's（黄了）

陕南鞋店

Published by

（巨鹿路路口）

升力投资

一个黄了的咖啡馆

Qianyi

从前慢

莲居酒屋

孤樽

逸采

包馔夜包子

静安区教育合作交流中心

上海联合国教科文组织静安区教育交

流中心俱乐部

凤贤堂

W 奢侈品护理

Star 美甲店

囿衣美学馆

Feeline 女装（黄了）

植物收藏家花店（停业中）

上海健康促进中心

橘生淮南

遇见森林（二楼）

ZY Mase

意琳

没有名字的服装店

La Decoration（黄了）

百睿珠宝

美千代

Kiki

卞姐蛋饼

（长乐路路口）

Fluffy.Lfb 冰激凌店

Wiz.R 女装店

一点点奶茶

雾化弹

森态坊

禾程服饰

Candy Kisses

Utopia tattoo

Vip tirirt

188 弄堂侧面临街：etta 睡衣店，面馆

阿稳通讯

衣都锦

TopVTG

上海教育评估院

（新乐路路口）

Lynn

Niki Hao

Amazing combination

208 号 店已黄

210 号 时装店已黄

212 号 Chic Chen

新乐路（北）

从西向东

愉庭专业按摩

Crave

全家便利店

欧膳

T.S. Hair

Rumo

悠庭

Al's Dinner

康友·四季

钲艺廊

爱小小（美甲新店）

182 上海徐汇区特殊教育指导中心

和屋

Nice Rice

Hi Five

Nike Lab

一个潮牌店黄了

Cannot wait

JW 钟表回收

R 荣帽子店

静享 Boutique 奢侈品养护

Ami 奢侈品

Krazzi

Drug!

Good 潮牌店

Sole yao

林 /Lynn

Solid

海南五星鸡饭

Eva 服装

Bar Constellation

首席公馆酒店（停业中）

（襄阳北路路口）

Paras Coffee

DWart（搬走了）

Heirloom

香榭丽舍

Le366

一个包店

皓妈名品

Daisy

质萃

Vintage by lili

荔枝公园

Explore

A Great Find

Liara

桔梗屋

Reene

Blue

有间自助美甲店

干垃圾

Regalla 瑞娇

花映美甲美睫

米澜坊

裁缝店

IBL Yeung

奢侈品回收，sheduoduo

7cm

葡萄园 since 1987

东正教圣母堂

新乐路（南）

（襄阳北路路口）

从西向东

东湖宾馆

Home's 私房菜

上海市园林设计总院有限公司

Comme Moi

Reel. Sun

J-lab

Discover

Z-zest（理发）

Wolee

坚尼街

正在装修的一个店

Sup

Flower

Forus

COCO

橙色服装店

文玲

J & J

诺曼

承承饭店

迪欧

Miss Wu

Show

Fear of ?

Cubtina

Eleven

黄了的店

IM Luxury

7 Grey

TT

桦蕊中介

南

驾仕堂

T coffee & Bar（在弄堂口）

华澳整形医疗中心

Meils

NK seven	云里云南饭锅米线（原吉祥馄饨）
Mona	山东手工水饺
Feelgood	荣建食品销售
Lynn	修鞋开锁配钥匙
	明明房产

其他　　　　　　　　延庆路（南）

进贤路路口　　　　　　徐汇区延庆路菜店

　　　　　　　　　　　- 梧桐资源空间

Lumier　　　　　　　　- 铭言生鲜

海金滋　　　　　　　　- 沈大成

PMU lab　　　　　　　11 弄（里面有盒饭）

CJ　　　　　　　　　　Manual espresso bar

　　　　　　　　　　　水果店

东湖路　　　　　　　　山东水果店

延庆便利店　　　　　　Yeast

（延庆路路口）　　　　大福杂货店

蒙特梭利幼儿园

团市委

延庆路（北）

Mobys 魔焙咖啡

延庆饮食店

图书在版编目（CIP）数据

九路口 / 伊险峰, 杨樱著. -- 昆明：云南人民出
版社, 2024.2
ISBN 978-7-222-22719-4

Ⅰ.①九… Ⅱ.①伊… ②杨… Ⅲ.①纪实文学－中
国－当代 Ⅳ.①I25

中国国家版本馆CIP数据核字(2023)第250340号

责任编辑：金学丽
特邀编辑：黄平丽
装帧设计：尚燕平
内文制作：马志方
图片摄影：伊险峰
插　　画：陆　冉
责任校对：柳云龙
责任印制：代隆参

九路口

伊险峰　杨樱　著

出　　版　云南人民出版社
发　　行　云南人民出版社
社　　址　昆明市环城西路609号
邮　　编　650034
网　　址　www.ynpph.com.cn
E-mail　ynrms@sina.com
开　　本　880mm × 1230mm 1/32
印　　张　14.75
字　　数　280千
版　　次　2024年2月第1版第1次印刷
印　　刷　山东韵杰文化科技有限公司
书　　号　ISBN 978-7-222-22719-4
定　　价　78.00元